Aus Freude am Lesen

btb

Buch

Elise Andrioli ist reich, hübsch und glücklich verlobt – da schlägt das Schicksal auf grausame Weise zu. Bei einem Bombenattentat auf einer Urlaubsreise kommt ihr Verlobter ums Leben, sie selbst erwacht nach Monaten aus dem Koma, total gelähmt und erblindet und fortan völlig auf fremde Hilfe angewiesen. Allein das Gehör ist ihr geblieben. Eines Tages lernt sie zufällig die siebenjährige Virginie kennen, die ihr eine seltsame Geschichte erzählt. Sie handelt vom »Tod im Wald« und ist deshalb so frappierend, weil sich kurz darauf tatsächlich ein grausamer Kindermord ereignet. Es ist der fünfte ungeklärte Fall innerhalb weniger Jahre. Elise, inzwischen in den Freundeskreis von Virginies Eltern aufgenommen, sieht sich schon bald im Zentrum unheimlicher Ereignisse – ein weiterer Kindermord geschieht, und man verübt einen Anschlag auf ihr Leben. Einziger Lichtblick: Sie merkt, daß ihr körperliches Empfindungsvermögen langsam zurückkehrt. Beinahe zu spät erkennt Elise, daß die mysteriösen Morde und Anschläge mit ihrer eigenen Vergangenheit in Verbindung stehen.

Autorin

Brigitte Aubert, 1956 geboren, zählt zu den profiliertesten Krimiautorinnen Frankreichs. Sie schreibt neben Romanen auch Drehbücher und ist Produzentin der erfolgreichen »Serie noire«, einer Koproduktion von Gallimard und dem französischen Fernsehen TF 1.

Brigitte Aubert bei btb

Marthas Geheimnis. Roman (72341)
Die vier Söhne des Doktor March. Roman (72240)
Karibisches Requiem. Roman (72310)
Sein anderes Gesicht. Roman (72603)
Der Puppendoktor. Roman (72802)
Tod im Schnee. Roman (72780)
Nachtlokal. Roman (72924)
Schneewittchens Tod. Roman (73100)

Brigitte Aubert

Im Dunkel
der Wälder

Roman

*Aus dem Französischen
von Eliane Hagedorn und
Barbara Reitz*

btb

Die Originalausgabe erschien 1996
unter dem Titel »La Mort des Bois«
bei Editions du Seuil, Paris

Umwelthinweis:
Alle bedruckten Materialien dieses Taschenbuches
sind chlorfrei und umweltschonend.

btb Taschenbücher erscheinen im Goldmann Verlag,
einem Unternehmen der Verlagsgruppe Random House.

Einmalige Sonderausgabe Oktober 2003
Copyright © 1996 by Editions du Seuil, Paris
Copyright © der deutschsprachigen Ausgabe
1997 by Wilhelm Goldmann Verlag, München,
in der Verlagsgruppe Random House GmbH
Umschlaggestaltung: Design Team München
Umschlagmotiv: Iwan Schischkin
Satz: IBV Satz- und Datentechnik GmbH, Berlin
KR · Herstellung: Augustin Wiesbeck
Made in Germany
ISBN 3-442-73178-X
www.btb-verlag.de

*Der Tod folgt dem Menschen wie sein Schatten,
begleitet ihn auf Schritt und Tritt.*

Sprichwort des Baule-Stammes (Elfenbeinküste)

1

Es regnet. Ein heftiger, dichter Regen prasselt gegen die Fensterscheiben. Ich höre, wie der Wind an Fenstern und Türen rüttelt. Yvette eilt geschäftig umher, schließt die Fensterläden, legt die Riegel vor. Gleich wird sie mir das Abendessen bringen. Ich werde nichts anrühren, ich habe keinen Hunger. Sie wird darauf bestehen, daß ich etwas esse, wird böse werden. Sie wird mir sagen: »Kommen Sie schon, Elise, bitte, Sie müssen etwas essen, Sie müssen schließlich wieder zu Kräften kommen.« Blödsinn. Die einzigen Kräfte, über die ich verfüge, sind die, die meine inneren Funktionen am Laufen halten. Ich leide an Tetraplegie, einer gleichzeitigen Lähmung aller vier Gliedmaßen. Und, als würde das noch nicht reichen, habe ich das große Los gezogen: »Leider müssen wir unsere Sendung wegen einer Bild- und Tonstörung unterbrechen.« Ich bin stumm, blind und kann mich nicht rühren. Um es auf den Punkt zu bringen: eine lebende Leiche. Yvette kommt, ich höre ihre raschen Schritte.

»Zeit fürs Abendessen!«

Das Abendessen besteht für gewöhnlich aus einem proteinhaltigen Gemüsebrei, den man mir mit einem Teelöffel verabreicht. Er ist zu heiß, ich versuche mich zu wehren. Ich nehme an, daß Yvette verzweifelt das Gesicht verzieht. Ich erinnere mich noch gut an ihr rundes, von blondem Haar umrahmtes Gesicht mit dem milchigen Teint. Sie ist Eisenbahnerwitwe, um die sechzig, kräftig gebaut und gut zu Fuß. Sie arbeitet seit fast dreißig Jahren als Haushälterin bei uns in der Familie. Yvette erinnert sich besser an meine Mutter als ich. Als meine Mutter »in den Himmel kam«, war ich erst fünf Jahre alt. Und als vor sieben Jahren mein Vater starb, zog ich wieder hierher, und Yvette führte mir von da an den Haushalt. Nun pflegt sie mich. Die Krankenschwester hat ihr die notwendigen Handgriffe beigebracht. Arme Yvette, sie muß mich waschen, füttern, saubermachen. Sie hat sich sicherlich schon oft meinen Tod gewünscht. Und ich, wie oft habe ich ihn mir schon gewünscht?

Ich frage mich, ob es wohl dunkel ist. Wir haben Ende Mai. Ich kann mich nicht mehr daran erinnern, ob es zu dieser Jahreszeit gegen sieben oder acht dunkel wird. Und ich kann Yvette nicht fragen. Ich kann niemanden etwas fragen. Meine Körperfunktionen sind gestört.

Es passierte letzten Herbst, als wir Urlaub in Irland machten. Benoît und ich. Es war der 13. Oktober 1994. Ich erinnere mich genau, was er an jenem Tag trug: eine marineblaue Hose, einen Pullover in der gleichen Farbe und blaue Tennisschuhe. Ich selbst trug Jeans und einen weißen Rollkragenpullover. Und dazu weiße, ganz neue Turnschuhe. Jetzt habe ich Pantoffeln an den Füßen und fast immer ein Nachthemd an. Aber die Farbe meines Nachthemds kenne ich nicht…

Benoît und ich machten damals einen Abstecher nach Nordirland. Giant's Causeway. Belfast. An jenem Morgen in Belfast wollten wir zur Bank, um ein paar Travellerschecks einzulösen. Ich kann mich nicht mehr erinnern, welche Tasche ich an jenem Tag dabeihatte. War es die blaue Ledertasche oder der bunte Rucksack? Solche unwichtigen Kleinigkeiten treiben mich schier zum Wahnsinn. An so vieles, was ich gesehen habe, kann ich mich nicht mehr erinnern! Dabei wäre es gerade jetzt so wichtig für mich.

Nun, wir betraten die Bank, wobei ich die Glastür öffnete. Und in dem Augenblick passierte es. Die Explosion. Keine zehn Meter von uns entfernt stand ein Auto mit einer Sprengladung. Der Fahrer war natürlich sofort tot, vier Passanten starben. Und Benoît. Da war zuerst der Lärm, die enorme Detonation und gleichzeitig das Gefühl, in ein riesiges, loderndes Flammenmeer geworfen zu werden. Benoît packte mich am Arm, riß mich zu Boden. Wir wurden von einer Welle aus berstendem Metall und Glas erfaßt. Ich sah zwar, wie das Auto explodierte, hörte die Schreie, aber ich begriff nicht, nein, ich begriff nicht wirklich, daß es mir, Elise Andrioli, zustieß. Die Leute schrien. Ich sah, wie ein Glassplitter sich in Benoîts Kehle bohrte, wie das Blut – aber begriff ich wirklich, daß es Blut war? – herausschoß. Auch ich schrie. Irgend etwas traf mich am Kopf. Ich schloß die Augen. Seitdem habe ich sie nie wieder geöffnet.

Ich lag fast zwei Monate im Koma. Als ich wieder zu mir kam, befand ich mich in Frankreich, in Paris. Es dauerte eine Weile, bis ich begriff, daß mein Zustand nicht vorübergehend war. Daß ich weder jemals die Augen öffnen noch aufstehen würde. Daß ich weder mit den Krankenschwestern noch den Ärzten reden würde. Durch ihre Gespräche untereinander begriff ich, wie ernst mein Zustand war. Ich konnte es nicht glauben. Und dennoch...

Man unterzog mich unzähligen Tests, bis man zu dem Schluß kam, daß, obwohl mein Rückenmark nicht irreparabel verletzt zu sein schien, meine Bewegungszentren ernsthaft geschädigt waren. »Motorischer Kortex... Funktionsstörung des Kleinhirns... möglicherweise ein katatonischer Zustand...« Kurz, ein Defekt. Was nun meine Augen anging, kam man zu dem gleichen Ergebnis: Der Sehnerv ist intakt, aber irgend etwas in meinem Gehirn muß angegriffen sein, und die Ärzte wissen nicht, ob ich jemals wieder werde sehen können. Sie sind sich nicht sicher, ob ich höre und verstehe, was man mir sagt, also sprechen sie mit mir, als sei ich geistig behindert. Und so verhalten sich auch alle anderen, bis auf Yvette, die hartnäckig daran glaubt – und das ganz zu Recht –, daß ich alles mitbekomme und mich eines Tages wie ein wieder zum Le-

9

ben erweckter Lazarus aus meinem Rollstuhl erheben werde...

Damit wäre eigentlich schon alles gesagt. Ich bin sechsunddreißig. Ich fuhr Ski, spielte Tennis, ging wandern und schwimmen, ich liebte die Sonne, Ausflüge, Reisen, Liebesromane. Die Liebe... Und nun bin ich in mir selbst begraben und bete jeden Tag darum, endlich richtig sterben zu können.

Wenn ich mitbekomme, wie Yvette sich um mich bemüht, muß ich oft an einen Film denken, den ich mal im Fernsehen gesehen habe. Er handelte von einer armen Kreatur wie mir, doch der hatte man auch noch Arme und Beine amputiert, es war die Geschichte eines blinden und tauben menschlichen Wracks, das verzweifelt versuchte, mit seiner Krankenschwester zu kommunizieren, um sie dazu zu bringen, es zu töten. Benoît und ich hätten beinahe losgeheult. Gesund und glücklich, ein Glas Wein in der Hand, saßen wir behaglich auf dem Sofa. Bereit, das Unglück anderer zu beweinen.

Yvette schimpft mit mir. Ich versuche zu schlucken. Es ist schwierig. Tag für Tag frage ich mich, warum bestimmte Muskeln funktionieren und andere nicht. Warum hört mein Herz nicht auf, Blut zu pumpen, und warum arbeitet mein Gehirn noch immer? Warum spüre ich jede Berührung und warum bekomme ich Gänsehaut, wenn ich friere? Tag für Tag, seit ich das Bewußtsein wiedererlangt habe, konzentriere ich meine ganze Willenskraft auf ein einziges Ziel: Ich will mich bewegen. Bewegen, bewegen, bewegen. Vor zwei Monaten gelang es mir, mit den Augen zu blinzeln, und letzten Monat schaffte ich es, den Zeigefinger meiner linken Hand zu heben. Ich kann auch den Kopf bewegen, aber das sind unkontrollierte Bewegungen, auf die ich keinen Einfluß habe. Raybaud, mein Arzt, sagt, das sei ein enormer Fortschritt. Und daß er zum Surfen fährt. Raybaud kann man nicht gerade als besonders feinfühlig bezeichnen. Seiner Ansicht nach gehöre ich in eine Spezialklinik. In ein aseptisches Heim, in eine Art Lager für Mehlsäcke, denn als solcher fühle ich mich.

Das Abendessen ist beendet. Yvette räumt ab. Sie schaltet den Fernseher ein und spült das Geschirr. Nachrichten. *»In Bourg-en-Bresse stürzte ein Kran auf ein Wohnhaus.«* Sirenengeheul, Schreie, Kommentare. Es kommt noch besser: ein Irrtum der Polizei. *»Ein junger Araber wurde wegen eines Autodiebstahls versehentlich erschossen. Der Innenminister...«* Was hatten wir bloß vor dieser verdammten Bank verloren? Gibt es tatsächlich so etwas wie Schicksal? *»In der Region Yvelines sucht die Polizei noch immer nach dem kleinen Michaël Massenet...«* Und wenn das mein Schicksal ist, wie soll ich es akzeptieren? Was nützt es dann, sich zu beklagen? *»Ein Hochdruckgebiet über den Azoren...«* Dröhnende Werbung. Ich höre Stimmen, die überschwenglich die Vorzüge von Windeln, Matratzen, Waschmitteln, Autos, Toilettenpapier, Elektrogeräten, Parfum, Käse und Tiefkühlkost anpreisen. Das scheint mir alles so weit, weit weg. Jetzt fängt die Sendung an, die sich Yvette heute ansehen will: eine Diskussion über Drogenmißbrauch und Kriminalität an den Schulen. Ich lausche andächtig.

Ende der Diskussionsrunde. Man ist sich nicht einig geworden, aber alle machen sich gegenseitig überschwenglich Komplimente. Yvette seufzt und schiebt mich in mein Zimmer. Morgen müßte eigentlich die Masseurin kommen. Sie wird an meinen leblosen Gliedmaßen ziehen, sie mit Öl einreiben, sie stundenlang durchkneten und sich dabei fragen, ob ich irgend etwas davon spüre. Und ich werde ihr nicht antworten können.

»Gute Nacht«, sagt Yvette.

Egal, ob man das als gut oder schlecht betrachtet, für mich ist immer Nacht.

Heute morgen hat Yvette mich mit in den Supermarkt genommen, wie übrigens jeden Samstag, seit die Witterung milder geworden ist. Das Geschäft ist ganz in der Nähe, sie geht zu Fuß dorthin und schiebt mich dabei im Rollstuhl. Wunderbare Yvette, die sich nicht beirren läßt und mich wie ein Wesen mit vollem Denkvermögen behandelt. Ich habe Glück, daß ich sitzen kann. So habe ich zumindest das Vergnügen, die Sonne auf meinem Gesicht zu spüren, die Vögel, das Gehupe, das Geschrei der Kinder zu hören, die Auspuffgase und den Geruch frisch geschnittenen Grases einzuatmen, mir eine farbige Welt in Bewegung vorzustellen. Yvette hat mir eine Sonnenbrille aufgesetzt. Sie behauptet, das Sonnenlicht könne meinen Augen schaden. Ich denke, sie tut dies nur, damit die Kinder nicht vor meinem starren Blick erschrecken. Meinen Augen schaden... Sie sind ja doch zu nichts mehr nutze! Das Schlimmste, so sage ich mir manchmal im Scherz, ist, daß ich mich nicht mehr im Spiegel ansehen kann. Das ist natürlich unsinnig, aber ich frage mich oft, ob ich noch immer hübsch bin. Bin ich gut frisiert? Was das angeht, habe ich allerdings nur wenig Vertrauen in Yvettes Fähigkeiten.

Yvette hat mich in der Nähe eines Baumes abgestellt, das hat sie mir zumindest gesagt. Schön ruhig, nicht weit weg vom Parkwächter für den Fall, daß irgendwelche bösen Buben auf die Idee kämen, mich wegzufahren. Ich sehe schon die Schlagzeilen vor mir: »Hübsche Gelähmte von einer Bande junger Asozialer vergewaltigt.« Yvette ist in den Supermarkt gegangen, um ihre Besorgungen zu erledigen. Ich warte. Die Leute unterhalten sich über das Wetter, die Wahlen, die Arbeitslosigkeit etc. Bevor ich zu einem Mehlsack wurde, leitete ich ein kleines Kino, das Trianon, am Stadtrand, pardon, im neuerschlossenen Stadtgebiet. Drei frisch renovierte Säle. Vom Vater geerbt. Einen Teil des Programms widmete ich der Filmkunst, was dazu führte, daß ich auf ziemlich viele Festivals eingeladen wurde und häufig nach Paris fuhr. Kino, Theater, vorbei. Nein, ich werde jetzt nicht wieder anfangen, mich selbst zu bemitleiden.

Irgend etwas ist mir gerade auf die Hand gefallen. Es ist feucht. Ich höre ein Gurren über meinem Kopf. Verfluchte Taube! Beim Gedanken an diesen Vogeldreck auf meiner Hand ekelt mich. Ich ertrage es nicht länger, keine Macht über meinen Körper zu haben, ich ertrage diese Ohnmacht nicht länger...

»Warum wischst du das nicht weg?«

Jemand spricht mit mir. Ein Kind. Eine kleine, schüchterne Stimme. Ich sage nichts, wie könnte ich auch.

»Madame! Eine Taube hat dir auf die Hand gemacht.«

Das Kind wundert sich bestimmt, warum ich nichts sage. Es kommt näher, ich höre seinen Atem jetzt ganz deutlich.

»Bist du krank?«

Sehr scharfsinnig, dieses Kind! Ich nehme meinen ganzen Willen zusammen und hebe den Zeigefinger.

»Kannst du nicht sprechen?«

Nein, ich kann nicht. Ich hebe wieder den Zeigefinger. Ich weiß nicht einmal, ob das Kind es bemerkt hat.

»Ich heiße Virginie.«

Ein Mädchen! Mein Gehörsinn ist noch nicht so gut entwickelt wie der eines Blinden. Sie legt ihre Hand auf meine, ich spüre sie, eine kleine, junge Hand. Was macht sie? Ah, sie wischt mir die Hand ab, ich spüre ein Stoff- oder ein Papiertaschentuch.

»Ich mach dir die Hand sauber, Madame. Wohnst du hier?«

Ich hebe den Zeigefinger.

»Wenn du den Zeigefinger hebst, bedeutet das ›ja‹?«

Ich hebe den Zeigefinger.

»Ich wohne auch hier. Ich bin mit meinem Papa hier, wir kaufen ein. Er sagt, ich darf nicht mit Fremden sprechen, aber bei dir ist das doch was anderes, oder? Du bist gelähmt. Hattest du einen Unfall?«

Ich hebe den Zeigefinger. Es ist meine erste Unterhaltung seit Monaten. Ich frage mich, wie alt sie wohl ist.

»Mein Papa arbeitet in einer Bank. Meine Mama ist Bibliothekarin. Und ich gehe in die Schule, ins Charmilles. Ich bin sieben. Du, soll ich dir eine Geschichte erzählen?«

Gedankenverloren hebe ich den Zeigefinger. Sieben Jahre ist sie. Ihre ganze Zukunft liegt noch vor ihr. Wenn man bedenkt, daß ich auch mal sieben Jahre alt war und mir geschworen hatte, große Dinge zu vollbringen…

»Es war einmal ein kleiner Junge, der hieß Victor. Er war der Sohn von der Frau, der der Tabakladen gehört. Er war sehr böse, und eines Tages hat man ihn dann tot im Wald gefunden, wo er aber gar nicht hindurfte.«

Aber was erzählt sie da?

»Die Polizei ist gekommen, aber sie haben nichts herausgefunden. Nach Victor hat sich die Bestie der Wälder Charles-Eric geschnappt, den Sohn von der Frau auf der Post. Man hat ihn im Gebüsch an der Bahnlinie gefunden, und er war auch voller Blut. Die Polizei ist zwar gekommen, aber der Fall wurde wieder nicht aufgeklärt. Und dann kam Renaud dran. Und gestern hat sich die Bestie Michaël geschnappt, am Flußufer.«

Dieses Mädchen ist verrückt. Wie kann sie sich nur so eine Geschichte ausdenken? Sie stützt sich auf meinen Unterarm und flüstert mir zu:

»Aber ich, ich weiß, wer sie getötet hat.«

Was? Wo hat die Kleine denn den Unsinn her? Wo ist ihr Vater?

»Weil ich ihn gesehen habe, den Mörder. Hörst du mir zu?«

Ich hebe den Zeigefinger. Und wenn es wahr wäre? Nein, das ist lächerlich. Schon wieder ein Kind, das zuviel Fernsehen guckt.

»Und seitdem habe ich die ganze Zeit Angst. Ich bin in der Schule schlechter geworden, und alle glauben, daß das so ist, weil Renaud tot ist. Renaud war mein großer Bruder, verstehst du?«

Ich hebe den Zeigefinger. Dieses Kind hat eine total kranke Phantasie.

»Ich habe die Bestie gesehen, als das mit Renaud passiert ist. Im Häuschen hinten im Garten. Du weißt schon, so ein Häuschen für Kinder aus Stoff, wo Fenster draufgemalt sind, und Renaud war da drin und…«

»Virginie!« Eine männliche Stimme, warm und tief. »Ich su-

14

che dich jetzt schon seit einer Viertelstunde. Ich hab dir doch gesagt, du sollst in der Nähe vom Kiosk bleiben. Sie hat Sie doch hoffentlich nicht gestört, Mademoiselle? Oh, entschuldigen Sie...«

Die Leute entschuldigen sich immer, wenn sie meinen Zustand bemerken.

»Sag auf Wiedersehen zu der Dame, Virginie.«

»Auf Wiedersehen, Madame. Wir kommen jeden Samstag zum Einkaufen her.«

»Virginie! Das reicht! Entschuldigen Sie...«

Seine Stimme klingt jung. Eine sehr schöne Stimme. Ich stelle mir einen großen Mann mit kurzem Haar, in Jeans und einem Polohemd von Lacoste vor.

»Ist etwas passiert?«

Ich höre Yvette.

»Nein, nein, Virginie hat nur mit Madame gesprochen und ich hoffe, sie hat sie nicht gestört.«

Von allen Dingen, die mich so stören, ist dieses Mädchen wirklich das kleinste Übel. Ich höre Yvette flüstern. Ich überlege, was sie ihm wohl erzählt. »Ein schrecklicher Unfall, blablabla, behindert, blind geworden, kann nicht mehr sprechen, entsetzlich, blablabla, so jung, ihr Verlobter starb, die Arme, keine Hoffnung, die Ärzte sind pessimistisch, das Leben ist so ungerecht...«

Virginie flüstert mir zu: »Wenn du Samstag kommst, erzähle ich dir die Geschichte weiter.«

»So, nun komm, wir gehen! Sag auf Wiedersehen.«

Ich stelle mir vor, wie ihr Vater sie an der Hand zieht, es eilig hat wegzukommen.

Yvette stellt mir einen Teil der Plastiktüten, die voller spitzer Sachen sind, auf den Schoß, die anderen hängt sie an die Griffe des Rollstuhls und los geht's. Während sie mich schiebt, redet sie mit mir, wie sie es immer macht, wenn sie mich spazierenfährt. Diese Monologe sind ihr zur Gewohnheit geworden. Sie hat zu Raybaud gesagt, sie sei überzeugt davon, daß ich sie ver-

15

stehe. Recht hat sie. Raybaud hat gemeint, sie solle sich keine allzu großen Illusionen machen. Und hopp, ab aufs Surfbrett! Mein Fall interessiert ihn nicht wirklich. Viel zu deprimierend. Der einzige, der echtes Interesse an meinem Fall bekundet hat, ist der Neuropsychologe des Krankenhauses, Professor Combré. Er ist Spezialist auf dem Gebiet der Gehirnchirurgie. In drei Monaten will er mich wieder untersuchen. Manchmal träume ich davon, daß er beschließt, eine Operation vorzunehmen, die sozusagen die allerletzte Chance auf Heilung für mich wäre. Aber wie soll ich ihn davon überzeugen? Yvette redet in einem fort.

»Stellen Sie sich vor, Seezunge ist schon wieder teurer geworden. Bald können sich nur noch Milliardäre frischen Fisch leisten. Ich weiß schon, daß Ihnen das völlig egal ist, aber trotzdem.«

Ich weiß nicht, warum, aber Yvette hat immer darauf bestanden, mich zu siezen. Sie hat meine Eltern gesiezt und ich war Mademoiselle Elise. Das klingt ein wenig altertümlich. Sie spricht gerade über Virginie:

»Wirklich ein hübsches kleines Mädchen, ja. Ihr Vater auch, ein sympathischer Mann. Anständige Leute, das sieht man sofort. Die Kleine gepflegt, sauber, höflich. Er sehr elegant, blaßgrünes Polohemd, saubere Jeans, aber dennoch modisch, verstehen Sie? Schade, daß Sie keinen Besuch mehr bekommen. Ich weiß, daß Ihnen daran momentan nicht sonderlich viel liegt, aber trotzdem. Ganz allein dazustehen... ach, man kann sagen, daß Ihre Freunde Sie fallengelassen haben. Aber ich habe es Ihnen ja schon immer gesagt, so ist das heutzutage, die Leute interessieren sich nur für einen, solange man ihnen nützlich ist.«

Meine Freunde... Ich hatte nie viele Freunde, ich konnte sie an den Fingern einer Hand abzählen. Und noch dazu leben sie jetzt nicht mehr hier: Frank und Julia wohnen in Paris, Cyrille ist gerade in die Nähe von Grenoble versetzt worden, Isabelle und Luc wohnen in Nizza, nicht weit von meinem Onkel entfernt. Seit ich Benoît kennengelernt hatte, habe ich praktisch niemanden mehr gesehen, und die wenigen Bekannten, mit denen wir ausgingen, leben in Paris. Anfangs haben sie angerufen, die Freunde. Sie waren völlig schockiert. Benoît tot, ich behindert... Und dann wurden die Anrufe immer seltener. Ich verstehe sie, es muß peinlich für sie sein, sie haben es vorgezogen, mich zu vergessen.

»Habe ich auch den Glasreiniger gekauft?« unterbricht sich plötzlich Yvette.

Sie geht noch einmal Stück für Stück ihre Einkaufsliste durch. Ich höre nicht mehr hin. Ich grüble über das nach, was mir die kleine Virginie erzählt hat. Jetzt, wo ich darüber nachdenke, erinnere ich mich sehr gut an den kleinen Victor, den Sohn der Tabakladenbesitzerin. Jeder hat damals von der entsetzlichen Geschichte gesprochen. Er war in der Nähe des Kanals erwürgt aufgefunden worden. Das muß mindestens fünf Jahre her sein... Und der andere, der mit dem Doppelnamen, ja, ich erinnere mich, Benoît und ich haben über diesen Fall geredet. Auch er wurde, glaube ich, erwürgt. Die Polizei hatte einen Onkel in Verdacht, doch man konnte ihm nichts nachweisen. Aber solche Dinge geschehen derart häufig... zuerst sind sie in aller Munde und dann mit der Zeit vergißt man sie wieder. Und dieser kleine Michaël? Das müßte ja erst kürzlich passiert sein. Habe ich diesen Namen nicht gestern abend in den Nachrichten gehört? Heute abend muß ich mir unbedingt die Fernsehnachrichten anhören. Vorausgesetzt, Yvette läßt mich im Wohnzimmer sitzen. Manchmal schiebt sie mich in mein Zimmer. Ich soll mich ausruhen. Von was, frage ich mich. Sie macht mir das Radio oder den CD-Player an. Sie nimmt sich irgendeine CD, läßt die Stücke weg, die ihr nicht harmonisch erscheinen und überfüttert mich mit klassischer Musik oder Musettewalzern. Ich habe mir bestimmt schon zweihundertmal *Riquita, jolie fleur de Java* anhören müssen, und oft träume ich davon, Riquita zu erwürgen, sie zu Brei zu schlagen.

17

Yvette verstaut die Einkäufe. Sie hat mich im Wohnzimmer im Strahl der Sonne gelassen. Langsam wird das Wetter wärmer, sie hat die Fenster weit geöffnet, ich spüre den Wind auf meiner Stirn und rieche den Duft der Blumen draußen. Ich kann die Düfte nicht unterscheiden, aber ich kann sie wahrnehmen, ich atme den Geruch des blühenden Frühlings, gierig sauge ich die Sonne ein.

Es klingelt. Das ist die Masseurin. Eine Folterstunde steht mir bevor.

Das Glück ist mir hold. Während sie meine schlaffen Muskeln bearbeitet, ruft Catherine, so heißt die Krankengymnastin, plötzlich Yvette etwas zu, die in der Küche hantiert:

»Haben Sie schon gehört? Sie haben den kleinen Jungen gefunden, erwürgt.«

»Was?« fragt Yvette und dreht den Wasserhahn zu.

»Man hat den kleinen Michaël Massenet aus La Verrière gefunden. Seine Mutter kommt wegen ihrer Nackenschmerzen zu mir. Sie hat sich letztes Jahr einen Halswirbelbruch zugezogen. Man hat den Kleinen im Wald gefunden. Erwürgt.«

Yvettes Stimme scheint jetzt aus nächster Nähe zu kommen. Ich stelle mir vor, wie sie sich die Hände an ihrer mit pastellfarbenen Frühlingsblumen bedruckten Baumwollschürze abwischt. Sie ist empört: »Was für eine Welt! Wie alt war er?«

»Acht Jahre alt. Ein hübscher kleiner Junge mit blonden Locken. Ich habe es gerade in den Dreiuhrnachrichten gehört. Der Leichnam wurde in der Nähe des Flusses von einem Angler gefunden, als er mittags zu seinem Auto zurückging. Der Tod ist vor wenigstens vierundzwanzig Stunden eingetreten. Können Sie sich vorstellen, was das für ein Schock für den Mann war? Wenn ich Kinder hätte, würde ich sie momentan nicht aus dem Haus lassen. Das muß man sich mal vorstellen, das ist der vierte Mord in fünf Jahren.«

»Der vierte?«

»Aber ja! Anfangs hat man keinen Zusammenhang zwischen den einzelnen Morden gesehen, aber jetzt...«

»Hat man eine Spur? Gibt es irgendwelche Hinweise?« fällt ihr Yvette ins Wort, die eine begeisterte Krimileserin ist.

Dem Tonfall ihrer Stimme nach zu urteilen, verzieht Catherine die Große verächtlich das Gesicht:

»Wo denken Sie hin! Die tappen im dunkeln. Wie die hier«, fügt sie hinzu und kneift mich in die Wade.

Yvette muß sie wohl mißbilligend angesehen haben, denn Catherine die Große korrigiert sich auf der Stelle:

»Na, jedenfalls macht sie Fortschritte, das ist doch toll!«

Yvette läßt sich nicht ablenken:

»Aber, sagen Sie mal, Michaël Massenet, war das nicht dieser hübsche kleine Junge, der im Kulturzentrum Klavier gespielt hat?«

»Ja, genau der. Sehr höflich, sehr weit für sein Alter…«

Sie unterhalten sich noch eine Weile über dieses Thema, und ich passe auf, daß mir nichts entgeht. Michaël Massenet, acht Jahre, Schüler der Klasse CE2 am Charmilles, der neuen Schule in der Siedlung. Der Vater ist Fahrlehrer, die Mutter Sekretärin. Guter Schüler, intakte Familie. »Sicher ist der Verbrecher ein Sadist«, meint Yvette abschließend.

Jetzt liege ich in meinem Bett. Yvette hat den Fernseher ausgemacht. Es muß elf Uhr abends sein. Gegen drei Uhr morgens kommt sie, um zu sehen, ob mit mir alles in Ordnung ist: kein Durst, Pipi machen, warm genug…?

Heilige Yvette. Ich hoffe, daß dir mein Vormund wenigstens ein anständiges Gehalt überweist. Mein Onkel wurde zu meinem Vormund bestimmt. Mein Onkel Fernand, der Bruder meines verstorbenen Vaters. Er leitet eine Baufirma in der Nähe von Nizza und ist das, was man einen ehrenwerten Mann nennt.

Aber das ist jetzt nicht wichtig. Das Gesprächsthema des Tages ist dieser Mordfall. Wir haben die Zwanziguhrnachrichten gehört. Glücklicherweise läßt mich Yvette bei sich, wenn sie ein Thema fesselt, denn so kann sie ihre Überlegungen jemandem mitteilen. Natürlich wurde über den kleinen Massenet ge-

19

sprochen. Erwürgt. Man stellte eine Verbindung zu anderen, viel länger zurückliegenden Verbrechen her, die im Umkreis von fünfzig Kilometern begangen wurden: Victor Legendre, 1991 in Valençay erwürgt aufgefunden; Charles-Eric Galliano, 1992 in der Nähe von Noisy erwürgt aufgefunden; Renaud Fansten, 1993 im Garten seiner Eltern in Saint-Quentin erwürgt aufgefunden. Keiner dieser Morde konnte bisher aufgeklärt werden. Darüber hinaus, so betonte der Sprecher, sei jeder dieser Fälle von verschiedenen Abteilungen untersucht worden: In den beiden ersten Fällen war die Gendarmerie zuständig, im dritten die Kriminalpolizei. Kurzum, aufgrund des Mordes an Michaël Massenet wird die ganze Geschichte wieder aufgerollt. Yvette konnte gar nicht aufhören, sich über die Polizei und Triebtäter, bei denen man am besten eine Lobotomie vornehmen sollte, lautstark und ausdauernd zu ereifern.

In der Ferne ruft ein Käuzchen. Ich würde mich so gern umdrehen, ich habe es satt, auf dem Rücken zu liegen. Eine Nacht auf dem Rücken, eine Nacht auf der Seite. Jedesmal stützt Yvette mich mit Kopfkissen ab, legt mir Kissen zwischen die Knie und die Knöchel, so wie Raybaud es ihr empfohlen hat, um zu verhindern, daß ich mich wundliege. Es muß ganz schön nervig sein, mich Abend für Abend so hinzubetten. Stop, ich will nicht schon wieder in Selbstmitleid verfallen! Also hat die Kleine die Wahrheit gesagt. Mehrere Kinder sind umgebracht worden, von denen eines, angeblich, ihr Bruder ist. Das ist schrecklich. Ich kann verstehen, daß sie das alles jemandem erzählen muß. Aber ich finde die Gleichgültigkeit, mit der sie von diesen Morden gesprochen hat, ziemlich beunruhigend. Sie muß sehr durcheinander sein... Ich würde sie gerne wiedersehen... nun, ich wollte sagen... sie wiederhören. Charmilles? Ist das nicht der Name der Schule, in die sie geht? Dieser große Glasbau, umrahmt von Bäumen, die erst noch wachsen müssen?

Ich war gerade eingenickt, als mich ein komischer Gedanke wieder aufschrecken läßt. Woher wußte die kleine Virginie

überhaupt von Michaël Massenet? Sie hat eindeutig gesagt:
»Und seit gestern Michaël, er liegt am Flußufer.« Doch Catherine die Große hat erklärt, daß der Leichnam erst heute gegen
Mittag gefunden wurde. Wie hat die Kleine das heute morgen
um zehn Uhr schon wissen können?

*Weil sie ihn gesehen hat. Sie hat den Leichnam gesehen.
Oder den Mörder.*

Deshalb wußte sie Bescheid. Sie ging dort vielleicht zufällig
spazieren und hat alles beobachtet! Sie hat nicht gelogen, als
sie sagte, daß sie den Mörder kenne! Und ich weiß noch nicht
einmal, wer sie ist. Virginie. Ich versuche mich zu erinnern. Ich
habe im Kino so viele Kinder gesehen, aber es gibt sehr viele
neue Siedlungen hier, jeden Tag ziehen neue Leute her. Die
einzige Virginie, an die ich mich erinnere, war klein und dick,
ungefähr zehn Jahre alt und stopfte sich mit Bonbons voll.
Diese Virginie aber hat mir erzählt, sie sei sieben, das haut also
nicht hin. Und die andere hatte auch eine schrille Stimme,
während diese hier leise, ruhig, ... in einer irgendwie gleichgül-
tigen Weise spricht.

Wenn dieses Mädchen den Mörder gesehen hat, muß man
etwas unternehmen. Aber was? Ich bin nun wirklich nicht in
der Lage, die Polizei zu verständigen. Und selbst wenn es mir
durch ein Wunder gelänge, was sollte ich ihnen erzählen? Daß
sie nach einem sieben Jahre alten Mädchen namens Virginie
suchen sollen, von der ich nicht einmal weiß, ob sie hier oder in
den »Wohnanlagen« am Wald lebt?

Auch wenn ich es kaum aushalte, mir bleibt nichts anderes
übrig, als bis nächsten Samstag zu warten.

<u>2</u>

Heute ist der große Tag. Ich bin sehr früh aufgewacht. Das
weiß ich, weil ich lange warten mußte, bis Yvette kam, mich
aufrichtete, mich wusch, mir die Bettschüssel unterschob,

mich anzog. Glücklicherweise habe ich meine Blase mehr oder weniger unter Kontrolle. Das beruhigt mich und läßt mich hoffen, daß ich eines Tages wieder selbständiger sein werde. Ich wäre zufrieden, wenn ich die Arme bewegen, den Kopf schütteln, lächeln könnte. Schade um den Sex. Schade ums Sprechen. Aber sehen können. Wieder sehen, mit den anderen kommunizieren können. Warum schenkt mir niemand einen Stimmcomputer? Weil ich weder reich noch berühmt oder genial bin; man muß sich mit den Gegebenheiten abfinden.

Das Bett ist mit einer Spezialvorrichtung ausgestattet, die es Yvette ermöglicht, mich in den Rollstuhl hinübergleiten zu lassen. Und schon sitze ich. Wenn wir außer Haus gehen, zieht sie mich an, eine mühsame Prozedur. Ein T-Shirt, das sich am Rücken ständig verwurstelt. Ein Rock und darüber eine Decke. Sie setzt mir die obligate Brille auf und bindet mir einen Schal um den Hals, weil, wie sie mir erzählt, draußen ein kühler Wind wehe. Ich schwitze mich zu Tode. Wir brechen auf. Glücklicherweise ist das Haus ebenerdig. Das sind die kleinen Details, die mich davor bewahrt haben, in einem Pflegeheim untergebracht zu werden. Das und das Geld, das mein Onkel für das Kino bekommen hat. Er hat es an meiner Stelle weitergeführt. Ich erinnere mich an seinen Besuch Ende Januar. Er legte seine Hand auf meine Schulter und sagte mit einer Stimme, die er immer in ernsten Situationen anschlägt: »Hör mal, mein Mädchen, ich habe lange nachgedacht. Du brauchst Geld und du brauchst jemanden, der sich um dich kümmert. Ich habe beschlossen, das Kino zu verkaufen. Ich bin sicher, daß das auch in Louis' Sinn wäre. (Louis ist mein verstorbener Vater, der das Kino gegründet hat.) Ich weiß, wie sehr du daran hängst. Aber ein Kino kann man wieder zurückkaufen. Deine Beine nicht. Du mußt alles daransetzen, wieder gesund zu werden. Und das wird teuer. Ich will, daß du die beste Behandlung bekommst. Das Beste vom besten. Den besten Rollstuhl, all das. Verstehst du? Also, ich hab's verkauft. An Jean Bosquet.« Ich war so wütend. Ausgerechnet Bosquet! Dieser

Scheißkerl, der im Jaguar durch die Gegend fährt und in den Siebzigern mit Pornos ein Vermögen gemacht hat. Er hat die schmuddeligsten und ältesten Kinosäle in der Gegend. Was wird er aus meinem Trianon machen?

Der Rollstuhl holpert über den Bürgersteig und reißt mich aus meinen Erinnerungen. Yvette redet pausenlos, kommentiert alles, was sie sieht: den neuen Regenmantel von Madame Berger, der Lehrerin, die nicht so lange Sachen tragen sollte. So wirkt sie fast wie eine Tonne. Die wirklich ungünstige Frisur der armen, kleinen Sonia, die glaubt, nur weil sie ein Kosmetikdiplom habe, könne sie sich wie ein Starlet aufführen, usw., usw.

Doch was sie dann sagt, erregt meine Aufmerksamkeit.

»Oh! Da ist die bedauernswerte Madame Massenet, die Mutter des armen kleinen Michaël, Sie erinnern sich sicher an den kleinen Michaël, den man letzten Samstag im Wald gefunden hat, ein kleiner blondgelockter Junge, immer höflich... Wie traurig sie aussieht! Und die dunklen Ringe unter ihren Augen! Wie tapfer von ihr, ihre Einkäufe hier zu erledigen. Ich an ihrer Stelle würde ja in einen anderen Supermarkt gehen. Nun gut, ich lasse Sie hier. Der Wächter ist nicht weit weg, ich werde ihn bitten, ein Auge auf Sie zu haben. Bis gleich.«

Ich höre, wie sie davongeht und vor sich hinmurmelnd nach der Münze für den Einkaufswagen kramt.

Ich warte gespannt. Bei jedem Schritt, der sich in meine Richtung bewegt, spüre ich, wie sich meine Muskeln anspannen. Wird sie kommen? Und mit einemmal ist sie da.

»Guten Tag, Madame. Geht es dir gut?«

Zeigefinger.

»Willst du, daß ich dir meine Geschichte weitererzähle?«

Zweimal Zeigefinger.

»Die Polizei hat Michaël gefunden. Im Wald. Er war mausetot. Ich wußte, daß sie ihn gesucht haben, aber ich konnte ihnen doch nicht sagen, wo er war, sonst hätten sie mich gefragt, woher ich das weiß, verstehst du?«

Und wie ich das verstehe!

»Ich wußte es, weil wir zusammen Angeln gespielt haben. Da angeln wir nicht wirklich, wir binden ein Band an einen Stock und tun nur so. Seine Mama will nicht, daß er am Fluß spielt, aber wir lügen, wir sagen, daß wir Fahrrad fahren. Und dann hatte ich keine Lust mehr zu angeln, weil er gesagt hat, daß er alle Fische gefangen hat und ich keinen einzigen, und dann habe ich gesagt, daß ich nach Hause gehe. Ich bin weg, aber ich habe einen schönen Pilz gefunden, und als ich wieder aufblickte, habe ich gesehen, daß er der Bestie begegnet ist.«

Ich habe gute Lust, sie kräftig durchzuschütteln. Wem ist er begegnet, verdammt noch mal?

»Und da wußte ich, daß er bald tot sein würde, so wie die anderen, weil die Geschichte immer gleich abläuft. Ich wollte weg, aber ich bin geblieben und habe mich hinter einem Baum versteckt. Ich wollte zusehen.« Ihr helles Stimmchen. Fast gleichgültig spult sie ihre Litanei des Grauens ab.

»Michaël hat der Bestie guten Tag gesagt und dann hat sich sein Gesichtsausdruck auf einmal verändert, er ging einen Schritt zurück, dann noch einen, und dann ist er hingefallen. Damit war er verloren, weißt du, er hat noch versucht, wieder aufzustehen, aber es war schon zu spät. Die Hände haben sich um seinen Hals gelegt und einfach zugedrückt, er ist ganz rot geworden, dann ganz violett, und dann kam seine Zunge aus dem Mund, und er ist auf den Boden zurückgefallen, mit weit aufgerissenen Augen. Ich hab mich nicht vom Fleck gerührt, mir war heiß, weißt du, ich habe geschwitzt, aber ich wußte, ich darf mich nicht von der Stelle rühren, und dann haben die Hände losgelassen und…«

»Bist du schon wieder da, du kleines Plappermaul? Kannst du die Dame nicht in Ruhe lassen?«

Ihr Vater muß in unmittelbarer Nähe stehen. Ich rieche sein Rasierwasser. Frisch und würzig. Ich spüre die Sonne nicht mehr, er muß direkt vor mir stehen, seine Stimme, die plötzlich ganz nah ist, klingt sehr sanft:

»Hören Sie, es ist nicht so, daß ich nicht will, daß die Kleine mit Ihnen spricht, aber ich weiß nicht, ob es Sie nicht stört... Oh, guten Tag, Madame... Virginie ist mir einfach davongelaufen und hierhergekommen...«

»Das macht doch nichts. Mademoiselle Elise hat Kinder immer gern gehabt. Ich glaube nicht, daß sich das geändert hat. Sie hat sich immer gefreut, wenn sie kamen, um sich die Zeichentrickfilme anzusehen. Wissen Sie, im Kino, dem Trianon...«

»Ja, das kenne ich. Früher haben wir in Saint-Quentin gewohnt, aber jetzt sind wir nach Boissy gezogen, in den Stadtteil Merisiers.«

Saint-Quentin! Der kleine Renaud, von dem in den Nachrichten die Rede war, wurde in Saint-Quentin getötet!

»Aber da wohnen Sie ja quasi gleich nebenan! Wir sind Nachbarn! Was für ein Zufall! Nun, Mademoiselle Elise war die Besitzerin des Trianon.«

Wie kommt sie dazu, ihm aus meinem Leben zu erzählen? Jetzt hält er mich sicher für eine verklemmte alte Jungfer, die Kinder mit Eis vollstopfte und ihnen den Kopf tätschelte.

Auf meinem Schoß werden Tüten abgestellt. Der Rollstuhl setzt sich in Bewegung. Die Unterhaltung zwischen Yvette und Virginies Vater geht weiter. Sehr gut!

»Sie haben wirklich eine entzückende kleine Tochter!«

»Tja, sie sieht aus wie ein Engel, aber sie hat es faustdick hinter den Ohren, nicht wahr, Virginie?«

»Haben Sie noch mehr Kinder?«

»Ich... Nun, ich... ich hatte einen Sohn, aber, oh, da steht mein Auto. Ich muß jetzt los. Hören Sie, ich würde Sie ja gerne mitnehmen, aber mit dem Rollstuhl...«

»Das ist trotzdem sehr nett von Ihnen. Ach, es tut ganz gut, ein bißchen spazierenzugehen«, erwidert Yvette taktvoll, ohne weiter zu insistieren.

»Auf Wiedersehen, Elise, bis nächsten Samstag!« höre ich Virginies lebhaftes Stimmchen rufen.

25

»Auf Wiedersehen, Virginie. Ich glaube, Elise wird sich sehr freuen, wenn du kommst und ihr guten Tag sagst... natürlich nur, wenn Sie nichts dagegen haben, Monsieur...«

»Aber nein, ganz und gar nicht! Komm, beeil dich, Virginie. Mama wartet sicher schon. Auf Wiedersehen.«

Türenschlagen.

Yvette geht weiter.

»Ich weiß nicht, was er mit der Bemerkung über seinen Sohn gemeint hat, merkwürdig, ganz so als wollte er nicht darüber sprechen, sicher hat es einen Unglücksfall in der Familie gegeben. Jedenfalls mag die Kleine Sie sehr. Es ist schön, wenn man Kinder trifft, die ein Herz haben. Ich erinnere mich zum Beispiel...«

Yvette setzt zu einem langen Exkurs über all die hinterlistigen und mißratenen Kinder an, denen sie in ihrem Leben schon begegnet ist. Ich höre nicht mehr zu. Ich denke nach. Virginie hatte behauptet, daß ihr Bruder tot sei. Das Verhalten ihres Vaters läßt vermuten, daß das stimmt. Eins zu null für das Kind. Jetzt müßte ich nur noch herausbekommen, ob er Renaud hieß. Doch wenn Virginie tatsächlich Zeugin des Mordes an dem kleinen Michaël war, *dann ist sie in Gefahr.* Der Mörder wird sie sicher aus dem Weg räumen wollen. Es sei denn, er hat sie nicht bemerkt. Wie soll man das wissen? Ich ertrage diese Machtlosigkeit nicht. Ich ersticke, ich ersticke, ich habe das Gefühl, in einer Zwangsjacke zu stecken und einen verrückten Doktor anzuflehen, mich freizulassen. Doch es wird nie jemand kommen und mich befreien. Ich möchte schreien. Die Arme heben können. Einfach nur diese verfluchten Arme heben können.

»O je! Sie schwitzen ja! Warten Sie, ich werde Ihnen den Schal ausziehen.«

Ja, nimm mir den Schal ab, knote eine Schlinge und häng mich am nächsten Baum auf, damit ich wenigstens stehend sterbe, ich hab es so satt! Ich darf mich jetzt nicht auf solche Gedankengänge einlassen. Ich muß auf dem Boden der Reali-

26

tät bleiben. Virginie ist real. Und sie hat Probleme. Große Probleme. Ich muß wissen, wer ihr Vater ist, den Namen dieses Mannes herausbekommen. Ich muß in die Sache eingreifen. Ich muß mich bewegen können!

Catherine die Große kommt jeden Tag und läßt mir ihre kraftvolle Pflege angedeihen. Sie ist groß und blond... schlank, sportlich, ein richtiger Aerobic-Typ mit Pferdeschwanz und Leggings. Vor dem Unfall habe ich sie manchmal im Kino mit ihrem jeweils gerade aktuellen Freund gesehen. Sie geht nur mit großgewachsenen, kräftigen Kerlen mit kurzgeschorenen Haaren aus. Ich kannte sie nur vom Sehen, hatte nie Bedarf für ihre Dienste und fand sie auch nicht sonderlich sympathisch. Es fällt mir schwer zu akzeptieren, daß ich ihr heute willenlos ausgeliefert bin und daß meine Wiederherstellung von dieser engstirnigen Person abhängt, die ständig die Meldungen des letzten Fernsehmagazins herunterleiert.

Doch in diesem Fall erweist sie sich als nützlich. Als sehr nützlich sogar. Denn sie ist nicht in der Lage, auch nur für fünf Minuten den Mund zu halten. Ich bin von äußerst redseligen Frauen umgeben. Von Schwatzsüchtigen. Welche Wohltat! Wenn man in meiner Situation ist, dankt man Gott, daß er die Klatschbase erschaffen hat. Denn ganz im Gegensatz zu dem, was man glauben könnte, verspüre ich keine Lust, mich in die ehrwürdige Stille zurückzuziehen, um über die Relativität des Kosmos zu meditieren. Ich will leben. Ich bin lebendig!

Also, Catherine die Große ist ein unerschöpflicher Informationsquell. Sie und Yvette sind meine »Reporter vor Ort«. Durch sie werde ich erfahren, wer Virginie ist.

»Haben Sie die Nachrichten gesehen?« erkundigt sich Catherine die Große, während sie an meinem Unterarm zieht.

»Nein, wieso? Wir haben im Garten zu Mittag gegessen, es war so schön draußen.«

»Es muß nicht leicht sein, sie zu füttern«, murmelt Catherine nachdenklich, während sie meinen Trizeps knetet.

Aber ja doch, meine Kleine, man sorgt schon irgendwie für die Bekloppte. Tut mir leid, daß deine ausgeprägte Sensibilität darunter leidet.

Sie fährt fort.

»Sie haben wieder etwas über den kleinen Michaël gebracht. Die gleiche Reportage wie letzte Woche, Bilder vom Wald, von dem Angler, der die Leiche gefunden hat usw., denn jetzt sind sie sich sicher, daß es ein Irrer ist. Er hat schon vier Kinder umgebracht! Vier achtjährige Kinder ermordet! Alle in einem Umkreis von fünfzig Kilometern. Wenn ich daran denke, daß der Kerl frei rumläuft!«

»Und sie haben nichts gefunden? Keine Fußabdrücke, Reifenspuren, Stoffasern?« erkundigt sich Yvette, bereit, die Ermittlungen zu leiten.

»Nichts! Nicht das geringste! Und all die armen Kinder sind erwürgt worden.«

»Und, ähm, vergewaltigt worden?«

»Nein, nicht mal. Sie sind einfach nur erdrosselt worden.«

»Merkwürdig«, murmelt Yvette, die sich im Zimmer zu schaffen macht. (Vermutlich wischt sie Staub.) Im allgemeinen haben Morde an kleinen Kindern ein sexuelles Motiv.«

»Ach ja? Nun, jedenfalls haben sie das im Fernsehen nicht erwähnt. Das schlimmste ist, daß ich wenigstens drei der Mütter kenne. Eine arbeitet in der Post in La Verrière. Der zweiten gehört der Tabakladen im Supermarkt. Und die dritte ist Madame Massenet, die, wie ich Ihnen schon erzählt habe, regelmäßig zu mir kommt.«

»Und die vierte Familie?«

»Die kenne ich nicht. Im Fernsehen sagten sie, daß der Vater in einer Bank arbeitet. Die Familie wollte nicht gefilmt werden.«

Das sind sie, ich bin sicher, das sind sie! Wenn Catherine die Große sie doch nur kennen würde… Aber was würde das ändern? Sie wird nie kapieren, daß ich kein Mehlsack bin. Doch dazu müßte sie mich ansehen. Wenn ich mir vorstelle, ausgerechnet ihr eine derart komplizierte Botschaft übermitteln zu müssen...

Doktor Raybaud ist gekommen. Verschiedene Untersuchungen, die länger als gewöhnlich dauern. Kein Wunder, es regnet, und er kann heute nicht auf dem See surfen. Er hat mich von Kopf bis Fuß abgetastet, und ich nutze die Gelegenheit, um mehrmals hintereinander den Zeigefinger zu heben. Er ruft Yvette und erkundigt sich bei ihr, ob ich das häufiger mache. Sie erwidert ihm, daß sie es nicht wisse. Er sagt ihr, daß sie in Zukunft darauf achten solle. Ich zwinkere mit den Augen und versuche, den Kopf zu drehen, aber das hat leider nicht den gewünschten Erfolg. Er hält es für einen Anfall, und sie halten mich fest, bis es mir wieder besser geht. Raybauds Schlußfolgerung: Es scheint, als hätte ich Bruchstücke meiner Motorik wiedererlangt. Er wird darüber mit Professor Combré sprechen. »Aber keine falschen Hoffnungen.« Vielleicht sind es nur reflexartige Bewegungen, unkontrollierte Zuckungen, »Kontraktionen«, wie man sagt.

Es sind jetzt schon acht Monate, daß der Zug meines Lebens durch einen dunklen Tunnel fährt. Wenn nur... Nein, ich darf mich nicht der Hoffnung hingeben.

»Mademoiselle Elise! Huhu! Ich bin's!«

Sei unbesorgt, Yvette, ich hab mich nicht davongemacht. Ich sitze noch immer hier in meinem Rollstuhl wie ein Paket, das darauf wartet, aufgemacht zu werden.

»Sie werden nie erraten, wen ich getroffen habe! Genau vor der Post. Virginie und ihre Eltern! Wie schade, daß Sie nicht mehr das Kino haben, dann hätte man ihnen Freikarten schenken können. Diese Woche spielen sie *Das Dschungelbuch*.«

Die Elefanten auf Patrouillengang ziehen durch mein Herz.

»Da wir gerade in der Nähe waren, habe ich ihnen gezeigt, wo wir wohnen... Sie heißt Hélène. Eine sehr hübsche Frau, schlank, dunkles Haar, große blaue Augen. Und sehr helle Haut. Er heißt Paul. Paul und Hélène Fansten.

Das sind sie! Virginie hat die Wahrheit gesagt: Ihr Bruder ist tatsächlich ermordet worden.

»Er sieht sehr elegant aus, ein schönes Gesicht à la Paul Newman, wirklich sehr sympathisch«, fährt Yvette fort. »Sehr männlich. Ein Typ wie... nun... egal...«

Ich weiß genau, was du wolltest sagen: ein Typ wie Benoît. Ist das möglich? Benoît war einzigartig. Und im übrigen hatte er mehr Ähnlichkeit mit Robert Redford, also wirklich...

»Wir haben uns ein wenig unterhalten, und dann habe ich ihnen vorgeschlagen, doch mal abends bei uns auf einen Aperitif vorbeizuschauen. Immerhin sind wir Nachbarn! Und wissen Sie was? Sie haben zugesagt! Sie kommen Mittwochabend mit der Kleinen.«

Ein dreifaches Hipphipphurra auf Yvette! Sie muß bei den beiden ja ganz schön auf die Tränendrüse gedrückt haben, sonst hätte sie sie sicher nicht dazu bewegen können zu kommen!

»Und was den Sohn betrifft, hatte ich recht.«

Yvette senkt die Stimme, als wären wir in der Kirche:

»Er ist vor zwei Jahren gestorben. Er ist einer von diesen armen Jungen, die erwürgt worden sind, stellen Sie sich das mal vor! Virginies Mutter hat mir gesagt, daß sie nicht gern darüber sprechen möchte, also habe ich nicht weiter nachgefragt, Sie kennen mich ja... Ein Kind zu verlieren, ist schon eine schlimme Sache, aber zu wissen, daß es ermordet wurde...«

In der Tat, so etwas stellt man sich nicht allzu gern vor... Renaud Fansten. 1993 bin ich viel gereist. Ich war Jurymitglied bei mehreren Filmfestivals und dann, ich erinnere mich nicht mehr warum, war das eine Zeit, in der es zwischen Benoît und mir jede Menge Spannungen gab. Sicher ist das der Grund, warum ich diesem Mord damals keine Beachtung geschenkt habe. Hélène und Paul Fansten. Paul. Ein Vorname, der gut zum Klang seiner Stimme paßt. Ein selbstsicherer Mann. Hat er helle oder dunkle Augen? Hat er braune Haare? Ich stelle mir seine Augen braun vor. Und Virginie ist blond, hat lange blonde Haare wie eine kleine Puppe. Werden sie uns wirklich besuchen, der schöne Paul und seine Tochter? Ich habe meine Zweifel, wenn ich daran denke.

Ungeduldig sehnte ich den Mittwoch herbei. Ich hatte das Gefühl, die Zeit würde überhaupt nicht mehr vergehen. Dieser Zustand fieberhafter Anspannung erinnerte mich an meine ersten Rendezvous mit Benoît.

Und heute also ist der große Tag. Ich habe das Gefühl, unter Hochspannung zu stehen. Absolut lächerlich.

Seit dem frühen Morgen macht sich Yvette in der Küche zu schaffen. Wie ich sie kenne, mußte sie unbedingt ein kaltes Büffet vorbereiten, das selbst bei den Windsors im Buckingham Palace Ehre gemacht hätte. Sie hat mich gewaschen, angezogen, frisiert (um Gottes willen!) – wie man es bei einer Schülerin am Tag der Zeugnisvergabe tut. Ich bin sauber und adrett. Ich stecke in einem Sommerkleid aus Baumwolle (Hoffentlich ist es keins von ihr!) und sitze im Wohnzimmer am offenen Fenster. Ich frage mich, wie ich wohl aussehe. Natürlich bin ich noch immer klein, schmal und dunkelhaarig, doch ich muß inzwischen eingefallene Wangen haben, wodurch meine Nase noch länger wirkt, und sicher bin ich schneeweiß. Und dieses dumme Haar, das mir unterm Kinn sprießt? »Absolut nicht zu sehen«, sagte Benoît immer. Das sagst du so, bestimmt hängt es mir inzwischen bis zum Knie. Ein Skelett in einem Kleid mit Vichykaros und einem peinlichen Haar am Kinn, na, da lohnt sich der Besuch wenigstens! Irgendwo bellt ein Hund. Es ist komisch, daß immer irgendwo ein dämlicher Köter bellen muß. Es klingelt.

Yvette eilt zur Tür. Ich schlucke. Ich würde mich so gerne im Spiegel betrachten, um zu wissen, wie ich aussehe. Rasche Schritte, leisere Schritte. Jemand läuft auf mich zu. Ein Stimmchen voller Lebendigkeit ruft: »Guten Tag, Elise.«

Ich hebe den Zeigefinger. Virginie legt ihre Hand auf meine. Ihre Hand ist warm. Eine weitere Person betritt das Zimmer.

31

»Guten Tag.«

Die tiefe Stimme. Das ist er, Paul.

»Guten Tag.«

Eine sanfte, ruhige Stimme. Das muß Hélène sein.

»Setzen Sie sich doch bitte«, sagte Yvette, als sie den quietschenden Servierwagen ins Zimmer schiebt.

Das Ledersofa knarrt. Sie müssen Platz genommen haben. Ich stelle mir vor, wie sie unauffällig die Einrichtung des Zimmers mustern. Die Clubsessel, das große Büffet aus Kirschholz von meiner Großmutter, den Schrank mit der Hi-Fi-Anlage, den Fernseher, den niedrigen Holztisch, die vollen Bücherregale, den Schreibtisch, in dem ich meine Papiere aufbewahre ... Ich höre, wie Virginie mit Trippelschritten das Zimmer erkundet.

»Virginie, faß bitte nichts an!«

»Nein, Mama, ich seh mich nur um. Guck mal, da sind ja ganz viele Kinderbücher.«

Die habe ich von meinem Vater. Ich hatte sie aufgehoben, um sie eines Tages dem Kind, das ich mir mit Benoît wünschte, vorzulesen. Aber uns blieb dafür nicht die Zeit.

»Darf ich eins haben und lesen?«

»Aber natürlich, mein Mäuschen. Komm, setz dich hierhin.«

Yvette setzt sie in den großen Sessel ganz in meiner Nähe.

»Das Haus scheint ja recht groß!« sagt Hélène.

»O ja, das ist es auch. Kommen Sie, ich führe Sie herum.«

Angeregt plaudernd gehen sie aus dem Wohnzimmer. Sofort hüpft Virginie von ihrem Platz und kommt zu mir. Sie flüstert mir ins Ohr:

»In der Schule hat die Lehrerin mit mir geschimpft, weil ich meine Hausaufgaben nicht gemacht habe. Aber ich kann nicht lernen, weil ich Angst habe. Das ist dumm, ich weiß, denn es sterben ja nur Jungen, aber man kann nie wissen. Und wenn die Bestie es sich anders überlegt? Kennst du den Film *Der Sinn des Lebens*? Mein Papa hat sich ein Video davon ausgeliehen. An einer Stelle kommt der Tod zu Leuten, die vergiftete Pastete gegessen haben, um sie davon zu überzeugen, daß sie bald tot sein werden.«

Sie spricht von einem Film der Monty Pythons! Und ob ich den kenne! Es war einer unserer Lieblingsfilme, ich habe ihn mindestens zehnmal gezeigt. Sie beugt sich noch näher zu mir herüber, ich spüre ihren warmen Atem.

»Ich habe Angst vor dem Tod, vor der Bestie. Seine Fratze ist so unheimlich. Ich würde wahnsinnig gern in Disneyland wohnen, im Schloß von Dornröschen.«

Selbst wenn ich wüßte, was ich darauf sagen sollte, könnte ich es nicht. Yvette und die anderen kommen zurück, ihre Schritte hallen auf dem Parkett wider. Sie sprechen über das Wetter, den Kauf von Häusern und darüber, wie teuer das Leben geworden ist. Nichts Aufregendes. Virginie ist still. Ich nehme an, sie liest wieder in dem Buch, denn ich höre, wie regelmäßig Seiten umgeblättert werden. Da sie mir kurz zuvor noch diese abscheulichen Dinge erzählt hat, empfinde ich es irgendwie als unwirklich, sie mir nun friedlich lesend vorzustellen und die anderen seelenruhig Belanglosigkeiten austauschen zu hören. In der Tat fällt es mir schwer zu glauben, daß das, was sie erzählt hat, tatsächlich wahr ist. Pauls warme Stimme unterbricht mich in meinen Gedanken:

»Stören wir Sie auch nicht?«

Spricht er mit mir?

»Nein, nein, ich bin sicher, sie freut sich. Mademoiselle Elise hat immer gern Leute um sich gehabt«, antwortet Yvette an meiner Stelle.

Paul seufzt, als wenn ihn plötzlich etwas traurig stimmen würde. Was sieht er in mir? Wird er an mich denken, wenn er abends im Bett liegt, und alles in weißes Mondlicht getaucht ist? Ich bin jedenfalls so gut wie sicher, daß ich an ihn denken werde beziehungsweise an die Vorstellung, die ich mir von ihm mache: ein großer Mann mit braunem, sehr kurz geschnittenem Haar, schlank mit langen Beinen, einem entschlossenen Gesicht und großen, hellen Augen... Vielleicht liegt es daran, daß mich seine Stimme beruhigt, mir Vertrauen einflößt. Ich fühle mich so allein. Und Hélène scheint auch sympathisch zu sein. Leute, die ich sicher gern kennengelernt hätte, bevor ich...

Hélène, Paul und Yvette unterhalten sich angeregt über die Politik der neuen Gemeindeverwaltung.

Virginie erhebt sich, um ihr Buch beiseite zu legen. Sie steht auf einmal direkt neben mir, denn ich kann die Wärme ihres kleinen Körpers, der nach einem Badezusatz duftet, spüren.

»Ich glaube, die Bestie mag nicht, was sie tut. Aber sie muß es tun, verstehst du«, flüstert sie mir ins Ohr. »Es überkommt sie, einfach so, und hopp, braucht sie ein Kind. Da war ein Polizist, der hieß Kommissar oder so, der hat mir ein paarmal Fragen gestellt. Ich fand, er sieht wie ein Clown aus, ich nenne ihn Bonzo, er hat einen großen, gelben Schnurrbart und Haare wie Stroh. Er wollte so gern, daß ich ihm sage, was ich weiß, aber ich kann nicht. Ich kann es niemandem erzählen, außer dir, weil das etwas anderes ist.«

Es stimmt, ich bin verschwiegen wie ein Grab. Also, die Polizei hat sich schon für Virginie interessiert. Wahrscheinlich für alle Kinder aus der Gegend, die ja vielleicht etwas beobachtet haben könnten.

»Renaud wußte nichts von der Bestie, er war nicht mißtrauisch, und deshalb konnte sie ihn kriegen. Ich hab ihm gesagt, er soll nicht in dem Häuschen spielen. Denn ich hatte schon bemerkt, daß die Bestie um ihn herumscharwenzelte, ihn angelächelt hat... Aber er hat nicht auf mich gehört. Hörst du mir zu?«

Ich hebe den Zeigefinger. Ich bin etwas benommen.

»Virginie, was machst du da?«

Die besorgte Stimme von Hélène.

»Ich unterhalte mich mit Elise.«

Betretenes Hüsteln.

»Möchtest du einen Tee? Oder einen Kakao, mein Liebling?« erkundigt sich Yvette.

34

»Nein, danke, Madame.«

»Virginie, komm bitte mal kurz her.«

Das ist Paul.

Virginie seufzt genervt.

»Nie hat man seine Ruhe!«

Ich lächle, beziehungsweise ich habe zumindest das Gefühl zu lächeln. Ich weiß nicht, was mein Gesicht ausdrückt.

»Ist etwas nicht in Ordnung, Mademoiselle Elise?« erkundigt sich Yvette besorgt.

Nun gut, an meinem Lächeln muß ich wohl noch etwas arbeiten.

»Wir müssen gehen. Wir sind heute abend bei Freunden zum Essen eingeladen«, erklärt Hélène. »Machst du dich fertig, Virginie?«

»Sie müssen uns unbedingt wieder besuchen. Wissen Sie... (Yvette senkt die Stimme), ich habe den Eindruck, daß es ihr wesentlich besser geht, seit sie die Kleine und Sie beide kennt. Sie ist so allein... Wir würden uns wirklich freuen, wenn Sie bald wieder einmal vorbeikommen würden.«

»Wir werden es versuchen. Nun... mein Mann... er hat sehr viele Verpflichtungen, nicht wahr, Paul? Jedenfalls möchten wir uns ganz herzlich für die Einladung bedanken. Es war sehr nett. Hast du schon auf Wiedersehen gesagt, Virg'?«

»Auf Wiedersehen, Madame.«

Rasche Trippelschritte in meine Richtung.

»Auf Wiedersehen, Elise. Ich mag dein Haus sehr. Und ich finde dich sehr nett.«

Sie drückt mir einen Kuß auf die Wange. Ich schlucke.

»Findest du mich auch nett?«

Ich hebe den Zeigefinger.

Flüstern. Yvette nähert sich mit schweren Schritten.

»Mademoiselle Elise?«

Zeigefinger.

Sie beugt sich zu mir herab und spricht ganz laut und deutlich:

»Verstehen Sie mich? Wenn Sie mich verstehen, dann heben Sie bitte zweimal den Zeigefinger.«

Ich hebe zweimal den Zeigefinger.

»Mein Gott! Also stimmt es! Sie versteht uns! Der Doktor hatte da seine Zweifel! Ich wußte es, ich wußte, sie versteht alles!«

»Das ist wirklich erstaunlich«, murmelt Hélène.

Am liebsten wäre ich aus meinem Rollstuhl gesprungen, um mich mit ihnen zusammen zu freuen.

»Was ist?« will Virginie wissen.

»Mademoiselle Elise hört, sie hört und versteht uns!«

»Aber klar, wie hätte ich mich sonst mit ihr unterhalten können?«

»Hören Sie, Yvette, wir müssen jetzt wirklich los, und im übrigen möchte ich Ihnen sagen, daß... wir uns sehr für Sie beide freuen.«

Es ist wieder Hélènes Stimme. Paul muß sehr schüchtern sein.

Stimmengewirr auf dem Flur. Kaum hat sich die Haustür geschlossen, ist Yvette schon am Telefon. Als sie auflegt, meint sie triumphierend:

»Der Doktor kommt heute abend noch vorbei.«

Ich finde es nicht schlecht, daß ich dem Kerl den heutigen Abend verderbe.

Raybaud war da. Er hat Yvettes Begeisterung einen Dämpfer versetzt. Die Tatsache, daß ich anscheinend höre und verstehe, bedeutet nicht: a) daß ich geistig zu 100 % wieder so bin wie früher, b) daß ich mich wieder werde bewegen können. Es gab schon Fälle, da konnten Leute dreißig Jahre lang lediglich einen Zeh oder ein Ohr bewegen. Wie immer sehr aufbauend, dieser Raybaud. Kurz, was meine Neuronen betrifft, möchte er ein paar neue Tests durchführen.

Und schwupp, weg ist er! Auf Wiedersehen, Essenseinladung, Freunde, kann unmöglich zu spät kommen, ein richtiger

Wirbelwind, dieser Typ. Ich weiß nicht einmal, wie er aussieht. Ich stelle mir einen durchtrainierten Mann im Surfanzug vor, um dessen Hals ein Stethoskop baumelt.

Yvette hat eine kleine Flasche Champagner aufgemacht, sie läßt mich einen winzigen Schluck trinken und schlürft den Rest, während sie mit meinem Onkel in Südfrankreich telefoniert, um ihm die gute Nachricht mitzuteilen.

Ich verbringe eine unruhige Nacht. Na ja... das ist so dahingesagt. Ich kann an nichts anderes denken als an das, was Virginie mir erzählt hat. Und an Paul und Hélène. Sie müssen mich abstoßend finden. Ich verstehe nicht, warum Virginie sich weigert, den Täter zu nennen. Denn ich bin überzeugt, daß sie nicht lügt: Sie weiß, wer es ist. Aber sie schützt ihn. Das ist unglaublich!

3

Mein Leben hat sich verändert. Ich will nicht von einem Wunder sprechen, aber es ist trotzdem phantastisch. Zuerst hat Professor Combré anklingen lassen, daß meine Lähmung möglicherweise von einem Schock herrührt und nicht auf eine tatsächliche Schädigung der motorischen Zentren zurückzuführen ist, denn die Nervenfasern des Rückenmarks seien nicht durchtrennt. Ohne mir falsche Hoffnungen machen zu wollen glaubt er, daß ich recht gute Chancen habe, eines Tages einen Großteil meiner Bewegungsfähigkeit wiederzuerlangen. Daraufhin hat man die Rehabilitationsmaßnahmen intensiviert. Manchmal habe ich den Eindruck, daß mein ganzer Körper vibriert wie ein Flugzeug, bevor es abhebt.

Außerdem hat Hélène mich ein paarmal besucht, zusammen mit Virginie. Ich habe den Eindruck, daß Hélène sich sehr einsam fühlt. Sie beklagt sich häufig, daß Paul zuviel arbeitet. Er hat einen verantwortungsvollen Posten bei der Bank und unmögliche Arbeitszeiten. Sie langweilt sich. Sie setzt sich im

Wohnzimmer zu mir und spricht mit ihrer sanften Stimme. Sie erzählt mir, wie draußen das Wetter ist, von den Früchten, den Blumen, der Farbe des Himmels, den vorbeiziehenden Wolken. Ich habe das Gefühl, eine Freundin gefunden zu haben. Virginie ist unterdessen bei Yvette in der Küche. Sie scheint meine Gesellschaft zu meiden und erzählt mir nichts mehr. Meine Diagnose lautet, daß wir es hier wohl mit einem schweren Fall von Eifersucht zu tun haben.

Ich weiß nicht, wie ich Hélène klarmachen kann, daß Virginie möglicherweise in Gefahr ist. Andererseits muß ich zugeben, daß all diese Mordgeschichten bei dem schönen Sonnenschein und den warmen Nachmittagen in weite Ferne gerückt sind. Vielleicht ist Virginie nur ein kleines Mädchen mit einer blühenden Phantasie.

Jedenfalls, wenn Hélène da ist, vergeht die Zeit wie im Flug. Heute bin ich allein. Ich stelle mir vor, ich liege am Strand und würde ein Sonnenbad nehmen. Doch es fällt mir schwer, mich darauf zu konzentrieren, denn gestern abend hat sich in Paris ein Bombenattentat ereignet. Mir wäre es lieber gewesen, Yvette hätte den Ton abgestellt, ich mußte die entsetzten Augenzeugenberichte, das Sirengeheul der Krankenwagen mitanhören, ich dachte an das viele Blut, an das Entsetzen, an die Fassungslosigkeit. Ich dachte an mich. An meine Panik. An Benoît, daran, wie seinem Leben brutal ein Ende gesetzt wurde. Jede Nachricht, die sich um ein solches Thema dreht, versetzt mich wieder in die Vergangenheit, der ich um jeden Preis entfliehen will. Ich fange an, die Leute zu verstehen, die sich weigern, schlechte Nachrichten zu hören.

Es klingelt.

Überraschung! Es ist der berühmt-berüchtigte Kommissar, von dem Virginie mir erzählt hat. Yvette bittet ihn herein. Ich weiß nicht, was er macht, denn ich höre rein gar nichts. Wahrscheinlich beobachtet er mich.

»Mademoiselle Andrioli? Ich bin Kommissar Yssart von der Kriminalpolizei.«

Ah, Bonzo heißt also Yssart. Seine Stimme ist kühl und klingt ein klein wenig gekünstelt. Er spricht ohne erkennbaren Akzent.

»Sie kann Ihnen nicht antworten, das habe ich Ihnen doch schon gesagt«, unterbricht ihn Yvette.

Der Kommissar ignoriert ihren Einwand und fährt fort:

»Ich wußte nicht, daß Sie krank sind. Ich muß mich entschuldigen, daß ich hier einfach so hereinplatze.«

Also, ich muß sagen, für einen Clown drückt er sich doch ganz manierlich aus.

Meine Yvette, die ihm nicht von der Seite weicht, kann sich nicht verkneifen, mir zu sagen, daß der Kommissar wegen der Ermittlungen im Fall des kleinen Michaël Massenet zu uns gekommen ist.

»Ich habe ihm schon gesagt, daß wir den Kleinen nicht kannten.«

Ich höre, wie der Kommissar tief Luft holt:

»Ich bin davon überzeugt, Verehrteste, daß Mademoiselle Andrioli, wenn sie uns hört, und das glaube ich, meine Stimme sicherlich ebensogut versteht wie Ihre! Wenn es Ihnen nichts ausmacht, würde ich sie gern kurz unter vier Augen sprechen.«

»Ganz wie Sie wollen«, erwiderte Yvette und verläßt türenschlagend das Zimmer.

Ich höre, wie er sich räuspert. Ich warte. Dieser Mann ist vielleicht meine einzige Chance, Virginie zu helfen.

»Wie Sie sicher wissen, ermitteln wir gerade im Mordfall Michaël Massenet und haben auch die Nachforschungen in einigen anderen, früher begangenen Morden wieder aufgenommen, die bis heute nicht geklärt werden konnten. Können Sie sich mir auf irgendeine Art verständlich machen?«

Oh, jemand, der mitdenkt! Ich hebe den Zeigefinger.

»Gut. Ich werde Ihnen die Namen der Kinder nennen, und wenn Sie eins von ihnen kennen, heben Sie bitte den Finger.«

Er sagt die Namen der Kinder. Als er Renaud Fansten erwähnt, hebe ich den Zeigefinger.

»Sie kannten den kleinen Fansten?«

Keine Reaktion meinerseits. Er räuspert sich erneut.

»Ah ja. Ein kleines Verständigungsproblem. Wollen Sie damit sagen, daß Sie von dem kleinen Fansten gehört haben?«

Ich hebe den Zeigefinger.

»Im Fernsehen?«

Keine Reaktion meinerseits.

»Hat einer seiner Angehörigen von ihm gesprochen?«

Ich hebe den Zeigefinger.

»Vielleicht seine Mutter?«

Keine Reaktion meinerseits.

»Sein Vater?«

Keine Reaktion meinerseits. Das ist ein bißchen mühselig.

»Die kleine Virginie?«

Zeigefinger.

»Sie kennen die kleine Virginie Fansten?«

Nun sind wir beim eigentlichen Thema angekommen! Du Heuchler! Du weißt ganz genau, daß ich sie kenne, und du interessierst dich mehr für sie als für mich. Glücklicherweise.

»Hören Sie, Mademoiselle Andrioli, ich will nicht unnötig mit langen Vorreden Ihre Zeit verschwenden. Ich frage Sie also ganz ohne Umschweife: Hatten Sie bei Virginie den Eindruck, daß sie etwas über diese Sache weiß?«

Als ich sofort den Zeigefinger heben will, hält mich ein Gedanke zurück. Habe ich das Recht, Virginies Geheimnis zu verraten? Aber wenn doch ihr Leben in Gefahr ist? Ich entscheide mich deshalb dafür, den Zeigefinger zu heben.

»Hat Sie Ihnen gesagt, daß sie den Mörder kennt?«

Ich hebe den Zeigefinger.

»Hat sie Ihnen seinen Namen genannt?«

Kein Zeigefinger.

»Hatten Sie den Eindruck, daß sie irgendwie, sagen wir mal, seelisch gestört ist?«

Schlagartig wird mir klar, worauf er hinauswill. Er glaubt, Virginie sei verrückt! Kein Zeigefinger.

»Verstehen Sie mich richtig. Es ist ein entzückendes kleines Mädchen, das durch den Mord an seinem Halbbruder ein schweres Trauma erlitten hat.«

Ihr Halbbruder? Das wußte ich nicht.

»Als Hélène Siccardi Paul Fansten heiratete, war der kleine Renaud bereits zwei Jahre alt. Paul Fanstens erste Frau starb 1986 an Krebs. Die neue Madame Fansten hat sich immer sehr liebevoll um Renaud gekümmert, wie übrigens auch um Virginie, doch das Kind verhält sich eigenartig, und der Schuldirektor findet, daß Virginie ungewöhnlich in sich gekehrt ist. Mir gegenüber ist sie vollkommen verschlossen, und ich bekomme kein Wort aus ihr heraus. Deshalb habe ich mir erlaubt, Sie aufzusuchen. Mir scheint, daß dieses Kind ein Geheimnis mit sich herumträgt, vielleicht hat sie zu Ihnen mehr Vertrauen. Hat sie Ihnen gegenüber irgend etwas erwähnt, wodurch man möglicherweise Rückschlüsse auf die Identität des Täters ziehen könnte?«

Kein Zeigefinger.

»Hat sie behauptet, eines oder mehrere dieser Verbrechen beobachtet zu haben?«

Und wenn sie sie für verrückt erklären? Will man sie ihren Eltern wegnehmen? Der Fürsorge übergeben? Wenn Virginie nun aufgrund meiner Antworten in ein Heim kommt... Verdammt, ich weiß nicht, was ich tun soll. Kein Zeigefinger.

»Denken Sie gut nach. Sie sind wahrscheinlich die einzige Person, die in der Lage ist, Virginie und uns zu helfen.«

Na, das ist ja wirklich die Höhe! Wenn sie auf mich zählen, kann sich die Lösung des Falls noch hinziehen! Ich rühre mich nicht.

»Nun gut. Ich danke Ihnen für Ihre Mitarbeit. Wenn Sie gestatten, werde ich mich jetzt verabschieden. Mir scheint, ich muß die kleine Virginie noch einmal befragen. Auf bald, Mademoiselle Andrioli. Ich wünsche Ihnen gute Besserung...«

Die Tür fällt ins Schloß. Idiot! Ich leide doch nicht an einer Grippe! Gute Besserung! Bessere dich doch erst einmal selbst!

Hätte ich zugeben sollen, daß ich mehr weiß? Warum habe ich es nicht getan? Das war dumm von mir. Und jetzt ist es zu spät.

Es ist drückend heiß. Typisches Juliwetter. Ich sitze in der Laube, im Schatten, auf meinem Gummikissen. Yvette hat mir die Haare zu einem Pferdeschwanz zusammengebunden, ich hasse das, aber sie hat mich nicht nach meiner Meinung gefragt. Ich habe das Gefühl, daß ich entsetzlich dünn geworden bin. Mit meinem zurückgebundenen dunklen Haar, meiner fahlen Haut und meinen erschöpften Gesichtszügen habe ich wohl mehr Ähnlichkeit mit einem Vampir als mit einem Topmodel.

Doch das scheint Paul nicht zu stören. Er hat mich inzwischen schon drei oder viermal besucht, um mir Obst oder einen Kuchen von Hélène vorbeizubringen, oder um Virginie bei Yvette abzusetzen, die ihr einen Kinobesuch versprochen hat... Und gestern hat er seine Hand auf meine Schulter gelegt und gemurmelt: »Ich weiß, daß das, was ich jetzt sage, vielleicht grausam klingt, aber manchmal sehne ich mich nach Ihrer Einsamkeit, manchmal möchte ich mich, genau wie Sie, der Welt entziehen.« Phantastisch, super, na, dann tauschen wir doch einfach! Leider passierte nichts dergleichen. Ich bin noch immer an meinen Rollstuhl gefesselt, und er kann noch immer stehen. Nachdem er mir noch einmal kräftig auf die Schulter geklopft hatte, ist er gegangen.

Jetzt, wo ich in der Laube sitze und vor Hitze umkomme, muß ich wieder an seine Worte denken. Yvette macht gerade eine Fruchtkaltschale. Wir sind zu einer Grillparty eingeladen, und sie möchte dort nicht mit leeren Händen erscheinen.

Ach ja, stimmt: Ich bin nicht mehr von der Gesellschaft ausgeschlossen, Hélène und Paul haben mich ihren Freunden vorgestellt, junge Paare aus der Siedlung, die sie vom Tennisspielen oder aus dem Schwimmbad kennen; sie haben mich alle quasi adoptiert. Ich bin das neue Maskottchen des Neubauviertels von Boissy-les-Colombes. Ich weiß nicht, warum all diese Leute so nett zu mir sind. Vielleicht fühlen sie sich wie barmherzige Samariter, wenn sie mich in ihrer Mitte dulden. Die Tatsache, daß ich nicht abstoßend wirke, kommt mir dabei sicherlich auch zugute. Ich sabbere nicht, ich hampele nicht unkontrolliert in meinem Rollstuhl herum, ich rolle nicht mit den Augen. Ich bin eher so eine Art Dornröschen, das auf ihrem Thron eingenickt ist. So sehe ich es zumindest. Immerhin nimmt man mich jetzt überallhin mit, und häufig werde ich von den Leuten angesprochen. Sie erzählen mir eigentlich nur Nebensächlichkeiten, durch die sie mir aber einiges über ihre persönlichen Sorgen und Nöte verraten. Ich habe gelernt, sie an ihren Stimmen zu erkennen, sie auseinanderzuhalten; und ich habe mir dadurch von jedem ein »Bild« gemacht.

Zu den engeren Freunden der Fanstens gehören Claude und Jean-Mi Mondini; er ist Ingenieur, sie arbeitet für einen katholischen Wohltätigkeitsverband. Ihrer Stimme nach halte ich sie für eine fröhliche, dynamische, etwas verklemmte junge Frau, die bestimmt auch ihre Jogginghosen bügelt. Jean-Mi bemüht sich, wie der nette Kumpel von nebenan zu klingen. Er hat eine schöne Stimme und singt im Chor. Sie haben drei wohlerzogene Kinder, zwei Jungen und ein Mädchen. Das andere Freundespaar sind Betty und Manu Quinson. Die beiden gehen, wie man so schön sagt, mit der Zeit: Sie kennen alle Hard Rock-Gruppen, benutzen alle Wörter, die gerade in sind, machen Thalasso-Wochen, fahren zum Snowboarden und leben makrobiotisch. Manu ist leitender kaufmännischer Angestellter bei der Air France und Betty hat ein Geschäft in der Nähe von Versailles, in dem sie edlen Trödel verkauft. Manu hat man mir als klein, untersetzt und bärtig beschrieben. Bei Betty stelle ich mir vor, daß sie das Gesicht einer Katze und dichtes, lockiges Haar hat, außerdem weite Kleider trägt. Besonders eng sind die Fanstens mit Sophie und Steph Migoin befreundet. Steph beziehungsweise Stéphane ist Unternehmer, Sophie arbeitet nicht. Wie Hélène erzählt hat, haben sie eines der luxuriösesten Häuser hier in der Gegend. Mich beeindruckt Stéphanes tiefe Stimme, und sein lautstarkes Gelächter erschreckt mich jedesmal. Er wirft immer alles um: Weinflaschen, Gläser, Teller, er ist die Inkarnation eines Trampels, der Typ, zu dem man sagt: »Steph, das ist mein Fuß, den du da gerade zerquetschst!« oder: »Steph, könntest du mit den Kindern irgendwo anders Räuber und Gendarm spielen als hier unter dem Tisch?« Sophie ist da viel unauffälliger, sie hat eine etwas affektiert klingende Stimme, und ich stelle sie mir ein wenig zickig vor, im Chanel-Kostüm, mit kantigem und stets perfekt geschminktem Gesicht. Obwohl ich mich an den Gesprächen nicht beteiligen kann, langweile ich mich nicht. Ich bin damit beschäftigt, jeder Stimme ein Gesicht zuzuordnen. Im Laufe des Abends ändere ich die Augen, die Nasen, die Frisuren – als würde ich Phantombilder anfertigen.

Virginie ist seit zwei Wochen im Ferienlager. Sie kommt heute zurück. Hélène hat mir erzählt, daß Kommissar Yssart vorbeigekommen ist, um Virginie ein paar Fragen zu stellen, aber da saß sie schon in dem Bus, der sie in die Auvergne bringen sollte. Er meinte, er würde es nach ihrer Rückkehr noch einmal versuchen. Man könnte meinen, es gäbe nichts Wichtigeres. Ich weiß nicht mehr, was ich denken soll. All diese Geschichten um die Morde scheinen in weite Ferne gerückt. Trotz der Ereignisse wollen alle nur noch den Sommer genießen und sich amüsieren.

Auch ich werde mich amüsieren. Nach all den Monaten, in denen ein tiefsitzender Pessimismus von mir Besitz ergriffen hatte, habe ich nun das Gefühl, endlich wiederaufzuleben. Ich höre die anderen sprechen, lachen, und es ist ein bißchen so, als ob ich ein Teil von ihnen wäre. Alle sind sehr nett zu der »ausgestopften Puppe« Andrioli. Hélène hat mir erzählt, daß Sophie Migoin sehr eifersüchtig auf mich ist, seit ihr Mann Steph lauthals verkündet hat, daß ich »das hübscheste Mädchen in dieser ganzen beschissenen Stadt« sei. Natürlich war er betrunken, aber es hat mich trotzdem gefreut.

»Sie werden sehen! Wenn Sie wieder gesund sind, werden

sich alle um Sie bemühen!« hat Hélène mir neulich zugeflüstert. Gesund, gesund! Ich bin nicht krank, ich bin »out«, außer Betrieb, und was irgendwelche Fortschritte betrifft, ich sehe keine. Zeigefinger, Zeigefinger und noch mal Zeigefinger. Eine immerwährende Zeigefinger-Zukunft ist nicht gerade mein Traum. Keine negativen Gedanken, konzentrier dich auf heute abend.

Der Schweiß rinnt mir die Schläfen entlang. Yvette ist in der Küche. Ich kann ihn nicht abwischen, das ist sehr unangenehm. Wenn sie doch nur kurz zu mir herauskäme!

Ah! Ich höre Schritte! Endlich! Ich komme allmählich um vor Hitze.

Aber was macht sie? Sie scheint sich regelrecht anzuschleichen.

Das Telefon schrillt.

»Hallo, ja? Ja, so gegen sieben, in Ordnung...«

Yvette ist am Telefon. Yvette... Wenn Yvette telefoniert, wer geht dann den Gartenweg entlang?

Hélène? Paul? Wollen sie mich überraschen?

Jemand kitzelt mich mit einem Blatt am Hals.

Ich hasse diese Art von Späßen. Ich spüre ganz in meiner Nähe die Körperwärme einer anderen Person. Ein Schweißgeruch, den ich nicht kenne. Yvette telefoniert noch immer. Inzwischen bin ich total nervös. Ich hasse solche Scherze, vor allem in meiner Situation. Darüber kann ich überhaupt nicht lachen, es macht mir angst.

Etwas berührt meinen Arm. Etwas Dünnes. Spitzes. Wie ein Stöckchen oder... Eine Nadel?

Was soll der Blödsinn?

Das spitze Ding zeichnet etwas auf meinen Arm. Aber das ist... ja, das ist ein Buchstabe. Ein H. Es ist ein H. Kurze Pause, dann folgt ein weiterer Buchstabe. Das könnte ein A werden... Aber das ist kein A, sondern ein U. Hund? Was kommt jetzt? Ein R: HUR... aber was soll das? Yvette, Yvette! Ich höre jemanden atmen. Einen rasselnden Atem. Ich hasse das! Ich

45

hasse dieses Scheißspiel!!! So, und nun kommt das E, nur zu, sehr lustig!

Aua! Er hat mich gestochen! Der Scheißkerl hat mich gestochen! Ich spüre, wie sich die Nadel in mein Fleisch bohrt! Ich habe Angst. Ich begreife nicht, was da vor sich geht. Ich habe Angst. Wird er weitermachen? Oh, nein! Er fährt mit der Nadel meinen Arm entlang, meine Wange... Nein, nein! Aua!

Er hat mich in die Schulter gestochen, das tut weh, ich will das nicht, aufhören!!! Du Mistkerl, wenn ich wüßte, wer du bist, würde ich...

Er fährt mir mit der Nadel über die Brust, o mein Gott, nein! Nicht in die Brustwarze, nein! Bitte! Er hält inne, läßt sich Zeit, ich möchte schreien, er fährt mit der Nadel gemächlich an meinem Kleid entlang, drückt sie auf meinen Bauch, streift leicht über meinen Unterleib, das ist ein Kranker, ich bin das Opfer eines Kranken! Aua!

Er sticht sie in meinen Oberschenkel, das tut weh, oh! Es tut weh, er drückt sie gegen mein Geschlecht, nein, bitte, nein...

»Wir müssen bald los! Sie erwarten uns um sieben Uhr!«

Yvette! Yvette! Schnell!

Der Schweißgeruch und die warme Aura des fremden Körpers verschwinden. Während Yvette auf mich zukommt, singt sie »Madrid, Madrid«. Ich weine innerlich, Tränen der Wut und der Angst, Yvette ist ganz nah:

»Mein Gott. Sie sind ja völlig durchgeschwitzt! Und außerdem ganz rot!«

Ich spüre ein Taschentuch auf meinem Gesicht, ich werde niemals wissen, ob es nicht auch Tränen waren.

»Heute ist es wirklich unglaublich heiß! Oje! Die Mücken haben Sie ja ganz zerstochen!«

Sie schiebt mich ins Haus. Mein Herz schlägt noch immer zum Zerspringen. Ich spüre, wie die Einstichstellen brennen. Doch es ist nicht der Schmerz, der mein Herz so rasen läßt. Es ist das Gefühl, dem Willen eines Unbekannten, all seinen Einfällen auf Gedeih und Verderb ausgeliefert zu sein.

Ich kann einfach nicht glauben, daß jemand so grausam sein kann, sich mit einer Behinderten solche Scherze zu erlauben.

Yvette brummelt vor sich hin, während sie mir ein anderes Kleid anzieht. Auch ihr ist heiß. Sie reibt mich kurz mit einem nassen Waschlappen ab, tut etwas Salbe auf die »Mückenstiche«, geht sich umziehen, und schon sind wir fertig.

Ich bin vollkommen verängstigt. Ich habe das Gefühl, aus einem Alptraum erwacht zu sein. War da wirklich jemand bei mir, jemand, der »Hure« auf meine Haut geschrieben hat, der mir Angst einjagen wollte?

Yvette schiebt den Rollstuhl aus dem Haus und schließt die Tür ab. Wir machen uns auf den Weg.

»Alles in Ordnung?«

Kein Zeigefinger.

»Nun ja, mir ist auch heiß. Auf dem Fest wird es angenehmer sein.«

Nicht die Hitze macht mir Sorgen. Aber wie soll ich ihr das erklären? Wie mich verständlich machen?

Das Fest ist in vollem Gange. Die Sonne ist untergegangen und es wird allmählich kühler. Hélène hat mir erzählt, daß sie auf zwei großen Tischen im Garten das Büfett aufgebaut haben, und Paul sich um den Grill kümmert.

Ich höre das Gelächter, das Klirren der Gläser, das Kratzen des Bestecks auf den Tellern. Hélène hat mich in eine Ecke geschoben, damit ich meine Ruhe habe. Es sind an die zwanzig Personen da, und alle scheinen sich prächtig zu amüsieren. Mit schriller Stimme erzählt Betty, wie sie das letzte Mal mit Manu auf dem Katamaran bei Windstärke 8 unterwegs war. Claude Mondini berichtet, ich weiß nicht, wem, davon, welchen Zulauf die neuen Katechismus-Abende haben. Wenn ich daran denke, wie sehr ich mich auf diesen Abend gefreut habe! Mein ganzer Enthusiasmus ist verflogen, und ich kann einfach nicht aufhören, mich zu fragen, wer von den Anwesenden es spaßig

47

finden könnte, eine wehrlose Behinderte mit einer Nadel zu traktieren. Kinder schreien und toben wild durch die Gegend. Plötzlich fällt mir ein, daß Virginie ja wieder da sein muß!

Doch der Gedanke daran beruhigt mich keineswegs, im Gegenteil. Mit Virginie kommen auch all die Fragen zurück, auf die ich keine Antwort weiß. Und das kann ich heute abend wirklich nicht gebrauchen.

Genau in diesem Augenblick höre ich ihr gleichgültiges Stimmchen:

»Guten Abend, Elise. Geht es dir gut?«

Ich hebe den Zeigefinger, aber es ist eine Lüge. Mir geht es alles andere als gut.

»Ich bin im Ferienlager auf Ponys geritten! Das war toll! Ich wäre gern den ganzen Sommer über dort geblieben, aber sie wollten das nicht. Dort hat es mir besser gefallen. Ich hatte meine Ruhe.«

Pauls Stimme:

»Virginie! Deine Koteletts werden kalt!«

»Ich komme!«

Sie beugt sich zu mir hinüber und flüstert mir zu: »Paß auf dich auf!« und ist schon verschwunden.

Ich bin allein. Ich habe keinen Hunger. Ich bedauere es, Virginie begegnet zu sein.

Eine Hand legt sich auf meinen Arm, ich zucke innerlich zusammen.

»Alles in Ordnung, Lise?«

Es ist Paul.

Ich hebe nicht den Zeigefinger. Wenn mich noch mal jemand fragt, ob es mir gut geht, muß ich kotzen.

»Sind zu viele Leute hier?«

Kein Zeigefinger. Na, ist das nicht lustiger als »Heiß oder kalt« zu spielen? Das kann Stunden dauern.

»Haben Sie Angst?«

Ins Schwarze getroffen. Ich hebe den Zeigefinger.

»Wollen Sie nach Hause?«

Kein Zeigefinger. Ich will vor allem nicht nach Hause.

»Also, Paul, zeigst du uns nun diese Fotos?« ertönt auf einmal in unmittelbarer Nähe Stephs dröhnende Stimme.

Wegen seiner außerordentlich männlich-markanten Stimme stelle ich mir vor, daß Steph wie ein Rugbyspieler aussieht, eine lange, blonde Mähne, strahlendblaue Augen und fleischige Lippen hat. Paul richtet sich auf, seine Hand berührt meinen Arm und hinterläßt ein Gefühl der Wärme.

»Bis später, Lise.«

Paul hat mich Lise getauft. Er mag meinen Vornamen nicht. Er behauptet, wenn er »Elise« sagt, habe er immer das Gefühl, gleich müsse sich jemand ans Klavier setzen und zu spielen anfangen. Mir gefällt »Lise« nicht. Ich habe dann das Gefühl, hundert Jahre alt zu sein und in einem Umhang zu stecken, wie ihn die kleinen Mädchen vor dem Krieg trugen. Doch nun nennen mich alle Lise.

Warum hat Virginie gesagt, ich soll auf mich aufpassen? Ihre Warnung paßt in dieser Situation wie die Faust aufs Auge. Die Musik ist ohrenbetäubend, irgendeine moderne Gruppe, die ich nicht kenne. Die Leute müssen schreien, damit sie sich verstehen. Ah! Eine andere Platte wird aufgelegt. Ein Bossa-Nova, das ist doch wenigstens cool.

»Wissen Sie, Lise, Paul tut immer so, als sei er ein Aufreißer, dabei ist er in Wirklichkeit sehr treu.«

Mir stockt der Atem. Wer hat da gesprochen? Sophie, diese Landplage? Ich konnte die Stimme nicht richtig erkennen. Als ob... ich und Paul... oder Paul und ich... In meinem Zustand? Meiner Ansicht nach sind die einzigen Männer, die sich noch für mich interessieren könnten, die Krankenträger von Lourdes...

Ich werde langsam müde. Zum Abendessen habe ich Avocadomus und Frischkäse zu essen bekommen, und Yvette hat mir etwas Champagner zu trinken gegeben. Sie ist überglücklich, ihre Kaltschale war ein voller Erfolg. Ich habe das Gefühl, gleich einzunicken. Ich bin es nicht mehr gewohnt auszuge-

49

hen, und die Medikamente, die Raybaud mir verschrieben hat, machen mich gelegentlich wunderbar schläfrig.

Wie spät mag es sein? Meine Augenlider sind ganz schwer. Alle sind betrunken. Steph schmettert lauthals Lieder mit zweideutigem Inhalt. Die Leute verabschieden sich langsam, ich höre, wie Autotüren zugeschlagen werden. Yvette unterhält sich mit Pauls Mutter, einer alten Dame um die sechzig, die früher bei der Post gearbeitet hat. Sie ist für einige Tage bei ihrem Sohn zu Besuch. Beide diskutieren mit verbissener Hartnäckigkeit über Tarot-Karten und scheinen von dem Radau rundherum nichts zu bemerken. An ihren leicht schrill klingenden Stimmen merkt man, daß sie beide etwas angeheitert sind.

»Auf Wiedersehen, Lise!«

»Bis bald!«

Man verabschiedet sich von mir, klopft mir lässig auf die Schulter. Was denken sie wohl wirklich von mir, von meiner stummen und starren Anwesenheit? Ich gähne herzhaft, zumindest habe ich das Gefühl.

»Maman, Yvette! Helft uns, die Tische ins Haus zu tragen!«

»Wir kommen!«

Die beiden machen sich nützlich, ohne jedoch dabei ihre Unterhaltung zu unterbrechen, und glucksen noch immer wie Schülerinnen vor sich hin. Es muß sehr spät sein. Ich bin wirklich zum Umfallen müde.

Urplötzlich schrecke ich aus dem Schlaf auf. Wo bin ich? Im Dunkeln natürlich, aber wo? Ich höre kein Geräusch. Ich liege ausgestreckt. Aber nicht in meinem Bett. Ich spüre Leder. Ein Sofa? Vielleicht. Ein Gerät brummt. Ein Kühlschrank? Übernachten wir etwa bei den Fanstens? Es ist unerträglich, nicht die Augen aufmachen und sich umsehen zu können. Ruhig, Elise, ruhig, entspann dich, atme tief durch. Ich bin sicher bei Paul und Hélène. Yvette war vermutlich zu müde, um noch nach Hause zu gehen.

Schritte. Ich höre Schritte. Ein leichtfüßiges Tapsen. O nein, das wird jetzt doch nicht schon wieder von vorne anfangen, ich …

»Elise! Schläfst du?«

Es ist Virginie. Ich bin erleichtert. Automatisch hebe ich den Zeigefinger.

»Du lügst! Wenn du schläfst, wie kannst du mich dann hören?«

Kein Zeigefinger. Ich warte.

»Yvette hat sich den Knöchel verknackst, als sie zur Toilette gegangen ist, also hat Papa gesagt, daß ihr heute nacht besser hier bleibt, weil sie sich sehr weh getan hat. Der Knöchel war ganz dick, Papa hat Eiswürfel in einen Beutel getan und ihr gesagt, sie soll sich hinlegen und die Eiswürfel um den Knöchel tun, und Omi und ich, wir haben dich auf das Sofa im Wohnzimmer gelegt. Du hast wie ein Baby geschlafen. Und dann, als ich wach geworden bin, habe ich mir gedacht, daß du vielleicht ganz allein im Dunkeln wach geworden bist, also bin ich mal lieber gucken gekommen. Das passiert mir oft, daß ich nachts im Dunkeln aufwache, ich weiß, daß man da Angst hat.«

Braves Mädchen. Yvette hat sich also den Knöchel verknackst. Ich hoffe, es ist nichts Schlimmes, sonst … Ich habe keine Lust auf eine neue Krankenschwester, noch dazu eine Unbekannte. Natürlich mußte das ausgerechnet jetzt passieren … Virginie senkt die Stimme noch mehr, ihre Worte sind fast nicht zu verstehen, nur ein leises Murmeln an meinem Ohr:

»Weißt du, ich glaube, die Bestie der Wälder wird es bald wieder tun müssen. Die Bestie kann nicht lange untätig sein, verstehst du? Ich glaube, daß sie eifersüchtig ist, weil ich mit dir spreche. Sie will, daß ich mich nur mit ihr abgebe. Aber ich hab dich gern. Ich bete jeden Tag, daß sie dich nicht anrührt. Ich habe ihr sogar einen Zettel mit mehreren Kindernamen hingelegt, damit sie auf andere Gedanken kommt.«

Ich erstarre vor Entsetzen. Nein, ich *bin* entsetzt. Von Kopf bis Fuß. Meine Gedanken rasen mit hundert Stundenkilometern wie wild durch meinen Kopf. Entweder ist dieses Kind komplett verrückt, oder es gibt hier tatsächlich einen gefährlichen Irren, der frei herumläuft. Sie hat ihm eine Nachricht hingelegt! Der Bestie der Wälder! Meine Damen und Herren, nach Robin Hood, der die Reichen bestahl, um die Taschen der Armen zu füllen, präsentieren wir Ihnen nun die Bestie der Wälder, der die Lebenden beseitigt, um das Paradies zu füllen! Das ist kompletter Wahnsinn! Aber Virginie hätte sich Ort und Zeitpunkt des Verbrechens an dem kleinen Michaël nicht ausdenken können und...

»Ich muß wieder nach oben, sonst könnte es gefährlich werden!«

He! He, warte! Ich höre, wie sie mit kleinen, raschen Schritten die Treppe hinaufhuscht. Gefährlich? Warum »gefährlich«? Ist hier jemand, der uns beobachtet? Haben sie wenigstens daran gedacht, die Haustür abzuschließen? Virginie, laß mich nicht allein, komm zurück! Komm zurück! Es ist unglaublich, wie oft ich schweigend brülle, dabei war ich immer ein sehr ruhiger Mensch.

Ich lausche. Der Kühlschrank brummt. Eine Uhr tickt. Draußen ist es windig. Das Rascheln der Blätter, das Geräusch umherfliegenden Papiers. Und mein eigener Herzschlag. Wenn hier jemand wäre, hätte Virginie mich nicht allein gelassen.

Das einzige, was ich mit Bestimmtheit sagen kann, ist, daß dieses Kind ein ernstes Problem hat. Man könnte fast meinen, daß sie – bis zu einem gewissen Grad – Partei für den Mörder ergriffen hat.

Ich bin ein Idiot. Daß Virginie Datum und Ort des Verbrechens an dem kleinen Michaël kennt, kann ja möglicherweise auch daran liegen, daß sie den Leichnam zufällig entdeckt hat. Das, dann der Mord an ihrem kleinen Bruder... dadurch ist sie ausgerastet und hat sich den Rest ausgedacht, die Sache mit der Bestie der Wälder und so weiter.

Wer hat sich einen Spaß daraus gemacht, mich mit einer Nadel zu traktieren?

Ich will nicht daran denken. Ich...

Da ist jemand.

Da beugt sich jemand über mich.

Jemand, der atmet.

Ich habe Bauchschmerzen. Ich habe das schreckliche Gefühl, daß ich mir gleich in die Hosen machen werde. Jemand berührt mich. Eine Hand, eine Hand berührt mich. Sie fährt über meinen Hals, meine Schultern, mein Dekolleté. Nicht brutal, nein, eher zärtlich. Eine große Hand, eine Männerhand. Sie öffnet die Knöpfe meines Kleides. Träume ich? Was soll das denn? Was, oh...

Er streichelt mich. Ich fühle, wie seine Hand über meinen Busen gleitet. Ist das der gleiche Kerl, der mich heute nachmittag genüßlich gequält hat? Ich weiß nicht. Der hier ist sanft. Er atmet schwer. Soll ich etwa auf diesem verfluchten Sofa von einem Unbekannten vergewaltigt werden? Ist das etwa Paul?

Pauls Hand? Ich weiß nicht. Gegen meinen Willen verwirren mich diese Zärtlichkeiten. Ich will, daß er aufhört. Es reicht, ich bin schließlich keine Puppe.

Er wird ziemlich zudringlich.

Es ist nicht unangenehm, aber ich will nicht. Ich hebe den Zeigefinger. Eine Hand umschließt meine und drückt sie. Ein Mund preßt sich auf meinen. Sucht meine Brüste. Seine Hand umklammert noch immer meine. Mein Herz klopft zum Zerspringen. Ein Perverser mit einer Nadel und ein stummer Vergewaltiger, das ist etwas viel für einen Tag. Der Mann ist schwer, ich spüre den rauhen Stoff seiner Jeans an meinen nackten Oberschenkeln, wird er...?

Plötzlich richtet er sich eilig auf. Er keucht. Hastig knöpft er mein Kleid wieder zu und schleicht sich genauso leise davon, wie er gekommen ist.

Ende der Sex-Episode.

Ich bin halb wahnsinnig und mein Körper steht in Flammen.

Danke, Unbekannter, daß du mich daran erinnert hast, daß ich noch immer eine Frau bin, aber es tut weh, wenn man weiß, daß man zur Einsamkeit verdammt ist.

Paul? Könnte das sein?

Wer hätte gedacht, daß das Leben für einen Mehlsack noch so viele Aufregungen bereithält?

Ein Zeichentrickfilm reißt mich aus dem Schlaf auf. Bambi unterhält sich mit Panpan. Die ruhige Stimme Hélènes erklingt plötzlich dicht neben mir:

»Sind sie wach, Elise?«

Zeigefinger.

»Wollen Sie einen Orangensaft?«

Zeigefinger.

Sie geht. Ich höre Virginie vor dem Fernseher laut auflachen, dann die Stimmen von Yvette und Omi, die wahrscheinlich in der Küche sind. Yvette sagt, sicher zu Hélène: »Ist sie wach?«

»Ja. Sie möchte einen Orangensaft ... Nein, bleiben Sie ruhig sitzen, ich werde ihn ihr bringen. Was frühstückt sie normalerweise?«

»Haferflockenbrei.«

Verlegenes Schweigen.

»Ach! Nun, also ... ich hätte Cornflakes. Wir können sie in der Milch zerdrücken. Würde das gehen?«

»Ja, sehr gut. Es tut mir schrecklich leid, daß ich Ihnen so viele Umstände mache ... wenn ich nicht so dumm über diese eine Stufe gestolpert wäre ... ich werde langsam alt ... Glücklicherweise geht es mir schon besser, denn sonst wüßte ich gar nicht, was ich tun sollte, mit Mademoiselle Elise ... Nicht auszudenken, wenn ich ins Krankenhaus gemußt hätte ...«

»Seien Sie ganz unbesorgt, alles wird gut.«

Hélène kommt wieder zu mir. Ich spüre das kalte Glas an meinen Lippen. Ich schlucke. Der Orangensaft ist eisgekühlt, das tut gut.

»Sie fragen sich sicher, was vorgefallen ist! Yvette hat sich gestern abend, als sie aufbrechen wollte, den Knöchel ver-

54

staucht. Da Sie schon tief und fest schliefen, haben wir uns gedacht, daß es das einfachste wäre, wenn sie beide über Nacht einfach hierblieben. Ich hoffe, es hat Sie nicht zu sehr durcheinander gebracht...«

Ganz und gar nicht, in bezug auf starke Emotionen war wirklich alles geboten. Wie sieht das weitere Programm aus?

»Ihr Knöchel ist nicht mehr geschwollen, ich denke, es ist alles in Ordnung. Wir werden sie beide nach Hause fahren, und falls es irgendein Problem geben sollte, ruft Yvette uns an, damit meine Schwiegermutter ihr zur Hand geht.«

Ich kann mich nicht einmal bei ihr bedanken.

»Das sind Cornflakes. Ich hoffe, Sie mögen so etwas.«

Einen Löffel voll aufgeweichter und viel zu süßer Cornflakes. Ich hasse alle Getreideflocken. Warum ist es Yvette niemals in den Sinn gekommen, mir einen Joghurt zu geben, ich liebe Joghurt zum Frühstück. Aber ich schlucke brav die Cornflakes.

Jemand läuft an uns vorbei.

»Virginie, wohin gehst du?«

»In den Garten! Auf Wiedersehen, Elise!«

»Geh aber nicht zu weit weg, hörst du!«

»Nein, nein!«

Türenschlagen. Warum ist Paul nicht da? Als wenn sie meine Frage gehört hätte, meint Hélène:

»Paul ist mit Steph joggen.«

Der gute Paul, er muß in Form bleiben, um sich an gelähmte Frauen heranmachen zu können.

Und wenn er es gar nicht war?

Hélène fällt plötzlich ein, daß ich vielleicht dringend auf die Toilette muß. Die Frauen tuscheln. Schließlich schlägt Yvette vor, eine Plastikschüssel zu benutzen, gesagt, getan. Alle scheinen das vollkommen normal zu finden, und mir macht es nichts mehr aus. Anfangs, im Krankenhaus, fiel es mir nicht leicht, aber man gewöhnt sich dran. Nachdem wir diese Prozedur hinter uns gebracht haben, fährt mir Hélène mit einem Waschlappen über das Gesicht und kämmt mich.

Die Tür geht auf und Stephs tiefe Stimme ertönt:

»Guten Tag, die Damen! Na, wie steht's mit dem Knöchel, geht es wieder? Wenn man es nicht verträgt, sollte man besser nicht soviel trinken.«

Lautes Männerlachen. Entrüstet protestiert Yvette:

»Aber ich hab doch fast gar nichts getrunken, ich habe mir nur den Knöchel verdreht!«

Und so geht es hin und her, eine wahre Flut kleiner Nettigkeiten wird ausgetauscht, während ich den Kartoffelsack auf dem Sofa darstelle. Schließlich wird beschlossen, daß Paul Yvette mit dem Auto nach Hause bringt, damit ihr Knöchel nicht gleich wieder zu sehr strapaziert wird, während Steph mich nach Hause schieben wird. Meidet mich Paul?

Zwei Paar Männerarme heben mich hoch und setzen mich in den Rollstuhl. Ich versuche, die Hände wiederzuerkennen, die mich berühren, aber das ist nicht möglich.

Draußen ist es heiß und schwül, die Luft steht. Während er meinen Rollstuhl schiebt, pfeift Steph *La Mer* vor sich hin. Ich spüre keine Sonnenstrahlen auf meiner Haut, es muß bedeckt sein. Das Gras duftet. Ein Vogel trällert aus voller Kehle.

»Seltsam, daß wir uns nie irgendwo begegnet sind.«

Also, ich finde es seltsam, daß der zartfühlende Paul mit diesem ungehobelten Kerl befreundet ist.

»Wie, glauben Sie, sehe ich aus? Halten Sie mich zum Beispiel... eher für zart oder kräftig?«

Wie soll ich auf diese blöde Frage antworten? Er bemerkt es und korrigiert sich:

»Nun, sagen wir... bin ich kräftig?«

Zeigefinger. Ich werde dir doch nicht den Spaß verderben.

»Richtig! Ich bin ein Meter achtzig groß und wiege neunzig Kilo.«

Er wird mir doch jetzt nicht alle seine Maße aufzählen, oder?

»Virginie mag Sie sehr.«

Er springt übergangslos von einem Thema zum anderen.

»Der Tod ihres Bruders hat sie sehr mitgenommen. Nun, ei-

gentlich war er ihr Halbbruder. Und dann die anderen Kindermorde... Ich begreife nicht, warum Paul sich nicht hat verset-
zen lassen. Das muß doch schrecklich sein für Hélène. Gut, sie
sind umgezogen, aber nur fünfzehn Kilometer von... Ich finde
Sie einfach hinreißend.«

Neuer Sprung!

»Anfangs hatte ich regelrecht Angst, Ihnen zu begegnen. In
der Gegenwart von Behinderten fühle ich mich eigentlich unwohl. Und dann, ich weiß nicht... ich habe mich daran gewöhnt.«

Du zumindest!

»Und zwar dermaßen, daß Sophie mir eine Szene gemacht
hat, stellen Sie sich mal vor! Vielleicht, weil Sie bei mir die alte
Wunschvorstellung wecken, ein Sioux zu sein, der eine ohnmächtige weiße Frau entführt.«

Ich sehe es vor mir, wie mich dieser King Kong in seiner Jog-
ginghose durch die Sierra Nevada schleppt!

»Ich bin sehr eifersüchtig auf Paul. Ich ertrage es nicht, daß
er Sie berührt.«

Ein Verrückter. Noch ein Verrückter. Der Gedanke schießt
mit der Geschwindigkeit, in der man eine Pizza im Mikrowel-
lenherd backt, durch den Kopf: die Nadel... könnte das er gewesen sein? Der Rollstuhl bleibt unvermittelt stehen, ruckartig werde ich aus meinen Überlegungen gerissen. Ich höre ein
dumpfes Geräusch hinter mir, so als ob etwas zu Boden fallen
würde. Ein Sack? Was treibt er da?

Stille. Fröhlich zwitschernd fliegt ganz in meiner Nähe ein
Vogel in die Luft. Steph? Etwas Nasses fällt auf meinen Unterarm. Ich spüre, wie es mich schaudert. Noch ein Tropfen. Ich
bekomme Gänsehaut. In der Ferne hört man es donnern, ich
hole tief Luft, es ist nur ein Gewitter. Aber Steph? Ist er mal
kurz in die Büsche gegangen, um sich zu erleichtern, oder was?
Warum sagt er nichts mehr? Immer mehr Tropfen fallen auf
mich herab, das scheint eine richtige Sintflut zu werden. Ich
fühle mich unwohl. Ich weiß nicht, wo wir sind. Ich nehme an,

daß wir das Waldstück Vidal durchquert haben, eine für Spaziergänger konzipierte Grünanlage und der kürzeste Weg zu meinem Haus.

Stephs Schweigen fängt an, mich zu beunruhigen.

Ah, es geht weiter, der Rollstuhl setzt sich wieder in Bewegung. Trotzdem könnte er mir erklären, was los ist. Ich hebe den Zeigefinger, um ihm zu zeigen, daß ich gegen eine Unterhaltung nichts einzuwenden hätte. Vergebliche Liebesmüh. Aber was ist denn in den gefahren? Er schiebt mich im Eiltempo, ich werde durchgerüttelt und schaukle wild hin und her. Der Typ ist wirklich verrückt.

Das gefällt mir nicht, o nein, das gefällt mir ganz und gar nicht. Der Rollstuhl wird immer schneller. Ich spüre, wie mir der Wind um die Ohren pfeift. Jetzt regnet es. Dicke Tropfen klatschen mir ins Gesicht. Ach so! Ich bin vielleicht dumm! Er rennt natürlich deshalb so, um dem Regen zu entkommen! Er will nicht, daß wir klatschnaß werden. Trotzdem könnte er mal ein Wort sagen. Eine scharfe Rechtskurve als wären wir hier bei der Ralley Monte Carlo, ich habe das Gefühl, daß ich gleich nach vorne kippen werde. Nun fahren wir einen Abhang hinunter.

Auf dem Weg zu mir gibt es keinen Abhang.

He! Der Typ ist vollkommen übergeschnappt! Der Rollstuhl ist gegen ein Hindernis geprallt, und ich wäre beinahe vornüber gekippt. Ich hebe in regelmäßigen Abständen den Zeigefinger, aber er rast weiter stur geradeaus. Ich kann inzwischen nachfühlen, wie es dem Kinderwagen in *Panzerkreuzer Potemkin* ergangen sein mag. Sobald ich zu Hause bin, werde ich... nun, bei der erstbesten Gelegenheit... also, wenn mich jemand etwas fragen sollte... oh, verfluchter Mist! Ich werde mich nicht einmal über ihn beklagen können, ich kann mich über rein gar nichts beklagen, verdammt noch mal!

Wir fahren noch immer den Hang hinab. Soweit ich mich erinnere, ist der einzige Abhang im ganzen Park der Weg, der zum Teich führt. Und ich verstehe nicht, warum...

Oh! Ich falle, jetzt ist es soweit, ich wußte es, ich werde mir weh tun, ich... *Wasser*, ich bin ins Wasser gefallen, dieser Idiot hat es geschafft, mich in den Teich zu befördern, Wasser, aber, aber ich habe keinen Boden unter den Füßen, ich spüre, wie ich untergehe, aber was macht er denn?! Steph, Steph, ich gehe unter, ich gehe unter, das Wasser schlägt über mir zusammen, ich will atmen, ich will atmen, o nein, nein, nein!

4

Bin ich tot? Mir tut der Brustkorb weh, es brennt. Ah! Irgend jemand klopft auf mir herum, mitten aufs Herz, noch einmal, Wasser sprudelt aus meinem Mund, ich höre mich husten, ich möchte mich übergeben, ich...

»Hören Sie mich? He, hören Sie mich? Mist, ich muß ihren Kopf auf die Seite drehen, sieht so aus, als würde sie sich gleich übergeben...«

Schon passiert. Ich hole tief Luft, ein mächtiger, zugleich schmerzhafter und doch erleichternder Atemzug durchfährt mich, brennt in meinen Eingeweiden. Wasser läuft mir über das Gesicht, es gießt in Strömen.

»Bleiben Sie ruhig liegen. Gleich geht es besser.«

Es fällt mir nicht schwer zu gehorchen. Hände heben mich auf, jemand setzt mich hin.

»Sie haben Glück, daß ich meine Dose mit den Ködern holen wollte. Bei so einem Wetter ist niemand im Park unterwegs.«

Die Stimme des Mannes klingt etwas bärbeißig. Ich schätze, er ist so um die fünfzig.

»Und Sie haben Glück, daß ich einen Erste-Hilfe-Kursus gemacht habe. Mit dem Wasser, das sie geschluckt haben, hätte man ohne weiteres einen Großbrand löschen können. Machen Sie sich keine Sorgen wegen Ihres Rollstuhls, er ist am Ufer im Wurzelwerk hängengeblieben. Verstehen Sie mich denn wenigstens?«

Mir wird klar, daß ich ihn mit leerem Blick anstarre, ich habe meine Brille verloren. Ich hebe den Zeigefinger.

»Sie können nicht sprechen?«

Zeigefinger.

»Gut, hören Sie... ich werde Sie jetzt zu meinem Auto tragen, und dann verständigen wir die Polizei, in Ordnung?«

Zeigefinger.

Er hebt mich hoch, ich registriere den Geruch nasser Wolle, spüre, daß er Ölzeug trägt. Vorsichtig bewegt er sich auf dem durchweichten Boden vorwärts. Der Regen peitscht uns unbarmherzig ins Gesicht.

»Da wären wir!«

Er öffnet die Tür mit einer Hand, beinahe rutsche ich dabei auf den Boden, er kriegt mich gerade noch zu fassen und bugsiert mich auf den Sitz. Es muß der Rücksitz sein, denn ich liege ausgestreckt.

»Ich komme gleich zurück.«

Ich möchte ihm zurufen, daß er mich nicht allein lassen soll, mir tut der Schädel entsetzlich weh, mir ist kalt, ich zittere am ganzen Leib, vermutlich die Reaktion auf den Schock. Aber was ist eigentlich passiert? Wo ist Steph? Hoffentlich kommt der gute Mann rasch zurück... warum hat er eigentlich kein Autotelefon? Wenn ich bedenke, daß ich mein Leben einer Dose mit Ködern verdanke... Das Prasseln des Regens auf dem Autodach übertönt jedes andere Geräusch, ich bin allein, außerhalb der Zeit, in einer Kugel eingeschlossen, und ich verstehe nicht, was mit mir geschieht, man könnte meinen, ein Unglück kommt selten allein.

Ich sitze, in ein Federbett eingemummelt, mit trockenen Strümpfen an den Füßen in meinem warmen Wohnzimmer. Mein Retter trinkt Kaffee mit Yvette, und ich unterhalte mich mit Kommissar Yssart, genannt Bonzo. Als die Polizei kam, haben sie uns als erstes ins Krankenhaus gebracht. Dort liefen sie zum Glück gleich Raybaud in die Arme. Zum Glück, weil es sonst ewig gedauert hätte, bis sie meine Identität festgestellt hätten. Kurz und gut, der gute Raybaud hat mich untersucht, festgestellt, daß alles in Ordnung ist, daß ich eine Ertrunkene in bester Verfassung bin, und daß man mich nach Hause bringen könne. Ich weiß nicht, wer Yssart verständigt hat, aber er tauchte eine Stunde später bei mir auf.

Mein Retter – er heißt Jean Guillaume und ist Klempner – hat darauf bestanden, mich zu begleiten. Yvette hat sich vor Dank überschlagen, ihm ihr Mißgeschick mit dem Knöchel berichtet und schon saßen die beiden, in ein anregendes Gespräch vertieft, in der Küche. Yssart sitzt wahrscheinlich auf dem Sofa und fixiert mich bestimmt mit kleinen Schweinsäuglein. Ich bin erschöpft, ich möchte allein sein. Schlafen. Ich habe die Nase voll. Seine leise, höfliche Stimme peinigt mich wie ein winziger, aber lästiger Mückenstich.

»Nun, Sie können sich also nicht erklären, durch welchen Zufall Sie in diesen Teich geraten sind? Im übrigen an der einzigen Stelle, an der er ungefähr zwei Meter tief ist.«

Nein, das kann ich nicht, also kein Zeigefinger. Yssart seufzt.

»Es war Stéphane Migoin, der Ihren Rollstuhl schob, nicht wahr?«

Zeigefinger.

»Er ist mit einem stumpfen Gegenstand niedergeschlagen worden, mit dem man ihm leicht den Schädel hätte zertrümmern können. Man fand ihn ohnmächtig und blutüberströmt im Gebüsch. Er behauptet, sich an nichts erinnern zu können.«

Steph! Niedergeschlagen! Aber dann war das ja gar kein Unfall... Es war...

»Ein Mordanschlag, so würde ich diesen Überfall werten, dem Sie, Mademoiselle Andrioli, zum Opfer gefallen sind. Sehr ungewöhnlich, ein Mordversuch an einer behinderten Person, die keine Lebensversicherung abgeschlossen hat und die nicht in der Lage ist, irgend etwas über irgend jemanden preiszugeben. Sie verstehen meine Verwirrung.«

61

Und ich? Was bin ich? Man stiehlt mir meine Arme, meine Beine, mein Sehvermögen, meine Stimme und jetzt versucht man, mich zu töten? Was soll ich denn sagen, ich, die ich nicht einmal schreien kann, die einfach nur wie ein Sandsack einstecken und noch mehr einstecken kann. Ich hasse Sie, Kommissar Yssart, ich hasse Ihre freundliche und zuckersüße Stimme, Ihre übertrieben höfliche Art, Ihre Versessenheit, sich für Hercule Poirot höchstpersönlich zu halten, lassen Sie mich in Ruhe, laßt mich alle in Ruhe!

»Ich nehme an, Sie sind erschöpft und wollen sich etwas ausruhen. Ich muß Ihnen sehr aufdringlich erscheinen. Aber glauben Sie mir, daß ich nur in Ihrem ureigenen Interesse so aufdringlich bin. Mich hat man heute morgen nicht versucht zu töten. Und ich bin es auch nicht, bei der man es vielleicht noch einmal versucht, verstehen Sie mich?«

Zeigefinger. Mistkerl. Ich hab schon genug Schiß, da muß er mir nicht noch zusätzlich Angst einjagen!

»Mademoiselle, ich kann Ihnen sagen, in den meisten Fällen sind die einzelnen Fakten wie Puzzleteile, man muß sie nur richtig zusammenfügen. Wenn sie sich nicht zusammenfügen lassen, hat man entweder ein Teilchen übersehen oder sich in die Irre führen lassen. Es kommt im menschlichen System höchst selten vor, daß etwas ohne Logik geschieht. Doch bei dem, was Ihnen passiert ist, kann ich keine Logik erkennen. Es sei denn, es gäbe einen Zusammenhang zwischen diesem Vorfall und Ihrer Freundschaft zu Virginie, die, wenn ich mich nicht irre, gestern aus dem Ferienlager zurückgekommen ist.«

Schlange. Du hast uns also die ganze Zeit weiter beobachtet.

»Folglich kann ich nicht umhin anzunehmen, daß Virginie Ihnen etwas – möglicherweise unbeabsichtigt – anvertraut hat, etwas, das eine potentielle Gefahr für eine dritte Person darstellt, eine so große Gefahr, daß es sicherer ist, Sie umzubringen, als das Risiko einzugehen, daß diese Information ans Licht kommt. Haben Sie Kenntnis von einer derartigen Information, Mademoiselle?«

62

Das ergibt keinen Sinn. Wenn ich recht verstehe, nimmt Yssart an, daß der Typ, der mich überfallen hat, derjenige ist, der die Kinder umgebracht hat, und in Panik geraten ist, weil mir Virginie etwas über ihn anvertraut haben könnte. Aber, Gegenfrage, Herr Kommissar, wenn er fürchtet, daß Virginie mir irgend etwas erzählt hat, warum bringt er dann nicht einfach die Kleine um, anstatt mich anzugreifen, mich, wo ich doch überhaupt nichts preisgeben kann?

»Entschuldigen Sie, aber ich hatte Ihnen gerade eine Frage gestellt.«

Ah, ja, stimmt.

»Hat Virginie Ihnen etwas von großer Wichtigkeit über den Mord an dem kleinen Michaël anvertraut?«

Kein Zeigefinger. Ich lüge nicht. Sie hat mir nichts anvertraut, was Rückschlüsse auf den Täter zuließe. Alles, was sie mir gesagt hat, war, daß sie die Morde an Michaël und ihrem Bruder beobachtet hat. Aber bestimmt könnte Yssart, wenn er das wüßte, sie befragen und ihr das Geheimnis entlocken. Dazu müßte er mir aber die richtige Frage stellen. Dieser Mann muß hellsehen können, denn das ist exakt die Frage, die er mir stellt:

»Mademoiselle Andrioli, bei unserem ersten Gespräch, habe ich Sie gefragt, ohne darauf eine Antwort zu erhalten, ob Virginie Ihnen gegenüber zugegeben hat, einen oder mehrere Morde beobachtet zu haben. Wenn Sie gestatten, wiederhole ich meine damalige Frage. Hat Virginie etwas in diese Richtung gesagt?«

Ohne zu zögern, hebe ich diesmal den Zeigefinger.

»Um welche Kinder handelte es sich?«

Er geht die Liste der Opfer durch. Ich hebe den Finger, als ich Renauds und Michaëls Namen höre.

»Gut. Es ist doch merkwürdig, welche Streiche uns die Erinnerung spielt, nicht wahr? Nun, ich bin jedenfalls froh, daß Sie sich wieder erinnern. Leider wird uns das nicht von großem Nutzen sein. Sehen Sie, Virginie hat Sie angelogen. Den Mord an ihrem Bruder kann sie nicht beobachtet haben. Denn als er verübt wurde, war sie mit ihrer Mutter zusammen, half ihr, Marmelade einzukochen. Hélène Fansten ist sich in diesem Punkt absolut sicher: Virginie hat an jenem Morgen das Haus nicht verlassen. Sie hatte die Grippe und es regnete. Auch im Fall des kleinen Michaël hat Virginie Sie belogen: Sie ist zwar mit ihm zusammen Fahrrad gefahren, aber Hélène Fansten hatte ihr strikt untersagt, die Siedlung zu verlassen – Sie verstehen, nachdem das mit Renaud geschehen war, war sie sehr vorsichtig geworden... Und so kam Virginie zurück und hat im Garten gespielt, sie ist nicht mit Michaël in den Wald gegangen. Verstehen Sie, was ich sage? Sie hat Sie angelogen.«

Das ist nicht möglich. Woher konnte Virginie wissen, wo Michaëls Leichnam lag? Und wie konnte sie wissen, daß er tot war, obwohl man seine Leiche da noch gar nicht gefunden hatte? Die einzig mögliche Erklärung ist die, daß ihre Mutter sie nicht die ganze Zeit im Auge hatte.

»Am Morgen des 28. Mai, nachdem Hélène Fansten Virginie verboten hatte, mit Michaël wegzugehen, hat das Mädchen Klavier geübt, und anschließend haben sie gemeinsam im Garten Unkraut gejätet. Madame Fansten hat sie also nicht eine Minute lang unbeaufsichtigt gelassen.«

Hélène muß sich irren. Eine Viertelstunde hätte genügt...

»Ich erzähle Ihnen das alles nicht, weil ich mich so gerne mit Ihnen unterhalte, sondern damit Sie sich darüber im klaren sind, in welchem besorgniserregenden Zustand sich Virginie befindet. Ein Zustand, der meiner Ansicht nach einen ganz einfachen Grund hat: Sie hat die Morde nicht beobachtet, aber sie glaubt, sie weiß, wer der Mörder ist.«

Falsch, Yssart! Warum sollte der Mörder mich zu töten versuchen, wenn sie nur »zu wissen glaubt«, wer es ist? Nein, sie weiß tatsächlich, wer der Mörder ist, und er fürchtet, daß sie es mir erzählt hat. Und Virginie kann er nicht töten, weil alle Polizisten in der Gegend ein Auge auf sie haben.

»Auf alle Fälle möchte ich Sie bitten, allem, was Virginie Ihnen erzählt, größte Aufmerksamkeit zu schenken. Wir können diesen Fall nur lösen, wenn alle zusammenarbeiten. Mehrere Kinder sind umgebracht und grauenvoll verstümmelt worden, man hat versucht, Sie zu töten und Ihren Bekannten Stéphane Migoin angegriffen; das ist kein Spiel mehr, hier geht es um Leben und Tod. Kann ich mit Ihrer Hilfe rechnen?«

Zeigefinger. Man kann schließlich einem Typen, der den Moralischen hat, nicht die Unterstützung verwehren. Außerdem bin ich nicht unzufrieden, daß Kommissar Yssart da ist und auf mich achtet, denn ich bin mir voll und ganz darüber im klaren, daß ich die Lage nicht ganz im Griff habe... Plötzlich wird mir bewußt, was er da gerade gesagt hat: »grauenvoll verstümmelt«. Davon war vorher nie die Rede! Wenn ich nur sprechen, ihm Fragen stellen könnte, ich ertrage dieses Stummsein nicht länger! Ich hebe den Zeigefinger.

»Möchten Sie etwas fragen?«

Zeigefinger.

»Lassen Sie mich raten, also... im Zusammenhang mit dem, was ich Ihnen gerade gesagt habe?«

Zeigefinger. Methodisches Vorgehen hat wirklich seine Vorzüge, das kann man nicht anders sagen.

»Geht es um die Verstümmelungen?«

Verdammt, der Typ kann wirklich Gedanken lesen. Der ist nicht Polizist, sondern Hellseher, auf dem Jahrmarkt könnte er damit ein Vermögen verdienen. Eilig hebe ich den Zeigefinger.

»Wir haben diese Tatsache in den Medien bisher nicht erwähnt, und Ihnen erzähle ich es auch nur, weil ich weiß, daß Sie nicht darüber sprechen werden!«

Da kannst du sicher sein!

»Die Opfer wurden nicht nur erwürgt«, er senkt die Stimme und beugt sich zu mir herunter, »sie wurden auch verstümmelt und zwar mit einem Messer, das eine sehr dünne, scharfe Klinge hat. Die Verstümmelungen reichen vom Abschneiden der Hände bei Michaël Massenet bis zur Enukleation der Augen im Fall von Charles-Eric Galliano.«

65

Enukleation! Das Wort dringt langsam bis zu meinem Gehirn vor, bis ich schließlich begreife, was es bedeutet. Man hat ihm die Augen herausgeschnitten. Ein kleines, verkrampftes Gesichtchen mit leeren Augenhöhlen! Dann muß ich an »abgeschnittene Hände« denken, die Vorstellung daran ist auch nicht viel besser! Plötzlich bedauere ich es, daß Yssart mir jedes Detail erzählen will.

»Was Renaud Fansten betrifft, so hat es uns damals sehr gewundert, daß er skalpiert worden war. Diese Tat schien völlig unverständlich.«

Ich versuche etwas aus dem Klang von Yssarts Stimme herauszuinterpretieren, ich klammere mich an meine Schlußfolgerungen; Schlußfolgerungen sind logisch, und Logik gibt Sicherheit, sie verbannt die Enukleation in die dunklen Sphären jener Dinge, die eigentlich nicht passieren. Aber wenn die Opfer verstümmelt waren, hätte die Polizei ja eigentlich schon vom zweiten Mord an wissen müssen, daß es sich um einen Psychopathen handelt.

»Ich weiß, man könnte jetzt einwerfen, warum hat man nicht gleich einen Zusammenhang zu den ersten Morden hergestellt? Doch bei dem ersten Mord wurde das Opfer, Victor Legendre, einfach erwürgt. Heute denke ich, daß der Mörder bei seiner Arbeit gestört wurde. Das zweite Opfer, Charles-Eric Galliano, wurde erwürgt und die Augen waren... ähm... verschwunden. Erst nach dem Mord an Renaud Fansten begannen wir, einen Zusammenhang herzustellen. Er wurde ebenfalls erwürgt, nicht sexuell mißbraucht, doch skalpiert. Bei dieser Konstellation – Erwürgen, Verstümmelung, kein sexueller Mißbrauch – ist uns plötzlich ein Licht aufgegangen. Wir wollten diese Informationen nicht bekanntgeben, denn bei einem Verhör könnten sie von entscheidender Bedeutung sein. Der Mord an dem kleinen Massenet, der ebenfalls die drei Charakteristika aufwies, hat uns dann in der Annahme, daß wir es mit einem Psychopathen zu tun haben, bestärkt. Wir wissen zwar noch immer nicht, welche Person wir suchen, doch wir wissen inzwischen, welches Persönlichkeitsprofil der Täter hat: Er leidet unter einer Persönlichkeitsspaltung und kann die Taten mit vollem Bewußtsein begangen haben oder auch nicht. Gut. Ich hoffe, ich habe Sie mit diesen ausführlichen Einzelheiten nicht gelangweilt. Jetzt muß ich mich leider verabschieden. Die Pflicht ruft. Bis bald und vielen Dank für Ihre Hilfe.«

Schritte auf dem Parkett. Die Tür schließt sich. Ich bleibe allein zurück, ganz benommen von dieser Fülle von Informationen. Meine Rolle als bevorzugte Vertrauensperson bestätigt sich offensichtlich. Wann wohl der Psychopath selbst vorbeikommt, um mir sein Herz vor meinen hübschen kleinen Ohren auszuschütten, ehe er mir eines abschneidet, um es mit nach Hause zu nehmen und ihm die ganze Nacht lang seine Geschichten zu erzählen? Ich stelle mir Yvettes Entrüstung vor, wenn sie von diesen Verstümmelungen wüßte.

Aber warum tut ein Mensch so etwas? Dumme Frage, Elise! Der »Schlächter von Milwaukee«, der gerade im Gefängnis von seinen Mitgefangenen umgebracht wurde, hat schließlich auch die Schädel seiner Opfer in seinem Schrank aufbewahrt, nachdem er sie zuvor ausgekocht und liebevoll bemalt hatte! Verstehen Sie, was er davon hatte? Nun, er offensichtlich schon. Er wurde wegen der Morde verurteilt und weil er mit einigen der abgeschnittenen Köpfe Sexualverkehr hatte. Das stelle man sich mal vor, ich meine, den Kerl, wie es gerade tut… Man kann es nicht fassen. Und doch ist es wahr.

Gelächter aus der Küche. Kochtopfgeklapper, eine Weinflasche wird geöffnet. Ich wette, daß Monsieur Jean Guillaume zum Essen eingeladen wird. Immerhin ist Yvette seit zehn Jahren Witwe, es wäre an der Zeit, daß sie wieder jemanden fände. Aber Yvettes Gefühlsleben ist im Augenblick ehrlich gesagt nicht mein Hauptproblem. Nein, sondern die Tatsache, daß ein Mörder um mich herumschleicht, daß Virginie mich belogen hat, daß sie bestimmt in Gefahr ist, und daß ich nicht weiß, was ich tun soll. Daß ich eigentlich überhaupt nichts tun kann. Außer versuchen, die Sache zu verstehen.

67

Warum hat Virginie behauptet, die Morde beobachtet zu haben? Ich bin immer mehr davon überzeugt, daß sie die Leichen zufällig gefunden hat, und was den Rest der Geschichte betrifft, teile ich Yssarts Meinung. Sie verdächtigt jemanden, und damit die ganze Geschichte logisch wird, muß sie einfach Teile davon dazuerfinden.

Warum hat irgend jemand (und es handelt sich sicherlich um dieselbe Person) Stéphane niedergeschlagen, um mich anschließend in den Teich zu befördern? Wer wollte mich umbringen und warum?

Wer hat mich in jener Nacht gestreichelt?

Alles muß sich ineinanderfügen, wie Yssart sagt. Man braucht nur die Tatsachen solange hin und her zu wenden, bis sie sich wie die Teile eines Puzzles richtig zusammenfügen.

Ist der Mann, der sich einen Scherz daraus gemacht hat, mir Angst einzujagen, derselbe, der mich in jener Nacht – nennen wir die Dinge ruhig mal beim Namen – befummelt hat und der mich jetzt töten wollte? Logischerweise ja. Und doch glaube ich es nicht. Der, der mich gestreichelt hat, war nicht wut- und haßerfüllt. Es war ihm unangenehm, und er hatte Angst, ja, ich habe seine Angst gespürt, seine Scham. Er gehorchte einem unwiderstehlichen Drang, dessen er sich schämte, doch er war weder grausam noch brutal. Es gibt also zwei Männer: einen Sadisten, der mich mit der Nadel malträtiert und mich vermutlich in den Teich gestoßen hat, und einen Sexbesessenen, der verliebt in mich ist.

Na, da könnte ich mir auch eine schönere Eroberung vorstellen...

Langsam wird mir bewußt, daß man versucht hat, mich zu töten. Eigentlich müßte ich jetzt *tot* sein. Brrr. Und Stéphane? Hätte man ihm den Mord an mir zur Last gelegt? Ein Glück für ihn, daß er niedergeschlagen wurde. Ja, man kann wirklich von Glück reden, denn ohne Zeugen hätte er sonst einen hervorragenden Täter abgegeben. Stéphane... Sein Verhalten ist eigenartig. Hätte er sich selbst mit einem Gegenstand auf den Schädel schlagen können? Und eine Ohnmacht vortäuschen? Warum nicht? Die Kopfhaut blutet sehr leicht, und aktive Sportler haben selten Angst vor Schmerzen. Wenn ich davon ausgehe, daß er mich in den Teich gestoßen hat, daß er mich also umbringen wollte, muß ich auch davon ausgehen, daß er sich den Scherz mit der Nadel erlaubt hat. Und der Mann, der für beides verantwortlich ist, ist höchstwahrscheinlich auch der Kindermörder. Stéphane? Ja, Virginie kennt ihn gut und hat ihn sehr gern. Ach, mein Kopf platzt vor Eindrücken, wenn mich Yvette doch nur ins Bett bringen würde, ich habe Halsschmerzen. Und ich habe Angst. Wenn ich wenigstens wüßte, warum man mich umbringen wollte. Es ist schon schlimm genug, sich vorzustellen, daß einem jemand nach dem Leben trachtet, aber wenn man sich noch dazu nicht verteidigen kann, wird es grauenvoll. Ob er es noch einmal versuchen wird?

»Ist alles in Ordnung? Frieren Sie auch nicht? Wer hätte das für möglich gehalten, daß man Stéphane im Park angreifen könnte! Und dann rollt Ihr Rollstuhl auch noch den Abhang hinunter, also wirklich, so ein Pech. Zeigen Sie mal Ihre Hände. Na, das geht ja, sie sind schön warm.«

Ich habe fürchterliche Halsschmerzen, und wenn meine Hände warm sind, dann nur, weil ich mir eine Grippe geholt habe!

»Haben Sie Durst? Hunger?«

Kein Zeigefinger.

»Aber Sie müssen doch etwas essen! Monsieur Guillaume bleibt zum Abendessen, er ist so nett. Stellen Sie sich nur vor, wenn er nicht vorbeigekommen wäre…«

Ich weiß, dann würden sich jetzt die Kaulquappen an mir gütlich tun.

»Ich habe einen Fleischeintopf mit Ravioli gemacht. Ich denke, die Ravioli können Sie auch essen.«

Das Problem bei meiner Ernährung besteht darin, daß ich Schwierigkeiten habe, die Bewegungen meines Kiefers zu koordinieren, und das ist nun mal zum Kauen unerläßlich.

Darum werde ich vorwiegend mit Brei, Püree und flüssigen Nahrungsmitteln ernährt, die man leicht schlucken kann. Aber ich esse gerne Fleisch, schönes rotes Fleisch, Nudeln und Pizza. Und Chorizo. Ein Scheibchen Chorizo, grüne Oliven und ein gut gekühltes Bier...

Yvette ist schon wieder in der Küche, ich höre sie geschäftig hantieren. Monsieur Guillaume kommt näher.

»Na, geht es Ihnen besser?«

Zeigefinger.

»Das müssen wir feiern. Ich gehe Champagner kaufen.«

»Aber nein, das ist doch nicht nötig!« protestiert Yvette.

»O doch, o doch. Man springt ja schließlich nicht jeden Tag dem Tod von der Schippe.«

Naja, was mich betrifft ist es immerhin nicht das erste Mal. Das erste Mal war in Belfast. Benoît... Ich spüre, wie mich Schwermut überkommt. Ich will nicht an Benoît denken. Aber der Gedanke daran hält mich gefangen. Eine Flut von Bildern taucht vor mir auf; ich sehe, wie Benoît und ich die Reise vorbereiten, wir liegen in seiner Wohnung im Bett, die Prospekte auf den zerknitterten Laken ausgebreitet... Irgendwie bin ich froh, daß Benoîts Mutter die Wohnung nicht verkauft hat. So gibt es noch einen Ort auf der Welt, an dem Benoît greifbare Spuren hinterlassen hat. Yvette hat mir gesagt, daß dort noch alles unverändert ist. Seine Mutter hat nur die Fensterläden schließen lassen. Sie ist alt und krank und lebt in einem Altersheim in Bourges; der Tod ihres einzigen Sohnes hat ihr die letzte Lebenslust genommen. Und mir den Sinn des Lebens. Stimmt nicht, Elise, denn er ist tot und du nicht, und du hast auch nicht vor, dich umzubringen.

Die Haustür fällt ins Schloß. Yvette deckt den Tisch, ich höre wie sie schnell und geübt ihre Arbeit erledigt.

»Wirklich ein sehr netter Mann.«

Von wem redet sie denn? Ach ja, von Monsieur Guillaume!

»Und so höflich. Heutzutage sind die Menschen so schlecht erzogen, da ist es eine Wohltat, einen Mann zu treffen, der weiß, was sich gehört. Und er sieht auch nicht schlecht aus. Nicht sehr groß, aber kräftig. Er hat mir seine Bauchmuskeln gezeigt, hart wie Beton.«

Na sag mal Yvette, wie ich sehe, amüsierst du dich ja prächtig. In meiner Küche die Bauchmuskeln eines Fremden abzutasten, ist das etwa kein Angriff auf das Schamgefühl? Offensichtlich sind in diesem August wirklich alle durchgedreht.

»Was wollte denn der Kommissar schon wieder von Ihnen?« fährt sie fort. »Den hat die Natur ja nun wirklich stiefmütterlich behandelt! Und arrogant ist er! Der soll mal lieber den Kindermörder finden, anstatt hier herumzuschnüffeln.«

Ich bin ja ganz deiner Meinung, Yvette, aber ich habe das ungute Gefühl, daß es zwischen dem Kindermörder und mir eine Verbindung gibt.

Das Abendessen verläuft sehr angenehm. Yvette füttert mich zuerst und schiebt dann, als sie essen, meinen Rollstuhl an den Tisch. Monsieur Guillaume erzählt Witze, er ist ein guter Erzähler. Yvette lacht schallend, und mir wird plötzlich bewußt, daß ich sie nur selten habe lachen hören. Er erzählt ihr von seiner Frau. Sie hat ihn vor fünf Jahren wegen seines besten Freundes, einem Dreher bei Renault, verlassen. Yvette spricht von ihrem Mann, der vor zehn Jahren gestorben ist, nachdem er dreißig Jahre lang treu der französischen Eisenbahn gedient hatte. Ein Pole namens Holzinski, dem sie drei Kinder geschenkt hat. Sie berichtet von ihren Söhnen, der eine lebt in Montreal, der andere in Paris und der dritte in der Ardèche. Guillaume hat keine Kinder, seine Frau konnte keine bekommen. Ich höre zu, doch meine Gedanken sind ganz woanders, bei dem, was mir zugestoßen ist und die Routine meines Krankenalltags durcheinandergebracht, das Leichentuch der Langeweile, unter dem ich zu ersticken drohte, zerrissen hat.

Das Telefon klingelt.

»Ah, dieses Telefon! Man hat auch nie seine Ruhe!« brummt Yvette, während sie sich erhebt. »Hallo? Ja... Es ist für Sie, Elise.«

Für mich? Das ist das erste Mal seit zehn Monaten, daß mich jemand anruft. Yvette schiebt mich zum Telefon und hält mir den Hörer ans Ohr.

»Hallo Elise?«

»Sie können reden, sie hört Sie«, ruft Yvette über meinen Kopf hinweg.

»Elise, hier ist Stéphane.«

Ich weiß nicht warum, aber mein Herz macht einen kleinen Satz. Seine Stimme klingt schüchtern, nicht so aufschneiderisch wie sonst.

»Elise, ich wollte mich für das entschuldigen, was Ihnen geschehen ist. Ich weiß nicht, wie das passiert ist, ich ging durch den Wald und plötzlich bumm... Ich habe nur noch Sternchen gesehen, wirklich! Und dann nichts mehr, absolute Funkstille. Als man mir erzählt hat, was Ihnen zugestoßen ist...«

Im Hintergrund hört man Schritte, dann eine weinerliche Frauenstimme:

»Steph, wo bleibst du denn? Das Essen wird kalt!«

Er fährt eilig fort:

»Ich hoffe, daß Sie sich erholt haben. Ich werde Sie morgen besuchen. Also, bis dann.«

Er legt auf. Yvette legt den Hörer wieder auf die Gabel.

»Alles in Ordnung?«

Zeigefinger.

»Der arme Kerl. Er ist so nett. Nur schade, daß seine Frau eine solche Meckerziege ist. Ich spreche gerade von dem Mann, der heute morgen bei Elise war. Stéphane Migoin.«

Ich begreife, daß sie sich an Jean Guillaume wendet und kehre wieder zu meinen alten Gedanken zurück. Möchte ich Stéphane morgen sehen? Und Paul und Hélène? Warum haben sie nicht angerufen? Sie könnten sich ruhig nach meinem Befinden erkundigen. So grübele ich bis zum Dessert weiter, immer wieder gehe ich die Ereignisse der letzten Zeit durch, bis Jean Guillaume die Champagnerflasche entkorkt. Yvette kichert, man hört das Prickeln des Champagners in den Gläsern. Ich bekomme auch eins, mmh, schmeckt der Champagner schön frisch. Es läutet.

Yvette öffnet die Tür.

So eine Überraschung! Es ist die ganze Familie Fansten. Virginie läuft durchs Zimmer und küßt mich auf beide Wangen. Yvette stellt Jean Guillaume vor, Glückwünsche, was darf ich Ihnen zu trinken anbieten, ah, Paul hat auch eine Flasche Champagner mitgebracht. Langsam verstehe auch ich, daß die Sache geplant war. Sie haben mit Yvette ausgemacht, daß sie zum Dessert kommen, und Yvette hat mir nichts gesagt, es sollte eine Überraschung sein. Hélène umarmt mich und fragt, ob alles in Ordnung ist. Paul umarmt mich nicht, aber auch er fragt mich, ob alles in Ordnung ist. Gott sei Dank reicht ihnen Jean Guillaume die Champagnergläser, und alle schweigen und trinken, nachdem sie auf meine Gesundheit angestoßen haben.

Es ist angenehm, wenn man sozusagen aus dem Reich der Toten zurückgekehrt ist, wie einem von allen Seiten plötzlich Interesse entgegengebracht wird.

Die beiden Flaschen sind leer, Yvette bringt den Kaffee. Paul hat sich zu mir gesetzt.

»Ich war vorhin bei Steph. Er hat einen Verband um den Kopf, sieht ganz komisch aus. Der Ärmste fragt sich immer noch, wie das passieren konnte.«

Hélène mischt sich ein.

»Ich verstehe nicht, wie ein Typ, der so kräftig ist wie Steph, sich einfach niederschlagen lassen kann! Ohne etwas zu hören, ohne etwas zu sehen! Ich hätte nie gedacht, daß man so einen Kleiderschrank von Mann angreifen würde.«

Ich auch nicht.

»Und Sie, Monsieur Guillaume, haben Sie nichts Verdächtiges bemerkt?«

»Wie ich schon der Polizei gesagt habe, dem Inspektor Dingsbums, regnete es in Strömen. Ich hatte meine Kapuze ins Gesicht gezogen und lief mit gesenktem Kopf... Selbst wenn mir jemand begegnet wäre, bei dem feuchten Gras, das jedes Geräusch verschluckt... Das einzige, was ich gesehen habe, war der umgekippte Rollstuhl und Mademoiselle Andrioli, deren Kopf unter Wasser lag. Man sah nur noch ihre Füße und Luftblasen. Ich bin hingelaufen und habe sie am Knöchel gepackt. Zum Glück ist sie nicht schwer!«

»Sie haben den Täter offenbar nur knapp verfehlt«, bemerkt Paul.

»Er konnte sich hinter den Büschen verstecken, um abzuwarten, bis ich wieder weg war, und dann in aller Ruhe verschwinden.«

»Und wenn wir über etwas anderes sprechen würden?« schlägt Hélène vor. »Elise hat vielleicht überhaupt keine Lust, die ganze Geschichte noch einmal zu hören! Alle haben mich gefragt, wie es Ihnen geht, Elise. Ich habe sie, so gut ich konnte, beruhigt. Claude will Sie morgen besuchen.«

»Wer möchte Obstsalat?« fragte Yvette.

Eine kleine Hand legt sich auf die meine, und in dem allgemeinen Stimmengewirr, das auf Yvettes Bemerkung folgt, flüstert mir ein zartes Stimmchen ins Ohr:

»Ich habe dir ja gesagt, du sollst aufpassen. Die Bestie hat dich bemerkt, und sie ist böse auf dich. Und weißt du, ich glaube, daß bald ein anderes Kind bestraft wird.«

Bestraft?

»Mathieu Golbert. Er ist in der zweiten Klasse und macht immer großes Theater um nichts. Die Bestie findet ihn hübsch. Das ist ein schlechtes Zeichen. Wenn sie mir sagt, daß ich hübsch bin, verstecke ich mich, denn ich weiß, was das heißt. Ich warte, bis es vorbei ist, verstehst du?... Ich will auch Obstsalat!«

Nein, warte, Virginie, warte. Wie war der Name? Mathieu. Mathieu Golbert. Ja, ich kenne ihn, seine Mutter hat einen Friseursalon, sie waren oft im Kino, ein hübscher, kleiner Junge mit großen blauen Augen. Was soll ich tun? Ich muß Yssart verständigen. Und wenn Virginie nun die Wahrheit sagt...

Oh, ich weiß nicht mehr, was ich denken soll, dieses Kind ist so eigenartig!

Eine Hand auf meiner Schulter, ich zucke innerlich zusammen. Eine große, feste Hand. Paul. Er sagt nichts. Er drückt nur meine Schulter und streicht mit dem Daumen leicht über meinen Nacken. Es dauert nur wenige Sekunden, dann zieht er die Hand zurück. Ich habe den Eindruck zu erröten. Also war er es in jener Nacht. In jener Nacht. Es kommt mir vor, als würde sie schon Wochen zurückliegen. In den letzten vierundzwanzig Stunden habe ich mehr erlebt als in den zehn Monaten davor.

Alle sind gegangen, und ich liege in meinem Bett. Ich spüre, daß ich gleich einschlafen werde. Bilder jagen durch meinen Kopf. Virginie, Paul, Stéphane, Hélène, Yssart, Jean Guillaume... Alles Menschen, die ich mir nur in Gedanken vorstellen kann, farbige Phantombilder. Sollte ich eines Tages wieder sehen können, werde ich sicherlich erstaunt sein, wie sie in Wirklichkeit aussehen. Mathieu Golbert. Ich muß etwas unternehmen...

5

Es hört nicht auf zu regnen. Ein typischer Sommerregen: kraftvoll, ausgelassen und stürmisch wie ein junger Hund. Normalerweise mag Yvette es nicht, wenn es regnet, doch momentan ist sie sehr beschäftigt. Sie überlegt, was sie für Jean Guillaume kochen soll, den sie für morgen abend wieder eingeladen hat.

Nach dem gestrigen Gewaltausbruch ist wieder Ruhe eingekehrt. Eine heimtückische, beängstigende Ruhe. Ich habe das Gefühl, im Auge eines Zyklons zu sitzen. Als ich aufwachte, galt mein erster Gedanke Mathieu Golbert. Und während Yvette mich wusch und ankleidete, habe ich die ganze Zeit krampfhaft überlegt, was ich tun könnte, doch ohne Ergebnis. Es klingelt an der Haustür. Ich habe das Gefühl, in ei-

ner Boulevardkomödie mitzuspielen: Ununterbrochen treten
Personen auf oder verlassen die Bühne. Ich höre, wie Yvette
ruft:

»Oh, mein Gott! Wie sehen Sie denn aus! Tut es sehr weh?«

Stéphane: »Nein, nein, es geht... ist Elise zu Hause?«

Nein, sie ist zum Ballettunterricht gegangen, sage ich im stil-
len.

»Es ist Monsieur Migoin, Mademoiselle.«

Er kommt schweren Schrittes auf mich zu. Ich trage einen
Morgenmantel und die Sonnenbrille. Er bleibt stehen. Ich höre
ihn atmen. Yvette ist hinausgegangen. Wir sind allein, nur der
Regen ist zu hören.

»Elise...«

Seine Stimme klingt merkwürdig, ein wenig heiser, kindlich.

»Es tut mir entsetzlich leid. Wenn ich den Kerl nur kommen
gehört hätte... Sie müssen große Angst gehabt haben...«

Er nimmt meine Hand und drückt sie mit seinen großen
Pranken, die ich mir rot und behaart vorstelle. Mein Magen
krampft sich zusammen, als ich daran denke, daß es möglicherweise diese Hände sind, die vier Kinder getötet haben.

»Sie müssen denken, ich sei ein bißchen verrückt...«

Zeigefinger.

»Ich weiß nicht, was in mich gefahren ist. Ich... seit ich Ihnen begegnet bin, denke ich nur noch an Sie.«

Er kennt mich doch überhaupt nicht, weiß weder, wie meine
Stimme klingt, noch, was für Ansichten ich habe. Ist er in eine
Puppe verliebt oder was?

»Sie wirken so sanft.«

Ich? Ich bin eine Giftnudel. Gehässig, jähzornig, eine kei-
fende Xanthippe. Benoît pflegte immer zu sagen, ich wäre der
schwierigste Mensch der gesamten nördlichen Hemisphäre.

»Ich liebe Ihr Gesicht, Elise, Ihre Lippen, Ihren Hals, Ihre
Schultern... Ich bin unglücklich, ich habe das Gefühl, in einem Alptraum zu leben, ich verstehe nicht, was in mich gefahren ist.«

76

Er holt tief Luft.

»Ich kann nur hoffen, daß Sie meine Gefühle erwidern...«

Kein Zeigefinger. Er redet Unsinn, kein Zeigefinger.

»...aber ich möchte, daß Sie wissen, daß ich Ihr Freund bin. Wirklich Ihr Freund. Ich werde es nicht zulassen, daß man Ihnen etwas antut.«

Nur Gerede... Und gestern...

»Catherine ist da!« unterbricht Yvette prosaisch.

Stéphane steht hastig auf.

»Bis bald, Elise. Vergessen Sie nicht, was ich Ihnen gesagt habe. Oh, guten Tag, Cathy!«

»Hallo, Steph! Oh... Sie sehen ganz schön mitgenommen aus...«

»Nein, halb so wild, es geht schon.«

»Nehmen Sie Sonntag trotzdem am Turnier teil?«

»Bestimmt. Ich muß los, ich bin schon spät dran, auf Wiedersehen.«

Turnier? Ach ja: Er spielt Tennis. Ich wußte nicht, daß Catherine die Große und er sich kennen. Sie stellt meinen Rollstuhl nach hinten und fängt an, meine Knie zu massieren.

»Ich wußte gar nicht, daß Migoin ein Freund von Elise ist«, ruft sie in Richtung Küche.

»Wir haben ihn durch Paul und Hélène Fansten kennengelernt. Wirklich ein netter Kerl.«

»Was ist ihm denn passiert?«

»Wie? Haben Sie etwa nicht davon gehört?«

Getuschel: Catherine wird über die gestrigen Ereignisse in Kenntnis gesetzt. Daraufhin vergißt sie meine Kniescheiben, und ich kann in Ruhe nachdenken.

Wie kommt es zum Beispiel, daß, wenn Virginie nicht da ist, auch nichts passiert? Nein, nein, ich will der Kleinen keine dämonischen Kräfte zuschreiben, aber in welcher Verbindung steht sie mit der »Bestie der Wälder«? Hätte ein Kind die Kraft, ein anderes Kind umzubringen? Stop. Ich denke schon wieder in die falsche Richtung. Ich habe noch von keinem siebenjährigen Kind gehört, das ein »Serienmörder« sein soll. Also, was stimmt nicht mit Virginie? Denn ich spüre ganz deutlich, daß da was nicht stimmt. Irgend etwas ist faul. Sie ist zu steif, zu artig, ihre Stimme zu ruhig. Man könnte jetzt einwenden, kein Wunder bei dem, was die Kleine mitansehen mußte... oder gar nicht mitangesehen hat, ich weiß überhaupt nichts mehr. Aua, Catherine die Große ist dabei, mir die linke Schulter auszukugeln. Ich muß unbedingt Yvettes Aufmerksamkeit erregen und ihr begreiflich machen, daß ich dringend Yssart sprechen muß. Sobald Catherine gegangen ist, werde ich es versuchen.

Catherine ist gegangen, aber Yvette kümmert sich offensichtlich nicht um mich: Für Monsieur Guillaume bringt sie das Haus auf Hochglanz. Man könnte meinen, der französische Präsident höchstpersönlich statte uns einen Besuch ab. Von Zeit zu Zeit hebe ich den Zeigefinger, wenn ich höre, daß sie in meiner Nähe ist, doch vergeblich: Sie muß mit der Nase förmlich am Staub kleben. Doch was noch schlimmer ist, sie hat mir eine Literatur-Kassette eingelegt, die Hélène mir aus der Stadtbücherei – nein, Entschuldigung, der städtischen Mediathek – mitgebracht hat, und nun höre ich, wie jemand mit begeisterter Stimme Balzac vorträgt. Das mag zwar gut gemeint sein, aber erstens hasse ich es, wenn man mir vorliest, und zweitens kenne ich das Buch auswendig, weil ich es schon mehrmals gelesen habe. Aber was soll's... ich kann mich ja nicht dauernd beklagen.

Ah! Die erste Seite der Kassette ist zu Ende. Yvette wird kommen und sie umdrehen. Ich höre Schritte, schnell, Zeigefinger, Zeigefinger, Zeigefinger.

»Ja, ja, ich komm ja schon.«

Nein, Yvette, nein, Zeigefinger, Zeigefinger, Zeigefinger.

»Also wirklich, einen Augenblick Geduld, wenn Sie ungeduldig sind, können Sie richtig unausstehlich sein!«

Mist!

Die Worte Balzacs dröhnen mir wieder aus dem Rekorder

entgegen, ich könnte ihn mühelos verstehen, wenn ich in der hintersten Ecke im Garten säße. Und Yvette ist, vor sich hinmurmelnd, auch wieder gegangen. Es bleibt mir nichts anderes übrig, als einen geeigneten Moment abzuwarten.

Ich wache erschreckt auf. Ich muß beim Klang der begeisterten Stimme eingenickt sein. Wo ist Yvette? Ich lausche, versuche herauszufinden, wo sie sich im Haus aufhält. Ah, sie ist draußen. Sie spricht mit jemandem. Ich erkenne Hélènes Stimme, die »auf Wiedersehen« sagt. Yvette kommt herein.

»Sie haben Glück, Hélène hat Ihnen ein paar neue Kassetten vorbeigebracht.«

Super. Ich hoffe, es ist die Gesamtausgabe in dreihundertsiebzig Bänden.

»Wollen Sie weiterhören?«

Kein Zeigefinger.

»Gut, wie Sie möchten. Wollen Sie etwas anderes?«

Zeigefinger.

»Haben Sie Durst?«

Kein Zeigefinger.

»Hunger?«

Kein Zeigefinger.

»Müssen Sie mal?«

Kein Zeigefinger.

»Wollten Sie Hélène sehen?«

Kein Zeigefinger. Ich spüre, daß Yvette ungeduldig wird.

»Jemand anderen?«

Zeigefinger.

»Virginie?«

Kein Zeigefinger.

»Hat es etwas mit dem gestrigen Vorfall zu tun?«

Zeigefinger.

»Also die Polizei?«

Zeigefinger. Wunderbare Yvette. Sobald ich wieder gesund bin, werde ich dein Gehalt erhöhen, werde ich dir alles vererben, werde ich...

»Wollen Sie, daß ich diesen Wichtigtuer von Kommissar anrufe?«

Zeigefinger.

»Nun gut, wenn ich Ihnen damit eine Freude mache.«

Sie geht zum Telefon. Gut. Alles wird gut. Ich habe die Situation im Griff.

»Der Kommissar ist in Paris und wird vor Montag nicht zurückkommen? Oh, ich habe ganz vergessen, daß ich das Kaninchen auf dem Herd stehen habe!«

Sie hastet in die Küche. Bleibt nur zu hoffen, daß Yssart nicht zu spät kommt beziehungsweise daß Virginie mir keinen Unsinn erzählt hat.

Es klingelt. Ich werde ein Dienstmädchen einstellen, deren einzige Aufgabe es sein wird, die Haustür zu öffnen und zu melden, wer gekommen ist.

Diesmal ist es Claude Mondini. Sie küßt mich beiläufig auf beide Wangen, sie duftet nach Parfum.

»Meine arme Elise! Glücklicherweise ist alles noch mal gutgegangen! Ich habe ja immer gesagt, daß der Wald gefährlich ist. Ich habe den Kindern verboten, dort zu spielen. Ich soll Sie auch von Jean-Mi ganz herzlich grüßen. Hmm, wie das hier duftet! Was kochen Sie denn Schönes, Yvette?«

»Kaninchen in Senfsauce.«

»Es riecht einfach köstlich! Nun, meine arme Elise, geht es Ihnen gut?«

Zeigefinger.

»Ich kann nicht lange bleiben, ich muß noch einiges für den Kanuausflug mit den Kindern aus La Tourbière am Sonntag organisieren. Ich weiß, Elise, daß Sie kein leichtes Leben haben, aber wenn Sie diese armen Kinder sehen könnten... sie stammen aus Verhältnissen, die alles andere als geordnet sind... Nun gut, ich muß wieder los... Yvette, wenn Sie irgend etwas brauchen sollten, rufen Sie uns einfach kurz an, nicht wahr?«

»Ja, und nochmals vielen Dank.«

»Auf Wiedersehen, Elise, bis bald!«

Nachdem sie gegangen ist, hinterläßt ihr Parfum einen Hauch von Frühling im Raum. Ich bin etwas verwirrt: Ist sie drei oder vier Minuten geblieben? Doch ich bin trotzdem erleichtert, denn insgeheim hatte ich befürchtet, daß sie Yvette davon überzeugt, mich am Sonntag mit in die Messe zu nehmen, damit ich trotz der schlimmen Geschehnisse die Religion nicht vergesse.

Sonntagmorgens lagen Benoît und ich normalerweise gemütlich bis elf Uhr im Bett und quatschten...

Benoît, du fehlst mir.

Fünf Tage Ruhe. Es ist wunderbar. Niemand will mich piesakken, mir weh tun oder mich umbringen. Zwei Stunden Balzac täglich, wunderschönes Wetter, leckere Erdbeeren und Raybaud, der mich lobt. Es scheint so, daß man, seit ich den Zeigefinger bewege, spüren kann, wie meine linke Hand zittert. Oh, mein Gott, wenn es doch nur wahr wäre! Wenn ich sie doch nur wieder bewegen könnte, würde ich lernen, mit links zu schreiben, ich könnte auf Wiedersehen und guten Tag sagen, ich könnte viele Zeichen machen; das V für *victory*, den Daumen nach unten halten, um anzuzeigen, daß ich unzufrieden bin, den Daumen nach oben halten, wenn ich mit etwas einverstanden bin, den Stinkefinger zeigen, das Zeichen, wenn man Pech hatte, die Finger kreuzen, um Unglück abzuwenden, eben alles, was man mit einer Hand machen kann! Ich übe wie verrückt. Ich werde es schaffen, diese blöde Hand zu bewegen und nicht nur das, ich werde Stück für Stück die Kontrolle über meinen Körper zurückgewinnen, das schwöre ich, bis ich schließlich aufstehen und diesen verdammten Kassettenrecorder ausmachen kann!

Gott hat mein Flehen erhört, denn es tritt Stille ein. Ach ja, es ist 13 Uhr, Yvette will die Nachrichten hören. Blablabla Außenpolitik... Bekämpfung des Terrorismus... Streik der Bauern... Der Premierminister... Kriege hier und Kriege da...

Hochwasser im Südosten, das Ende der Trockenperiode, eine Spur im Mordfall des kleinen Michaël Massenet, die Polizei sucht einen Zeugen... Was!?

»Haben Sie das gehört, Elise?« ruft Yvette ganz aufgeregt. Zeigefinger.

»Ich muß sofort Hélène anrufen. Vielleicht weiß sie etwas.«

Ich lausche angestrengt, aber ich kann nichts verstehen. Die Wettervorhersage: Das sonnige Wetter ist nicht von Dauer, der Herbst wird stürmisch und der Winter früh Einzug halten, Schluß mit der schönen Zeit, bald sind die Ferien vorbei. Yvette kommt zurück.

»Sie hat es auch gehört, aber sie weiß nichts. Sie wirkte ziemlich durcheinander. Na, der Kommissar wird ihr mehr dazu sagen, schließlich betrifft es sie ja auch... Jetzt, wo sie halbtags arbeitet, kann sie auch nicht mehr die ganze Zeit auf Virginie aufpassen.«

Eine Spur... Ich hasse es, Yssart zu begegnen. Arme Hélène! Sie ist so zurückhaltend, daß man oft vergißt, was sie und ihre Familie schon alles durchgemacht haben. Weder sie noch Paul sprechen jemals von Renaud, und Yvette hat mir erzählt, daß sie seine ganzen Sachen der katholischen Kirche gespendet haben. Anscheinend steht ein Foto von ihm in ihrem Eßzimmer. Ein hübscher kleiner Junge mit braunem Haar und blauen Augen, abstehenden Ohren (behauptet Yvette) und Sommersprossen. Er hat überhaupt keine Ähnlichkeit mit Virginie. Sie ist blond, trägt einen Pagenkopf und hat braune Augen. Yvette sagt, sie sei ein bezauberndes Mädchen, »ein richtiges Püppchen«, doch ich vermute, sie ist in diesem Fall voreingenommen.

Yvette räumt den Tisch ab, wobei sie ununterbrochen über die Morde, den Wetterumschwung, die Steuern, die Grausamkeiten des Lebens und die Gleichgültigkeit Gottes wettert. Als sie aus der Küche zurückkommt, meint sie, das Wetter sei viel zu schön, um im Haus zu bleiben. Sie hat Hélène angerufen und gesagt, sie wolle mit uns, mit Virginie und mir, spazierengehen. Hélène war einverstanden. Yvette hatte sogar den Eindruck, daß es ihr sehr recht sei, mal allein zu sein.

Virginie hüpft neben dem Rollstuhl her. Yvette hat einen Bogen um den Wald gemacht, und nun schlendern wir über den großen freien Platz gleich neben dem Einkaufszentrum. Ich erinnere mich, daß es dort Bänke und ein paar Sandwich-Stände gibt. Ich höre das Geräusch von Rollerskates und Skateboards. Kinder fahren mit Volldampf über den Platz. An einer anderen Stelle hört man das aufdringliche Geräusch eines Balls. Dann aufgeregt juchzende Kinder. Ich erinnere mich, daß sich in der Mitte des Platzes eine große, viereckige, gußeiserne Fontäne befindet, in die die Kleinen alles werfen, was mehr oder weniger gut im Wasser schwimmt.

Die Fontäne sprudelt gerade, ich höre das Rauschen des Wasserstrahls. Wir halten an. Yvette stößt einen Seufzer der Erleichterung aus, ich nehme an, sie hat sich hingesetzt.

»Virginie, bleib bitte in der Nähe!«

»Ja, ja, ich geh zum Brunnen, spielen.«

Einen Moment lang sagt Yvette nichts. Wir sitzen beide ruhig da, ich lausche dem lebhaften Stimmengewirr und Yvette hängt ihren Gedanken nach. Virginies zartes Stimmchen reißt mich aus meiner Versunkenheit.

»Dürfen wir uns etwas Süßes kaufen?«

»Von Schokolade bekommt man schlechte Zähne.«

»Das ist keine Schokolade, das sind Kaubonbons.«

»Das ist das gleiche. Und wie heißt du, mein Kleiner? Hat es dir die Sprache verschlagen?«

»Mama kauft mir immer etwas. Er heißt Mathieu.«

Das darf nicht wahr sein!

»Na gut, da hast du fünf Francs, aber verlier das Geld nicht. Und wo ist deine Mama, Mathieu?« erkundigt sich Yvette.

»Sie ist da vorne, in dem Salon.«

»Seine Mama hat einen Friseursalon. Er ist mit seinem großen Bruder hier«, erklärt Virginie.

83

»Ach so. Na, dann geht mal, kommt aber sofort zurück und sprecht mit niemandem!«

Das ist er, das ist Mathieu Golbert. Was hat Virginie mit ihm zu schaffen? Oh, mein Gott! Führt sie etwa... dem Mörder die Kinder zu? Nein, ich darf so etwas nicht denken. Hat Yvette ein Auge auf die beiden? Ist es normal, daß sie so lange brauchen? Ich höre das Rascheln von Papier und schließe daraus, daß Yvette in ihrer Zeitschrift liest. Du solltest jetzt wirklich nicht lesen, Yvette!

»Mir ist wirklich schleierhaft, warum ein so gutaussehender junger Mann wie Prinz Albert noch immer nicht verheiratet ist...«

Yvette! Laß Prinz Albert! Gib auf die Kinder acht!

»Es ist doch nicht zu fassen, Sport, nichts als Sport! Egal, welche Zeitschrift man aufschlägt, seitenweise Sportberichte...«

Yvette, liebste Yvette, hör auf, in dieser Zeitschrift zu blättern, und sieh bitte mal nach, was die Kinder treiben!

»Ich hab fünf gehabt!«

Virginie! Gott sei Dank!

»Paß bloß auf, wenn du dauernd Süßigkeiten ißt, bekommst du später schlechte Zähne.«

»Der Zahnarzt ist sehr nett.«

»Das ist kein Grund. Ein Besuch beim Zahnarzt kostet viel Geld. Und wo ist dein kleiner Freund?«

»Er ist zu seinem Bruder zurück. Er mußte nach Hause.«

»Ach so. Na, willst du dich zu mir setzen? Ich gebe dir die Seite mit den Comics, wenn du möchtest.«

»Au ja.«

Ich kann es nicht ändern, ich habe plötzlich ein ungutes Gefühl. Daß wir Mathieu getroffen haben, scheint mir ein merkwürdiger Zufall zu sein. Und seine plötzliche Abwesenheit beunruhigt mich ebenso.

»Ist der Platz noch frei?« erkundigt sich höflich die Stimme einer Dame mit nordfranzösischem Akzent.

»Aber natürlich. Setzen Sie sich, Rutsch ein bißchen, Virg'.«
Virginie sitzt nun ganz nah an meinem Rollstuhl. Yvette und
die Dame kommen ins Gespräch.

»Elise, hörst du mich?« flüstert Virginie plötzlich.
Zeigefinger.

»Ich habe Angst um Mathieu.«
Ich auch.

»Ich glaube, er wird bald tot sein.«
O nein, nein! Wenn ich dieses Kind doch nur packen, es
schütteln und ihm sein Geheimnis entlocken könnte...

»Ich habe sie gesehen, die Bestie. In der Nähe des Parkplat-
zes.«

Mich überkommt ein seltsames Gefühl, mir wird ganz
schwer ums Herz. Und mein blödes Gesicht, das keine Miene
verziehen, und mein blöder Mund, der nicht schreien kann!
Ich muß merkwürdig ausgesehen haben, denn Yvette unterbricht ihre Unterhaltung:

»Ist etwas nicht in Ordnung?«
Zeigefinger. Ja, so ist es.

»Wollen Sie nach Hause zurück?«
Kein Zeigefinger.

»Wollen Sie noch etwas spazierengefahren werden?«
Ja, das ist eine gute Idee. Gehen wir spazieren, vielleicht
taucht Mathieu ja wieder auf. Ich hebe den Zeigefinger.

»Nun gut«, seufzt Yvette resigniert. »Gehen wir. Auf Wiedersehen«, meint sie zu der Dame aus Nordfrankreich, die
mich sicher anstarrt.

Wir setzen uns in Bewegung. Virginie trällert vor sich hin.
Erst nach einer Weile wird mir bewußt, was sie da singt. *Es war
einmal ein kleines Schiff.* Sie ist gerade bei der Stelle, wo die
Gischt das Boot verschlingt. Ein böses Omen.

Eine Weile gehen wir so dahin; an der lieblosen, ruppigen
Art, mit der Yvette den Rollstuhl schiebt, merke ich, daß sie
schlecht gelaunt ist. Ein paar Kinder kommen angelaufen und
sprechen mit Virginie. Wir müssen ganz in der Nähe des

Springbrunnens sein, denn das Rauschen des Wassers ist deutlich zu hören. Ich glaube, ich habe bloß eine blühende Phantasie. Plötzlich ruft Yvette:

»Virginie! Komm mal her!«

»Was ist?«

»Wer ist der Junge, mit dem du gerade gesprochen hast? Der große mit der roten Mütze?«

»Welchen meinst du denn?«

»He, Sie, junger Mann!« ruft Yvette. »Ja, Sie meine ich! Sie mit der roten Mütze!«

Sie beugt sich zu mir herab und sagt mir ins Ohr:

»Man kann nie wissen, ob er nicht einer dieser Dealer ist…«

Unter anderen Umständen hätte ich sicher gelacht.

»Ja?«

»Was wollten Sie von Virginie?«

»Ich wollte nur wissen, ob sie Mathieu gesehen hat, meinen kleinen Bruder…«

Ich spüre, wie das Unglück über uns hereinbricht.

»Aber ich dachte, er sei bei Ihnen!« wundert sich Yvette.

»Nein, er wollte mit Virg' Süßigkeiten kaufen gehen, und das dauerte und dauerte. Ich weiß nicht, wo sich der Blödmann rumtreibt, aber…«

»Hören Sie, ich will Sie ja nicht unnötig aufregen, aber er hat Virginie gesagt, daß er zu Ihnen zurückgeht.«

»Hat er das gesagt, Virg'?«

»Ja, er wollte keinen Ärger kriegen.«

»Mist… wenn ich den zu fassen kriege…«

»Da vorne ist ein Polizist«, meint Yvette nervös, »den können wir ja mal fragen.«

»Nicht nötig, der hat doch sicher Besseres zu tun!«

»Was ist los?« fragt eine Stimme mit unüberhörbarem Pariser Akzent. Das muß der Polizist sein.

Ein entsetzter Aufschrei. Direkt hinter uns. Mir platzt fast das Trommelfell.

»Was ist passiert?« schreit Yvette außer sich.

Mein Herz rast. Ein zweiter Aufschrei. Es ist eine Frau. Der durchdringende Ton einer Trillerpfeife, hastige Schritte.

»Virginie, bleib hier!«

Die Leute laufen zusammen, erstaunte Rufe werden laut.

»Nein, du bleibst jetzt hier und gibst mir deine Hand!« wettert Yvette.

Um uns herum herrscht ein Stimmengewirr; ich habe das Gefühl, in einen Orkan aus Stimmen geraten, in einem Ozean aus Geräuschen gekentert zu sein. Pfiffe einer Trillerpfeife, Sirenengeheul eines Krankenwagens, Polizeisirenen, mein Herz pulsiert in meinen Schläfen.

»Gehen Sie weiter, machen Sie doch bitte Platz...«

»Was ist passiert?«

»Ich weiß auch nicht mehr als Sie. Treten Sie zur Seite.«

Man murmelt sich Entsetzliches zu:

»Sie haben anscheinend einen Toten gefunden.«

»Drüben auf dem Parkplatz.«

»Eine Frau hat ihn entdeckt.«

»Es ist ein Kind.«

»Entschuldigen Sie, Monsieur, können Sie mir sagen, was passiert ist«, erkundigt sich Yvette aufgeregt.

»Man hat die Leiche eines Kindes auf dem Parkplatz gefunden.«

»O mein Gott! Wissen Sie... weiß man, wer es ist?«

»Nein, ich glaub nicht.«

Ein gellender Schrei ertönt. Alle verstummen. Die Stimme eines entsetzten Jugendlichen:

»Mathieu! Nein! Mathieu! Nein, verfluchter Mist!«

Ich höre ein leises Schniefen. Virginie weint.

»Ach, wein nicht, mein Liebling! O mein Gott, es ist so schrecklich! Oh, Elise, haben Sie das gehört?«

Zeigefinger. Ich habe es so gut verstanden, daß ich das Gefühl habe, mich gleich übergeben zu müssen. Das kann doch nicht wahr sein, das ist bestimmt ein Traum, eine Halluzination. Mathieu kann nicht tot sein.

»Die Polizei nimmt Mathieus Bruder mit«, meint Yvette zu mir. »Der arme Junge, der arme Junge...«

Eine aufgebrachte Männerstimme brüllt:

»Los, gehen Sie weiter, hier gibt es nichts zu sehen! Machen Sie Platz!«

Dem Geräuschpegel und den vielen Menschen nach zu schließen könnte man meinen, man sei auf einem Volksfest. Ich stelle mir einen kleinen, leblosen Körper vor, der auf einer Bahre liegt, einen kleinen, massakrierten Körper... Virginie weint noch immer leise vor sich hin.

»Wir müssen sagen, was wir wissen«, beschließt Yvette.

Wir setzen uns in Bewegung. Unterwegs rempeln wir Leute an, Yvette entschuldigt sich fortlaufend, Virginie schluchzt. Yvette bahnt sich mit dem Rollstuhl unnachgiebig ihren Weg durch die Menge. Sie zieht die weinende Virginie hinter sich her und läßt sich auch durch Beschimpfungen und spöttische Bemerkungen nicht aufhalten.

»Hallo, Sie, Herr Polizist!«

»Ja? Ich bin beschäftigt.«

»Die Kleine hat kurz vorher noch mit ihm gespielt.«

»Wen meinen Sie?«

»Nun ja, das... ähm, das Opfer.«

»Woher wissen Sie, wer das Opfer ist?«

»Das habe ich doch schon gesagt, wir kannten ihn. Er heißt Mathieu. Sein großer Bruder sitzt da vorne im Polizeiwagen.«

»Kommen Sie mit. Herrschaften, machen Sie Platz, lassen Sie die Dame passieren. Nein, Monsieur, nein, das geht sehr wohl, treten Sie sofort zurück...«

Wir kommen durch.

»Diese Dame sagt, daß die Kleine und das Opfer kurz zuvor noch zusammen gespielt haben.«

Eine junge, männliche Stimme:

»Ah so? Warten Sie, kommen Sie hier entlang. Also, meine Kleine, wie heißt du denn?«

»Vir ... gi ... nie.«

88

»Und warum weinst du?«

Sie stammelt:

»Mama...«

»Ich glaube, das ist der Schock«, schaltet sich Yvette ein.

»Du hast also noch vor kurzem mit Mathieu gespielt?«

»Sie sind zusammen Bonbons kaufen gegangen, und sie ist allein zurückgekommen. Und weder sein Bruder noch wir hatten ihn seitdem gesehen«, antwortet Yvette an Virginies Stelle.

»Ihr habt also Bonbons gekauft?«

»Ja...«, schluchzt Virginie.

»Und Mathieu, wo ist er danach hingegangen? Hat er mit jemandem gesprochen?«

»Ich weiß nicht. Er hat gesagt, daß er zu seinem großen Bruder geht.«

»Du hast nicht gesehen, ob er mit jemandem gesprochen hat? Ich meine, mit einem Erwachsenen?«

»Nein.«

Kleine, elende Lügnerin. Du hast den Mörder gesehen, du hast mir gesagt, daß du ihn gesehen hast, aber du sagst nichts. Warum, warum?!

»Gut, hör mal... Wenn dir noch etwas einfällt, sagst du es deiner Oma.«

»Das ist nicht meine Oma, das ist Elises Dienstmädchen.«

»Ich bin Mademoiselle Andriolis Gesellschafterin«, korrigiert Yvette gekränkt.

»Mademoiselle Andrioli, das sind wohl Sie?« fragt mich der Inspektor.

»Sie kann Ihnen nicht antworten, sie hatte einen sehr schweren Unfall.«

»Aha. Entschuldigen Sie. Gut. Ich muß Ihre Personalien aufnehmen.«

»Yvette Holzinski, Chemin des Carmes 2 in Boissy. Mademoiselle Elise Andrioli, gleiche Adresse. Die Kleine heißt Virginie Fansten, Avenue Charles-de-Gaulle 14, Stadtteil Les Merisiers.«

»O. k. Hier haben Sie meine Karte. Ich bin Inspektor Gassin. Florent Gassin. Sie müssen vorbeikommen, damit wir Ihre Aussage zu Protokoll nehmen können.«

»Wir kennen bereits Kommissar Yssart.«

»Ach? Der ist in Paris. Entschuldigen Sie, ich muß gehen. Also, hast du verstanden, Virginie? Wenn dir noch etwas einfällt, rufst du mich an. Es ist sehr wichtig...«

Virginie zieht wortlos die Nase hoch. Inspektor Gassin verabschiedet sich. Yvette macht sich wieder mit mir auf den Weg, wobei sie mir zuflüstert: »Sie haben den Leichnam auf einer Bahre abtransportiert. Er steckte in einem Plastiksack, genau wie man das im Fernsehen immer sieht. Es war schrecklich. Hoffentlich hat Virginie das nicht mitbekommen.«

Auf dem Rückweg sind wir alle traurig gestimmt. Keiner sagt ein Wort. Ich bin traurig, schrecklich traurig und wie benommen. Wenn ich mir vorstelle, daß man Mathieu vielleicht hätte retten können, wenn Virginie nur rechtzeitig etwas gesagt hätte... Wie sie geweint hat! Das arme Kind ist völlig fassungslos. Vorhin war ich unheimlich wütend auf sie. Jetzt weiß ich nicht, was ich denken soll. Ich mache mir Sorgen um sie. Mathieu ist ermordet worden. Wie sie es mir gesagt hat. Und wenn sie ganz einfach die Gabe hat, Dinge vorherzusehen?

Es ist kalt im Wohnzimmer. Am Abend hat es sich stark abgekühlt. Yvette hat Virginie nach Hause gebracht und anschließend angefangen zu bügeln. Dabei unterhält sie mich.

»Die armen Fanstens, das war vielleicht ein Schock für sie! Sie denken vermutlich, daß Renauds Mörder ganz in ihrer Nähe ist. Und Virginie konnte gar nicht mehr aufhören zu weinen! Es war schrecklich. Mir wäre es lieber gewesen, wenn Paul zu Hause gewesen wäre, aber er war noch bei einem Kunden oder was weiß ich. Auf dem Heimweg habe ich Stéphane Migoin getroffen. Den Verband hat man ihm schon wieder abgenommen. Ich soll Sie von ihm grüßen. Er hatte es eilig, er mußte auf eine Baustelle.«

Stimmt, er ist ja im Baugewerbe beschäftigt. Wenn ich mich recht erinnere, hat er Paul über die Bank kennengelernt. Ja, so war es, er ist Kunde bei der Bank, für die Paul arbeitet, und als stellvertretender Filialleiter kümmert er sich persönlich um Stéphanes Bankgeschäfte. Sie haben festgestellt, daß sie beide begeisterte Jogger sind und träumen davon, einmal beim New-York-Marathon mitzulaufen. Sie trainieren wie die Verrückten. Laufen, das hat mir nie sonderlich viel Spaß gemacht, vor allem nicht auf Asphalt. Ah! Die Nachrichten... Immer das gleiche... Ah, da kommt es:

»Grausamer Mord im Großraum Paris. Mathieu Golbert, ein neun Jahre alter Junge, wurde heute nachmittag auf dem Parkplatz eines Einkaufszentrums ermordet aufgefunden. Dieses abscheuliche Verbrechen wurde vermutlich von dem gleichen Täter begangen, der in dieser Gegend vor zwei Monaten den kleinen achtjährigen Michaël Massenet umgebracht hat. Seit heute herrschen Angst und Schrecken in Boissy-les-Colombes. Unser Sonderberichterstatter Michel Falcon befindet sich vor Ort. Nun, Michel...«

»Guten Abend. Hier spricht Michel Falcon. In Boissy-les-Colombes, wo in weniger als zwei Monaten zwei Kinder ermordet wurden, ist man zutiefst betroffen. Heute scheint sich nun der Verdacht erhärtet zu haben, daß es eine Verbindung zwischen diesem Verbrechen und anderen ungelösten Mordfällen gibt, die bis zu fünf Jahren zurückliegen. Eine Hypothese, die nicht gerade dazu führt, die friedlichen Bürger dieser Gemeinde zu beruhigen. Heute abend herrscht in Boissy-les-Colombes panische Angst, und schon werden die ersten Stimmen laut, eine Bürgerwehr einzurichten. Kommissar Yssart, der die Untersuchung leitet, möchte noch keine Stellungnahme abgeben, aber – das hat er uns bestätigt – es gibt eine heiße Spur.«

Nun werden die anderen Morde kurz zusammengefaßt, sicher zeigen sie auch Fotos der Kinder. Interview mit einem Rentner, einer Hausfrau und einem Kraftfahrzeugmechaniker. Schreie, Tränen, eine Tür, die zugeschlagen wird, ein Mann, der ruft: »Lassen Sie uns gefälligst in Ruhe.« Das ist die Familie von Mathieu, *»die, scheinbar unter dem Schock der Ereignisse, nicht in der Verfassung war, mit unserem Kamerateam zu sprechen.«*

Das Telefon läutet. Yvette steht mürrisch auf. Der Sprecher berichtet nun über eine Segelregatta entlang der Mittelmeerküste.

»Hallo? Ach, Sie sind es, Jean. Guten Abend... Ja, es ist schrecklich, nicht wahr? Wir sind ganz bestürzt. Nein, Sie stören nicht. Das ist freundlich, danke... Morgen, ja, jederzeit. Das Schlimme ist, wir waren da, im Einkaufszentrum... Ja, Virginie hat mit dem Jungen noch gespielt, kurz bevor er verschwunden ist, stellen Sie sich das mal vor!... Wie Sie selbst sagen...«

Es ist schwierig, gleichzeitig Yvettes Unterhaltung mit Jean Guillaume und die Nachrichten zu verfolgen. Es läutet wieder, diesmal aber an der Haustür. Es geht zu wie in einem Taubenschlag. Yvette entschuldigt sich, hängt ein und läuft zur Tür.

»Ist Mademoiselle Andrioli zu Hause?«

Yssart! Na, der muß ja aus Paris geradezu hierher geflogen sein.

»Hier entlang. Wir essen gerade.«

»Tut mir leid, daß ich störe. Guten Appetit. Guten Abend, Mademoiselle.«

Zeigefinger.

»Als ich erfuhr, was geschehen war, bin ich sofort hergefahren. Wenn Sie gestatten, würde ich gerne mit Mademoiselle Andrioli allein sprechen.«

Und hopp, schon rollt er mich rasant in den Flur – ich rieche das Bohnerwachs, das Yvette heute morgen aufgetragen hat.

»Merkwürdiger Zufall, nicht wahr, daß Sie und die kleine Virginie mit schöner Regelmäßigkeit am Tatort auftauchen? Wissen Sie, daß mir diese Reihe von Zufällen außerordentlich

92

mißfällt? Im Fall von Mathieu Golbert hat der Mörder dem Kind den Brustkorb aufgeschnitten und das Herz entfernt. Natürlich erst, nachdem er tot war.«

Natürlich. Ich glaube, ich muß mich übergeben!

»Der Leichnam lag zwischen zwei Autos. Es war ausgesprochen leichtsinnig vom Mörder, seine Tat am hellichten Tag auf einem vielbefahrenen Parkplatz zu begehen. Doch andererseits, wenn man zwischen den Fahrzeugen kniet, ist man für die Überwachungskameras unsichtbar, das habe ich überprüft... Ich kann mir nur schwer vorstellen, daß der Mörder mit dem Herz seines Opfers in der Tasche geflüchtet ist. Wissen Sie, was ich eher glaube? Daß er mit dem Auto gekommen und anschließend wieder weggefahren ist. Das Problem bei diesen Parkplätzen mit Münzautomaten ist, daß der Angestellte im allgemeinen nicht auf die Fahrzeuge achtet, aber man kann nie wissen. Sie sehen, ich spiele bei Ihnen mit offenen Karten. Weiß Virginie irgend etwas?«

Dieser Kerl macht mich ganz fertig. Er spricht wahnsinnig schnell und knallt mir fünfzig verschiedene Informationen gleichzeitig vor die Füße. Ob Virginie irgend etwas weiß? Darüber weiß ich nicht Bescheid. Ich hebe den Zeigefinger aufs Geratewohl.

»Hat sie Mathieu mit jemandem weggehen sehen?«

Halber Zeigefinger. Das heißt, ich hebe den Zeigefinger, winkle ihn aber ab.

»Hat sie jemanden gesehen, den sie kennt?«

Zeigefinger.

»Wen? Wissen Sie das?«

Kein Zeigefinger. Er seufzt.

»Jeder Mörder hat ein Motiv. Vorsicht, das heißt nicht, daß das Motiv für uns immer einsichtig ist. Nein, ein Motiv ist stets sehr persönlich. Ein Mörder kann zum Beispiel beschließen, daß er Ohren sammeln will. Oder jeden umzubringen, der größer ist als 1,82 und gelbe Mokassins trägt. Oder nehmen wir zum Beispiel diesen englischen Mörder, der seine Geliebten im

Schlaf erwürgte und die Leichen im Haus behielt, um mit ihnen gemeinsam fernzusehen. Sie verstehen, was ich meine? Wenn man versucht, einen Verrückten zu schnappen, indem man sich ein »vernünftiges« Motiv überlegt, ist man rasch auf dem Holzweg. Doch wenn man glaubt, der Täter gehe planlos vor, töte aus Spaß am Töten, liegt man auch falsch. Wenn er irrational vorgehen würde, wären seine Opfer ganz unterschiedlich. Doch das kommt selten vor. In 99 % der Fälle sucht sich ein Psychopath immer wieder ähnliche Opfer aus. Er verfolgt hartnäckig ein Ziel und findet nur dann Befriedigung, wenn er bestimmte Leute auf bestimmte Art und Weise umbringt. Aber ich langweile Sie mit meinem Vortrag. Ich war auf dem Weg zu den Fanstens und bin rein zufällig hier vorbeigekommen. Es ist immer ein Vergnügen, sich mit Ihnen zu unterhalten. Nun, ich muß jetzt gehen, meine Liebe. Und überanstrengen Sie sich nicht. In Ihrem Leben scheint es zur Zeit ja ganz schön turbulent zuzugehen.«

Gemeiner Kerl! Er fährt mich zurück ins Wohnzimmer, und bevor ihm Yvette überhaupt auf Wiedersehen sagen kann, ist er auch schon verschwunden. Dieser Typ ist unmöglich. Ein Mörder läuft frei herum, und unterdessen hält mir ein Kommissar mit einem Clownsgesicht Vorträge über das Seelenleben von Mördern. Vor sich hin schimpfend deckt Yvette den Tisch ab.

Ich muß wieder an Mathieu denken. Der arme kleine Junge. Ich bekomme eine Gänsehaut. Als ich im Krankenhaus war und begriffen hatte, daß Benoît tot war, wollte ich wie eine Wölfin losheulen. Und es vergingen viele Tage, an denen ich nicht glauben konnte, daß er niemals wieder mit mir sprechen, niemals wieder bei mir sein und mich niemals wieder zum Lachen bringen würde. Heute abend hatte Mathieus Mutter sicher das Bedürfnis, wie eine Wölfin zu heulen. Und Hélène, die ruhige und freundliche Hélène, wie groß wird ihre Angst um Virginie sein? Obwohl Virginie ein Mädchen ist. Denn, wenn ich so darüber nachdenke, sind alle Opfer männlich. Der Mörder fühlt sich möglicherweise von kleinen Jungen angezogen. »Immer wieder ähnliche Opfer«, hat Bonzo, der Clown, gesagt. Ich möchte das alles aus meinen Gedanken verbannen. Aber ich kann nicht, ich kann nicht einfach sagen: »Hör auf, darüber nachzudenken«. Wenn ich doch bloß nicht Mathieus Stimme gehört hätte, wenn es doch nur ein mir unbekannter Name wäre, den ich aus dem Fernsehen hätte. Ich hatte mich so darüber gefreut, die Fanstens kennenzulernen, und jetzt dieser ganze Schlamassel . . .

6

Heute morgen findet die Beerdigung von Mathieu Golbert statt. Natürlich gehen alle hin: die Mondinis, die Quinsons, die Migoins. Yvette ist vor einer halben Stunde mit Paul losgefahren, Háelàene weigert sich hinzugehen. Ich höre, wie sie nervös in einer Zeitschrift blättert, als säße sie im Wartezimmer eines Arztes. Als Yvette hörte, daß sie zu Hause bleiben wollte, schlug sie vor, sie solle mir doch Gesellschaft leisten, während sie auf der Beerdigung sei. »Dann sitzt sie wenigstens nicht allein zu Hause und bläst Trübsal«, meinte sie. Virginie spielt draußen mit ihren Puppen. Eine von ihnen kriegt gerade eine ordentliche Tracht Prügel: »So, so, du böses Mädchen, das kommt davon.« Klatsch, klatsch, ich weiß nicht, was sie ausgefressen hat, aber Virginie ist nicht zu bremsen.

Anscheinend ist das Wetter sehr schön: ein wolkenloser, blauer Himmel und kein Lüftchen. Ich stelle mir vor, wie sich der Leichenzug aus Trauermienen in der sengenden Sonne entlang den ausgetrockneten Feldern voranbewegt. Wenn ich daran denke, daß Benoît auf diesem Friedhof begraben liegt . . . Es ist noch ein sehr neuer Friedhof; soweit ich mich erinnere, wurde er 1976 in einem ruhigen Ort im Grünen angelegt. Ich habe nicht einmal hingehen und Benoîts Grab besuchen können. Yvette hat mir erzählt, daß auch Renaud dort begraben liegt. Ich verstehe, daß es über Hélènes Kräfte geht, an der Beerdigung eines kleinen Jungen teilzunehmen, der neben dem Sohn ihres Mannes beigesetzt wird. Ob der Mörder auch zur Beerdigung kommt? In Filmen sieht man das sehr oft.

Hélène ist recht schweigsam. Von Zeit zu Zeit eine Bemerkung über das Wetter, über die Uhrzeit; gerade hat sie ein Streichholz angezündet, und ich rieche, wie sich der Zigarettenrauch im Zimmer ausbreitet. Das Rascheln der fahrig umgeblätterten Seiten. Ihr Atem geht schnell. Zu schnell.

»Das Schlimmste ist, zu wissen, daß er in dieser kleinen Kiste liegt. Dein Kind in einer kleinen Kiste. Wie... wie ein Paket. Nicht viel größer als... als zum Beispiel eine Weinkiste. Das ist doch wirklich komisch, oder?«

Es geht ihr nicht gut. Ich glaube an meinem Speichel zu ersticken. Ihre Stimme zittert. Hoffentlich fängt sie nicht an zu weinen! Ich weiß nie, wie ich mich verhalten soll, wenn Leute weinen.

»Paul wollte zur Beerdigung gehen. Ich weiß nicht, warum, wir kennen diese Leute ja kaum, aber er wollte unbedingt hingehen, aus Solidarität. Ein großes Wort. Davon bekommen sie ihren Sohn auch nicht zurück. Ich war dagegen, aber wenn er sich einmal etwas in den Kopf gesetzt hat... Ich wollte nicht allein bleiben, nicht an einem solchen Tag. Entschuldigen Sie, Elise, ich langweile Sie sicher mit meinem Geschwätz.«

Aber nein, überhaupt nicht, Hélène, aber wie soll ich Ihnen das klarmachen? Wie soll ich Ihnen sagen, daß ich Ihren Kummer verstehe? Dieser verfluchte Körper, versagt mir den Dienst... Mist, jetzt kommt Virginie.

»Kann ich etwas Wasser haben, Mama? Was hast du denn, Mama?«

»Nichts, mein Liebling. Hol dir Wasser aus der Küche.«

»Bist du traurig wegen Mathieu?«

»Ja, ein bißchen.«

»Es ist nicht schlimm, Mathieu ist bestimmt froh, daß er in den Himmel kommt.«

»Ja, sicher. Hol dir schnell etwas zu trinken.«

Eilige Trippelschritte.

»Es ärgert mich, daß ich mich so aufführe. Es ist lächerlich. Gott sei Dank sieht mich Paul nicht. Er findet meine Krisen unerträglich.«

Der gute Paul scheint ja wirklich ein Musterbeispiel an Geduld zu sein! Jetzt verstehe ich besser, warum Hélène immer so abwesend und traurig wirkt. Virginie saust wie ein Wirbelsturm vorbei und rennt lärmend in den Garten hinaus. Der Tod ihres kleinen Freundes scheint sie absolut nicht zu berühren. Wenn ich daran denke, wie sehr sie neulich geweint hat, kommt mir das merkwürdig vor. Sie hat offenbar alles verdrängt und will nicht mehr daran denken.

Wie spät mag es sein? Hélène tut wieder so, als ob sie lesen würde. In dieser morbiden Atmosphäre sind meine Nerven zum Zerreißen gespannt.

»Ich hätte Renaud an jenem Tag nicht erlauben dürfen, draußen zu spielen. Es mußte zwangsläufig passieren. Zwangsläufig.«

Gleich bekommt sie einen hysterischen Anfall, das spüre ich. Was soll ich dann tun? Ich versuche es mit dem gehobenen Zeigefinger.

»Nein, ich weiß, daß es meine Schuld ist, ich weiß es, Elise, Sie werden mich nicht vom Gegenteil überzeugen.«

Zeigefinger.

»Ich wußte, daß es geschehen würde, ich wußte es, ich habe es gefühlt, und ich habe nichts dagegen unternommen. Virginie hat ihn gefunden. Sie hat mich gerufen, er lag auf dem Bauch, und überall war Blut! Ich habe Virginie in die Arme genommen und bin zum Haus zurückgelaufen, um den Notarzt zu rufen. Ich wollte nicht, daß sie ihn so sieht; also habe ich ein Badetuch über den Körper geworfen, es färbte sich auf der Stelle rot… Ich hasse Rot! Eine Farbe, die ich nie trage.«

Ihre Stimme wird bedrohlich schrill. Es läutet am Gartentor. Uff!

»Guten Tag, meine kleinen Virginie, wie geht's?«

»Alles in Ordnung, Hélène? Waren wir nicht zu lange weg? Paul wartet im Wagen auf Sie, er hat es eilig. Hélène?«

»Ich komme. Ich suche nur ein Taschentuch, ich habe einen fürchterlichen Schnupfen.«

»Einen Schnupfen? Das muß wohl ein Heuschnupfen sein, es ist doch so warm.«

»Bestimmt. Gut, ich gehe. Auf Wiedersehen, Elise, auf Wiedersehen, Yvette. Komm, Virginie!«

»Auf Wiedersehen.«

»Auf Wiedersehen, meine Kleine.«

Die Tür fällt ins Schloß.

»Oh, es war furchtbar«, ruft Yvette, während sie anfängt, den Tisch zu decken. »Man hat die Mutter zurückhalten müssen, sie wollte dem Sarg nachspringen. Paul war leichenblaß. Claude Mondini ist in Tränen ausgebrochen, und ihr Mann war kurz davor. Die Quinsons mußten natürlich mal wieder auffallen. Betty trug einen völlig lächerlichen Schleierhut und Manuel einen weißen Anzug. Wir sind hier schließlich nicht in China, wo man in Weiß zur Beerdigung kommt! Kommissar Yssart war nicht da. Dafür aber ein junger Inspektor, Florent Gassin, ein sehr netter Junge, er scheint recht gewissenhaft, sieht ein bißchen aus wie Patrick Bruel, wissen Sie, was ich meine?«

Schon wieder ein schöner Mann in meiner Umgebung! Aufhören, aufhören! Stop!! Ich weiß ja gar nicht mehr, wohin mit ihnen!

»Stéphane und seine Frau waren auch da. Was für ein eingebildetes Weibsbild! Seine eine Gesichtshälfte war noch ganz blau und geschwollen. Wo habe ich nur die Butter hingestellt? Ah, das ist sie ja! Und dann diese drückende Hitze, alle waren schweißgebadet. Der Priester – er war noch sehr jung, mit einem starken Akzent, er scheint aus Südfrankreich zu kommen oder ich weiß nicht, woher, auf alle Fälle völlig unverständlich – erging sich in nicht enden wollenden Trostworten, ich hätte alles dafür gegeben, anderswo zu sein. Sobald die Trauerfeier vorbei war, hat Paul mir ein Zeichen gemacht, und wir sind gegangen.«

Ich kann mir gut vorstellen, wie grauenvoll diese Beerdigung war. Ob Paul an dem Grab seines Sohnes vorbeigegangen ist? Yvette läßt in der Küche Wasser laufen. Aus der Ferne dringt ihre Stimme zu mir herüber:

»Jean wollte nicht mitkommen. Er findet das morbide…«

Jean? Ach ja, Jean Guillaume. Sie reden sich also schon mit Vornamen an… Morbide, kein Wunder… bei einer Beerdigung… Das ideale wäre eine Beerdigung ohne Leiche, aber das kommt eher selten vor.

»So, fertig.«

Sie schiebt meinen Rollstuhl an den Tisch. Dieser Geruch… ist das nicht… Mais? Richtig! Meine Wahrnehmung wird immer besser. Ich kaue, so gut ich kann. Eine Hand auf meinem Handgelenk, bleibe ich ruhig sitzen.

»Ich hoffe, daß die Polizei dieses Ungeheuer bald zu fassen bekommt. Es ist wirklich entsetzlich. Ach, ich bekomme keinen Bissen mehr herunter.«

Aber ich! Es mag ja unglaublich sein, aber ich habe Hunger! Leider höre ich schon, wie Yvette den Tisch abräumt. Vielleicht ein kleines Dessert? Nein, kein Dessert. Ich höre, wie sie sich Kaffee einschenkt. Der Kaffeeduft steigt mir in die Nase. Ah, ein guter, starker Kaffee, in dem der Löffel steckenbleibt… Aber natürlich ist mir das verboten. Da hocke ich zusammengesunken und mit knurrendem Magen in meinem Rollstuhl. Den Rest des Tages, den ich in Gesellschaft einer aufgewühlten Yvette verbringe, herrscht eine gedrückte Stimmung. Wie ein Film spulen sich die Ereignisse immer wieder vor meinem inneren Auge ab:

1) Ich lerne Virginie kennen, die mir etwas über einen Kindermörder erzählt.

2) Ihre Erzählung wird durch das Auftauchen der Leiche des kleinen Michaël Massenet bestätigt.

3) Ich lerne ihre Eltern, Paul und Hélène Fansten, und deren Freunde kennen: Stéphane und Sophie Migoin, Manuel und Betty Quinson, Jean-Mi und Claude Mondini.

4) Man versucht mich umzubringen!

5) Virginie sagt mir Mathieus Tod vorher.

6) Mathieu wird ermordet.

Schlußfolgerung?

Virginie ist der Dreh- und Angelpunkt der ganzen Geschichte. Aber welche Rolle kommt mir dabei zu? Wie kann ich mit meiner Behinderung überhaupt eine Rolle in dieser schaurigen Geschichte spielen?

Es scheint, als ob Regen aufzieht. Der Himmel ist wie ich: unentschlossen, mürrisch, aufgewühlt.

Es ist Nachmittag. Ich sitze im Wohnzimmer und höre eine Kinderkassette. Nicht, daß ich in ein infantiles Stadium zurückverfallen wäre, aber Virginie ist da und hat ihre Kassetten mitgebracht.

»In *Jurassic Park* benutzen sie, wie hier auch, eine Ziege als Köder«, erklärt sie plötzlich.

Und in Boissy-les-Colombes muß ich als Ziege herhalten, hätte ich ihr am liebsten geantwortet.

»Es ist nicht die Schuld der Wölfe, daß sie Schafe töten. Sie müssen ja schließlich was essen.«

Genau. Du bist auf dem richtigen Weg. Sprich nur weiter.

»Und manchmal ist es bei den Menschen genauso. Sie machen manche Dinge auch, weil sie müssen. Auch wenn es böse ist.«

Virginie, mein Liebling, du hast soeben das Problem der Willensfreiheit angesprochen, und ich kann dir bei der Lösung nicht weiter helfen; zum einen, weil ich stumm bin, zum anderen, weil ich selbst auch keine Antwort weiß.

»Aber ja, sie hört.«

Was? Ich verstehe nicht, was sie damit meint. ›Ja, sie hört‹? Wer hört? Ich? Mit wem spricht sie? Mit Yvette? Aber Yvette hat doch die Gelegenheit genutzt, um schnell in die Apotheke zu gehen. Sie hat sogar die Fenster geschlossen und die Tür abgesperrt.

»Nein, wenn ich dir doch sage, daß sie hört! Sie kann nur nicht sprechen!«

Was spielt sie denn da für ein Spiel? Die Kassette ist doch zu Ende. Virginie legt anscheinend eine andere Kassette ein, denn ich höre, wie sie sich am Apparat zu schaffen macht. Ah, *Peter und der Wolf* von Prokofjew. Die Musik erfüllt den Raum, und ich lausche angestrengt, um den tieferen Sinn des Stückes zu verstehen.

»Sie ist sehr nett. Du darfst ihr nichts tun!«

Virginie? Virginie, mein Liebling, was erzählst du da? Ich hebe den Zeigefinger.

»Keine Angst, Elise, ich habe es ihm erklärt.«

Was erklärt? Wem? Ich werde langsam nervös. Und wenn sie nun nicht spielt? Und wenn sie tatsächlich mit jemandem spricht?»

Er findet dich sehr hübsch.«

O nein! Ich versuche mit aller Kraft zu lauschen, um einen Atemzug, die geringste Bewegung wahrzunehmen, aber diese höllische Musik übertönt alles.

»Er besucht mich oft. Er hat Angst, verstehst du...?«

Aber wer, wer in Gottes Namen?

»Hör auf, ich habe dir gesagt, du sollst sie nicht anfassen!«

Sie spielt nicht. Dieses Kind spielt nicht. Sie spricht mit irgend jemandem. Mit jemandem, der in meinem Wohnzimmer ist und mich ansieht. Mit jemandem, der schweigt. Der mich hübsch findet. Der mich anfassen will. Stop! Ich spüre, wie eiskalter Schweiß über meinen Rücken rinnt. Ist »er« es? Ist es der Mörder? Ich bin so angespannt, daß ich das Gefühl habe, jeden Augenblick zu zerspringen. So sag doch was, verdammter Dreckskerl!

»Mama will nicht, daß ich mich mit ihm unterhalte. Sie sagt, das ist schlecht.«

Wie? Hélène kennt ihn auch? Ein Knarren an meiner rechten Seite... Was war das? Was war das? Nähert sich mir jemand?

»Aber ich weiß, daß er Angst hat, ganz alleine da unten im Dunkeln. Also erlaube ich ihm zu kommen.«

War da nicht ein Seufzer? Habe ich nicht direkt neben mir ein Seufzen gehört? Virginie, hör auf damit, ich flehe dich an. Bring diesen Typen nach draußen, raus! Ich hebe den Zeigefinger mehrmals hintereinander.

»Du glaubst mir also auch nicht? Niemand glaubt mir, aber es stimmt, Renaud ist da, er besucht mich.«

Renaud? Ich verstehe nicht. Renaud? Glaubt sie etwa... mein Gott, glaubt sie etwa, ihr Bruder wäre da?

»Er fürchtet sich in seinem Sarg, also besucht er mich, wenn ich allein bin. Und mit dir ist es, als wäre ich allein, weil du nichts siehst.«

Sie glaubt, ihr toter Bruder würde sie besuchen. Dies Kind ist völlig gestört, Yssart hat recht. Arme Kleine, ich würde sie gern in die Arme schließen und... und vor allem bin ich unglaublich erleichtert. Gut, es ist gemein, sich erleichtert zu fühlen, weil Virginie krank ist, aber, ehrlich gesagt, ist mir das lieber als die Anwesenheit eines Mörders in meinem Wohnzimmer. Plötzlich fühle ich mich schlapp: Das ist die Reaktion auf die Anspannung.

»Er sagt, wenn er gewußt hätte, wie das ist, hätte er sich nicht totmachen lassen.«

Diese kleine, ruhige Stimme. Ich frage mich, wie sie ihren Bruder sieht. Wie die Zombies in den Filmen? Ein unangenehmes Bild, das ich besser nicht heraufbeschworen hätte, denn ich habe genügend Horrorfilme gesehen, so daß auch ich es mir gut vorstellen kann: Halb verwest steht er neben meinem Rollstuhl, und sein Lächeln ist so breit und starr, als habe man ihm die Mundwinkel an den Ohren festgenäht...

»Virginie! Mach die Musik leiser! Da wird man ja ganz taub. Es hat etwas länger gedauert, aber es war sehr voll.«

Ah! Wenn ich springen könnte, würde ich jetzt an der Decke kleben. Yvette! Wie immer, mein rettender Engel! Ich höre ihre Schritte auf dem Parkett.

»Ich habe dir doch verboten, die Tür zu öffnen!«

Warum sagt sie das? Es hat doch niemand die Tür geöffnet.

»Virginie, leg das Buch weg und antworte mir«, fährt Yvette fort. »Warum hast du die Tür aufgemacht?«

»Ich hatte Bilou im Garten vergessen.«

Bilou ist ihre Puppe. Aber ich kann mich beim besten Willen nicht erinnern, sie hinausgehen gehört zu haben. Sie hat mich nur allein gelassen, um Pipi zu machen. Ist sie bei dieser Gelegenheit in den Garten gegangen? Hat sie jemanden hereingelassen? Nein, Geister kommen nicht durch die Tür. Außer, es wäre kein Geist gewesen. Was für ein Unsinn! Ich verliere langsam den Verstand. Außer, sie hätte einem Wesen aus Fleisch und Blut die Tür geöffnet... He, he, he! Gefahr im Verzug! Elise Andrioli steht vor einem Nervenzusammenbruch! Hallo, hallo, Doktor Raybaud, Ihre Patientin muß sofort in ein ruhiges Sanatorium, vor allen Dingen weit entfernt von Boissy-les-Colombes!

»So, komm deinen Kuchen essen! Elise, Ihnen mache ich einen Kräutertee.«

Virginie erhebt sich und folgt Yvette brav in die Küche. Doch ehe sie geht, flüstert sie mir zu:

»Ich mußte ihm aufmachen. Er kann noch nicht durch Wände gehen, das ist sehr schwer, weißt du...«

Natürlich, er kann noch nicht durch Wände gehen... Sie trippelt davon. Und ich sitze da, habe das Gefühl, daß ein Wirbelsturm durch mein Gehirn braust und versuche, mir einen Reim auf die ganze Sache zu machen.

Der Kräutertee ist zu heiß, widerwärtig, Lindenblüten oder so was Ähnliches, ich mag keinen Kräutertee, ich will einen gut eingeschenkten Calvados, der einem im Magen brennt. Doch ich schlucke brav meinen Kräutertee. Virginie malt irgend etwas aus, ich höre, wie der Stift über das Papier kratzt.

»Was malst du da, Liebling? Eine Vogelscheuche?«

Yvette scheint um Verständnis bemüht, doch ihre Stimme klingt verwundert.

»Nein, das ist ein kleiner Junge!«

»Dein kleiner Junge ist aber eigenartig. Ganz steif, mit ausgebreiteten Armen und grün...«

»So ist er eben!«

»Nun ärger dich doch nicht! Ich sage das deinetwegen, mir ist es schließlich egal... Noch etwas Kräutertee?«

Kein Zeigefinger.

»Dann eben nicht. Virginie, hilfst du mir beim Abspülen?«

»Ja gut.«

Zu gerne würde ich die Zeichnung sehen: ein kleiner, grüner Junge, der ganz steif ist? Ich habe die unangenehme Befürchtung, daß Virginie in eine andere Welt abgetaucht ist. Na ja, nach dem Tod ihres Bruders und den neuesten Ereignissen... Und Yssart unternimmt nichts!

Es klingelt an der Tür.

Es ist der junge Inspektor, Florent Gassin. Er riecht nach Leder, Tabak und Rasierwasser. Ich stelle ihn mir in einer Fliegerjacke und ausgewaschenen Jeans vor.

»Ich hoffe, ich störe Sie nicht. Inspektor Yssart hat mich gebeten vorbeizuschauen. Er hat noch einige Fragen zu dem genauen Hergang des Angriffs, der auf Sie verübt wurde.«

Zeigefinger. Er fühlt sich wahrscheinlich unwohl und tritt von einem Fuß auf den anderen. Das Parkett knarrt.

»Wußte irgend jemand, daß Sie durch den Wald kommen würden?«

Kein Zeigefinger. Warum fragt er mich das? Hat er Stéphane schon dieselben Fragen gestellt?

»Ist das der Weg, den Sie normalerweise gehen?«

Du willst sagen, der Weg, den diejenigen gehen, die meinen Rollstuhl schieben, mein Hübscher? Ja, im allgemeinen. Also, Zeigefinger.

»Haben Sie das Bewußtsein verloren?«

Zeigefinger.

»War Jean Guillaume schon da, als Sie wieder zu sich kamen?«

Zeigefinger. Mein Gott, ist das langweilig!

»Hat es zum Zeitpunkt des Unfalls schon geregnet?«

Zeigefinger. Was hat denn der Regen damit zu tun?

»Gut, ich danke Ihnen.«

Das Notizbuch wird zugeklappt. Yvette kommt herein: »Möchten Sie etwas trinken?«

»Ähm... nein danke, ich bin in Eile. Übrigens, stimmt das Gerücht, daß Stéphane Migoin und seine Frau sich scheiden lassen?«

»Ah, das weiß ich nicht! Ich höre mir solche Klatschgeschichten nicht an!« gibt Yvette würdevoll zurück. »Sind Sie fertig?«

»Ja, ich gehe. Anscheinend ist seine Frau unglaublich eifersüchtig. Das erzählt man sich zumindest. Auf Wiedersehen, meine Damen.«

Wenn ich recht verstehe, verdächtigt man diese alte Ziege von Sophie, aus Eifersucht ihren Mann k. o. geschlagen und mich ins Wasser gestürzt zu haben... Warum nicht? Wir sind an einem Punkt angelangt, an dem alle Theorien ihre Berechtigung haben.

»Wirklich ein hübscher Kerl, dieser Inspektor«, sagt Yvette, während sie irgend etwas aufräumt. »Und nicht so ein ungehobelter Klotz wie sein Chef... Aber ich habe nicht genau verstanden, worauf er mit seinen Fragen hinauswill. Aber nun... Virginie, meine Kleine, es wird Zeit, nach Hause zu gehen. Mach dich fertig, dein Papa wird gleich kommen.«

Es läutet. Papa ist da.

»Guten Tag, Yvette, guten Tag, Lise. Es hat sich ganz schön abgekühlt, was? Bist du fertig, Virg'?«

»Kommen Sie herein, Paul. Entschuldigen Sie, aber ich habe etwas auf dem Herd stehen...«

Yvette geht.

105

»Papa, willst du sehen, was ich gemalt habe?«

»Ja, aber schnell. Geht es Ihnen gut, Lise?«

Zeigefinger. Seine Stimme klingt abgespannt.

Virginie trippelt über das Parkett.

»Guck mal.«

Das Geräusch einer schallenden Ohrfeige. Was ist passiert?

»Mach so etwas nie wieder, hörst du, Virginie? Nie wieder!«

Seine Stimme klingt leise und dumpf. Er muß vor Wut kochen. Ratsch, das Papier wird zerrissen. Virginie schnieft.

»Komm, wir gehen. Auf Wiedersehen, Lise, auf Wiedersehen, Yvette.«

Er verströmt die Wärme eines Tiefkühlschranks. Ich bin baff. Paul, der immer so überlegen ist... Sicher, wenn Virginie ihm Renauds Porträt als Zombie unter die Nase gehalten hat... Aber es ist schließlich nicht ihre Schuld, wenn sie ein Trauma hat, das arme Kind. Man könnte meinen, niemand in der Familie würde es bemerken. Bald wird man sie noch schlagen, weil sie Alpträume hat. Ich auf alle Fälle durchlebe einen Alptraum. Als hätte ich nicht schon genug Probleme, als wäre ich nicht schon unglücklich genug... Nein, bitte kein Selbstmitleid. Und ich kann nicht einmal beschließen, mich zu betrinken, um alles zu vergessen.

Die kriminalistischen Untersuchungen bringen nichts Neues. Das Wetter ist unfreundlich. Ich auch. Es ist kühl und es nieselt. Yvette hat begonnen, die Sommersachen wegzuräumen und die Wintersachen zu sortieren. Gerade war Catherine die Große zu ihrem täglichen Massagetratsch da. Sie hat bestätigt, daß sich die Migoins trennen wollen. Das hat ihr Stéphane beim Tennis anvertraut. Auch bei Paul und Hélène soll nicht gerade alles zum Besten stehen. Liegt das am Wechsel der Jahreszeit? Als mich Hélène gestern besuchte, hatte ich das Gefühl, sie weinte. Die einzigen, bei denen alles in Ordnung scheint, sind Jean Guillaume und meine Yvette. Gestern abend waren sie im Kino, darum war auch Hélène bei mir. Sie haben sich den letzten Clint Eastwood angesehen. Für mich war das Kino immer so wichtig. Zum Teufel. Zum Teufel mit dem Leben, zum Teufel mit dem Tod, zum Teufel mit der ganzen Welt.

7

Sonntägliche Spazierfahrt im Auto. Paul macht mit uns eine kleine Spritztour durch das Essonne, »dort ist es im Spätsommer so schön«. Mich hat man mit dem Sicherheitsgurt auf dem Beifahrersitz festgeschnallt. Hélène und Virginie sitzen hinten. Und Yvette hat die Gelegenheit genutzt, um eine entfernte Cousine zu besuchen, natürlich in Begleitung von Jean Guillaume. Das Fenster ist einen Spaltbreit geöffnet, es riecht nach Landluft und feuchtem Gras. Keiner sagt ein Wort. Von Zeit zu Zeit bemerkt Paul: »Hast du die Kirche gesehen? Wie wunderschön«; Variante: »Hast du den alten Bauernhof gesehen? Ein Wahnsinnskasten!« Und Hélène antwortet: »Ja, sehr schön.« Virginie ist in ihr Fünf-Freunde-Buch versunken und hört und sieht nichts.

»Ist Ihnen kalt, Lise?« erkundigt sich Paul zuvorkommend.

Kein Zeigefinger. Ich komme um vor Hitze, Yvette hat mich angezogen, als ginge es zu einer Polarexpedition.

»Glaubst du, sie friert?« fragte Paul Hélène.

»Wenn Sie frieren würde, hätte sie dir geantwortet, oder?«

Ein Ehekrach zeichnete sich am Horizont ab. In einer Linkskurve gleite ich zur Seite.

»Du könntest etwas aufpassen! Du fährst wie ein Verrückter!« ruft Hélène.

Bingo!

»Oh, hör auf, als würde dir das nie passieren! Hast du gesehen, wie der die Kurve geschnitten hat?«

»Natürlich, um eine Ausrede bist du ja nie verlegen!«

Hallo, hallo, ich bin völlig auf die Seite gerutscht.

»Wie du einem manchmal auf die Nerven gehen kannst!«

»Du drehst mir das Wort im Mund um! Aber das mußte ja kommen. Du hattest schon schlechte Laune, als wir losgefahren sind.«

»Was?! Du hattest schlechte Laune! Den ganzen Nachmittag über hast du noch keinen Ton gesagt!«

»Was soll ich denn sagen? Soll ich mich über die alten Steinhaufen begeistern, an denen wir vorbeifahren? Entschuldigung, aber es gibt doch wohl aufregendere Arten, seine Zeit zu verbringen, als durch den Regen zu fahren wie die Rentner.«

»Genau, du mußt ja immer alles schlechtmachen!«

Vollbremsung, ich sacke vornüber. Eine Tür fällt ins Schloß.

»Idiot«, schimpft Hélène hinten.

»Wohin geht Papa?«

»Pipi machen.«

»Ich muß auch mal.«

Noch eine Tür fällt ins Schloß.

Ich bin ganz an die Beifahrertür gerutscht, doch das fällt niemandem auf. Schade, denn wenn wir noch lange so weiter fahren, muß ich mich übergeben. Pauls Tür öffnet sich.

»Na, hat der Herr sich beruhigt?«

»Hör jetzt bitte auf, okay? Das ist wirklich nicht der richtige Augenblick, okay?«

»Und warum nicht?«

»Du hast Glück, daß du eine Frau bist, manchmal könnte ich dich...«

»Früher warst du nicht so anspruchsvoll, oder? Als du mich gebraucht hast.«

»Verfluchte...«

Klatsch. Offenbar hat Paul wirklich im Augenblick eine sehr lose Hand.

»Wie kannst du es wagen?! Hast du den Verstand verloren, oder was?«

Türenschlagen, Geschrei.

»Mama, Papa, hört auf! Hört auf!«

Ich würde gern den Kopf heben. Ich wäre gern weit weg.
Solche Situationen sind mir zuwider. Knall, knall, knall; alle
steigen wieder in den Wagen. Eisiges Schweigen. Paul schaltet
das Radio ein. Beethovens Musik dröhnt durch den Wagen.
Nervöses Anlassen. Wir fahren los. Ich hänge da, wie ein nasser Sack an einem Nagel. Wirklich ein toller Ausflug! Was hat
sie vorhin gemeint, als sie ihm vorgeworfen hat: ›Als du mich
gebraucht hast‹? Aber eigentlich geht es mich ja nichts an, und
im Grunde weiß ich nichts über diese Leute. Ich frage mich sowieso, warum sie sich derart für mich interessieren. Schließlich bin ich keine sonderlich unterhaltsame Gesellschaft. Man
könnte fast sagen, wie es in den Wald hineinruft, so schallt es
heraus. Na ja... Virginie scheint sich wieder in ihr Buch vertieft zu haben. Wenn sich jetzt die Eltern zu allem Überfluß
auch noch streiten, ist das nicht gerade einfach für sie. Ich verstehe, warum sie sich vorstellt, daß ihr Bruder noch immer
›lebt‹. Puuh!

Beethoven wird kurz von den Nachrichten unterbrochen.
Bla, bla, bla. *Die Polizei bittet um Ihre Mithilfe: Im Zuge der
Ermittlungen im Mordfall Michaël Massenet in Boissy-les-Colombes sucht die Polizei nach Zeugen, die am Samstag, dem
28. Mai, gegen 13 Uhr auf der D 91 in der Ortschaft La Fure-
tière einen weißen oder cremefarbenen Kombi gesehen haben.
Sarajewo: Die serbische Artillerie eröffnet erneut...«*

Anderer Sender: Rockmusik.

»Ein Kombi, ist das so wie unser Auto?«

»Ja.«

»Und unser Auto ist auch weiß«, fährt Virginie fort.

»Vielen Dank, darauf wären wir nie gekommen«, brummt
Paul.

»Es gibt viele Autos wie das unsere«, erklärt Hélène. »Monsieur Guillaume fährt auch einen weißen Kombi.«

Mein kleines Gehirn arbeitet auf vollen Touren. Yssart hatte
mir gesagt, daß es eine falsche Fährte sei. Anscheinend ist dem

nicht so. Ein weißer oder cremefarbener Kombi. Wie der ihre oder der von Jean Guillaume. Das eröffnet ganz neue Perspektiven in den Ermittlungen. Schließlich war Guillaume der erste, der dazukam, als man mich zu ertränken versuchte. Wer könnte besser als erster an Ort und Stelle gewesen sein als der, der mich ins Wasser gestoßen hat? Nein, Blödsinn: Der arme Jean hat nichts mit einem Mörder gemein. Außerdem, warum hätte er mich retten sollen, wenn er es gewesen wäre? Um in mein Privatleben einzudringen und Virginie aus der Nähe beobachten zu können... Nein, nein, nein, das reicht, ich spinne.

Paul fährt noch immer genauso hektisch, und ich werde hin- und hergeworfen wie in einem Autoscooter. Ich spüre, daß mein Magen zu revoltieren beginnt. Endlich halten wir an.

»Nun sieh sich einer all diese Idioten an, die ins Grüne gefahren sind«, brummt Paul und zündet sich eine Zigarette an.

»Warum halten wir?«

»Weil Papa uns in einen Stau gefahren hat... An diesem Rauch erstickt man noch...«

»Mach doch das Fenster auf.«

Eine reizende Atmosphäre. Diesen Ausflug werde ich so bald nicht vergessen... Eine gute Weile quälen wir uns im Schrittempo voran, ohne daß ein Wort fällt. Plötzlich ruft Hélène aus:

»Oh, sieh mal, das ist Steph! Da, in dem weißen CX... da!«

»Das ist kein CX, das ist ein BMW.«

»Das ist er. Ich werde doch wohl Steph erkennen!«

»Das weiß ich auch. Aber, tut mir leid, ich sehe keinen CX.«

»Natürlich, er ist ja auch gerade rechts abgebogen. Bestimmt eine Abkürzung. Er kennt sich hier aus. Er ist nicht so blöd und steht stundenlang in irgendeinem dämlichen Stau.«

Paul stellt das Radio lauter, die Rockmusik dröhnt in meinen Ohren. Schließlich löst sich der Stau auf, und wir fahren weiter. Ich stelle mir die Hunderte von Familien vor, die Stoßstange an Stoßstange in ihren Autos hocken und sich bei voll aufgedrehten Radios und dem Hupkonzert anbrüllen. Brrr.

»Endstation! Alles aussteigen!« Yvette hilft Paul, mich aus dem Auto in den Rollstuhl zu heben.

»Na, war der kleine Ausflug schön?« erkundigt sich Yvette.

»Sehr schön, sehr schön. Entschuldigen Sie uns, aber ich habe noch viel zu tun. Bis morgen!« ruft Paul und fährt an.

»Na, was ist dem denn für eine Laus über die Leber gelaufen?« wundert sich Yvette, als sie mich ins Haus schiebt.

Eine Laus? Eine ganze Läusekompanie, meinst du, und ich habe das Gefühl, die Sache ist noch nicht ausgestanden: Hélène schien sehr aufgebracht!

Regen, Regen und nochmals Regen. Eigentlich lausche ich gern dem Regen, dann bin ich beschäftigt. Aber um mich herum haben alle schlechte Laune, angefangen bei Yvette, die sich über ihr Rheuma beklagt.

Kaffeeduft. Yvette setzt sich neben mich und schlägt die Zeitung auf. Es regnet stärker.

»Nun hören Sie sich das an! ›Neue Erkenntnisse im Fall des Sadisten von Boissy-les-Colombes. Ein anonymer Anrufer machte gestern die Beamten des Polizeireviers Saint-Quentin auf die Forsthütte an der Wegkreuzung G7 und C9 im Wald von Vilmorin aufmerksam. In dieser Hütte, die zum Abstellen der Forstgeräte dient, wurden blutbefleckte Herrenkleidungsstücke gefunden. Die Ergebnisse der heute nacht vorgenommenen Laboruntersuchung stehen noch aus.‹ Stellen Sie sich das doch mal vor, Lise. Warum sollte der Mörder seine Sachen in der Hütte verstecken, statt sie zu verbrennen oder in den Fluß zu werfen. Das hat doch weder Hand noch Fuß.«

Ganz deiner Meinung, Yvette. Aber dennoch wird es einen Grund geben. Warten wir das Ergebnis der Laboruntersuchung ab.

Das Telefon läutet. Yvette erhebt sich schwerfällig.

»Hallo? Ah, guten Tag, Stéphane. Ja, sie ist da. Ja, ich gebe sie Ihnen. Es ist Stéphane, er will Ihnen etwas sagen.«

»Hallo, Elise?«

Da ich natürlich nicht antworte, spricht er weiter.

»Ich wollte Ihnen sagen... Glauben Sie nicht, was man Ihnen über mich erzählen wird. Hören Sie, ich kann Ihnen das jetzt nicht erklären, aber ich habe Feinde, ich muß verschwinden. Ich umarme Sie. Ich... ich liebe Sie, Elise. Adieu.«

Er legt auf.

»Hat er aufgelegt?« erkundigt sich Yvette, die sich tapfer zurückgehalten und nicht mitgehört hat.

Zeigefinger.

»Ist alles in Ordnung?«

Zeigefinger. Nein, nichts ist in Ordnung, was hat er damit gemeint? Ich verstehe kein Wort. Und die Vorstellung, daß dieser Irre in mich verliebt ist, tröstet mich auch nicht.

Ich habe schlecht geschlafen. Der Wind frischt auf, ein starker, heftiger Wind, begleitet von einem Höllenlärm. Ich habe die Nacht damit verbracht, Probleme zu wälzen, die Ergebnisse der bisherigen Untersuchungen zu überdenken, doch das einzige Ergebnis scheint eine handfeste Migräne zu sein.

Wie sagt man »Ich habe Kopfschmerzen«, wenn man nur den Zeigefinger heben kann? Gar nicht. Also kein Aspirin. Also dumpfe Schmerzen über den Augenbrauen, das Klatschen des Regens an die Scheiben, das Heulen des Windes, eine Stimmung wie in einem unheimlichen Film. Die Haustür.

»Was für ein gräßliches Wetter! Ich bin völlig durchnäßt! Ich mache uns einen schönen heißen Kräutertee.«

Igitt.

»Einen leckeren Eisenkrauttee... Das wird Sie wieder munter machen.«

Pfui Teufel. Einen Calvados, einen Calvados!

»Ich habe die Zeitung gekauft, um zu sehen, ob es etwas Neues gibt. Im Fernsehen bringen sie ja nie Einzelheiten.«

Ah gut, ich bin ganz Ohr.

»So, ich habe Wasser aufgesetzt. Also... wo ist denn nur meine Brille?«

Ich bin sicher, du hast sie wie immer um den Hals hängen.

»Mein Gott, bin ich dumm! Ich habe sie ja um den Hals.«
Bingo!

Sie wendet die Seiten um und liest:

»Die Überschwemmungen... die bosnischen Serben... Das Fußballspiel Frankreich–Bulgarien... Die Regionalwahlen... Die Restaurierung der Kathedrale... ah, da ist es ja: ›Wurde Michaël Massenet in der Forsthütte ermordet? Diese Frage stellt sich durchaus. Die eilig durchgeführten Laboranalysen haben ergeben, daß das Blut auf den Herrenkleidungsstücken – siehe unsere gestrige Ausgabe – von dem kleinen Michaël stammt. Was die Kleidungsstücke angeht (ein grauer Wollpullover, Jeans, ein Paar schwarze Handschuhe), so gehören sie einem Mann von etwa 1,85; Konfektionsgröße 52, mit sehr großen Händen. Alles, was ich sagen kann, erklärte Kommissar Yssart, ist, daß die Ermittlungen erheblich fortgeschritten sind.‹ Also mit diesen Indizien«, fährt Yvette fort, »müßten sie ihn ja finden können. Noch dazu gibt es sicherlich Haare auf dem Pullover. Heutzutage verfügen ja die Labors über so präzise Apparate, daß sie anhand eines Haares so manches feststellen können, die Größe des Mannes, die Hautfarbe usw. Oh, hoffentlich schnappen sie ihn endlich! 1,85 m, wie groß ist das denn? Ungefähr so groß wie Stéphane. Ja. Viel größer als Jean und auch gut einen halben Kopf größer als Paul. Ich lese Ihnen den Rest vor: ›Werden diese neuen Hinweise endlich Licht in die bestialischen Morde von Boissy-les-Colombes bringen, die bisher ungeklärt blieben? 11. Juni 1991: Victor Legendre. 13. August 1992: Charles-Eric Galliano. 15. April 1993: Renaud Fansten. 28. Mai 1995: Michaël Massenet. Und am 22. Juli dieses Jahres wurde Mathieu Golbert auf grausame Weise umgebracht. Eine unheimliche Bilanz, unter die die Untersuchungsbeamten bald einen Schlußstrich zu ziehen hoffen.‹ Nun, in der Zeitung von morgen werden sicher nähere Einzelheiten stehen. Ich rufe mal Hélène an, vielleicht hat sich ja die Polizei bei ihr gemeldet.«

Sie hantierte mit dem Telefon. Die arme Hélène! Diese

neuen Morde und all die Aufregung müssen sie ständig an Renauds Tod erinnern. Wie ein immer wiederkehrender Alptraum. Und für die anderen betroffenen Eltern muß es ebenso sein. Das Schlimmste ist, daß ja irgend jemand die Morde begangen haben muß. Hinter dem Etikett »Sadist« verbirgt sich jemand, der spricht, ißt, lacht und arbeitet, als wäre nichts gewesen. Ein Mensch, der fähig ist, ein Kind zu erwürgen und ihm die Augen oder das Herz herauszuschneiden. Warum hat Yssart mir das eigentlich erzählt? Ich hätte gern auf dieses Detail verzichtet.

»Inspektor Gassin war bei ihnen. Er hat sie gebeten, sich morgen auf der Polizeiinspektion die Sachen anzusehen, es könnte ja sein, daß sie ihnen bekannt sind. Die Eltern aller Opfer sind bei der Untersuchungsrichterin Blanchard vorgeladen. Und er hat sie um die Namen eventueller Freunde gebeten, auf die die Beschreibung in der Zeitung zutrifft. Sie haben Stéphane nennen müssen. Hélène wirkt erschöpft, sie hat mir gesagt, sie wünsche nichts sehnlicher, als daß endlich alles vorbei wäre. Na, das kann man ja verstehen.«

Fünf Morde in fünf Jahren. Victor, Charles-Eric, Renaud, Michaël, Mathieu. Vier der fünf kleinen Jungen wurden grauenvoll verstümmelt. Lange Abstände zwischen den Morden. Von 1993 bis 1995 nichts, und dann plötzlich... Was ist in den letzten sechs Monaten geschehen? Die Tötungsmaschine hat sich plötzlich wieder in Marsch gesetzt. Warum? Hängt es damit zusammen, daß ich Virginie kennengelernt habe? Virginie ist sicher der Schlüssel zu der Sache, aber ich weiß nicht, in welches Schloß er gehört. Und diese Herrenkleidungsstücke in der Forsthütte... Der Mörder muß doch damit gerechnet haben, daß man sie findet. Und wer hat die Polizei angerufen? Dieser eigenartige anonyme Anruf... Wer mag dahinterstecken? Jemand, der die Sachen zufällig entdeckt hat und nicht in ein Verbrechen verwickelt werden will? Es macht mich wahnsinnig, keine Fragen stellen zu können. Ich warte ungeduldig auf morgen abend, um zu erfahren, was die Richterin wollte.

Dieser Tag scheint nie zu Ende gehen zu wollen! Ich langweile mich tödlich. Es regnet nicht einmal mehr. Jean Guillaume hat Yvette zwei Forellen mitgebracht, die er selbst gefangen hat, und jetzt spielen die beiden Karten. Ich höre sie lachen. Yvette hat mir gesagt, daß Jean ihrem Cousin Léon ähnlich sieht. Ich erinnere mich gut an Léon. Ein muskulöser Lastwagenfahrer, ein Typ wie zur Jahrhundertwende. Bis er bei einem Unfall ums Leben kam, tauchte sein Gesicht auf allen Familienfotos auf. Ich habe immer vermutet, daß Yvette ein Faible für ihren Cousin Léon hatte, der dauernd Unsinn im Kopf hatte. Ich weiß, daß Jean Guillaume klein ist, das hat Yvette mir erzählt. Ich stelle mir also Léons Kopf auf dem gedrungenen Körper eines Gewichthebers vor. Angespannt lausche ich auf das Telefon, denn ich hoffe, daß Hélène anruft.

Yvette:

»Wie spät ist es?«

Jean Guillaume:

»Vier Uhr…«

»Wenn sie nicht rechtzeitig zurück sind, muß ich Virginie von der Schule abholen.«

»Ich möchte nicht an ihrer Stelle sein. Das ist mein Stich. Ich frage mich, warum die Richterin sie alle vorgeladen hat… Hat Ihnen der Kommissar nichts gesagt?«

»Der ist hier nicht aufgetaucht. Achtung, ich steche!«

»Einer wird bald Ärger bekommen, und das ist Migoin. Er hat die richtige Größe, er ist kräftig und hat Riesenpranken. Und er war da, als Elise ins Wasser gestoßen wurde. Mit dem möchte ich im Augenblick nicht tauschen.«

»Stéphane? Soll das ein Witz sein? Aber warum Stéphane? Außerdem kannte er die anderen Kinder gar nicht…«

»Die Leute vom Bau kommen viel rum. Man hat mir erzählt, daß er zum Beispiel das Haus der Familie Golbert renoviert hat. Denn zur Zeit kocht die Gerüchteküche ganz schön, da darf man sich nichts vormachen. Da ist ja das As, Sie sind unglaublich!«

115

»Sie haben aber im Radio gesagt, daß sie einen weißen oder cremefarbenen Kombi suchen, und Stéphane hat einen dunkelblauen BMW.«

»Ja, ich weiß, aber man kann sich auch ein anderes Auto beschaffen.«

Rückblende: »Oh, sieh nur, Stéphane, da in dem weißen CX!« – »Das ist kein CX, das ist ein BMW.« Stéphane... der mir am Telefon erzählt, daß er Feinde hat, und daß man sicherlich »merkwürdige Dinge« über ihn erzählen wird. Stéphane, der mir von Anfang an nicht ganz »geheuer« war. ›Vertrauen Sie auf Ihre Intuitionen‹, sagen die Psychiater. Ich vertraue, ich vertraue, ich mißtraue.

Yvette holt Virginie ab. Jean setzt sich neben meinen Rollstuhl aufs Sofa. Er seufzt.

»So ein verdammter Mist... Und Sie, meine arme Elise, alles in Ordnung?«

Zeigefinger.

»Übrigens habe ich gestern, als ich bei Romero vorbeikam, an Sie gedacht.«

Romero ist das Sanitätshaus, in dem auch Geräte für Behinderte verkauft werden.

»Ich habe einen elektrischen Rollstuhl gesehen, der reduziert ist. Jetzt, wo Sie Ihren Zeigefinger bewegen können, könnten Sie ihn vielleicht selbst bedienen, man müßte nur die entsprechenden Knöpfe einbauen. Soll ich mal mit Yvette darüber reden, damit sie Ihren Onkel anruft?«

Ein elektrischer Rollstuhl? Aber ich würde ja überall anstoßen! Außer, ich würde lernen, mich im Haus damit zu bewegen... Mein Gott, das wäre, das wäre ja... eine Revolution!

Zeigefinger.

»Sie haben recht. Sie können nicht wie eine Stoffpuppe rumsitzen und darauf warten, gesund zu werden... Ich bin sicher, daß man so manches austüfteln könnte, um Ihnen das Leben zu erleichtern.«

116

Wundervoller Guillaume mit dem Kopf von Léon! Und ich habe dich für einen Augenblick verdächtigt, der Mörder zu sein! Nur zu, mein Junge. Bastele, tüftele, hol mich aus diesem dunklen Tunnel, in dem ich festsitze!

Virginie sieht fern. Ich höre Gekreische, Geschrei, der Schlachtlärm eines intergalaktischen Kampfes. *»Sie dürfen uns nicht entkommen – Kapitän, wir können die Fusionsgeschwindigkeit der Neutroglyceronen nicht erhöhen, sonst gibt es eine Explosion!«*

Peng, Krach, Bumm! Jean hilft Yvette, die Fische auszunehmen. Wie spät mag es sein?

Es läutet. Endlich!

»Da kommen sie! Ah, guten Tag, Hélène, guten Tag, Paul! Kommen Sie herein, Virginie sieht sich gerade *Intergalactis* an. Wie war es? Möchten Sie etwas trinken?«

»Ich nehme gerne ein Bier, wenn Sie eins haben. Ich komme um vor Durst«, antwortet Paul.

»Es hat sehr lange gedauert ..., aber die Richterin ist, glaube ich, gut ... Für mich nur ein Glas Wasser, bitte«, sagt Hélène.

»Setzen Sie sich, ich komme gleich. Jean kümmert sich um die Forellen, er hat uns zwei Prachtexemplare mitgebracht.«

»Guten Abend, Elise.«

»Hallo, Lise.«

Zeigefinger.

Sie setzen sich. Paul seufzt und läßt seine Finger knacken.

»So, ich hoffe, das Bier ist kalt genug. Nun?«

Ich lausche gespannt. Paul scheint erst mal zu trinken, denn man hört ihn schlucken, dann antwortet er:

»Nun, die Richterin hat, ähmm ... sie hat eine Exhumierung ... hm ... der Leichen angeordnet. Da man damals keine Verbindung zwischen den Morden hergestellt hat, ist sie der Auffassung, daß unter diesem Aspekt erneut eine Autopsie vorgenommen werden muß. Begeistert sind wir davon natürlich alle nicht. Aber was sollen wir tun?«

»Eine Exhumierung? Oh . . . , ja, natürlich . . . «

»Sie glauben, daß Michaël in der Nähe des Flusses ermordet wurde«, unterbricht Hélène, »und daß sich der Mörder in der Forsthütte umgezogen hat. Um diese Jahreszeit wird sie nicht benutzt.«

»Aber woher sollte irgend jemand das wissen?« fragt Yvette schlagfertig.

»Weil ihn jemand gesehen hat – jemand, der aus Angst schweigt«, gibt Paul zurück, während er sein Bier austrinkt.

Virginie? Nein, die Polizisten hätten den Unterschied zwischen einer Kinderstimme und der Stimme eines Erwachsenen bemerkt . . . Gibt es also noch jemanden, der Bescheid weiß?

»Es könnte auch ein Landstreicher gewesen sein, der in der Hütte Unterschlupf suchte und dabei die Sachen entdeckt hat«, ruft Jean Guillaume aus der Küche, wo das Fett in der Pfanne brutzelt.

»Ein Landstreicher hätte nicht die Polizei angerufen«, stellt Hélène mit müder Stimme fest.

Kurz, wir drehen uns mit unseren Ermittlungen im Kreis. Wenn nur dieser blöde Yssart vorbeikommen würde, vorher habe ich ihn öfter gesehen, als mir lieb war . . .

Exhumierung . . . da läuft es einem kalt über den Rücken. Kleine, bleiche Hände, ein mit feuchter Erde bedeckter Sarg, ein halbverwester Körper, Stoffetzen, Haarsträhnen auf den ausgezehrten Gesichtern, unter der Haut schimmern die Knochen durch . . . Stop, Elise, nicht weiterdenken. Jetzt wird nicht mehr gedacht.

»All das ist fürchterlich. Ich hoffe, daß man ihn bald fassen wird«, seufzt Yvette.

»Bedauerlich, daß man ihn nicht schon früher gefaßt hat«, brummt Paul. »Gehen wir, ich bin mit der Arbeit in Verzug.«

»Ja, natürlich, ich will Sie nicht aufhalten . . . Wann findet es statt? Ich meine . . . ?«

»Die Exhumierung? Übermorgen früh«, antwortet Hélène. »Kommst du, Virginie, wir gehen . . . «

118

»Jetzt schon? Aber die Sendung ist noch nicht zu Ende...«

»Beeil dich und fang nicht zu quengeln an!«

»Auf Wiedersehen, Elise, auf Wiedersehen, Yvette, auf Wiedersehen, Onkel Jean.«

Weiß der Himmel, warum sie ihn ›Onkel Jean‹ nennt. Alle verabschieden sich. Der Mehlsack bleibt nachdenklich in seinem Rollstuhl zurück. Bei dieser Geschichte stimmt nichts. Nichts paßt zusammen. Als würde jemand die Spuren verwischen. Jemand, der das Gesamtbild des Puzzles kennt und die einzelnen Teile zerschneidet, damit wir sie nicht zusammenfügen können.

»Der arme Paul! Ich möchte nicht in seiner Haut stecken. Zu wissen, daß das eigene Kind wieder ausgegraben wird...«, ruft Jean aus der Küche.

»Hören Sie auf, davon bekommt man ja Gänsehaut. Können Sie sich das vorstellen, Elise?«

Zeigefinger.

»Manche Menschen haben's wirklich nicht leicht auf dieser Welt, das kann man nicht anders sagen«, fährt Yvette fort.

Das kann ich nur unterstreichen.

»Sein Gesicht ist vom Schmerz gezeichnet«, bemerkt Guillaume. »Manchmal wirkt er plötzlich zehn Jahre älter.«

Ich kann nicht umhin, mir vorzustellen, was ich empfinden würde, wenn man mir plötzlich mitteilen würde, daß man Benoît ausgräbt. Benoît, den man ohne mich begraben hat... Benoît, der mir immer lächelnd unter dem wolkenverhangenen irischen Himmel in Erinnerung bleiben wird und der heute ein fleischloser Körper sein muß, an dem sich die Würmer gütlich tun. Das Leben ist wirklich zu ungerecht. An manchen Tagen möchte man die Welt packen und mit beiden Händen wie ein Glas zerbrechen, bis einem das Blut von den Händen tropft.

»Ißt Elise auch Forelle?«

»Ich werde sie mit Kartoffeln zerdrücken...«

Ja, Schweinefutter. Ich habe das Gefühl, ich bin heute abend gräßlich schlecht gelaunt.

Ich habe ihn! Den neuen elektrischen Rollstuhl. Ich throne darin wie eine Kaiserin. Yvette hat gestern morgen meinen Onkel angerufen, und nachmittags wurde er schon geliefert. Jean hat sich gleich an die Arbeit gemacht, und seit heute morgen ist er mein! Ein Rollstuhl, der von selbst fährt. Und den ich, o Wunder, bedienen kann, ohne auf irgend jemanden angewiesen zu sein. Ich brauche nur mit dem Zeigefinger auf einen Knopf zu drücken. Jean hat kreuzförmig vier kleine Knöpfe angebracht, vorwärts – rückwärts, rechts – links. Im Augenblick kann ich vorwärts und rückwärts bedienen, rechts und links jedoch fällt mir noch etwas schwer. Raybaud, den man konsultiert hat, ist der Auffassung, daß dieser neue Rollstuhl gut für die Beweglichkeit meiner Hand ist, und hat mir wärmstens empfohlen, meine Fertigkeiten darin weiter zu üben. Als täte ich das für ihn! Jedenfalls bewege ich die Knöpfe, fahre im Wohnzimmer vor und zurück, und ich muß sagen, es ist wirklich genial, sich nach Lust und Laune fortbewegen zu können, wenn man monatelang von anderen abhängig war – und wenn es auch nur drei Meter sind.

Während ich mich mit meinem neuen Spielzeug amüsiere, ist die Polizei dabei, die Leichen der Kinder zu exhumieren. In Anwesenheit eines Familienmitglieds. Ich nehme an, Paul ist hingegangen. Und die anderen Väter. Eine Gruppe Männer mit trockenen Augen und zusammengeschnürter Kehle steht im eisigen Wind, den Blick auf die Totengräber geheftet, die die Grube ausheben. Ah, nein. Yvette hat gesagt, daß das Wetter schön ist. Sie hat die Fenster geöffnet, und es riecht nach Herbst und feuchter Erde. Anscheinend tragen die Männer, die die Särge öffnen, einen Mundschutz wie die Ärzte; nicht so sehr wegen des Geruchs, sondern mehr wegen der giftigen Gase. Die Leichen fermentieren in den Särgen. Manchmal kommt es sogar vor, daß einer explodiert. Aber warum lasse ich mich nur immer zu solchen Gedanken hinreißen! Vor, zurück, zurück, vor, ich will mir diesen Friedhof nicht vorstellen, ich will nicht an die verwesten Körper der Kinder denken, vor, zurück.

»Sie werden mit Ihrem Rollstuhl noch eine Spurrille im Parkett hinterlassen!«

O ja, meine gute Yvette, zurück, vor, eine Rille, einen Graben, ein Grab, aufhören!

Das Telefon.

»Hallo? Ah, guten Tag, Catherine. Wie bitte? Nein, nein, das macht nichts, dann kommen Sie eben morgen, ja, ich verstehe... Wenn Sie zum Zahnarzt müssen... Was? Was sagen Sie da? ...Aber das ist doch nicht möglich! ...Wie haben Sie das erfahren? Ah... Und was sagt er? ...Was? Aber das ist doch völlig unsinnig! ...Aber warum? ...Aber das ist doch kein Grund... Ja, ich verstehe, danke, bis morgen..., Elise, es ist furchtbar, Stéphanes Frau... sie hat Selbstmord verübt! Catherine war im Krankenhaus, als sie sie eingeliefert haben...«

Was? Aber was soll das denn nun wieder?

»Sie hat ein Röhrchen Schlaftabletten geschluckt, und die Putzfrau hat sie morgens gefunden... Sie ist tot, Elise!«

Tot? Stéphanes Frau? Umgebracht? Aber was zum Teufel...

»Catherine denkt, daß sie es getan hat, weil er sie verlassen wollte... Also sich deshalb umzubringen... Und niemand weiß, wo er ist, man hat ihn nicht erreichen können... Stellen Sie sich das nur vor, seine Frau ist tot, und er weiß es nicht einmal! Sie haben versucht, ihn über sein Autotelefon zu erreichen, aber er meldet sich nicht. Oh, la la, im Augenblick ist es wirklich furchtbar, ich weiß nicht, was los ist, aber es nimmt anscheinend kein Ende!«

Das stimmt. Sophie tot! Und ich habe immer gedacht, mit Schlaftabletten schafft man es nie. Und wo steckt Stéphane? Ich habe das Gefühl, daß er Ärger bekommen wird, großen Ärger. Was hatte sein Anruf neulich zu bedeuten: »Ich habe Feinde«, und all das... Als hätte er vorausgeahnt, was kommt. Stéphane, der in dem gesuchten weißen Kombi herumfährt... dessen Frau zur rechten Zeit stirbt... und der behauptet, ver-

121

liebt in mich zu sein. Jemand, der sich in einen Mehlsack verliebt, ist unweigerlich etwas verrückt.

Telefon. Aha, jetzt geht es wieder los, jetzt wird wieder rundgerufen!

»Hallo? Ah, guten Tag, Hélène... Ja, ich weiß, Catherine hat es mir erzählt, das ist grauenvoll... wie ...Aber ich verstehe nicht, warum... Ah, ja, natürlich... Und wie geht es Ihnen? ...Ja sicher, das kann ich mir vorstellen. ...Wenn Sie sich zu einsam fühlen, kommen Sie doch vorbei... Kommen Sie zum Kaffee... Ja gut, bis gleich. Das war Hélène. Inspektor Gassin war bei ihr. Er hat gefragt, ob sie weiß, wo Stéphane ist. Sie suchen ihn. Sie hat gesagt, sie hätte keine Ahnung, vermutlich auf irgendeiner Baustelle. Sie schien wirklich deprimiert, sie kannte die arme Sophie ja gut, und daß sie das ausgerechnet heute morgen erfahren mußte... Paul ist bei der Exhumierung, Virginie in der Schule; sie ist ganz allein, ich habe sie eingeladen, zum Kaffee zu kommen. Sie war einverstanden, heute arbeitet sie nämlich nicht. Das ist wirklich alles furchtbar!«

Es läutet.

»Also so was... Wer ist das denn nun schon wieder?«
Die Haustür.

»Ah, Inspektor, kommen Sie herein. Er ist nicht hier!«

»Wie ich sehe, sprechen sich die Neuigkeiten schnell herum. Entschuldigen Sie... Guten Tag, Madame.«

Damit meint er bestimmt mich. Zeigefinger.

»Sie wissen also schon, daß Madame Migoin tot ist?«

»Ja, wir haben es soeben von Catherine Rimiez, Elises Krankengymnastin, erfahren.«

»Wir versuchen, Monsieur Migoin zu erreichen. Sie wissen nicht zufällig, wo er ist?«

»Monsieur Migoin informiert uns gewöhnlich nicht über seinen Terminkalender, er ist nur ein entfernter Bekannter...«

»Ich weiß, aber ich muß es überall versuchen.«

»Warum bemühen Sie sich so, er wird doch sowieso früher oder später nach Hause kommen?«

»Es tut mir leid, daß ich Sie umsonst belästigt habe... auf Wiedersehen, meine Damen.«

Haustür. Ja, warum bemühen sie sich so? Um einen Witwer aufzuspüren, behelligt man keinen Inspektor... Da schickt man einen einfachen Polizisten... Offenbar hatte ich recht: für Stéphane wird es brenzlig...

»Ich frage mich, warum die Polizei so in Aufruhr ist«, kommentiert Yvette. »Na, ich werde mal Kaffee kochen.«

Vor, zurück, wenn ich diesen verdammten Zeigefinger nur einen Millimeter mehr zur Seite bewegen könnte, wenn ich nur... Ich spüre, wie der Finger vibriert, wie er zittert, ich werde es bald schaffen!

»Wissen Sie, was mir gerade eingefallen ist, Elise? Ich denke, daß sie die Tabletten heute nacht genommen hat, sonst hätte die Putzfrau sie noch rechtzeitig gefunden. Sie muß sie geschluckt haben, während er schlief. Das ist doch grauenvoll, wenn man sich vorstellt, daß er in aller Seelenruhe geschlafen hat, während seine Frau neben ihm im Sterben lag!«

Und als er aufgestanden ist, hat er nichts bemerkt? Er hat sich gedacht, daß sie einfach ausschlafen will, und sich auf Zehenspitzen davongeschlichen? Warum nicht? Aber warum ist sie aus dem Bett gefallen? Ein letztes Aufflammen der Lebensgeister? Das werden wir erfahren, wenn sie ihn erwischen, denn ich habe den Eindruck, daß sich der gute Stéphane aus dem Staub gemacht hat. Es ist wirklich komisch..., wenn man in diesem Zusammenhang ein solches Wort gebrauchen kann, aber ich hätte Sophie nie für den Typ Frau gehalten, der Selbstmord begeht. Bei ihrem Charakter... Das zeigt mal wieder, wie man sich in den Menschen täuschen kann.

Hélène ist da. Wir trinken Kaffee. Nein, sie trinken Kaffee. Ich bekomme eine Tasse Verdauungstee. Ich rieche den Kaffeeduft. Ich würde so gerne einen guten starken Kaffee mit viel Zucker trinken, doch ich schlucke brav meinen viel zu heißen und faden Kräutertee und verfluche Yvette.

Hélènes Stimme klingt eigenartig, das deutet darauf hin, daß sie keinen guten Tag hat. Sie scheint erschöpft. Manchmal frage ich mich, ob sie nicht am Ende tatsächlich in eine Depression verfallen wird. Ich finde, sie wirkt immer niedergeschlagener.

»Sie haben Stéphane noch nicht gefunden, dabei haben sie alle seine Baustellen abgesucht. Kein Mensch hat ihn gesehen. Finden Sie das normal? Und Sophie bringt sich um... Steph und sie liebten sich schon lange nicht mehr. Sie hätten doch in aller Ruhe die Scheidung einreichen können. Ich kenne sie seit fünf Jahren. Sie hat mir damals sehr geholfen als..., nun als Renaud... Wenn ich daran denke, was sie gerade mit Renaud machen... Das macht Paul total fertig...«

Schluchzen. Tröstende Worte von Yvette. Manchmal ist es gut, wenn man nichts sieht.

»Und noch dazu steckt Virginie in einer Krise. Das kann ich im Augenblick wirklich nicht gebrauchen. Natürlich ist es nicht ihre Schuld, aber ich weiß nicht mehr, was ich mit ihr machen soll, sie ist so verschlossen... Nach außen hat man den Eindruck, daß sie gehorcht, aber in Wirklichkeit macht sie, was sie will. In der Schule läßt sie immer mehr nach, aber sie will nicht darüber reden. Manchmal habe ich den Eindruck, daß sie abwesend ist, daß sie uns nicht hört; sie sagt zwar ja, sie lächelt, aber sie scheint vollkommen leer. Ich war mit ihr beim Schulpsychologen, er meint, das sei normal, sie habe einen großen emotionalen Schock erlitten, denn die Morde an Michaël und Mathieu hätten den Verlust ihres Bruders wieder in ihr aufleben lassen... Er sagt, sie brauche Zeit. Ich kann nicht mehr einfach dasitzen und warten, ich kann nicht mehr weiter warten, immer soll man warten, immer heißt es, die Zeit heile alle Wunden, aber die Wahrheit ist, daß das nicht stimmt. Es wird nicht besser, es kann sogar schlimmer werden!«

»Das dürfen Sie nicht sagen, Hélène. Sie durchleben eine sehr schmerzliche Phase, aber Sie werden sehen... Eines Tages ist all das nur noch Vergangenheit. Sie werden wieder voller Zuversicht in die Zukunft blicken...«

Für meine Begriffe übertreibst du ein wenig, meine liebe Yvette..., aber du meinst es ja nur gut. Und was soll man ihr auch sagen? Ja, Ihre Tochter ist verrückt, Ihr Mann scheint Sie nicht mehr ertragen zu können, Ihre beste Freundin hat sich gerade umgebracht, und deren Mann hat vielleicht Ihren Stiefsohn getötet, aber sonst ist doch alles in schönster Ordnung...

»Ja, Sie haben vielleicht recht... Wir werden sehen«, gibt Hélène teilnahmslos zurück. »Und Sie, Elise, geht es Ihnen gut?«

Zeigefinger.

»Elise hat einen neuen Rollstuhl.«

»Ah, ja! Das ist mir gar nicht aufgefallen. Entschuldigen Sie, aber im Augenblick...«

Das glaube ich dir gern, daß dich mein Rollstuhl im Augenblick nicht die Bohne interessiert.

»Es ist ein elektrischer. Man kann ihn schieben, aber sie kann sich auch alleine fortbewegen.«

»Aber das ist ja wunderbar! Zeigen Sie doch mal!«

Ich habe noch nie jemanden das Wort ›wunderbar‹ so hoffnungslos aussprechen hören. Aber gut, ich gehorche: vor, zurück...

»Oh, Elise! Das ist phantastisch! Endlich können Sie sich selbst vorwärts bewegen!«

Ja, zwischen zwei Wänden hin- und herfahren!

»Jean Guillaume hat ihn bei Romero im Schaufenster gesehen und hatte die Idee, ihn für Elise umzubauen.«

»Sagen Sie mal, Yvette, dieser Monsieur Guillaume scheint Sie ja ziemlich zu interessieren«, versucht Hélène mit nicht eben fröhlicher Stimme zu scherzen.

»Ich muß zugeben, daß er mir sehr sympathisch ist, außerdem ist es doch immer sehr nützlich, einen Mann im Haus zu haben. Möchten Sie noch etwas Kaffee?«

»Nein danke, ich bin schon nervös genug. Hat Paul nicht angerufen?«

»Paul? Nein...«

»Ich dachte nur, weil er gesagt hat, er würde mich zu Hause anrufen, und er hätte vielleicht hier angerufen, während ich unterwegs war...«

»Er hat sicher sehr viel Arbeit...«

»Ja, im Augenblick ist er völlig überlastet. Ich habe ihn angerufen, um ihm zu sagen, daß Sophie... Er war in einer Besprechung, aber die Polizei war schon dagewesen, dieser junge Inspektor Gassin, und Paul wollte mich zurückrufen... Das Wetter ist wirklich wunderbar heute.«

»Sollen wir nicht einen kleinen Spaziergang machen?«

»Warum nicht? Hinterher hole ich dann Virginie ab.«

»Ich suche nur rasch ein Plaid für Elise.«

Genau, damit ich umkomme vor Hitze. Hélène steht neben mir, und ich rieche ihr Parfum.

»Stéphane hat seine Frau nicht umgebracht«, flüstert sie mir hastig zu.

Na, um so besser, aber ehrlich gesagt bin ich nicht davon ausgegangen...

»Sie wissen die Wahrheit, nicht wahr?«

Welche Wahrheit? Was redet sie da?

»Gehen wir?« unterbricht Yvette und legt mir ein zentnerschweres Plaid auf die Knie.

Die Wahrheit... die wüßte ich nur allzu gern... Draußen ist es warm, und ein angenehmer Duft erfüllt die Luft. Hélène denkt bestimmt an Renaud, den man gerade in einem Dunst von Formalin seziert, und an Sophie, die im Leichenschauhaus liegt. ›Stéphane hat seine Frau nicht getötet...‹ Soll das heißen, daß sie umgebracht wurde? Daß es sich vielleicht um einen kaschierten Mord handelt? Aber nein, was bilde ich mir da wieder ein! Komm, genieß den Spaziergang, liebe Elise, und vergiß alles andere!

Die Wahrheit... woher sollte ich sie wissen? Und Hélène, kennt sie die Wahrheit? Glaubt Hélène, daß Virginie etwas weiß? Daß Virginie mir etwas anvertraut hat? Elise, hör auf damit, du wirst noch verrückt. Gut, gut, schon gut!

Sie haben Stéphane noch immer nicht gefunden. Jetzt ist er schon seit drei Tagen verschwunden. Sophies Beerdigung findet morgen statt. Natürlich will Paul hingehen und Hélène nicht. Inspektor Gassin zufolge soll Sophie sich wegen ihres Mannes umgebracht haben. Weil er sie verlassen hat. Weil er definitiv verschwunden ist. Er hat alles Geld von seinen Konten abgehoben, seine Geschäfte geregelt und einfach ein neues Leben angefangen. In gewisser Weise ein vorweggenommener Abschied. Ich frage mich, ob er sich auf die Radiodurchsagen der Polizei hin melden wird. Meiner Meinung nach hat er nicht die geringste Lust zu erfahren, was mit seiner Frau geschehen ist. Außerdem haben sie keinerlei Beweise gegen ihn. Es ist schließlich nicht seine Schuld, daß sie Selbstmord begangen hat. Aber ich könnte mir vorstellen, daß sie ihm etliche Fragen stellen wollen und daß der Tod seiner Frau nur ein Vorwand ist. Eine andere Hypothese: Was würden Sie tun, wenn Sie erfahren, daß Ihr Mann ein Mörder ist? Wenn Sie ihn durch die Beschreibung gewisser Kleidungsstücke wiedererkennen? Wäre das Grund genug, sich umzubringen?

Es läutet. Yvette eilt zur Tür.

»Oh, guten Tag...«

Sie klingt enttäuscht.

»Guten Tag, Madame Holzinski. Ich nehme an, Mademoiselle Andrioli ist zu Hause?«

»Wo soll sie denn sonst sein? Sie ist im Wohnzimmer. Sie kennen den Weg ja.«

»Ja, danke.«

Yssart! Ich höre seine ruhigen Schritte auf dem Parkett. Ich frage mich, wie er gekleidet ist. Im tadellosen Anzug mit Weste? Er duftet nach Rasierwasser.

»Guten Tag, Mademoiselle.«

Zeigefinger.

»Da ich gerade in der Nähe war, erlaube ich mir, Ihnen einen Besuch abzustatten. Keine Angst, ich möchte Ihnen keine Fragen stellen. Nein, sehen Sie, ich bin nur gekommen, um Sie über den neuesten Stand der Dinge zu informieren. Denn ich bin überzeugt davon, daß Sie großes Interesse an dieser traurigen Angelegenheit haben. Die Laboruntersuchung hat eindeutig bewiesen, daß auf dem Kragen des Pullovers, den man in der Forsthütte gefunden hat, Haare waren. Blonde Haare, Stéphane Migoins Haare. Wir haben sie mit denen aus seiner Haarbürste verglichen. Das wollte ich Ihnen mitteilen.«

Also stimmt es doch!?

»Außerdem sieht es so aus, als wäre Madame Migoins Tod nicht unbedingt auf Selbstmord zurückzuführen. Meiner Auffassung nach kann man sie sehr wohl gezwungen haben, die Tabletten zu schlucken. Ihr Kiefer weist ein Hämatom auf, das würde für meine These sprechen, aber sie kann es sich natürlich auch bei dem Sturz aus dem Bett zugezogen haben. Ich habe gehört, daß sich Monsieur Migoin für Sie interessierte.«

Pause. Ich warte. Er beobachtet mich sicher. Dann fährt er fort:

»Man hat mir auch gesagt, daß er am Steuer eines weißen CX gesehen wurde.«

Paul und Hélène! Sie haben also gegen ihn ausgesagt!

»Man hat mir so viele Dinge zugetragen, daß ich einen Haftbefehl gegen Stéphane Migoin beantragt habe. Falls Sie also die geringste Ahnung haben, wo er sich aufhalten könnte, wäre ich Ihnen sehr verbunden, wenn Sie es mir mitteilen würden. Dadurch würden wir alle Zeit sparen.«

Schon wieder! Dieser Typ hält mich offenbar für die Vertrauensperson der ganzen Stadt! Wenn ich wüßte, wo sich Stéphane aufhält, würde ich es auf der Stelle sagen. Ich meine, ich würde mich verständlich machen.

»Wissen Sie diesbezüglich etwas?«

Kein Zeigefinger.

»Glauben Sie, daß die kleine Virginie Monsieur Migoin so verbunden sein könnte, daß sie nicht sagt, was sie über ihn weiß?«

Virginie? Stéphane verbunden? Sie hätte beobachtet, wie er

ihren Bruder umbringt und nichts gesagt? Nein, unmöglich! Außer... außer... mein Gott, ja, aber ja! Außer, wenn Stéphane Hélènes Liebhaber gewesen wäre. In diesem Fall hätte Virginie nicht gewagt, etwas zu sagen. Aber Hélène liebt Paul. Warum zum Teufel sollte sie mit Stéphane schlafen? Und Stéphane liebt mich! Huuhu, ich habe den roten Faden verloren.

»Ist Ihnen klar, daß man Stéphane Migoin den Mord an dem kleinen Massenet zur Last legen wird?«

Zeigefinger.

»Glauben Sie, daß er das Verbrechen begangen hat?«

Aber was bildet sich der Kerl ein? Bin ich das Orakel von Delphi? Seit wann interessiert es die Bullen, was Gelähmte denken?

Und was denke ich überhaupt? Ich kann mich nicht entschließen, den Zeigefinger zu heben. Mir wird bewußt, daß ich nicht glauben kann, daß Stéphane diese Kinder getötet hat. *Vorstellen* kann ich es mir, aber *glauben* kann ich es nicht.

»Danke. Mir war sehr an Ihrer Meinung zu dieser Sache gelegen. Sehen Sie, Mademoiselle Andrioli, auch wenn Sie das verwundern mag, mir ist Ihr Urteil sehr wichtig.«

Also, das haut mich doch um! Ich habe mich überhaupt nicht geäußert, aber mein Urteil ist ihm wichtig! Ich glaube, ich träume! Dieser Bulle ist genauso verrückt wie alle anderen. Vielleicht bin ich ja in einem Irrenhaus gelandet und niemand hat es mir gesagt.

»Ich darf mich verabschieden, alles Gute.«

Wie charmant! Danke, und beste Grüße an die Familie. Der nächste bitte! Das Irrenhaus ist täglich geöffnet. Ich höre, wie sich sein ruhiger Schritt entfernt. Er trägt sicher handgefertigte Lederschuhe.

»Ist er weg?« erkundigt sich Yvette aufgebracht.

Zeigefinger.

»Eingebildeter Pinsel!« bemerkt sie noch, ehe sie wieder in ihre Küche zurückkehrt.

Vor, zurück, ich überlege. So viel habe ich in meinem ganzen

129

Leben noch nicht nachgedacht. Früher war alles so einfach. Ich beklagte mich wie alle anderen auch, aber wenn ich bedenke, wie einfach damals alles im Vergleich zu heute war... Vor, zurück... und wenn ich gegen die Wand rase? ›Gelähmte rast mit 250 Stundenkilometern gegen ihre Wohnzimmerwand und zerschmettert sich beim Aufprall den Schädel!!‹ Vor, zurück, Achtung, meine Damen und Herren, Sie sehen das große Rodeo von Boissy-les-Colombes und als Stargast die unvergleichliche Elise Andrioli. Bitte begrüßen Sie sie mit einem kräftigen Applaus! Gott sei Dank kann niemand meine Gedanken erraten, ich würde mich schämen. Mein armer Vater hat sich immer gefragt, warum ich selbst im schlimmsten Fall noch über alles lachen konnte. Offenbar ist das eine besondere Gabe. Die zweite Möglichkeit wäre, daß ich mit vollständiger Blödheit geschlagen bin. Aber mal ernsthaft: Wo könnte Stéphane stekken? Warum ist er geflohen? Warum hat er beschlossen zu verschwinden, seine Konten aufzulösen und so weiter? Und vor allem, ist er dumm genug, seinen Pullover, der mit Michaëls Blut getränkt ist, in der Forsthütte liegen zu lassen? Er ist vielleicht nicht gerade Einstein, aber trotzdem...

8

Schon wieder eine Beerdigung. Doch diesmal bin ich dabei. Da das Wetter schön ist, hat Yvette beschlossen, mich im Rollstuhl hinzufahren. Wir gehen in aller Ruhe zu Fuß. Paul und Hélène sind mit dem Wagen gefahren und haben angeboten, uns mitzunehmen, aber Yvette wollte lieber laufen. Sie sagt, bald kommt der Winter, und wir müßten das schöne Wetter nutzen. Also nutzen wir es.

Wenn die Straße geradeaus verläuft und frei ist, läßt mich Yvette auf den Knopf drücken und selbst fahren. Brumm, brumm... Das schlimmste ist, daß ich begeistert bin. Das Geräusch der Räder auf dem Asphalt, das raschelnde Laub, die

Sonnenstrahlen auf meinem Arm, und einfach langsam so vor sich hinzufahren, das ist wirklich angenehm. Ich könnte darüber fast den Anlaß dieser kleinen Spazierfahrt vergessen.

Als wir uns dem Friedhof nähern, bemerkt Yvette knapp: »Wir sind da«, und übernimmt wieder das Kommando. Ende des kleinen bukolischen Intermezzos.

»Der Friedhof ist brechend voll«, flüstert mir Yvette zu.

Die ganze Stadt hat sich eingefunden, die Gerüchteküche brodelt. Da Sophie keine Familie mehr hatte, kümmert sich der Bürgermeister um alles. Der gute Ferber — den ich nicht gewählt habe —, läuft von rechts nach links, schüttelt Hände, überprüft den Blumenschmuck... Er muß sich schließlich einiges einfallen lassen, um das Ansehen seiner Stadt wiederherzustellen...

Anscheinend ist auch Inspektor Gassin in Begleitung von zwei Polizisten anwesend. Sie hoffen sicher, daß sich der Witwer zur Beisetzung einfinden wird. Paul hat uns anvertraut, daß das Haus von Stéphanes Eltern, eine alte Bauersfamilie aus dem Département Eure, unter ständiger Überwachung steht.

»Guten Tag, wie geht's?« flüstert uns Hélène zu. »Paul ist da drüben bei Ferber. Weder Michaëls noch Mathieus Eltern sind gekommen. Sie kannten Sophie gut, aber nach allem, was man jetzt über Stéphane erzählt...«

Die Trauerfeier beginnt. Der Wind frischt auf, ein kühler scharfer Herbstwind. Ich spüre, wie er meinen Nacken und meine Wangen streift. Ausnahmsweise bin ich Yvette einmal dankbar, daß sie mich wie einen Säugling eingepackt hat. Die Stimme des Priesters dringt nur undeutlich zu mir herüber. Er leiert ohne sonderliche Überzeugung irgend etwas herunter. Glücklicherweise hält der Wind die Anwesenden wach.

Ich höre das dumpfe Geräusch, als die Erde auf den Sarg fällt. Das Knirschen der Schuhe, Bewegungen, Hüsteln, kurz, ein schweigsames Defilé; dann kommt Bewegung in die Menge; so, es ist vorbei: Sophie Migoin ruht endgültig in Frieden.

Ferbers laute, joviale Stimme:

»Ah, unsere liebe Elise! Wie geht's denn? Gut sehen Sie aus!«

Nein, also wirklich Ferber, Entschuldigung, aber wenn du glaubst, daß ich dich deshalb wählen werde...

»Mademoiselle Andrioli hat große Fortschritte gemacht.«

Ach, Raybaud, scheint ja sehr stolz auf seinen gelehrigen Zögling zu sein.

Sie unterhalten sich, ohne sich weiter um mich zu kümmern. Um so besser. Ich lausche dem Gemurmel, dem aufgeregten Stimmengewirr der Lebenden. Im Zusammenhang mit tausend verschiedenen Hypothesen fällt immer wieder Stéphanes Name. Es gibt Gerüchte von einer Geliebten, Bankrott, den Morden, Drogen... wenn das so weitergeht, ist er bald Anführer der Mafia oder ein libyscher Terrorist. Jemand klopft mir auf die Schulter.

»Mademoiselle Andrioli, ich bin es, Florent Gassin. Noch immer keine Neuigkeiten von unserem Freund?«

Kein Zeigefinger. Das scheint zu einer fixen Idee zu werden.

»Nun gut. Entschuldigen Sie mich bitte.«

Die Trauergemeinde löst sich langsam auf, der kalte, schneidende Wind lädt nicht zu längeren Diskussionen ein. Yvette nimmt die Griffe des Rollstuhls.

»Die arme Sophie... Wenn ich bedenke, daß ich sie am Montag noch beim Metzger getroffen habe... Sie kaufte zwei Schnitzel. Und jetzt... Paul und Hélène sind beim Bürgermeister zum Mittagessen eingeladen. Ich habe ihnen gesagt, daß wir nach Hause gehen. Der Wind ist wirklich kalt... Also los!«

Wir machen uns auf den Weg. Stéphane ist nicht gekommen. Er ist nicht zerzaust und schweißgebadet aufgetaucht, um »Sophie!« zu schreien und das Rätsel aufzuklären.

Paul und Hélène essen mit Ferber. Das Leben geht weiter. Natürlich nur für die, die noch leben.

Auf dem Rückweg ist Yvette recht schweigsam. Um so besser, dann kann ich in aller Ruhe die letzten Neuigkeiten verdauen. Gehen wir also noch einmal alles durch.

Ein Mann tötet mehrere Kinder. Man vermutet, daß er einen weißen Kombi fährt. In der Forsthütte entdeckt man einen Pullover, der mit dem Blut eines der kleinen Opfer getränkt ist. Auf dem Kragen dieses Pullovers findet man Haare von Stéphane Migoin. Und eben dieser Stéphane Migoin wurde am Steuer eines weißen Kombi gesehen. Und er verschwand in derselben Nacht, in der sich seine Frau umbrachte, nicht ohne zuvor seine Konten geplündert und seine laufenden Geschäfte geregelt zu haben. Ich beantrage lebenslänglich!

Die Verteidigung hat das Wort:

Euer Ehren, ich bitte Sie dennoch, folgende Punkte in Betracht zu ziehen:

a) Die Polizei wurde durch einen anonymen Anruf über die blutigen Kleidungsstücke in der Forsthütte informiert. Und wenn sie jemand dort hingelegt hat? Und wenn jemand absichtlich Stéphane Migoins Haare auf dem Kragen deponiert hat?

b) Die kleine Virginie Fansten behauptet, einen oder mehrere Morde beobachtet zu haben. Aber sie hat nie Stéphane Migoin beschuldigt, dem sie ansonsten keine besondere Sympathie entgegenzubringen scheint.

c) Ist Stéphane Migoin dumm genug zu fliehen, nachdem alle Indizien gegen ihn sprechen?

Ich plädiere auf Freispruch mangels Beweisen.

Ihre Meinung, meine Damen und Herren Geschworenen? Schuldig oder unschuldig? Das Urteil?

Ich bin so sehr mit meinem imaginären Prozeß beschäftigt, daß ich nicht einmal bemerkt habe, daß wir schon zu Hause sind. Mir ist klar, daß die Verteidigung nur dann eine Chance hat, wenn sie Virginie zum Sprechen bringt. Keine Zeit für Winkelzüge mehr, ich muß Yssart informieren.

Frage: Wenn Stéphane der Mörder ist und Virginie es weiß, hätte er sie am Leben gelassen? Gute Frage, ich bin stolz auf mich. Aber wie soll ich all das dem Kommissar erklären? In der Bienensprache, in dem ich mit meinem verfluchten Rollstuhl

133

Achter auf dem Parkett fahre? Wenn nur Benoît noch da wäre... Wenn nur... Ich fühlte mich plötzlich deprimiert und habe einen Kloß im Hals, meine Lippen beginnen zu zittern. Ich weine. Das hat es seit dem Unfall nicht mehr gegeben. Man könnte meinen, daß es mir langsam besser geht, daß sich meine Muskeln entkrampfen. Ich weine. Verdammt noch mal, ich spüre, wie die Tränen über meine Wangen rinnen und meinen Mund benetzen. Ich bekomme kaum mehr Luft, es erdrückt mich, ich ersticke. Ich vergieße Krokodilstränen über diesen ganzen Schlamassel, und zugleich bin ich glücklich, weil ich wieder weinen kann. Es gibt Augenblicke, in denen man sich wirklich mit wenig zufriedengibt.

»Elise? Mein Gott, was ist denn los?«

Die Tränen werden mit einem sauberen Taschentuch abgewischt.

»Ist es wegen dieser Beerdigungen? Atmen Sie tief durch, das hilft. Sie werden sehen, Sie werden es schaffen, ich bin ganz sicher, weinen Sie nicht mehr...«

Yvette flüstert mir beruhigend ins Ohr, ich höre nicht hin; ich bin weit weg, ich bin zurückgekehrt zu jenen Jahren mit Benoît, die unwiderruflich vorüber sind, und ich spüre, wie meine Tränen unermüdlich fließen, wie ein Fluß, der in das Meer der Erinnerungen mündet.

Ich bin allein. Ich fahre vor und zurück, jetzt bin ich wieder ganz ruhig. Nach all den vergossenen Tränen bin ich völlig leer.

In unserer kleinen Stadt brodelt es vor Gerüchten. Die lange Kette tragischer Ereignisse hat uns zu trauriger Berühmtheit verholfen; man spricht im Fernsehen und in der Boulevardpresse über uns. Doch es wird immer nur die Kripo erwähnt, ganz so, als hätten die örtlichen Gendarme und Polizisten überhaupt nichts geleistet.

Der junge Inspektor Gassin zum Beispiel muß stocksauer sein. Er hat nie verwunden, daß man Yssart geschickt hat. Zu

Hélène hat er gesagt, daß er nicht begreift, wie diese Groß-
stadttypen die komplexe Verzweigung der Angelegenheit verstehen wollen. Was Yssart angeht... *no comment.*

Die letzten Neuigkeiten habe ich mit einer gewissen Gleichgültigkeit aufgenommen.

Stéphanes Foto wurde auf allen Fernsehkanälen in den
Nachrichten gezeigt. Im ganzen Land hat man die Fahndung
nach ihm eingeleitet. Doch bis jetzt ist Steph ihnen nicht ins
Netz gegangen.

Die Exhumierung der Leichen hat bewiesen, daß sie alle-
samt Opfer desselben Mörders waren. Man hat nichts gefunden, was Stéphane be- oder entlasten könnte.

Der Vater von Mathieu Golbert hat einen Journalisten ver-
prügelt, der unbedingt ein Interview wollte, und dabei seinen
Fotoapparat zertrampelt.

Vor allem aber geben die Ergebnisse der Autopsie von Sophie Migoins Leiche zu der Annahme Anlaß, daß sie die
Schlaftabletten nicht freiwillig genommen hat. Irgend jemand
soll ihr den Mund aufgehalten und sie gezwungen haben, sie zu
schlucken. Das weiß ich von Hélène, und sie weiß es wiederum
von dem reizenden Inspektor Gassin.

Es ist kalt und regnerisch. Guillaume ist mit Yvette zu einem
Supermarkt gefahren. Das Geräusch der Regentropfen erinnert an das gedämpfte Geräusch von Tennisbällen beim Auf-
schlag. Das Telefon. Wie immer hat Yvette, ehe sie weggeht,
den Anrufbeantworter eingeschaltet. Ich verhalte mich ganz
ruhig, um besser mithören zu können.

»Guten Tag, wir können Ihren Anruf im Augenblick leider
nicht persönlich entgegennehmen, hinterlassen Sie uns bitte
eine Nachricht nach dem Signalton...«

»Elise? Hören Sie, ich habe nicht viel Zeit.«

Stéphane!

»Sie sind in Gefahr, Elise, in großer Gefahr. Sie müssen die
Stadt verlassen, ich habe keine Zeit, Ihnen alles zu erklären,
aber glauben Sie mir, es sind grauenvolle Machenschaften im

135

Gang, wenn Sie wüßten, ich muß gehen, ich muß auflegen, ich liebe Sie, Adieu... Ich... nein, nein, laß mich, nein!«

Ein heftiger Schlag gegen die Wand der Telefonzelle, dann nichts mehr. Keuchender Atem. Der nervtötende Tüt-tüt-tüt-Ton der unterbrochenen Verbindung.

Herr im Himmel! Träume ich? Der erstickte Schrei, die Stimme... Hat das zu bedeuten, daß Stéphane soeben... Draußen höre ich ein Knarren, ich schrecke auf, meine Nerven sind zum Zerreißen angespannt. ›In Gefahr... Verlassen Sie die Stadt...‹ Und die unterbrochene Verbindung... Ich fahre nervös mit meinem Rollstuhl im Zimmer auf und ab und wiederhole ständig Stéphanes Worte. Der Regen trommelt auf das Dach. Was hat dieser Anruf zu bedeuten? Es ist furchtbar, wenn man mit niemandem sprechen kann. Mein Gott! Aber der Anruf ist auf dem Anrufbeantworter aufgezeichnet, und das ist der Beweis. Ja, ein Beweis zu Stéphanes Gunsten! Außer, es handelt sich um ein geschicktes Manöver... Wo bleibt nur Yvette? Sie muß doch zurückkommen, den verfluchten Anrufbeantworter abhören und die Polizei informieren! Ich warte ungeduldig, ich sitze auf der Lauer! Die Minuten tröpfeln langsam und nervenaufreibend dahin wie Wasser aus einem Wasserhahn.

Ah! Schritte auf dem Asphalt. Ich will gerade zur Haustür fahren, als mir plötzlich auffällt, daß sie sich nicht öffnet. Ich höre, wie die Klinke heruntergedrückt wird, doch nichts geschieht. Wenn Yvette ihren Schlüssel verloren hat, sitzen wir ja fein in der Patsche. Schritte an der Außenmauer zum Eßzimmer. Sie halten inne. Warum ruft Yvette mir nichts zu? Sie müßte etwas rufen, mir etwas erklären. Ich bin doch nicht tot! *Außer, es ist nicht Yvette... außer, es ist jemand, der weiß, daß Stéphane mich angerufen hat...*

Wieder Schritte. Schritte im Regen. Sie bewegen sich ums Haus herum. Irgend jemand beobachtet mich vielleicht durch die Fenster. Ja, bestimmt hat jemand sein Gesicht an die Scheibe gepreßt. Ich fühle mich nackt, fahre mit meinem Rollstuhl rückwärts bis zum Buffet, als könnte ich mich damit vor den Augen schützen, die mich beobachten, ohne daß ich sie sehe, vor jenem Blick, den ich mir kalt und ausdruckslos vorstelle, der nur Interesse an dem Opfer ausdrückt...

Stéphane, ruf wieder an! Sag mir, daß es nur ein dummes Spiel war, ein alberner Alptraum! Ruf wieder an!

Schritte auf dem Kies. Die Vorstellung dieser Augen, die ich nicht sehe und die mich beobachten, ist mir unerträglich. Ich habe Angst. Ein Gefühl von Furcht steigt eiskalt und stechend in mir auf. Ist diese verfluchte Haustür wenigstens richtig abgeschlossen?

Jemand rüttelt an der Türklinke, ich höre das Geräusch ganz deutlich. Ich kann kaum mehr schlucken. Ein Kratzen am Fenster, ich stelle mir vor, wie die Finger über die Scheibe gleiten, lange, ungeduldige, gekrümmte Finger...

Dann herrscht Stille. Ist »er« gegangen?

Ah! Der Schlag kommt völlig unerwartet. Splitterndes Glas genau vor mir auf dem Parkett. »Er« schiebt seine Hand durch das Loch, um den Fensterriegel zu öffnen. Ich bin erstarrt, meine Kehle schmerzt so sehr, daß ich schreien möchte. Wer hat das Fenster zerschlagen? Wer versucht hier einzudringen? Verschwinde, verschwinde, wer auch immer du sein magst, laß mich in Frieden! Erbarmen!

Jemand ist im Wohnzimmer. Das Glas knirscht unter seinen eiligen Schritten. Ich bediene den Knopf an meinem Rollstuhl, um zurückzuweichen. Ein leises Lachen. Virginie? Jemand geht an mir vorüber. Wenn ich nur die Hand ausstrecken könnte, wenn ich nur sehen könnte... Ich presse mich in meinen Sitz und warte auf den Schlag, auf den Nadelstich oder Schlimmeres...

Ein metallenes Geräusch.

Plötzlich erklingt eine Stimme im Zimmer, und ich brauche zwei Sekunden, um zu begreifen, daß es der Anrufbeantworter ist.

Wieder Schritte, die sich mir nähern. Nein, ich will nicht...

137

Dieses Schweigen ist das allerschlimmste... Und wenn mir gleich jemand ein Messer in den Magen, in die Augen oder in den Mund stößt... er kann tun, was er will, ich...

Hupen. Ganz in der Nähe. Drei vertraute Töne. Jean Guillaume! Eilige Schritte zum Fenster, jemand läuft über den Kies. Hinter dem Haus schlägt eine Tür zu. Ich bin derartig erleichtert, daß ich glaube, ohnmächtig zu werden.

»Was ist das denn? Haben Sie gesehen, Jean? Das Wohnzimmerfenster ist zerbrochen...«

»Na so was! Warten Sie mal... Kein Wunder, sehen Sie sich das an! Hier, mit dem Stein... Die arme Elise hat Glück gehabt, daß sie ihn nicht mitten ins Gesicht bekommen hat!«

»Das waren bestimmt wieder diese Lausebengel, die sich am Bahnhof herumtreiben!«

»Ich wechsle Ihnen die Scheibe heute nachmittag aus, bei diesem Regen weicht sonst noch das ganze Parkett auf.«

»Alles in Ordnung, Elise? Sie müssen Angst gehabt haben...«

Kann man wohl sagen, daß ich Schiß hatte. Ich fühle mich so frisch wie ein zusammengefallenes Soufflé! Yvette packt die Einkäufe aus und schimpft dabei über die ungezogenen Bengel. Ich versuche normal zu atmen, nicht zu ersticken. Jean Guillaume macht sich am Fenster zu schaffen. Und plötzlich verstehe ich, was der mysteriöse Besucher hier zu suchen hatte: Er hat Stéphanes Nachricht gelöscht. Wenn er genug Zeit hatte... Stéphane anzugreifen und dann hierherzulaufen, bedeutet das, daß Stéphane mich ganz aus der Nähe angerufen hat. Oder daß sie zu zweit waren. Was hat Stéphane gesagt? »Grauenvolle Machenschaften.« Sieht ganz so aus. Aber warum versucht man, mich in die Sache hineinzuziehen?

Auf alle Fälle bin ich wieder einmal der einzige Zeuge.

Seit zwei Tagen verfolge ich aufmerksam die Nachrichten und rechne damit, jeden Augenblick zu hören, daß man Stéphane Migoins Leichnam gefunden hat, doch nichts dergleichen geschieht. Der Regen läßt nicht nach, alle sind angespannt, nervös und aufgeregt. In zu kurzer Zeit haben sich allzu viele Dinge zugetragen, und jeder wartet ungeduldig und ängstlich auf die Auflösung des Falls. Virginie kommt fast nicht mehr, ihre Eltern haben sie zu einem Nachhilfekurs angemeldet, damit sie ihre Versäumnisse aufholt. Manchmal habe ich das Gefühl, daß Hélènes Stimme undeutlich klingt, wenn sie mit Yvette redet. Ich frage mich, ob sie trinkt. Anscheinend hat Paul wahnsinnig viel Arbeit, er kommt spät nach Hause und ist ständig schlecht gelaunt. Selbst Jean Guillaume und Yvette haben sich wegen des Rezepts für Coq au Vin gestritten, und er ist, ohne seinen Kaffee zu trinken, brummend gegangen. Das scheint lächerlich, doch es bringt gut die allgemeine Stimmungslage zum Ausdruck: Gereiztheit und Warten, ohne zu wissen, auf was. Warum finden sie Stéphane nicht? Wollte er sich einen Streich mit mir erlauben? Na ja, einen Streich ... das ist so eine Redensart. Wer zu so etwas in der Lage ist, gehört gleich in die Zwangsjacke.

So vergeht die Zeit, alle sind angespannt.

Catherine die Große findet, daß es mir viel besser geht. Sie spürt eine gewisse Spannung in den Muskeln, ein Zittern, das Raybaud dazu veranlaßt, eine erneute Untersuchung anzuordnen.

Krankenhaus. Es riecht nach Formalin, Äther und Medikamenten. Man schiebt mich über die kalten Gänge, in denen die Geräusche widerhallen. Dann werde ich auf einen Tisch gehoben, mit Nadeln gespickt, und man befestigt Elektroden an der Brust und an den Schläfen. Ich werde abgehört, hingesetzt, meine Gelenke werden mit einem Gummihammer abgeklopft, untermalt von einem skeptischen ›hm, hm‹. Es dauert den ganzen Tag. Zum Schluß kommt der Scanner. Alle Ergebnisse werden auf dem Schreibtisch von Professor Combré landen, der sich im Augenblick zu einem Kongreß in den USA aufhält. Man zieht mich an, setzt mich in meinen kostbaren Rollstuhl, und dann geht es zurück nach Hause.

139

»Nun?« fragt Jean Guillaume, der uns abholt.

»Nach Ansicht des diensthabenden Arztes ist unbestreitbar eine Besserung zu verzeichnen. Um darüber zu entscheiden, ob man die Operation wagen soll, muß man jedoch die Meinung des Professors abwarten.«

Jean Guillaume senkt die Stimme, damit ich nichts höre, aber ich höre es doch.

»Und wenn die Operation gelingt, in welchem Zustand wäre sie dann?«

Auch Yvette spricht jetzt gedämpft.

»Sie wissen es nicht genau. Sie denken, daß sie das Augenlicht und vielleicht auch die Beweglichkeit der oberen Gliedmaßen zurückerlangen könnte.«

Ich spüre eine Mischung aus furchtbarer Verzweiflung und ungeheurer Hoffnung in mir aufsteigen. Verzweiflung, weil ich für immer in den Rollstuhl verbannt bleibe, und die Hoffnung, wieder sehen und mich ein wenig bewegen zu können.

Nun heißt es warten...

9

So, da haben wir den Salat! Yvette ist auf dem feuchten Gehsteig ausgerutscht und hat sich den Knöchel verstaucht, denselben, den sie sich schon im Sommer verknackst hat.

Ich sah mich schon in ein Mehlsacklager abgeschoben, doch Hélène und Paul haben sich freundlicherweise angeboten, mich aufzunehmen, bis Yvette wieder gesundheitlich hergestellt ist. »Es wird etwa vierzehn Tage dauern«, meinte der Arzt.

Yvette ist bei ihrer Cousine. Und mich hat man in einem Zimmer bei den Fanstens einquartiert. Yvette hat Hélène alle Anweisungen zu meiner Pflege schriftlich gegeben. Theoretisch müßte ich überleben.

Jetzt, da ich mich wieder in diesem Haus befinde, fällt mir

die Nacht der Grillparty ein, als mich ein Unbekannter auf der Couch befummelt hat. Hoffen wir, daß es nicht Paul war, sonst bin ich jetzt wirklich in der Höhle des Löwen.

Es ist Nacht. Ich liege im Bett. Ein schmales Bett. Die Decke lastet mir bleischwer auf den Füßen. Ich bin überzeugt davon, daß es Renauds Zimmer ist. Es riecht nach Staub und abgestandener Luft. Ich stelle mir Spielzeuge auf einem Regal vor, die mich mit ihrem starren, leeren Blick überwachen. Ich muß schlafen. Die erste Nacht in einem fremden Haus ist immer schwierig. Komm, mein Mädchen, entspann dich. Vierzehn Tage gehen schnell vorbei. Gerade Zeit genug für ein, zwei Kindermorde, einige Selbstmorde und warum nicht auch für eine Vergewaltigung?

Ist Vollmond? Liege ich in ein sanftes Licht getaucht in einem Kinderbett? Wie in einem Horrorfilm?

Ich muß mich entspannen, muß an die Operation denken. Ich muß all meine Kräfte zusammennehmen, um dieser Leere zu entkommen. Mich ganz darauf konzentrieren. Und schlafen. Wie sagen die Perser? »Die Nacht ist hoffnungsschwanger, wer weiß, was sie am Morgen gebären wird?« Amen.

Das Leben nimmt seinen geregelten Lauf. Es ist eigenartig, in dieser Familie zu leben. Hélène steht morgens um 7.15 Uhr auf, weckt Paul, macht Frühstück, weckt Virginie. Paul schimpft die ganze Zeit über, daß er zu spät kommen wird, und läuft hektisch hin und her. Virginie trödelt und wird ausgeschimpft. Um 8.10 Uhr verlassen Virginie und Paul das Haus. Um 8.15 Uhr kommt Hélène zu mir. Waschen, die Bettschüssel bringen, anziehen. Meistens schiebt sie mich dann ins Wohnzimmer und schaltet den Fernseher ein, während sie sich um die Hausarbeit kümmert. Mit halbem Ohr verfolge ich die Morgensendungen. Um 11 Uhr Kaffeepause. Es ist wundervoll, hier bekomme ich auch Kaffee! Als ich zum ersten Mal wieder den köstlichen Geschmack auf meinen Lippen spüre, hätte ich die arme Hélène umarmen können!

Während der Kaffeepause erzählt sie, informiert mich über den neuesten Klatsch und den Fortgang der Ermittlungen, sie sorgt sich um Virginie oder beklagt sich über Paul. Da sie nicht befürchten muß, daß ich ihr widersprechen werde, hat sie Vertrauen. Da kommen ja nette Sachen ans Licht! Ich habe den Eindruck, hinter der schönen Fassade eine andere Welt zu entdecken. Eine Unterwasserreise durch das Gehirn einer normalen Hausfrau. Ein wahrer Vulkan, diese Frau. Empfand ich gegenüber Benoît auch so viel unterdrückten Zorn, unausgesprochene Ängste, überschäumenden Groll? Ich erinnere mich nicht mehr.

Um 13.30 machen wir uns auf den Weg zur Bibliothek. Sie schiebt meinen Rollstuhl in eine Ecke des Lesesaals. Ich höre, wie die Leute die Seiten umblättern, das Knarren des Parketts, das Kichern der Jugendlichen. Um 17.45 gehen wir nach Hause, auf dem Weg holen wir Virginie vom Nachhilfekurs ab. Dann kommt Catherine die Große, die Zarin der Gebrechlichen: Massage, Dehnung, Einölen, das ganze Programm gegen Wundliegen. Paul kommt zwischen 19 Uhr und 19.30 Uhr. Um 20 Uhr wird gegessen. Virginie geht um 21 Uhr ins Bett. Alles bestens organisiert, da gibt es nichts zu sagen.

Und ich liege in meinem kleinen Bett im Zimmer des Toten. Virginie war so freundlich, mir zu bestätigen, daß es sich um das Zimmer ihres Bruders handelt. Und es mir zu beschreiben. An der Wand über dem Bett hängt ein Poster der Ninja Turtles und an der gegenüberliegenden, über einem kleinen Schreibtisch, eins von Magic Johnson. Auf dem Schreibtisch stehen Kinderbücher, Hefte, ein Beutel Murmeln und mehrere Schachteln mit angefangenen Modellbauten.

Im Bettkasten liegt sein Spielzeug. Virginie rührt es nicht an. Spielzeug für kleine Jungs, sagt sie mit verächtlichem Unterton. Nur den Nintendo hat sie sich genommen. Und damit spielt sie stundenlang in ihrem Zimmer, stellt sich imaginären Angreifern, die sie einen nach dem anderen niedermacht.

Virginie hat mir auch erzählt, daß es an einer Wand Striche

gibt, mit denen die Größe ihres Bruders festgehalten wurde. Bleistiftstriche, die bei 1,30 Meter aufhören und sich nicht weiter nach oben bewegen werden.

Ich schlafe nicht gern in diesem Zimmer. Nicht, daß ich Angst vor Gespenstern hätte, aber es ist ein eigenartiges Gefühl, in dem Bett eines toten kleinen Jungen zu liegen, umgeben von seinen vertrauten Gegenständen... Glücklicherweise habe ich im Augenblick einen festen Schlaf. Hier würde ich nachts nicht gerne aufwachen.

Es ist unglaublich, wie schnell die Leute meine Anwesenheit vergessen. Sie sprechen in meiner Gegenwart, als wäre ich nicht da. Das ist wie beim Film. Man sagt, daß die Leute sehr schnell die Kamera vergessen, die für eine Reportage vor ihnen aufgebaut ist. In meinem Fall ist es allerdings eher so, als hätte man ein Tonbandgerät statt einer Kamera aufgestellt. Ich höre und schweige. Heute morgen zieht ein großes Gewitter in »Dolby Stereo« auf.

Hélène:

»Ich habe deine Vorwürfe satt.«

Paul:

»Und ich, glaubst du, ich habe es nicht satt? Glaubst du, mir macht das Spaß. Es war mein Sohn, ist dir das eigentlich bewußt?«

»Und Virginie? Sie ist schließlich auch noch da, aber Virginie ist dir völlig gleichgültig; sie lebt, sie braucht dich!«

»Das ist nicht das Problem, das Problem ist, daß du dich gehenläßt, nimm dich zusammen, verdammt noch mal!« brüllt Paul.

»Für dich ist das leicht, du bist ja nie zu Hause, dir ist alles scheißegal, es würde dir nicht einmal auffallen, wenn wir nicht mehr da wären!«

Zerbrochenes Geschirr.

Paul:

»Ach, Scheiße! Gib mir den Besen!«

»Hol ihn dir doch selbst!«

»Papa, wir kommen zu spät.«

»Virginie, geh ins Wohnzimmer und pack deine Schulta-sche!«

»Aber die ist schon fertig, Papa...«

»Gut, wir gehen.«

»Paul! Wir müssen reden!«

»Nicht jetzt.«

»Wann denn? Sag mir, wann?«

»Entschuldige, Hélène, ich bin spät dran! Virg'! Dein Pull-over!«

»Siehst du nicht, daß ich am Ende bin? Paul! Paul!«

Die Tür fällt ins Schloß.

Ich mache mich ganz klein in meinem Bett. Wütendes Han-tieren in der Küche, etwas fällt herunter. Ein Glas? Die Schranktüren knallen, der Besen schlägt gegen die Möbel-stücke. Dann herrscht Schweigen. Ich nehme an, sie weint. Ich höre unzusammenhängende Wort. »Mein kleiner Junge... Warum haben sie ihn mir genommen? ...verstehen nichts...«

Langes Schweigen. Schritte im Gang, die sich meinem Zimmer nähern.

»Guten Morgen, Elise, gut geschlafen?«

Ihre Stimme ist klar und schneidend. Ohne eine Antwort ab-zuwarten, schiebt sie mir die Bettschüssel unter. Dann setzt sich mich in den Rollstuhl und fährt mich schweigend ins Ba-dezimmer. Sie wäscht mir Gesicht, Hals und Oberkörper und zieht mir ein T-Shirt an.

»So, dann wollen wir mal frühstücken.«

Die Küche. Etwas knirscht unter meinen Rädern. Es riecht nach Kaffee und Verbranntem. Sie führt eine Tasse an meine Lippen, aber so ruckartig, daß der kochendheiße Kaffee mir über das Kinn rinnt.

»Oh, entschuldigen Sie, ich bin heute morgen ein wenig ner-vös...«

Ich weiß, ich weiß, aber kochender Kaffee, das tut weh. Mein Kinn wird heftig abgerieben, das ist noch schmerzvoller als die Verbrennung. Ich hoffe, sie stößt mir gleich nicht noch den Löffel ins Auge.

Nein. Ich kaue gewissenhaft den widerwärtigen Brei aus vitaminreichen Getreideflocken. Ein Schluck Kaffee, diesmal ohne etwas zu verschütten.

»Ich habe mich mit Paul gestritten...«

Das ist das mindeste, was man dazu sagen kann... Wieder ein Löffel gekochte Getreideflocken. Wenn ich an all die armen Kinder denke, die man zwingt, jeden Morgen so etwas zu essen...

»Paul glaubt, daß Stéphane seine Frau getötet hat. Und ich bin sicher, daß er es nicht getan hat. Stéphane wäre zu so etwas nicht fähig. Er liebte Sophie nicht, aber er hat sie nicht getötet. Ich weiß, wer es getan hat.«

Ah, eine neue Enthüllung. Ich bin ganz Ohr.

»Ihr Liebhaber war es. Sophie hat Stéphane seit einiger Zeit betrogen. Als ich eines Tages zu ihr kam, habe ich sie am Telefon gehört. Sie sagte: ›Er kommt erst morgen nach Haus. Wir treffen uns am üblichen Ort...‹ Als sie mich sah, war sie bestürzt und sprach mit völlig verändertem Tonfall weiter: ›Gut, ich rufe Sie wieder an‹; dann hat sie aufgelegt. Ich habe niemandem etwas davon erzählt, es geht mich schließlich nichts an, nicht wahr? Aber trotzdem bin ich sicher, daß dieser Typ, mit dem sie telefoniert hat, sie getötet hat, und nicht Stéphane. Sie haben sich wahrscheinlich gestritten, oder aber er war verheiratet, und sie hat gedroht, seiner Frau alles zu erzählen. Sophie war boshaft, immer mußte sie Unfrieden stiften.«

Sie unterbricht sich und kratzt im Spülbecken herum. Ich überdenke inzwischen die neuen Informationen. Sophie betrügt Stéphane. Warum nicht? Der Liebhaber bringt Sophie um. Auch das ist durchaus möglich, wieso nicht? Inzwischen wundert mich in dieser Stadt gar nichts mehr. Wenn man mir erzählen würde, daß der Metzger Kinderfleisch verkauft und der Polizeipräsident Anführer einer Mädchenhändler-Bande ist, würde ich es auch fast glauben. Also, Sophies Liebhaber rechnet mit ihr ab... so was kommt vor. Hélène räumt das Geschirr weg, ich höre das Geklapper des Bestecks.

»Ich habe mich oft gefragt, mit wem sie damals am Telefon gesprochen haben könnte, aber ich habe es nie herausgefunden. Sie hat sich nicht verraten. Wenn wir uns zu mehreren getroffen haben, habe ich sie genau beobachtet, die Art, wie sie mit den Männern sprach, aber nichts. Vielleicht ist es jemand von auswärts.«

Ich habe eine bessere Idee: Und wenn nun Sophies Liebhaber der Kindermörder wäre? Und wenn Sophie ihm auf die Schliche gekommen wäre? Das wäre doch ein guter Grund, sie aus dem Weg zu räumen und dem armen Stéphane die Schuld in die Schuhe zu schieben? Ja, aber warum hat er dann auch Stéphane getötet, wenn er, wie ich annehme, wirklich tot ist? Oh, ich spüre es, ich bin ganz nah dran! Ich bin sicher, daß man neben Stéphanes Leiche ein Geständnis finden wird, Selbstmord! Dann wäre die Sache abgeschlossen, und der Mörder hätte seine Ruhe. Die einzigen Hindernisse, die bleiben, wären Virginie und... und ich. Warum zum Teufel hat er Virginie verschont? Wie kann er sicher sein, daß sie ihn nicht verraten wird? Ich komme zu meiner Anfangsthese zurück: Weil Virginie ihn kennt und liebt. Und er liebt sie auch! Genau, er liebt sie, und darum tut er ihr nichts an! Wenn ich diesen Gedankengang weiter verfolge, nun dann... dann komme ich zu der Schlußfolgerung, daß die Person, die Virginie nach ihrer Mutter am meisten liebt...

Paul?

Paul als Sophies Liebhaber? Paul als Kindermörder? Paul ist Stéphanes Freund und weiß über all seine Fahrten Bescheid... Paul ist so launisch... Paul hat einen weißen Kombi...

Wäre das möglich?

»Inzwischen frage ich mich, ob ich es nicht der Polizei sagen, ich meine, ob ich ihnen nicht von dem Telefongespräch erzählen sollte«, fährt Hélène fort. »Meinen Sie, ich sollte es tun?«

Zeigefinger. Ja, das solltest du, und zwar schleunigst.

146

»Einmal habe ich Paul erzählt, daß ich glaube, daß Sophie einen Liebhaber hat. Er ist wütend geworden und hat mich beschuldigt, aller Welt nachzuspionieren, er hat mir vorgeworfen, mich in eine zänkische Xanthippe zu verwandeln. Eine Xanthippe. Ja, ich glaube, er hat recht. Ich habe das Gefühl, ständig mit unterdrückter Wut zu kämpfen. Mit Unzufriedenheit. Mit Haß. Ich weiß nicht mehr, was ich tun soll. Raybaud hat mir ein Beruhigungsmittel verschrieben. Anfangs hat das ganz gut geholfen. Aber jetzt muß ich die Dosis immer mehr erhöhen, sonst kann ich nicht mehr schlafen. Und wenn ich schlafe, bin ich morgens völlig benommen. Und Virginie… Virginie ist eine solche Last. Manchmal würde ich gern mit einem Schlag mein Leben ändern, hopp, wie durch einen Zauber weit weg und ganz woanders sein, ganz allein.«

Genau das ist mir geschehen. Ich bin weit weg, ganz woanders und allein, so allein, wie du es dir nicht einmal vorstellen kannst, Hélène. Und ich schwöre dir, daß diese Lage nicht beneidenswert ist. Ich würde am liebsten mit deinem Leben tauschen – obwohl du ein Kind verloren hast und dein Mann dich betrügt –, als so zu sein, wie ich bin: meines Körpers und meiner Sinne beraubt.

»So, ich werde mich etwas um den Haushalt kümmern, ich habe einen riesigen Berg Bügelwäsche.«

Ein tiefer Seufzer, dann schiebt sie mich ins Wohnzimmer. Das Geräusch des Staubsaugers. Im Fernsehen läuft eine wissenschaftliche Sendung über das Meer. Gewissenhaft lausche ich – der Sprecher erzählt von der Migration der Quallen – und ich denke dabei an Paul, an Steph, an die ermordeten Kinder… an die Verstümmelungen, die ihre Körper erlitten haben. Welchen Sinn können diese grauenvollen Verletzungen haben? Abgeschnittene Hände, ausgerissene Haare, Augen und Herzen, wozu? Damit ihre Augen nicht mehr sehen, ihre Hände nicht mehr greifen, die schlagenden Herzen und die weichen Haare den Mörder nicht mehr locken können?

Hélène hat den Staubsauger ausgeschaltet, man hört jetzt

die Stimme des Sprechers deutlicher: »...*dieser Bericht. Die Polizei hat die Leiche von Stéphane Migoin gefunden. Er wurde als wichtiger Zeuge im Zusammenhang mit den Mordfällen von Boissy-les-Colombes gesucht. Stéphane Migoin soll seinem Leben auf dem Rastplatz von Hêtrai an der Autobahn A 12 selbst ein Ende gesetzt haben. Auf dem Beifahrersitz hat man einen Abschiedsbrief gefunden, der das Motiv für diese Verzweiflungstat erhellen könnte. Zahlreiche Indizien belasten den Toten.*«

»Was hat er gesagt? Stéphane?«

Hélène kommt angelaufen und stellt den Ton lauter, doch es ist zu spät, die Werbung hat bereits begonnen.

»Habe ich richtig gehört? Stéphane ist tot?«

Zeigefinger.

»Hat er sich umgebracht?«

Zeigefinger. Wie ich es vorhergesagt habe. Ein Abschiedsbrief neben der Leiche. Armer Stéphane. Er sprach von ›grauenvollen Machenschaften‹. Er hatte recht...

»Das würde bedeuten... daß er sie umgebracht hat! ...Oh... Ich muß Paul anrufen...«

Genau. Aber meiner Meinung nach ist er schon auf dem laufenden. Denn meine Theorie scheint sich zu bestätigen. Und wenn sie richtig ist, dann ist dein Mann der Mörder von Stéphane und Renaud! Aber wie könnte ein Mann sein eigenes Kind töten? Na ja, wenn man an das Ehepaar denkt, das gerade in England verhaftet worden ist, weil es unter Verdacht steht, die eigene Tochter getötet zu haben, aber trotzdem... Paul... Aber irgend jemand muß es ja getan haben. Keiner scheint der Schuldige zu sein, dennoch muß es einen geben...

»Hallo, ich möchte Monsieur Fansten sprechen... seine Frau, ja... Hallo Paul, hast du es schon gehört? Sie haben Stéphane gefunden, er ist tot, er hat Selbstmord begangen... Was? Ja, im Fernsehen, gerade eben... Er hat einen Brief hinterlassen... Er hat sich eine Kugel in den Kopf geschossen, aber ja, ich bin ganz sicher, im Fernsehen, das sage ich doch, gut ja, ja, ich beruhige mich, gut ja, ich verstehe, ja, bis gleich... Paul?«

Ich vermute, er hat aufgelegt.

»Paul versucht, Erkundigungen einzuziehen. Er war gerade in einer Besprechung, er ruft gleich zurück.«

Ein praktisches Alibi, so eine Besprechung. Damit kann man unliebsame Gespräche abkürzen. Plötzlich wird mir bewußt, daß ich ganz bewußt die Möglichkeit ins Auge fasse, daß der Mann meiner besten Freundin ein Monster ist. Und doch kann ich mich diesem Gedanke nicht verwehren. Vielleicht liegt es daran, daß ich in meiner Einsamkeit gefangen bin. Die Tatsache, daß ich meine Gedanken über eine Welt, die ich nicht mehr sehe, wieder und wieder durchdenke, macht mich vielleicht gefühllos. Hélène läuft aufgeregt hinter mir auf und ab und murmelt unverständliche Worte. Nach dem Tod des kleinen Massenet und des kleinen Golbert, nach Sophies Selbstmord ist nun also Stéphane an der Reihe. Vier gewaltsame Tode in weniger als sechs Monaten! Ich bin überzeugt davon, daß Stéphane getötet wurde, während er mich anrief. Der Mörder ist in die Telefonzelle gekommen und hat ihn niedergeschlagen. Dann hat er den Körper zum Auto geschleppt, ihm eine Kugel in den Kopf gejagt und das ganze als Selbstmord getarnt. Und der Brief? Die Experten werden feststellen, ob er wirklich von Stéphane geschrieben wurde. In diesem Fall müßte ich mich ihrem Urteil beugen.

Das Telefon.

»Hallo! Ja! Und? ... Wer? ... Entschuldige, ich verstehe dich so schlecht, ein Rauschen in der Leitung... Das ist fürchterlich... Ich weiß, aber trotzdem... Sich vorzustellen, daß Stéphane... O Paul, wenn man bedenkt... ja gut, bis später.«

Sie legt langsam auf.

»Das war Paul. Er hat mit Guiomard, dem Chef der Gendarmerie, gesprochen. Er kennt ihn gut, er hat sein Konto bei der Bank... Sie haben Stéphane heute morgen gegen 8 Uhr auf dem Rastplatz 4 gefunden. Er hat sich mit seinem Karabiner eine Kugel in den Kopf geschossen. Und er hat einen Brief hinterlassen, in dem er um Verzeihung für das bittet, was er den Kindern angetan hat... das ist doch Wahnsinn!«

Ihre Stimme beginnt gefährlich zu zittern. Ich höre, wie sie aus dem Zimmer stürzt, wahrscheinlich, um zu weinen. Stéphane mit einer Kugel im Kopf... mit seinem eigenen Karabiner. Hatte er ihn mitgenommen? Wenn nicht, wer sollte besser Zugang zu seiner Wohnung gehabt haben als Sophies Liebhaber. Alle Spuren laufen an diesem Punkt zusammen. Entweder ist Stéphane tatsächlich schuldig und hat sich selbst gerichtet, oder es ist ein Komplott des Mörders, um den Verdacht von sich abzulenken. Und damit wären wir wieder bei seinem besten Freund Paul... die Zukunft wird es zeigen.

In den 13-Uhr-Nachrichten wird das Thema ausführlich behandelt. Ein Rückblick auf Stéphanes Leben, der Selbstmord seiner Frau, die Morde, der Pullover, der in der Forsthütte gefunden wurde, die Fahndung nach ihm, die seit zwei Wochen lief, ein Interview mit Guiomard... Plötzlich stößt Hélène einen Schrei aus:

»Entschuldigung... aber ich ertrage den Anblick dieses Körpers auf der Bahre nicht... und zu wissen, daß Stéphane unter dem Laken liegt... Das Auto ist voller Blut... sie dürften so etwas nicht zeigen...«

Als sie die Stimme von Inspektor Gassin erkennt, schweigt sie: »...kann Ihnen leider nichts sagen – Handelt es sich bei dem Abschiedsbrief um ein Geständnis? – Tut mir leid, aber ich kann Ihre Frage nicht beantworten. – Ist die Untersuchung abgeschlossen? – Man könnte sagen, daß es stichhaltige Indizien gegen Migoin gab, die man heute vielleicht als bestätigt bewerten kann, aber wir müssen die letzten Untersuchungsergebnisse abwarten... Entschuldigen Sie mich, ich muß gehen...«

Na gut, das war zu erwarten! Der Coup ist gelungen! Bravo, Bestie der Wälder! Aber wie willst du jetzt deine mörderischen Instinkte befriedigen? Denn wenn Stéphane Migoin der Kin-

150

dermörder gewesen sein soll, kann er nicht weitermorden, da er tot ist ... Stimmt, daran habe ich noch gar nicht gedacht. Soll das bedeuten, daß der Mörder seine Karriere beenden will? Daß er sich zur Ruhe setzt, nachdem er einem anderen die Schuld in die Schuhe geschoben hat? Leider können solche Verrückten im allgemeinen nicht einfach aufhören.

»Oh, es ist schon spät, ich habe die Zeit über dieser grausamen Geschichte ganz vergessen, wir müssen gehen.«

Hélène räumt das Geschirr ab, schaltet den Fernseher aus, und schon sind wir unterwegs, ich mit meinen Gedanken, die mir wild durch den Kopf schießen, sie mit ihren Ängsten und ihrem Kummer.

In der Bibliothek drehen sich alle Gespräche um Stéphane. Die meisten sind davon überzeugt, daß er der Mörder ist, und der Fall wird lebhaft diskutiert:

»Dabei war er immer so freundlich...«

»Das hätte man nicht für möglich gehalten... Wenn man bedenkt, daß er sich um den Fußballverein gekümmert hat...«

»Er war immer zu Scherzen aufgelegt...«

»Sich vorzustellen, daß er fünf Menschen umgebracht hat!«

»Ein Triebtäter... Seine Frau hat sich mal darüber beklagt, daß er merkwürdige Dinge von ihr verlangt...«

»Ich fand ihn immer irgendwie eigenartig...«

»Löwe, Aszendent Fisch, ein Mensch mit zwei Naturen, der zur Zerrissenheit neigt...«

Wegen Hélène versuchen sie zu flüstern, doch sie sind so aufgebracht, daß sie ihre Stimmen nicht zu mäßigen vermögen. Das ist zu aufregend, ein Mörder unter ihnen, in ihrer Stadt, und nicht irgend jemand, sondern ein bekannter Unternehmer. Hélènes Kollegin fragt sie, ob sie lieber nach Hause gehen möchte, erbietet sich, an diesem Nachmittag ihre Arbeit zu übernehmen, doch Hélène lehnt ab. Sie sagt nur, sie würde sich lieber unerledigten Arbeiten im Archiv widmen und ihrer Kollegin – Marianne – die Ausleihe überlassen.

Ich bleibe da und höre zu. Ich denke an meine arme Yvette, die vollständig aufgewühlt sein muß. Und an Virginie, wenn sie es erfahren wird.

Hélène hat schnell Fleischbuletten und Püree gemacht. Virginie, die offenbar nichts ahnt, spielt in ihrem Zimmer. Paul sieht sich die Regionalnachrichten an. Als er nach Hause kam, ist Hélène ihm entgegengelaufen. Ich nehme an, er hat sie in die Arme geschlossen, denn für eine Weile herrschte Stille. Dann hat er gesagt: ›Ich mache mir einen Drink, ich bin völlig fertig.‹ Ich habe gehört, wie er sich Whisky einschenkte, dann das Klirren der Eiswürfel, und anschließend wie sich jemand auf die Couch fallen läßt.

»Na, Lise, haben Sie gesehen? Wenn das keine Überraschung ist... Wirklich unglaublich.«

Es gibt Augenblicke, in denen ich fast froh bin, nicht reagieren zu können. Unerschütterlich zu bleiben. Im Fernsehen wiederholen sie den Bericht vom Mittag. Hélène hantiert in der Küche.

»Virginie! Essen!«

»Hast du es ihr gesagt?« fragt Paul leise.

»Nein, ich hatte nicht die Kraft.«

»Wir müssen es ihr sagen.«

»Aber, Paul, wenn sie erfährt, was man Stéphane zur Last legt...«

»Man darf die Wahrheit nicht vor den Kindern verbergen.«

»Worüber redet ihr, sag, Papa?«

Virginie kommt angelaufen.

»Hör zu, mein Liebling, über Stéphane.«

»Ist er zurückgekommen?«

»Nein, nicht wirklich. Er... er hatte einen Unfall«, antwortet Paul mit sanfter Stimme, mit jener Stimme, die er hat, wenn er mit seiner Tochter spricht und die mich anfangs so sehr betört hat.

»Ist er im Krankenhaus?«

»Er ist tot, mein Liebling. Er ist jetzt im Himmel.«

»Ist er bei Renaud? Der hat's gut!«

Betretenes Schweigen. Wann werden sie sich endlich der Tatsache stellen, daß dieses Kind psychologische Hilfe braucht?

»Was hatte er für einen Unfall?«

»Einen Autounfall.«

»In der Schule sagen sie, daß er die anderen getötet hat...«

»Was?« ruft Hélène aus.

»Ja, aber ich weiß, daß das nicht stimmt, also ist es mir egal. Was gibt es heute zu essen?«

»Püree und Fleischbuletten«, antwortet Hélène wie abgespult.

»Super!«

Alle kauen wir ohne Appetit auf unseren Frikadellen herum, außer Virginie, die sich mit Heißhunger darüber hermacht.

Nach dem Essen kommt sie zu mir, um mir gute Nacht zu sagen und flüstert:

»Heute abend werde ich Renaud rufen, um zu hören, ob er Stéphane gesehen hat. Vielleicht muß man ihm helfen hinaufzukommen... Gute Nacht!«

Sollte ich mich eines Tages wieder bewegen können, werde ich mir dieses Gör schnappen und es so lange quälen, bis es die Wahrheit gesteht.

Wie spät ist es? Ich bin vor Schreck aufgewacht. Ich habe nicht das Gefühl, daß es schon Morgen ist. Alles ist noch so ruhig. Wovon bin ich aufgewacht? Ich lausche aufmerksam.

»Elise!«

Ein großer Schreck, dann erkenne ich Virginies Stimme.

»Elise, wenn du wach bist, heb den Finger!«

Zeigefinger.

»Renaud sagt, daß die Bestie der Wälder Stéphane getötet hat. Um ihn dafür zu bestrafen, daß er sich in ihre Angelegenheiten eingemischt hat. Hörst du?«

Zeigefinger.

»Renaud ist bei mir. Er findet dich sehr hübsch. Er sagt, wenn du tot wärest, wärest du eine hübsche Leiche.«

Sogleich stelle ich mir Virginie vor, wie sie sich über mich beugt, und hinter ihr das eiskalte Gespenst ihres Bruders; sie ganz bleich in ihrem weißen Nachthemd, mit einem langen Messer in der Hand, bereit, es mir ins Herz zu stoßen und dabei zu wiederholen »eine hübsche Leiche«... Dieses Kind treibt mich noch zum Wahnsinn, ich bekomme Gänsehaut.

»Renaud hat Hunger. Er will etwas von Mamas Schokoladenkuchen. Ich gehe mit ihm zum Kühlschrank.«

Ja, genau, nimm ihn mit und verschwinde!

»Sie werden sagen, daß Stéphane sie tot gemacht hat, aber das ist nicht wahr. Renaud weiß es auch und du auch, nur wir wissen es, nur wir drei. Weißt du, das kommt daher, daß Renaud tot ist, und ich lebendig und du, du schwebst zwischen beidem... Gut, wir gehen. Ich wollte es dir nur sagen... Du darfst keine Angst vor dem Tod haben, Renaud sagt, daß es überhaupt nicht weh tut...«

Danke, das ist ja super! Trippelnde Schritte, die immer leiser werden, je weiter sie weg sind. Ich zwinge mich, gleichmäßig zu atmen. Das arme Kind ist verrückt. Vergessen wir dieses nächtliche Zwischenspiel. Ich muß wieder einschlafen.

»Virginie, bist du das?«

Hélènes Stimme.

»Ich habe nur Pipi gemacht, Mama.«

»Geh schnell wieder schlafen.«

»Gute Nacht.«

»Gute Nacht, mein Liebling. Es war Virginie«, fährt sie mit leiser Stimme fort.

»Ich mag es nicht, wenn sie nachts rumläuft«, gibt Paul zurück.

Beide flüstern, doch in der völligen Stille der Nacht höre ich ihre Stimmen ganz deutlich.

»Hélène...«

»Ja?«

»Hélène, wir müssen miteinander reden.«

»Es ist spät . . .«

»Hélène, ist dir klar, daß Stéphane tot ist?«

»Was ist denn jetzt mit dir los?«

»Verdammte Scheiße, machst du das absichtlich, oder was?«

»Red nicht so laut, du weckst Elise auf.«

»Das ist mir egal, ich habe es satt, daß sie bei uns rumsitzt, ich bin sicher, daß sie uns nachspioniert.«

»Diesen Sommer schienst du es aber nicht satt zu haben . . .«

»Du spinnst!«

»Warum? Stimmt es etwa nicht, daß sie dir gefällt? Meinst du, ich hätte dein Theater nicht bemerkt? Wie du ihr den Nacken gestreichelt hast und all das?«

Er war es also! Jetzt bin ich sicher, daß er der Mann auf der Couch war, alter Lustmolch!

»Hélène, um Himmels willen, können wir jetzt ernsthaft miteinander reden?«

»Wir reden doch, oder?«

»Na gut, auch egal. Vergiß es.«

Sie haben offenbar die Tür geschlossen, ich höre nichts mehr. Worüber wollte der lüsterne Paul reden? Auf alle Fälle hat er mich nicht mehr sonderlich ins Herz geschlossen. Keine freundlichen Worte und kein leichter Druck auf die Schulter mehr. Ich fühle mich wie eine alte Tante, die zu Besuch ist, und die man so schnell wie möglich loswerden möchte.

Bleibt mir nur noch, Schäfchen zu zählen.

10

»Guten Morgen, Elise, gut geschlafen?«

Ich schrecke aus dem Schlaf. Vermutlich bin ich beim dreitausendzweihundertfünfundfünfzigsten Schaf eingeschlafen, auf alle Fälle bin ich vollständig benommen.

»Das Wetter ist wundervoll, ein schöner Herbsttag«, fährt Hélène fort, während sie die Fensterläden öffnet.

Ich weiß nicht, warum sie ihre Zeit damit verliert, sie zu öffnen und zu schließen, denn für mich ändert das ohnehin nichts.

Es läutet.

»Ah, die Haustür! Moment, ich komme gleich wieder.«

Hoffentlich schnell, denn ich muß dringend Pipi machen. Eine Männerstimme. Ich lausche. Florent Gassin. Sieh mal einer an!

»Es tut mir leid, daß ich Sie so früh störe, aber ich möchte Ihnen und Ihrem Mann einige Fragen stellen.«

»Paul ist schon weg, er bringt Virginie zur Schule, ehe er zur Bank fährt.«

»Na, das macht nichts. Hören Sie, es ist nicht für die Öffentlichkeit, ich wollte nur wissen, ob Sie etwas von dem Gerücht gehört haben, daß Sophie Migoin eine Affäre gehabt haben soll...«

»Möchten Sie eine Tasse Kaffee?«

»Ähm... nein danke.«

»Setzen Sie sich doch bitte. Entschuldigen Sie mich einen Moment, ich komme gleich zurück.«

»Ähm... ja.«

Sie platzt in mein Zimmer herein.

»Hier, die Bettschüssel. Inspektor Gassin ist da. Ich weiß nicht, was ich tun soll, er will wissen, ob Sophie... Glauben Sie, daß ich es ihm sagen soll?«

Zeigefinger. Sie zieht die Schüssel weg.

»Bis gleich.«

Dann geht sie zurück ins Wohnzimmer.

»So, jetzt habe ich Zeit.«

»Also, es geht um Sophie Migoin...« setzte Gassin erneut an, die Sache scheint ihm peinlich.

»Ja, ich habe davon gehört...«

»Also stimmt es?«

156

»Ich denke, ja. Ich habe gehört, wie sie mit einem Mann telefonierte, um sich mit ihm zu verabreden...«

»Wissen Sie, wer es war?«

»Nein. Und selbst wenn ich es wüßte, würde ich es Ihnen nicht sagen. Sophie ist tot, Stéphane auch, es macht keinen Sinn, jetzt schmutzige Wäsche zu waschen.«

»Aber glauben Sie nicht, man sollte eindeutig feststellen, ob Stéphane Migoin wirklich all diese Morde begangen hat?«

»Ich weiß nicht, was das mit Sophie zu tun hat.«

»Die Untersuchungsrichterin ist nicht ganz davon überzeugt, daß Stéphane Selbstmord begangen hat. Sie möchte sicher sein, daß es sich nicht um ein Komplott handelt, um ihm die Schuld für die Morde in die Schuhe zu schieben.«

Nicht dumm, die Frau Richterin. Wie gut, daß es sie gibt!

»Aber der Brief, den Stéphane hinterlassen hat?«

»Ja, der Brief, in meinen Augen ein unwiderlegbares Beweisstück. Das glauben auch die Experten von der Kripo. Er wurde auf einer Schreibmaschine geschrieben, und zwar auf eben der, die Stéphane Migoin für seine Geschäftskorrespondenz benutzte. Er wurde also verfaßt, ehe er verschwand, das Format ist dasselbe wie bei all seinen Briefen, und er hat ihn auch selbst unterschrieben.«

Auf der Maschine geschrieben? Das ändert alles! Als würde ein Typ wie Stéphane sein Geständnis auf der Maschine schreiben! Das machen nur die Intellektuellen. Stéphane sehe ich eher seinen Füllhalter zücken und ordentlich auf ein Blatt Karopapier schreiben...

»Warum erzählen Sie mir das alles?«

»Ich bin der Auffassung, daß es Sie angeht. Es war immerhin Ihr Stiefsohn... ich meine, entschuldigen Sie, aber...«

»Renaud ist tot, Inspektor, und nichts auf der Welt kann ihn wieder lebendig machen. Ich habe die Nase voll von all diesen Geschichten, alles, was ich will, ist meine Ruhe!«

»Aber zur Ruhe kann man nur durch Wissen gelangen, Madame, die Wahrheit wird Sie beruhigen...«

»Woher wollen Sie das wissen? Das Wissen ist oft schmerzlicher als Unwissenheit, vor allem, wenn die Wahrheit unerträglich ist. Und was Sie mir da sagen, ist unerträglich.«

»Sie können sich an die These der Richterin halten, aber ich glaube nicht, daß sie sich bestätigen wird.«

»Sind Sie fertig? Ich bin sehr beschäftigt.«

Gassins verwirrte Stimme... Er ist jung, es tut ihm leid, und er verhaspelt sich:

»Gut, ich verabschiede mich, ich wollte Sie nicht stören...«

»Auf Wiedersehen, Inspektor.«

»Auf Wiedersehen, Madame, ich...«

Die Tür fällt ins Schloß. Geräuschvolles Durcheinander.

»Idiot! Alles Idioten! Laßt mich doch endlich in Ruhe, verflucht noch mal! Scheiße, Scheiße, Scheiße! Die sollen sich doch alle zum Teufel scheren!«

Sie schreit und tritt gegen die Möbel. Und ich kann ihr nicht helfen, ich liege wie eine gestrandete Seerobbe auf meinem Bett. Ich höre sie noch ein wenig toben, dann herrscht Ruhe. Sie muß erschöpft sein. Zorn und Kummer erschöpfen. Für mich war es sehr schwer, nicht schreien, toben, weinen, mir die Augen auskratzen, die Haare raufen oder Fußtritte verteilen zu können, als ich meine Lage begriff. Es war hart, mich nicht bis zur Erschöpfung verausgaben zu können, sondern statt dessen in Trauer zu verfallen, es war hart, allein zu sein, ganz auf mein Gehirn reduziert, das unaufhörlich Gedanken, Bilder und Worte aneinanderreiht, und das nicht aufhört zu leben.

Es ist wieder ruhig geworden. In der Stille höre ich ein anhaltendes Wimmern, ein schmerzliches, angespanntes Wimmern, und ich stelle mir Hélène vor, wie sie dasitzt, den Kopf auf die Arme gelegt und dieses nicht abreißende, schmerzvolle Stöhnen ausstößt, das an ein verletztes Tier oder an ein hilfloses Kind erinnert. Es ist sehr ergreifend, den geheimen Schmerz eines Menschen mitzuerleben. Ich schlucke. Das Wimmern hört nicht auf, es wird lauter und schriller und geht übergangslos in ein rauhes Schluchzen über, dann verstummt sie.

Schritte. Eine Tür. Der Wasserhahn wird aufgedreht. Sie spritzt sich wahrscheinlich Wasser ins Gesicht. Der Wasserhahn wird wieder zugedreht. Schritte, die auf mich zukommen.

»Er ist weg. Er ist überzeugt davon, daß Stéphane der Schuldige ist. Nur die Richterin hat Zweifel. Ist das alles ein Durcheinander. Ich weiß noch, wie wir vor sieben Jahren beschlossen haben hierherzuziehen. Die Ruhe, das Landleben, die Lebensqualität... Was für ein Unsinn.«

Sie scheint einen Augenblick zu überlegen, dann fährt sie fort:

»Wissen Sie, ich habe mir oft die Frage gestellt, was mein Sohn tun wird, wenn er groß ist. Ich weiß auch nicht, warum, aber ich habe ihn immer mit wehendem Haar am Ruder eines Segelschiffs gesehen...«

»Mein Sohn«, sie muß wirklich an ihm gehangen haben, als wäre es ihr eigenes Kind gewesen...

»Und doch hatte ich in meinem tiefsten Inneren eine böse Vorahnung, eine fürchterliche Vorahnung des kommenden Unglücks. Vielleicht, weil er ein Junge war. Jungen sterben häufiger als Mädchen, sie sind anfälliger. Eigentlich hatte ich immer Angst um ihn, ganz so, als schwebe eine schlimme Bedrohung über ihm, eine Gefahr, die im Schatten lauert. Und ich hatte recht. Man hat ihn mir genommen.«

Sie holt Luft. Ihr Atem geht ganz ruhig.

»Irgendwann steht man plötzlich vor den Trümmern seines Lebens. Doch was kann man dafür? Niemand ist Herr über sein Schicksal, nicht wahr? Hätten Sie jemals gedacht, daß Ihnen so etwas zustoßen könnte? Diese Stadt bringt Unglück, genau das ist es. Wir müssen weg von hier. Paul sagt, das sei unmöglich. Er hat Angst, anderswo keinen so interessanten Posten zu finden. Er verkauft lieber seine Seele, als etwas weniger zu verdienen. Er weiß nicht, was er tut. Ich glaube, im Grunde verabscheue ich ihn. Ja, ich glaube, ich verabscheue ihn schon seit einer geraumen Weile. Das kommt oft vor, nicht wahr?

Man glaubt jemanden zu lieben und dann fällt einem auf, daß man ihn eigentlich verabscheut. Wie spät ist es? Mein Gott, die Zeit vergeht so schnell, wenn man keine Hoffnung mehr hat. So, jetzt ziehe ich Sie erst mal an.«

Während sie sich ungeschickt abmüht, summt sie nervös und schrill eine Melodie vor sich hin, die ich nicht kenne. Mein unbeweglicher Körper muß schwer sein. Ich versuche, mich leicht zu machen. Dieses Gesumme, das Fröhlichkeit vortäuschen soll, ist erbärmlich, die arme Hélène steht wirklich kurz vor einem Nervenzusammenbruch. So, ich bin angezogen. Auf ins Eßzimmer.

Gedrückte Stimmung beim Mittagessen, es gibt einen Rest Püree und tiefgefrorene Fischstäbchen. Ich habe keinen großen Hunger. Hélène sagt kein Wort, sie summt noch immer diese nervtötende Melodie, während sie mir den Löffel in den Mund schiebt. Ihre Bewegungen zeugen von innerer Zerrissenheit und Angespanntheit, ich habe den Eindruck, daß es ihr wirklich sehr schlecht geht. Um die lästige Aufgabe zu erleichtern, kaue ich möglichst schnell. Kein Käse, kein Dessert, nur Kaffee. Stark, schwarz und wohlschmeckend, aber viel zu heiß. Ich verbrenne mich, ohne daß ich protestieren könnte. Und hopp, los geht's.

Ich hoffe, daß Yvette bald wieder gesund ist, damit ich nach Hause kann. Vor allem, seit ich gehört habe, daß Paul mich für eine Spionin hält. Der Rollstuhl bleibt abrupt stehen. Was ist denn nun wieder?

»Hélène! Ich wollte Sie gerade anrufen!«

Ah, Miss Perfekt *alias* Claude Mondini, die mit gedämpfter Stimme eilig hinzufügt:

»Heute morgen war ein Inspektor bei mir, um mich über Sophies Privatleben auszufragen ... Natürlich habe ich ihm gesagt, ich wüßte nichts. Jeder hat schließlich ein Recht, sein Leben zu leben, stimmt's? Und wenn ich daran denke, was sie

Stéphane vorwerfen! Ich habe die ganze Nacht kein Auge zugetan, Jean-Mi mußte mich geradezu bedrängen, eine Schlaftablette zu nehmen. Das ist wirklich furchtbar, furchtbar!«

Dann lauter:

»Sie kümmern sich jetzt um Elise?«

»Yvette hat sich den Knöchel verstaucht...«

»Ach ja, das habe ich bei allem, was hier vor sich geht, ganz vergessen. Übrigens, am Sonntag ist die Schnitzeljagd der Jugendlichen von Saint-Jean, Sie müssen unbedingt kommen, das wird super, wenn Sie wollen, kann ich ein wenig mit Elise spazierengehen und sie dann hinterher in die Bibliothek bringen.«

»Warum nicht? Haben Sie Lust auf einen kleinen Spaziergang, Lise?«

Mit dieser Quasseltante? Nein danke! Kein Zeigefinger.

»Sie schläft vielleicht. Hören Sie, ich vertraue sie Ihnen an. Bis gleich und danke, ich muß mich beeilen, ich bin spät dran«, entschließt sich Hélène.

Hiiilfe!

»Elise? Elise huuhu, ich bin es, Claude, hören Sie mich?«

Resignierter Zeigefinger.

»Wir werden einen schönen Spaziergang machen. Wo es endlich mal nicht regnet. Außerdem brauche ich Bewegung, ich bin so nervös... Hélène sieht recht mitgenommen aus, um zehn Jahre gealtert. Jean-Mi hat gestern abend Paul getroffen, er macht sich große Sorgen um sie, er hat Angst, daß sie in eine Depression verfällt... Wenn man bedenkt, daß Stéphane ihr bester Freund war, und daß er... den armen kleinen Renaud... und all die anderen... Und ich habe ihn am Steuer des weißen Kombi gesehen, und nicht eine Sekunde daran gedacht, daß... Die Polizei sagt, es sei der Wagen gewesen, mit dem sein Vorarbeiter zu den Baustellen fuhr. Jeder fand es ja normal, daß er ihn auch benutzt. Die Baustellen sind so schmutzig, er kann ja schließlich seinen BMW nicht jeden Tag waschen... Der Inspektor hat mir gesagt, daß sie den Kombi genauestens unter-

161

suchen. Vor allem den Kofferraum... Jean-Mi will nicht, daß
ich darüber rede, er sagt, ich sei zu sensibel, aber es nutzt
nichts, die Augen zu verschließen. Und die arme Sophie... ih-
retwegen habe ich gelogen.«

Dann flüstert sie dramatisch:

»Ihnen kann ich es ja sagen, ich weiß schon lange, daß sie jemanden hatte.«

Ich hatte also recht! Ich hatte schon wieder recht! Zum Teufel, übertragt mir doch die Ermittlungen!

»Ich habe sie eines Tages in ihrem Wagen gesehen, im Wald
bei Futaie. Ich war dort, um die Piste für das BMX-Rennen am
Palmsonntag abzustecken. Es war drei oder vier Uhr nachmittags. Zuerst habe ich nur den Wagen gesehen, der hinter einem
kleinen Wäldchen geparkt war und gleich an ein Liebespaar
gedacht. Natürlich habe ich mich diskret verhalten, und dann
habe ich Sophies Peugeot 205 erkannt. Zunächst habe ich mir
nichts Böses gedacht, aber ich hatte ein eigenartiges Gefühl,
eine Art Schauder, verstehen Sie... Da die Sonne auf die
Scheiben schien, konnte ich nicht sehen, was im Inneren vor
sich ging. Normalerweise hätte ich hingehen und sie begrüßen
müssen, aber irgend etwas hat mich zurückgehalten, sicherlich
meine Intuition, es ist wirklich unglaublich, wie intuitiv ich
handle. In diesem Augenblick hat sich die Beifahrertür geöffnet, er ist ausgestiegen, hat mit den Händen sein Haar in Ordnung gebracht und sich an einem Baum erleichtert. Ich fand
das unglaublich ordinär, aber auf alle Fälle hab ich mich gefragt, was er da mit Sophie im Auto tat. Ohne Schlechtes über
seinen Nächsten sagen zu wollen, ist es doch manchmal so, daß
man nicht umhin kann, gewisse Schlußfolgerungen zu ziehen,
nicht wahr? Ich habe natürlich keinen Muckser von mir gegeben. Er ist wieder eingestiegen, und sie sind ganz dicht an mir
vorbeigefahren, ohne mich zu sehen. Ich hockte in den Brenn-
nesseln, ich sage Ihnen nicht, ich habe mich vielleicht verbrannt, aber auf alle Fälle konnte ich sie aus nächster Nähe sehen: Sophie mit einem glückseligen Lächeln und er mit dem

befriedigten Gesicht einer Bestie... Das hätte ich nie von ihm gedacht.«

Aber von wem, verdammt noch mal?

»Ich habe Jean-Mi nichts davon erzählt, ich wollte ihn nicht belasten, aber wir haben uns mit voller Absicht immer weniger gesehen. Ich muß ja schließlich nicht zur Komplizin ihres Verhaltens werde. Wenn ich daran denke, Sophie und Manu, das ist doch wirklich grotesk...«

Manu? Hat sie Manu gesagt? Aber was hat denn der jetzt in dieser Geschichte verloren? Wir brauchen nicht Manu, sondern Paul, du mußt dich irren!

»Und die arme Betty, die glaubt, mit Weizenkleie ihre geistige Leere füllen zu können, sie hätte besser daran getan, auf ihren Mann zu achten. Ich fand schon immer, daß er einen stechenden Blick hat, wie Rasputin, und mit diesem schwarzen Bart... brrrr... Aber ich schwatze und schwatze, ich langweile Sie sicher!«

Aber nein, absolut nicht, ausnahmsweise faszinierst du mich mal, los, *go on*.

Aber nein, sie redet von Bäumen, von fallendem Laub, vom kommenden Winter, von Zwiebelschalen, die auf die bevorstehende Kälte hinweisen, vom Krieg in Jugoslawien, von der Hungersnot in Afrika, von der Schwierigkeit, Kleidung und Medikamente zu sammeln, von der Kälte der Menschen, von ihrer mangelnden Sensibilität, und ich denke immer wieder ›Manu und Sophie, Manu und Sophie‹, wie bei einem Mantra, das mir die Erkenntnis bringen soll.

Nach solchen Tagen sehne ich mich nach Ruhe und nach meinem Zuhause, vor allem seit ich weiß, daß Paul mich als Spionin bezeichnet. Die Zeit der nächtlichen Annäherungsversuche ist vorbei! Hat der gute Paul vielleicht andere, dringlichere Sorgen? Glücklicherweise hat Yvette gestern angerufen, sie ist wieder vollkommen hergestellt und wird mich übermorgen natürlich zusammen mit Jean Guillaume im Auto abholen. In diesem Haus verschlechtert sich die Stimmung zusehends,

Paul und Hélène streiten nur noch. Sie stopft sich mit Beruhigungspillen voll, und er schreit sie an. Er hält ihr ständig vor, daß sie ärztliche Hilfe braucht. Mich hat man inzwischen im Eßzimmer abgestellt. Virginie sieht fern und scheint von all dem nichts zu bemerken.

»Virg' mach bitte den Fernseher leiser«, brüllt Paul.

Sie stellt den Ton lauter. Ich spüre, daß es gleich zum großen Krach kommen wird.

»Hörst du nicht? Stell den verfluchten Fernseher leiser!«

Keine Reaktion. Der Pinguin zetert weiter gegen Batman.

»Himmel noch mal! Hältst du mich zum Narren?«

»Aua, laß mich los! Mama, Mama!«

Klatsch, klatsch, zwei kräftige Ohrfeigen. Virginie heult los wie eine Sirene. Hélène stürzt aufgebracht ins Zimmer.

»Laß sie los, du Miststück! Ich verbiete dir, sie anzurühren, du hast keinerlei Rechte ihr gegenüber.«

»Paß auf, was du sagst, Hélène!«

Die Stimmung wird immer angespannter. Er hat Virginie offenbar losgelassen, denn ich höre sie in ihrer Ecke schniefen.

»Ich sage, was ich will, du machst mir keine Angst!«

»Bitte hör auf damit!«

Ich »sehe« sie vor mir, wie sie einander gegenüberstehen, auf den Hinterbeinen aufgerichtet, mit aufgeblähten Nüstern, zusammengekniffenen Lippen, bleich, wie alle Paare, die im Tanz des Zorns gefangen sind. Und dann unterbricht Paul den Kampf.

»Ah, du gehst mir auf die Nerven, ich verschwinde!«

»Paul, wohin gehst du?«

»Das kann dir doch egal sein! Kümmer dich um deine Tochter.«

Die Tür schlägt zu.

»Mama!«

»Ja, mein Liebling, ich bin ja da…«

»Was gibt es heute zum Abendessen?«

»In der Küche steht Pizza.«

»Kann ich beim Essen *Batman* anschauen?«

»Wenn du willst, aber mach nichts schmutzig.«

Ende des Kriegsszenariums. Virginie setzt sich mit ihrer Pizza vor den Fernseher, letztes Schniefen. Ich spüre, daß jemand hinter mir steht. Es ist Hélène. Sie schiebt meinen Rollstuhl in die Küche.

»Möchten Sie ein Bier?«

Zeigefinger. Oh, ja, oh, ja, ein frisches, kühles Bier…

Ich höre, wie sie den Kronkorken öffnet und das Bier in ein Glas schenkt. Das Wasser läuft mir im Mund zusammen, das könnte glatt ein Werbespot sein. Ah, endlich! Das Bier rinnt eiskalt durch meine Kehle, ah, auf diesen Schluck gut gekühltes Bier warte ich seit einem Jahr… Sie gibt mir noch etwas Bier, dann höre ich, wie sie selbst trinkt.

»Paul hat ganz recht, ich schlucke zuviel Tabletten. Aber ich kann einfach nicht schlafen, und ich halte es nicht mehr aus, mich nachts im Bett hin- und herzuwälzen und immer wieder über all das nachzudenken. Ich glaube, meine Ehe ist in einer Krise. Sie müssen uns für ganz schön verrückt halten.«

Kein Zeigefinger.

»Wissen Sie, ich werde Ihnen etwas sagen, was ich bisher keiner Menschenseele anvertraut habe.« Sie senkt die Stimme. »Paul ist nicht Virginies Vater.«

Beinahe hätte ich mich an meinem Bier verschluckt.

»Als ich ihn kennenlernte, war Virginie gerade geboren. Er hat mich geheiratet, sie als sein Kind anerkannt und mir versprochen, sich um sie zu kümmern, wie um seine eigene Tochter. Er hat Wort gehalten… Virginie weiß nicht, daß er nicht ihr Vater ist, ich habe es ihr nicht gesagt. Den anderen wird sie sowieso nie kennenlernen. Möchten Sie noch etwas Bier?«

Zeigefinger. Wir trinken.

»All das liegt lange zurück… ist Vergangenheit. Ich war jung. Ich war dumm. Wissen Sie, ich hatte keine einfache Kindheit. Oh, nicht was Sie denken, ich komme aus gutem Haus, aber mein Vater war nicht gerade sanft, wenn Sie verstehen, was ich meine. Und meine Mutter... sie sagte nichts, sie hatte Angst. Sie trank, um zu vergessen. Sie hat sich dreißig Jahre lang prügeln lassen. Als mein Vater starb, war es eine wahre Erlösung für sie. Aber sie hat ihn nicht lange überlebt. Sechs Monate später ist sie selbst an Krebs gestorben. Ein richtiges Melodram.« Ihre Stimme hat einen sarkastischen und bitteren Klang. »Ich sehe immer noch meinen Vater, meinen würdevollen Vater vor mir – er war Arzt –, und meine Mutter und mich, blaß und unter unseren gutgeschnittenen Kleidern von blauen Flecken übersät... Warum erzähle ich Ihnen das? Ah, ja, ich wollte ihnen sagen, wann ich Tony getroffen habe... wenn ich das alles geahnt hätte... Ah, ich habe Kopfschmerzen, aber das kenne ich schon: Sobald ich von meinen Eltern oder von Tony rede, bekomme ich Kopfschmerzen. O mein Gott, aber es ist schon spät, ich muß Virginie ins Bett bringen. Noch etwas Bier?«

Zeigefinger. Die schäumende Flüssigkeit rinnt durch meine Kehle. Paul ist also nicht Virginies Vater. Und was ändert das? Nichts. Und dieser Tony? ... Was mag er nur getan haben, daß sie so von ihm spricht? Vielleicht hat er sie auch geschlagen. Und wo ist er jetzt? Im Gefängnis? Nein, also nun erfinde ich schon wieder Räuberpistolen.

Sind sie sicher, daß Virginie nichts ahnt? Kinder wissen oft mehr, als man sich vorstellt. Auf alle Fälle war mein Aufenthalt in diesem Haus nicht unnütz. Was ich hier Neues erfahren habe, liefert mir mindestens eine Woche lang Stoff zum Grübeln. Angewidert stelle ich mir diese gutbürgerliche Familie mit dem sadistischen Vater vor... Nach zehn Minuten kommt Hélène zurück:

»So, fertig. Im Fernsehen gibt es eine Reportage über Kolumbien, interessiert Sie das?«

Zeigefinger. Warum nicht? Das bringt mich auf andere Gedanken. Also auf zur grünen Hölle, den Drogenkartellen, den Gipfeln der Anden. Aber eigentlich wäre mir eine ausführliche Reportage über Virginies leiblichen Vater lieber...

»Guten Tag! Oh, aber Sie sehen ja blendend aus! Guten Tag, Hélène! Ging alles gut? Ist es Ihnen nicht zuviel geworden?«

Yvette! Meine Yvette! Ich könnte ihr um den Hals fallen!

»Nein, kein Problem. Und wie geht es Ihrem Knöchel?« fragt Hélène.

»Alles in bester Ordnung. Also wirklich so etwas Dummes...«

»Und Monsieur Guillaume?«

»Er wartet im Wagen. Sie wissen ja, wie die Männer sind, immer in Eile...«

»Ah... na, dann wollen wir ihn nicht warten lassen. Elises Sachen sind gepackt.«

»Sie sehen müde aus, Hélène. Sind Sie sicher, daß es Ihnen nicht zuviel Arbeit war?«

»Nein, nein, es ist nur so, daß ich im Augenblick sehr schlecht schlafe... Ich begleite Sie zum Auto.«

Ich werde nach draußen geschoben, natürlich bin ich froh, wieder nach Hause zu kommen, aber irgendwo tut es mir leid, dieses Häuschen zu verlassen, gerade jetzt, wo Hélène im Begriff ist, mir aufregende Geständnisse zu machen.

Man hebt mich in den Kombi, der Rollstuhl wird hinten verstaut.

»Guten Tag, Elise!«

Jean Guillaumes joviale Stimme. Er drückt meine rechte Hand.

»Immer noch genauso hübsch!«

Lachen, freundliches Geplänkel, auf Wiedersehen, bis bald, wir telefonieren. Der Wagen fährt an. Yvette beginnt sogleich, mir den Aufenthalt bei ihrer Cousine bis ins kleinste Detail zu schildern: der Tenor ihrer ganzen Erzählung – keine besonderen Vorkommnisse.

Es ist kühl geworden, wir müssen heizen. Yvette entlüftet die Heizkörper, überprüft den Ölbrenner, ergeht sich in Schimpftiraden gegen das Wetter und den verfrühten Kälteeinbruch.

Sie tauscht mein Baumwoll-Sweat-Shirt gegen einen Pullover. Ich höre zerstreut den Wetterbericht, als der Sprecher plötzlich ankündigt: »*Morgen ist der 13. Oktober. Sonnenaufgang um…*« Der 13. Oktober! Ein Jahr! Schon ein Jahr! Morgen ist es ein Jahr her, daß Benoît und ich durch diese Glastür in Belfast gehen wollten… Ein Jahr, daß ich mich in eine lebende Tote verwandelt habe. Wie ist das nur möglich? Wie kann die Zeit so schnell vergehen? Ich habe das Gefühl, gerade erst aus dem Koma erwacht zu sein. Aber nein, da waren all diese Kindermorde, all die neuen Bekanntschaften, der Sommer ist wie im Flug vergangen… Mein Gehirn hat die ganze Zeit über wie eine gut geölte Maschine funktioniert. Jetzt muß ich mich bewegen! Ich muß mich bewegen, ich will mich bewegen. Wenn ich diesen verfluchten Zeigefinger rühren kann, ist auch noch ganz anderes möglich. Ein Jahr! Das reicht! Ab morgen denke ich nicht mehr, ich handele!

Offenbar hilft es. Catherine die Große kann es nicht fassen.

»Wissen Sie was, Yvette? Ich habe den Eindruck, daß sich ihre Muskeln von Zeit zu Zeit zusammenziehen… Nein, ganz bestimmt, als würde sie sich anspannen. Kommen Sie doch mal her.«

Wenn du wüßtest, wie ich sie anspanne. Wenn du wüßtest, welche Energie ich aufbringe, um diese verfluchten Muskeln anzuspannen, ich habe das Gefühl, meine Adern platzen bald.

»Hier, fassen Sie mal an, da und da. Das muß ich unbedingt Raybaud sagen, also ich bin der Ansicht, daß das eine enorme Verbesserung ist.«

Die Anstrengung hat mich erschöpft. Ich bin schweißgebadet. Natürlich denkt Catherine die Große nicht daran, mich abzutrocknen. Sie tönt: »Sie haben Blut im Kofferraum von Stéphanes Wagen entdeckt…«

»Nein…«

»Doch, sie haben es heute morgen im Radio durchgegeben. Blutgruppe AB – wie der kleine Massenet.«

168

»Das hieße, er hätte Michaël in der Forsthütte getötet und
dann zum Fluß gebracht?« erkundigt sich Yvette aufgeregt.

»Ich habe keine Ahnung, mehr haben sie nicht gesagt. Sie suchen weiter. Sie haben auch Blut der Gruppe Null gefunden –
das ist die Blutgruppe des kleinen Mathieu Golbert –, aber offenbar hat Stéphane auch Blutgruppe Null, also scheint es mir
recht schwierig...«

Überlegen wir mal. Wenn ich recht habe, und Stéphane unschuldig ist, bedeutet das, daß der Mörder seinen Wagen benutzt hat. Das bedeutet wiederum, daß er ihn gut genug
kannte, um ihn sich auszuleihen, aber unter welchem Vorwand? Ich stoße immer wieder auf das Problem mit Sophies
Liebhaber. Paul oder Manu? Oder warum nicht gleich das
halbe Dorf?

»So, Elise, nun strengen Sie sich noch einmal an, anspannen,
anspannen...«

Nun bin ich schon wieder in meine Gedanken versunken
und vergesse darüber, meine Kräfte zu mobilisieren. »Anspannen, anspannen«, sie hat gut reden, ich habe das Gefühl, gespannt wie ein Flitzebogen zu sein.

Endlich ist die Tortur vorbei. Ich komme langsam wieder zu
Atem. Schweigen. Yvette hat die Heizung angestellt. Ich höre,
wie das Wasser in den Rohren gluckert. Wenn laut meiner
Theorie Sophies Liebhaber der Mörder ist, warum sollte es
nicht Manu gewesen sein? Aber warum sollte Virginie Manu
decken? Bei Paul wäre das verständlich, sie glaubt, er sei ihr
Vater, aber Manu? Ich ertappe mich dabei, wie ich mir eine
perverse Beziehung zwischen Manu und Virginie vorstelle.
Das ist idiotisch. Vorstellen kann man sich vieles. Trotzdem
bleibt festzuhalten, daß es in dieser Stadt jemanden gibt, der
hinter der Maske des Biedermannes fähig ist, kleine Kinder zu
töten und zu verstümmeln. Das ist verrückter als alles, was ich
mir vorstellen kann. Wie sagte Benoît immer? »Alles ist möglich, alles kann passieren, man braucht nur die Zeitung aufzu-
schlagen.«

169

Ich habe in meinem Leben viele Krimis gelesen, und ich bilde mir ein, eine gute Amateurdetektivin zu sein. Eines der letzten Bücher, das ich gelesen habe, ehe ich mich für den Wettbewerb der Miss Mehlsack entschied, handelte von den Ermittlungen des FBI gegen einen Massenmörder. Darin wurde dargelegt, daß es im allgemeinen zwei Arten von pathologischen Mördern gibt: Sie unterliegen zwar alle einem unwiderstehlichen Drang, aber die einen wissen genau, was sie tun, und es ist ihnen ein Vergnügen, die Polizei und ihre Mitbürger in die Irre zu führen, während die anderen ihre Taten vergessen, sobald sie sie begangen haben und guten Gewissens ihre Unschuld beschwören. Ein anderer Teil ihres Ichs hat die Morde begangen, ein Teil, der sich ihrem Bewußtsein entzieht. Doch wenn ich davon ausgehe, daß Stéphane auf Grund eines wohldurchdachten Plans von dem wahren Mörder getötet wurde, muß ich annehmen, daß dieser Mörder sehr genau weiß, was er tut. Es handelt sich also nicht nur um einen Kranken, sondern vielmehr um einen Perversen, dem es Freude macht zu beobachten, wie alle im dunkeln tappen. Um einen Perversen, der meine Ängste genießt. Und warum sollte er nicht auch Virginie unter Kontrolle haben?

Ich schäme mich meiner Gedanken.

Aber...

Es läutet.

»Guten Tag, Herr Kommissar, bitte kommen Sie, wir sind gerade erst zurückgekommen.«

In Yvettes Stimme schwingt Unwillen mit. Den armen Yssart hat sie wirklich nicht gerade ins Herz geschlossen. Ich hingegen bin entzückt von seinem Besuch.

»Guten Tag.«

Zeigefinger.

»Ich bin in der Küche«, bemerkt Yvette im Hinausgehen.

»Ich muß um Entschuldigung bitten, daß ich schon wieder unangemeldet komme, aber die Umstände...«

Weiter!

170

»Sie haben sicherlich die letzten Entwicklungen der Angelegenheit verfolgt.«

Zeigefinger.

»Sie wissen also, daß man in Stéphane Migoins Wagen Blutspuren gefunden hat.«

Zeigefinger.

»Die Laboruntersuchungen haben ergeben, daß die älteren Blutspuren von Michaäel Massenet und die neueren von Mathieu Golbert stammen. Darüber hinaus hat der Parkplatzwächter des Einkaufszentrums versichert, er habe etwa zu der Zeit, als der Mord an Mathieu Golbert geschah, einen großen weißen Kombi vom Parkplatz fahren sehen. Alle sind davon überzeugt, daß Migoin der Mörder war. Die andere, einzig mögliche Erklärung wäre, daß jemand ohne sein Wissen seinen Wagen benutzt hat beziehungsweise den Firmenwagen, mit dem er auf die Baustellen fuhr. Aber nur jemand, der ihn gut kannte, hätte ihn sich ausleihen können. Der Baustellenleiter hat ein wasserdichtes Alibi und die Arbeiter ebenfalls. Ich frage Sie also: Hatte Sophie Migoin einen Liebhaber?«

Zeigefinger.

»Wissen Sie, wer es war?«

Abgewinkelter Zeigefinger.

»Gut, ich werde Ihnen einige Namen aufzählen. Heben Sie bitte bei dem, der Ihnen in Frage zu kommen scheint, den Zeigefinger. Jérôme Leclerc. Jean-Michel Mondini. Luc Bourdard. Christian Marane. Manuel Quinson.

Zeigefinger.

»Aha! Offenbar sind Sie immer bestens informiert. Meine Besuche bei Ihnen sind wirklich keine Zeitverschwendung. Sie sind sozusagen die Miss Marple von Boissy-les-Colombes. Das Problem ist, daß Manuel Quinson zum Zeitpunkt des Mordes an dem kleinen Golbert auf Geschäftsreise war. Er befand sich auf einem Fortbildungsseminar in Paris. Dort hat er den ganzen Tag mit fünfundzwanzig anderen leitenden Angestellten im Hauptsitz seiner Firma verbracht. Ich habe viel Mühe darauf verwandt, die Alibis der Menschen, mit denen die Fanstens, Virginie und Sie selbst regelmäßig zu tun haben, zu überprüfen. Denn ich bin sicher, daß sich der Schuldige in diesem kleinen Kreis befindet. Die einzigen, die tatsächlich die Möglichkeit gehabt hätten, den Mord zu begehen, sind Jean-Michel Mondini, Paul Fansten und Jean Guillaume. Das sind, wenn ich so sagen darf, meine Favoriten. Nicht zu vergessen natürlich den verstorbenen Stéphane Migoin. Sie scheinen verblüfft, das ist verständlich, denn die Vorstellung, daß eine Ihnen nahestehende Person ein gefährlicher Geisteskranker ist, ist nicht besonders angenehm. Die Ermittlungen werden demnächst abgeschlossen, und wir werden gezwungen sein, von Stéphane Migoins Schuld auszugehen, alle Beweise deuten darauf hin. Doch mich befriedigt diese Lösung nicht. Das wollte ich Ihnen nur sagen. Und ich glaube ernsthaft, daß wir einen gefährlichen Mörder weiterhin frei herumlaufen lassen. Ich wäre sehr dafür«, fährt er mit seiner ruhigen Stimme fort, »daß Sie den Winter anderswo verbringen. Zum Beispiel bei Ihrem Onkel. Aber die Entscheidung liegt natürlich bei Ihnen. So, diese kleine Unterhaltung war mir ein Vergnügen. Ich darf mich jetzt verabschieden.«

Eigenartige Auffassung von einer Unterhaltung, aber nun, ich will ja nicht kleinlich sein.

»Auf Wiedersehen, bis bald. Auf Wiedersehen, Madame«, ruft er in Richtung Küche, ohne eine Antwort zu bekommen.

Die Tür wird geschlossen. Ich bleibe zurück und gehe immer wieder die drei Namen durch. Jean-Mi, Paul, Jean Guillaume. Einer von ihnen. Und er läuft frei herum. Paul! Alles spricht gegen Paul.

Wenn ich nur nicht an diesen Rollstuhl gefesselt wäre, wenn ich noch ich selbst wäre, ich würde in ihrer Vergangenheit herumstöbern, denn ich bin sicher, daß dort die Lösung liegt. Man wird nicht zufällig zum geisteskranken Mörder. Jean-Michel Mondini, das ist lächerlich... Aber schließlich hat mir seine Frau erzählt, daß Sophie ein Verhältnis mit Manuel hatte. Und wenn sie gelogen hat? Wenn Sophie mit Jean-Mi geschlafen hat?

»Vergessen Sie Ihre Übungen nicht!« ruft mir Yvette zu und reißt mich aus meinen Überlegungen.

Catherine die Große hat mir eine ganze Reihe von Übungen aufgegeben, die ich dreimal täglich eine halbe Stunde lang absolvieren soll. Mich auf jeden Teil meines Körpers konzentrieren und versuchen, ihn zu fühlen. Mir meine Zehen vorstellen, meine Waden, meine Schenkel und so weiter, in jedem Körperteil das Blut, die Muskeln, die Haut spüren und Impulse aussenden: »Beweg dich!« Also los.

11

Jean Guillaume und Yvette trinken nach dem Essen ihren Kaffee und sehen sich eine Unterhaltungssendung im Ersten Programm an. Von Zeit zu Zeit höre ich Jean Guillaume über die Possen eines Imitators lachen. Er hat ein angenehmes Lachen. Nicht das Lachen eines Geistesgestörten. Halten Yvette und er Händchen? Umarmen sie sich? Ist sie seine Geliebte? Sie können vor meiner Nase machen, was sie wollen, ich kann sie ja nicht sehen. Yvette und Jean Guillaume, die sich inmitten der schmutzigen Teller auf dem Tisch wälzen und von Zeit zu Zeit einen Blick auf den Mehlsack im Rollstuhl werfen... Nein, nicht meine Yvette. Ich bin sicher, daß sie mich erst in mein Zimmer gebracht hätte. Ich höre zerstreut auf die Scherze; der Imitator hat jetzt seinen Platz einer Sängerin überlassen, sie singt auf englisch, und ihre Stimme ist schrill und in etwa so angenehm wie Kreide, die über eine Schiefertafel kratzt.

»Noch ein Gläschen?« fragt Guillaume.

»Nein, nicht für mich, danke«, protestiert Yvette, die nur wenig trinkt.

»Und Sie, Elise, ein kleiner Schluck zur Kräftigung?«

Zeigefinger. So ein Angebot lehne ich doch nicht ab. Ich

spüre das Glas an meinen Lippen, der Wein rinnt in meinen Mund, über meine Zunge, meinen Gaumen, dickflüssig, rot und unglaublich köstlich – nach der langen Abstinenz ebenso berauschend wie eine Dosis LSD. Stürmisches Klingeln. Guillaume fährt zusammen, der Wein rinnt allzu schnell in meine Kehle, ich schlucke, ringe nach Luft. Mist, ich habe mich verschluckt, ich ersticke, ahhh, ich versuche, wieder Luft zu bekommen, uff! Es geht wieder, einmal kräftig husten, einmal tief Luft holen.

Es läutet wieder. Um mich herum Totenstille. Was haben sie denn, warum macht denn keiner die Tür auf? Ich huste noch immer, spucke ein wenig Wein aus. Was ist? Es klingelt! Verflixt, setzt euch gefälligst in Bewegung, dieser schrille Ton ist ja nervtötend!

»Elise...«

Yvette spricht so sanft, als wolle sie mir schonend beibringen, daß jemand gestorben ist.

»Ihre Hand...«

Was ist mit meiner Hand?

Meine Hand. *Meine Hand befindet sich in Höhe meines Gesichts.* Ich habe die Hand gehoben. Ich habe sie gehoben. Ganz einfach so. Schon wieder die Klingel.

»Ich komme schon!« ruft Yvette und läuft zur Tür.

Ich habe die Hand bewegt.

»Versuchen Sie es noch einmal«, ermutigt mich Guillaume mit seiner angenehmen Stimme.

Ich zögere. Und wenn es nur ein Reflex war? Ein Muskelkrampf? Los, Elise, heb sie noch einmal!

Ich spüre ein Zittern in meinem Handgelenk. Ich denke ganz fest an ein Flugzeug, das von der Piste abhebt, und hopp, es klappt; sie hebt sich ganz brav, eine wunderbare linke Hand, die bestens funktioniert, die mindestens zehn Zentimeter in die Höhe geht, ehe sie innehält.

»Versuchen Sie, die Finger zu bewegen«, murmelt Guillaume.

Die Finger? Ich schlucke. Vage nehme ich Stimmen an der Tür wahr. Ich konzentriere mich ganz auf meine Hand, auf die Sehnen, die Nerven, die hübschen kleinen Fingerchen... Und plötzlich gebe ich ihnen den Befehl: »Krümmen!« Nichts.

»Versuchen Sie es noch einmal!«

Ich entspanne mich. Ruhig durchatmen. Anlauf nehmen. Nichts. Nur ein leichter Schmerz im Mittelfinger. Na gut, ich kann mich nicht beklagen. Meine Hand hat sich bewegt, und das ist phantastisch. Die Sache mit den Fingern wird auch noch werden.

»Ich bin sicher, Sie schaffen es bald«, flüstert Guillaume mir zu.

Plötzlich wird mir bewußt, daß Yvette mit jemandem diskutiert, der sehr laut spricht.

»Ich muß sie finden, verstehen Sie?«

Ich erkenne Pauls Stimme, die vor Angst und Wut bebt.

»Aber ich weiß nicht, wo sie ist«, wendet Yvette ein.

»Was ist denn los?« fragt Guillaume und erhebt sich.

»Paul und Hélène haben sich gestritten, und Hélène hat türenknallend das Haus verlassen«, erklärt Yvette.

»Sie kommt bestimmt zurück, machen Sie sich keine Sorgen, das kommt in den besten Familien vor«, beruhigt ihn Guillaume.

»Sie ist völlig am Ende, ich muß sie finden, es geht ihr im Augenblick wirklich nicht gut, ich habe Angst, daß...«

Er bricht mitten im Satz ab.

»So schlimm?« fragt Guillaume.

»Sie ist sehr depressiv, und ich mache mir großen Sorgen«, erklärt Paul.

Plötzlich kommt mir ein furchtbarer Verdacht: Will er sie auch aus dem Weg schaffen? ›Meine Frau war depressiv... Sie hat sich von der Brücke gestürzt...‹ Ich hebe die Hand.

»Was ist, Elise? Wollen Sie uns etwas sagen?« fragt Guillaume.

»Elise kann die Hand bewegen«, erklärt Yvette stolz.

»Super«, bemerkt Paul, dem das offenbar völlig gleichgültig ist.

Plötzlich kommt ihm eine Idee.

»Lise, wissen Sie, wo Hélène ist?«

Er schüttelt mich fast. Es ist genial, die Hand bewegen zu können, denn durch eine winzige Bewegung des Handgelenks von rechts nach links kann man ein Nein andeuten.

»Ah, Mist... Hören Sie, wenn Sie sich bei Ihnen meldet, sagen Sie ihr, daß es mir leid tut, und daß ich zu Hause auf sie warte. Und falls sie vorbeikommt, behalten Sie sie hier und rufen mich an. Ich gehe nach Hause, Virginie ist allein.«

»Na so was!« rufen Yvette und Jean Guillaume gleichzeitig aus.

»Elise, das ist wundervoll«, fährt Yvette fort.

»Die arme Hélène«, meint Guillaume.

»Ich hoffe, sie macht keine Dummheiten. Ich habe schon seit einiger Zeit bemerkt, daß sie den Boden unter den Füßen verliert. Sie sieht furchtbar aus. Diese dunklen Ringe unter den Augen.«

»Man muß sagen, daß er ihr das Leben nicht eben leicht macht. Ich weiß, daß man sich unter Männern solidarisch verhalten sollte, aber...«

»Nun, bei uns ist jedenfalls alles in Ordnung. Elise, mein Liebes, ich freue mich so! Ich bin sicher, daß Professor Combré Sie jetzt operieren wird.«

Dein Wort in Gottes Ohr, Yvette. Wenn ich könnte, würde ich die Daumen drücken. Aber die Vorstellung, daß Hélène ganz allein durch die verlassenen Straßen irrt, dämpft meine Freude. Ich wäre ruhiger, wenn sich jemand auf die Suche nach ihr machen würde. Als habe er mich gehört, erbietet sich Guillaume:

»Ich werde mal lieber eine kleine Tour mit dem Kombi machen und sehen, ob ich Hélène nicht finde. Man weiß nie... Ich bin gleich zurück.«

»Das ist eine gute Idee, Sie haben recht, ich warte auf Sie.«

Er geht. Yvette dreht den Fernseher lauter, wie immer, wenn sie sich Sorgen macht und nicht darüber reden will. Schweigend hören wir dem Entertainer zu, der dumme Witze reißt. Ich weiß, daß die Sendung um 22.30 Uhr zu Ende ist. Es ist also früher. Ich unterhalte mich damit, meine Hand zu heben und zu senken, nur so, ganz allein für mich. Man gewöhnt sich schnell an Wunder. So schnell, daß ich fast vergessen hätte, daß diese verdammte Hand mir vor weniger als einer Viertelstunde noch den Dienst versagte. Auf, nieder. Auf, nieder. Ich spüre den Schmerz im ganzen Arm, aber selbst das ist angenehm. Schmerz zu empfinden, weil man sich bewegt. Ohne Unterlaß befehle ich meinen Fingern: »Krümmt euch, krümmt euch, ihr verdammten Biester.« Vielleicht mögen sie es nicht, wenn ich sie beschimpfe, also versuche ich es auf die sanfte Tour: »Nun, meine Lieblinge, macht Mama doch die Freude...« Das ist den undankbaren Dingern natürlich völlig egal. Sie haben all die Jahre vergessen, in denen ich sie gewaschen, die Nägel rot lackiert, sie ins laue Meer getaucht und im warmen Sand vergraben habe... Die Wäsche, das Geschirr, das eisige Wasser, der Schnee, der Matsch, der Schmutz, danke, das reicht, ich verstehe, sie streiken! Ich schwebe in einem Zustand dümmlicher Glückseligkeit, dabei müßte ich Angst um Hélène haben, aber ich habe eher Lust, still für mich zu lachen.

Die Tür.

»Nichts. Ich habe sie nicht gefunden. Es regnet in Strömen, ein Wetter, bei dem man keinen Hund vor die Tür jagt.«

»Das sieht man, Sie sind ganz durchnäßt. Ich werde Ihnen einen Kräutertee machen.«

Aus dem Fernseher dröhnt Werbung. Irgend jemand stellt den Ton leiser. Das Telefon. Yvette hebt ab.

»Hallo? Ah, ja, gut, in Ordnung. Gute Nacht.«

Sie legt auf.

»Das war Paul. Hélène ist gerade nach Hause gekommen«, verkündet sie. »Ich bin beruhigt.«

Ich auch.

»Na, dann ist ja alles in Ordnung«, schließt Guillaume. »Der Kräutertee ist ausgezeichnet.«

Heute morgen beim Aufwachen habe ich als erstes an meine Hand gedacht. Und wenn sie sich nun nicht mehr bewegt? Ich habe es sofort mit klopfendem Herzen versucht. Und das Wunder hat sich wiederholt. Der Schmerz im Mittelfinger ist inzwischen deutlich spürbar, ich habe das Gefühl, daß ich ihn bald krümmen kann. Ich bin dabei, mich an den Wundertaten meiner neuen Hand zu erfreuen, als Yvette hereinkommt.

»Raybaud wird später nach Ihnen sehen. Ich habe ihn gerade noch erwischt, ehe er ins Krankenhaus ging.«

Sie räuspert sich.

»Heute nacht ist ein Unfall passiert.«

Ich spüre, wie sich mein Magen zusammenkrampft.

»Joris, der Sohn von Chabrol.«

Joris Chabrol. Ich erinnere mich sofort an ihn. Ein Junge von zwölf Jahren, recht klein für sein Alter. Ein Krimifan. Er kam oft allein oder mit seinem Vater ins Kino. Die Mutter ist vor einigen Jahren mit einem Vertreter durchgebrannt.

»Er ist auf die Bahngleise gefallen und vom Zug überfahren worden«, fährt Yvette fort.

Wie entsetzlich! Ich frage mich, wie das geschehen konnte. Yvette setzt schon zu einer Erklärung an:

»Er war gestern abend im Kino... Sie wissen ja, daß sein Vater Krankenpfleger ist, er hat dreimal in der Woche Nachtdienst. Der Junge hat sich einen Film mit Sylvester Stallone angesehen, und auf dem Heimweg ist er, niemand weiß, warum, zum Rangierbahnhof gegangen und an den Gleisen entlanggelaufen. Hat er das Gleichgewicht verloren? Auf alle Fälle tauchte Joris plötzlich vor dem 22-Uhr-Zug auf, der in vollem Tempo einfuhr. Der Zugführer hatte nicht einmal Zeit zu bremsen; das arme Kind war auf der Stelle tot. Sie haben es gerade im Radio durchgegeben. Auf dieser Stadt lastet wirklich ein Fluch! Ich leere das nur schnell aus, ich bin gleich zurück.«

Sie verläßt das Zimmer, ich liege wie versteinert in meinem Bett.

Die Bestie hat also wieder zugeschlagen, da bin ich mir ganz sicher. Ein Zufall kann das nicht mehr sein. Schon wieder ein Kind, und rein zufällig wird es derart durch den Zug verstümmelt, daß man nie erfahren wird, was wirklich passiert ist. Ein Kind, das für sein Alter recht klein war, so daß der Mörder es für jünger halten konnte, das heißt, es gehörte zu seiner bevorzugten Gruppe. Rein zufällig war Paul gestern abend unterwegs. Und Guillaume ebenfalls. Wie schnell sie beide bereit waren, nach Hélène zu suchen! Woher soll ich wissen, wann Paul nach Hause gekommen ist? Mal überlegen, er muß gegen 21.30 Uhr hier geläutet haben. Und Guillaume ist um 22.30 Uhr zurückgekommen, die Unterhaltungssendung war gerade zu Ende. Sie hätten also beide um 22 Uhr am Bahnhof sein können. Nachts braucht man mit dem Wagen nicht mal fünf Minuten. Aber niemand konnte ahnen, daß Joris dort vorbeigehen würde... Außer, der Mörder wäre langsam am Kino vorbeigefahren, hätte unter den herauskommenden Zuschauern sein Opfer entdeckt, wäre ihm gefolgt und hätte einen geeigneten Augenblick abgepaßt.

Guillaume war durchnäßt, als er nach Hause kam. Warum, wenn er nicht aus dem Wagen gestiegen ist? Und Paul, war Paul ebenfalls naß? Ich spüre, daß ich ganz nahe an der Lösung bin, ich bin sicherlich auf der richtigen Spur.

Yvette kommt zurück, und während sie mich anzieht, grübele ich ununterbrochen weiter.

Später schaut Raybaud vorbei, und ich führe ihm meine fliegende Hand vor. Er drückt auf meine Finger, tastet die Handfläche ab, reißt mir fast den Daumen aus.

»Sehr gut, sehr gut, ich bin sehr zufrieden mit Ihnen...«
Danke, Chef!

»Ich werde mit Combré sprechen. Meiner Ansicht nach ist das ein gutes Zeichen. Ich will natürlich nicht zuviel versprechen, aber wenn die Beweglichkeit ganz spontan zurückge-

179

kommen ist . . . Jetzt müssen wir mit ihren Fingern arbeiten, ich bin sicher, die wird sie auch bald bewegen können. Ich glaube, ich verschreibe ihr am besten eine Elektrotherapie . . .«

Er konzentriert sich ganz auf das Schreiben des Rezepts. Yvette drückt meine Schulter. Ich hebe und senke die Hand wie ein braver, vor Freude winselnder Hund, der seinem Herrchen immer wieder den Ball apportiert. Und Raybaud? Wäre er in der Lage, Kinder zu töten? Sein Skalpell in ihr Fleisch zu bohren? Grauenvolle Bilder von verstümmelten Körpern tauchen vor meinem inneren Auge auf; ich zwinge mich, in Gedanken einen großen schwarzen Vorhang vor diese unerträglichen Bilder zu ziehen und mich ganz auf meine Finger zu konzentrieren. So, jetzt sind die häßlichen Bilder verschwunden.

»Gut, halten Sie mich auf dem laufenden, bis bald«, verabschiedet sich Raybaud.

»Ich bin so glücklich«, meint Yvette und küßt mich auf die Wange.

Und ich denke: Schnell, die Regionalnachrichten!

Die Zeit will nicht vergehen. Ich warte darauf, daß Yssart, Hélène oder sonst irgend jemand vorbeikommt. Endlich, die Nachrichten! »*Grauenvoller Unfall . . . Körper konnte nur anhand eines Armbands, in das der Name des Opfers eingraviert war, identifiziert werden . . . Der Vater ist am Boden zerstört . . . Was hatte Joris zu dieser späten Stunde im strömenden Regen in diesem verrufenen Viertel zu suchen? . . . Zugführer steht unter Schock . . . Der Bahnverkehr war für zwei Stunden unterbrochen . . . Und jetzt der Wetterbericht: Endlich wieder Sonnenschein!*«

Beim Essen herrscht bedrücktes Schweigen. Kalbsleber mit grünen Bohnen. Für mich püriert. Welch ein Genuß! Jetzt versteh ich die Kinder besser, die sich sträuben, ihre Fertigkostgläschen zu essen.

Joris Chabrol. Das sechste Opfer des besessenen Mörders. Kommen denn da keinem Zweifel? Oder bin ich jetzt total verrückt geworden?

»Ein wenig Sonne wird uns guttun«, brummt Yvette, während sie den Tisch abräumt.

War Paul vor 22 Uhr zu Hause? Das könnte nur Virginie sagen, aber niemand wird sie fragen. Und ich kann es nicht. Warum habe ich eigentlich nicht Karriere bei der Polizei gemacht? Hauptkommissarin Elise Andrioli. Ein absolutes As. Was hätte Benoît dazu gesagt? Ich brauche nur an Benoît zu denken, und schon fange ich an zu weinen. Tränen rollen über meine Wangen.

»Aber was ist denn los? Meine arme Elise! Es ist furchtbar, ich weiß«, versichert mir Yvette und tupft mir die Augen mit einem Papiertaschentuch trocken.

Ich komme mir lächerlich vor, aber es tut gut, die Schleusen zu öffnen. Ich heule wie ein Schloßhund wegen Benoît, wegen mir, wegen der ganzen Katastrophe; dabei hebe und senke ich unaufhörlich die Hand. Ich fühle mich, als wäre ich vier Jahre alt und würde winke winke machen.

Schließlich höre ich auf zu weinen und schniefe. Yvette hält mir wieder und wieder das Taschentuch hin, damit ich mich schneuzen kann, ich verbrauche mindestens drei dieser Taschentücher. Und unterdessen läuft der Mörder noch immer frei herum.

Es läutet. Yvette läuft zur Tür. Ich versuche, mich zusammenzureißen. Hélène und Virginie kommen ins Zimmer.

»Hallo, Lise, ich habe eine Zwei im Diktat geschrieben.«

Handheben.

»Oh, super! Hast du gesehen, Mama, sie kann die Hand bewegen! Mach es noch mal!«

Dieser Aufforderung komme ich mit Vergnügen nach. Hélène tritt näher:

»Ach, das ist wunderbar! Ich freue mich für Sie, Lise. Dann geht es wenigstens einem gut.«

Peng!

»Was wollen Sie trinken? Einen Saft? Bier?« fragt Yvette, um vom Thema abzulenken.

»O ja, Bier!« ruft Virginie aufgeregt.

»Ganz sicher nicht!« meint Hélène. »Einen Fruchtsaft für Virginie und für mich ein Bier.«

Yvette geht, von der plappernden Virginie gefolgt, in die Küche. Hélène wendet sich an mich.

»Haben Sie schon gehört? Von dem Unfall, den der kleine Joris hatte?«

Handheben.

»Auf dieser Stadt lastet ein Fluch. Das ist kein Scherz, Lise, das geht doch nicht mit rechten Dingen zu. Eine Katastrophe nach der anderen... Da läuft es mir kalt den Rücken herunter. Wissen Sie, ich habe so etwas schon einmal erlebt, und ich dachte... Ich dachte, ich müßte es nie wieder erleben. Aber ich glaube, der Fluch folgt mir. Außer...«

Sie beugt sich zu mir vor, und ich spüre, wie sie zittert, ihr Mund ganz dicht an meinem Ohr, ihre feuchte Haut...

»... außer wenn Tony ...«

Schon wieder dieser mysteriöse Tony! Natürlich muß Yvette gerade jetzt zurückkommen, und Hélène wendet sich sofort ab.

»So, ein schönes, kühles Bier und ein leckerer Grapefruitsaft für Virginie und Elise.«

Ich lechze nach Hélènes Bier, und doch muß ich wohl oder übel den Grapefruitsaft schlucken. Glücklicherweise mag ich ihn. Nicht wie der Traubensaft »Rotbäckchen für Elise«, den ich morgens und abends trinken mußte, bis es mir schließlich gelang, ihn auszuspucken.

Virginie klettert auf meinen Schoß.

»Was machst du da, komm, hör auf!« protestiert Hélène. Ich hebe die Hand zweimal, um verständlich zu machen, daß es mich nicht stört.

»Stört es Sie nicht?«

Handheben.

»Bald kannst du den ganzen Arm bewegen und das Bein und alles!« sagt Virginie. »Dann gehen wir spazieren, wir beide.

Und Renaud«, fügt sie flüsternd hinzu. »Und Joris auch. Alle denken, daß der Zug ihn überfahren hat, aber ich weiß es besser. Die Bestie hat ihn unter die Räder gestoßen. Plumps!«

Woher will sie das wissen? Sie war zu Hause. Aber wenn Paul der Mörder ist, und sie ihn hat weggehen sehen, könne sie es sich denken... Ja, diese Hypothese wird immer plausibler.

»Ach, bin ich dumm! Jetzt habe ich doch die Fernsehzeitung beim Bäcker liegenlassen!« ruft Yvette. »Hélène, könnten Sie noch fünf Minuten hierbleiben?«

»Aber natürlich.«

»Warte, ich komme mit!« schreit Virginie und hüpft von meinem Schoß.

Sobald die beiden das Zimmer verlassen haben, tritt Hélène zu mir. Sie riecht nach Bier, und ich habe plötzlich den Eindruck, das dies heute nicht die erste Flasche ist.

»Niemand weiß etwas von Tony, dem leiblichen Vater von Virginie... Wir waren nicht verheiratet, und er hat die Kleine nicht anerkannt. Sie haben Tony eingesperrt. Er war gefährlich. Einmal hat er mir den Arm gebrochen. Können Sie sich das vorstellen? Nur weil ich ihm widersprochen habe. Darum ertrage ich es nicht, wenn Paul brüllt und grob wird. Das kenne ich nur allzu gut. Ich habe erlebt, wie meine Mutter geschlagen wurde, wie mein Vater sie mit Fußtritten in den Unterleib gestoßen hat, und mich auch. Wegen einer Dummheit, einer albernen Kleinigkeit band er mich am Schreibtischbein fest, und beim geringsten Geräusch... Manchmal hatte ich solche Schmerzen, daß ich kaum laufen konnte, doch keiner hat es bemerkt, weder in der Schule noch beim Klavierunterricht... Mein Vater war krank, man hätte ihn einsperren müssen; und Tony war auch gemeingefährlich. Später hat mir der Psychiater erklärt, daß es normal sei, daß Frauen, die eine gestörte Kindheit hatten, einen Mann heiraten, der ihrem Vater ähnlich ist, einen der gewalttätig und Alkoholiker ist. Und dann, als ich glaubte, das alles hinter mir gelassen zu haben und die Sache mit Renaud passierte, ging alles wieder von vorne los. Der

Fluch verfolgt mich. Elise, ich kann nicht mehr, und Paul verändert sich zusehends. Er ist gemein, er trinkt, ich habe Angst vor ihm...«

Dazu hast du vielleicht auch allen Grund... Und dieser Tony, warum haben sie ihn denn eingesperrt? Einen Arm gebrochen, brrr... Scheint ja nicht gerade ein sanfter Typ zu sein. Das Leben der armen Hélène ist ein wahres Melodram. Darüber könnte ich glatt mein eigenes Unglück vergessen.

»Wenn er Virginie anrührt, hole ich die Polizei. Ich habe es ihm neulich gesagt: Es kommt nicht in Frage, daß ich so etwas noch einmal durchmache. Das könnte ich nicht ertragen.«

›Erzähl mir von Tony‹, würde ich ihr am liebsten zurufen.

»Manchmal kommen mir gewisse Ideen, ich kann mich niemandem anvertrauen, aber ich frage mich... ich sage mir, daß Tony vielleicht... Aber das ist unmöglich, er ist in Marseille. Er wird nie im Leben rauskommen, sie haben ihn zu den gemeingefährlichen Kranken gesteckt, verstehen Sie? Aber wenn... aber wenn er doch rauskäme? Wenn er zurückgekommen wäre, um sich seine Tochter zu holen? Er hat mir gesagt, er würde mich umbringen, wenn er mich fände, er würde alle töten, die sich ihm in den Weg stellen.«

Das wird ja immer besser. Zuerst hatten wir nur einen Kindermörder, jetzt haben wir auch noch einen geisteskranken Ex-Ehemann.

»Darum haben sie ihn ja auch eingesperrt. Wegen des Mordes. Und jetzt...«

»So, da sind wir wieder! Hat es nicht zu lange gedauert?« Nicht lange genug, Yvette! Hélène hat sich schon erhoben.

»Überhaupt nicht. Wir haben ein wenig geplaudert. So, wir müssen jetzt gehen, wir wollten nur kurz guten Tag sagen. Kommst du, Virginie? Vielen Dank für die Erfrischungen, Yvette. Bis morgen.«

»Bis morgen, noch einen schönen Abend.«

»Das hoffe ich«, meint Hélène sarkastisch beim Hinausgehen.

»Alles in Ordnung?« erkundigt sich Yvette.

Handheben. Mein Gehirn arbeitet auf vollen Touren, meine gute Yvette. Stell dir vor, eine neue Person namens Tony hat die Bühne betreten, und er scheint mir nicht von schlechten Eltern. Denn wen würde Virginie mehr schützen als Paul? Ihren leiblichen Vater! Und schon wird uns ein Kindermörder auf dem Silbertablett präsentiert! Doch während ich meine brillanten Theorien durchgehe, wird die Beerdigung von Joris vorbereitet. Das Leben ist eben kein Roman!

Aufgrund meiner persönlichen Erfahrung würde ich sogar sagen, daß das Leben manchmal wirklich beschissen ist.

Wäre ich lieber tot? O nein, das muß ich eingestehen. Selbst wenn das Leben häßlich, traurig, grausam und ungerecht ist, bin ich lieber lebendig.

Ende des philosophischen Exkurses. Kommen wir wieder zur Sache. Hélène hat von einem Mord gesprochen. Virginies leiblicher Vater soll wegen eines Mordes, den er begangen hat, eingesperrt worden sein! Wenn er nun ausgebrochen wäre und Virginie ihn erkannt hätte… Das würde erklären, warum sie ihn schützt… Warum zum Teufel hat Yssart diese Möglichkeit nicht in Betracht gezogen? Weiß er überhaupt von Tonys Existenz? Einen Augenblick, mein Mädchen: Wie hätte Virginie einen Vater erkennen können, den sie seit ihrer frühesten Kindheit nicht mehr gesehen hat? Und wie hätte er sie wiederfinden können? Ich nehme nicht an, daß Hélène ihm ihre neue Adresse hinterlassen hat…

Gehen wir mal davon aus, daß er sie sich besorgt hat… Nein, besser noch, daß er aus dem Krankenhaus geflohen und zufällig hierhergekommen ist. Er läßt sich in der Gegend nieder und verspürt den unwiderstehlichen Drang, Kinder zu töten. Eines Tages beobachtet Virginie ihn und… Nein, das geht nicht, sie kann ihn ja nicht wiedererkennen. Außer, er hätte sie erkannt… Ja, vielleicht hat er sich im Krankenhaus Informationen über seine Tochter beschafft, ein Foto oder irgend etwas. Er erkennt sie also, sagt ihr, wer er ist, und Virginie kann ihn nicht mehr verraten, so! Dann schreibe ich das Wort »Ende« unter die Geschichte und suche mir einen Verleger.

Mir fällt es leichter, solche Theorien auszuarbeiten, da für mich die Menschen lediglich Stimmen sind, imaginäre Gesichter; ich kenne weder ihr Lächeln noch ihren Blick, nicht die Beschaffenheit ihrer Haut, ihre Haltung...

Könnte ich meine Hand wieder richtig gebrauchen, könnte ich Fragen stellen... in schriftlicher Form. Wenn ich bedenke, wie sehr ich es gehaßt habe, Postkarten zu schreiben. Jetzt würde ich Tausende schreiben, ohne mich zu beklagen, auch wenn ich die Briefmarken ablecken und aufkleben müßte.

Yvette räumt die Küche auf, dann höre ich sie im Schrank kramen.

»Also kommt die Sonne nun endlich? Ich habe solche Kreuzschmerzen, mein Rheuma, bei all diesem Regen... Catherine ist spät dran...«

Ach, du liebes bißchen, die habe ich ja total vergessen! Ah, es klingelt.

»Entschuldigen Sie, ich habe mich verspätet.«

»Ja, ich habe gerade zu Elise gesagt...«

»Ich habe Hélène Fansten getroffen, und wir haben ein wenig geplaudert, Sie wissen ja, wie das ist«, erklärt sie, während sie mich auf den Massagetisch hebt. »Na, es geht uns also viel besser, was? Wir können schon die Hand bewegen? Gut so!«

An dem Tag, an dem ich sie wirklich bewegen kann, werde ich sie dir als erstes mitten ins Gesicht klatschen, meine Liebe! sage ich mir mit der für mich so typischen Eleganz.

»Madame Fansten sah wirklich nicht gut aus«, brüllt Catherine mit dröhnender Stimme, was darauf schließen läßt, daß Yvette sich in einem anderen Zimmer befindet. »Ich frage mich sogar, ob sie nicht etwas zu viel getrunken hatte...«

»Hélène?« entrüstet sich Yvette.

»Ja, sie hatte eine richtige Bierfahne.«

»Ach«, erklärt Yvette, »sie hat vor einer halben Stunde hier ein Bier getrunken.«

»Aber sie wirkte trotzdem eigenartig. Oder sie steht unter Drogen. Wissen Sie, heutzutage ist ja alles möglich... Auf alle Fälle hat sie mir komische Sachen erzählt. Über ihren Mann. Daß er sehr nervös sei, und daß sie manchmal regelrecht Angst habe, daß er lieber zum Arzt gehen sollte... Ich habe bei mir gedacht, daß eher sie diejenige ist, die ärztliche Hilfe braucht. Paul Fansten ist wirklich ein netter Kerl, immer freundlich... Dabei hat er es nicht gerade leicht im Leben... Übrigens, haben Sie die Sache mit dem kleinen Joris gehört? Wie entsetzlich!«

Sie dreht mich mit einem Ruck um und macht sich über meinen Rücken her. Ich muß zugeben, daß mir das guttut, manchmal habe ich den Eindruck, daß mein ganzer Körper völlig verkrampft ist. Ich spüre, wie sich ihre kräftigen Finger in mein weiches Fleisch graben, ohne daß sie auch nur eine Sekunde aufhören würde, mit ihrer schrillen Stimme weiterzuplappern.

»Nein, denken Sie doch mal, wie er ausgesehen haben muß, von einem Zug zermalmt! Und der Vater mußte ihn identifizieren! Nein, im Moment ist wirklich alles furchtbar. Bei Carbonnel gibt es Entlassungen, unter uns lebt ein geistesgestörter Mörder, das Wetter spielt verrückt, alles geht daneben... Wie die Sache mit dem armen Stéphane... Stéphane war so ein netter Kerl. Viel zu nett. Er hätte lieber auf seine Frau achtgeben sollen. Ich sage ja nicht gerne Schlechtes über andere, aber wenn ich bedenke... Sie hat gut daran getan, sich umzubringen!«

»Catherine! So etwas darf man doch nicht sagen!« entrüstet sich Yvette.

»Na, also ich weiß, was ich weiß. Auf alle Fälle ist es unmöglich, daß er es war, nein, nicht Stéphane Migoin, das ist garantiert ein Komplott.«

Aha, die großen Geister treffen sich! Wenn Catherine die Große derselben Ansicht ist wie ich, sollte ich vielleicht schleunigst meine Theorie noch mal überdenken.

»Ich bin mir ganz sicher, daß es einer von Sophies Liebhabern war!«

»Sie sollten nicht auf diesen Klatsch hören«, protestiert Yvette.

»Aber das ist kein Klatsch! Ich habe sie mit eigenen Augen zusammen mit Manuel Quinson in einer Crêperie in Saint-Quentin gesehen.«

Schon wieder Manu! Laß Manu aus dem Spiel, er bringt alles durcheinander! Alles wäre so einfach, wenn Paul ihr Liebhaber gewesen wäre!

Jetzt kümmert sich Catherine um meine Finger: ziehen, dehnen, dann muß ich meine neuen Fähigkeiten unter Beweis stellen.

»O verdamm mich!« ruft sie jovial aus. »Ich hätte nie gedacht, daß sie das schaffen würde. Jetzt werden wir an den Fingern arbeiten, los…«

Ich habe das Gefühl, ein Feuerstrahl durchzuckt meine Muskeln, ich spüre ihn bis in die Handgelenke.

»So, krümmen! Eins-zwei, eins-zwei!«

Der Strahl läuft unter meiner Haut entlang, und meine ganze Hand ist ein einziger Schmerz, ein köstlicher Schmerz, ein lebendiger Schmerz! Lebendig!

Wir sind fertig. Catherine die Große packt ihre Sachen, hebt mich in den Rollstuhl und wischt mir das Gesicht ab.

»Sie hat geschwitzt, das heißt, daß sich etwas bewegt«, meint sie zu Yvette. »Also, ich gehe. Bis morgen.«

Ich bleibe allein zurück. Ich unterhalte mich, indem ich in meinem Rollstuhl herumfahre, den ich jetzt viel besser bedienen kann. Ich hebe die Hand und schlage mit aller Kraft auf die Bedienungsknöpfe, das ist super! Der Rollstuhl macht einen Satz nach vorne, nach hinten.

Ich höre Yvette hinter mir seufzen, ohne daß sie etwas zu sagen wagt; ich fühle mich, als wäre ich vier Jahre alt. Um mich herum nur Katastrophen, ganze Familien zerbrechen, und ich mache Fortschritte, tauche wieder an der Oberfläche des Lebens auf… Natürlich habe ich andere Empfindungen als die Mitmenschen in meiner Umgebung, aber was kann ich dafür? Soll ich mir etwa Hoffnung und Freude verbieten?

12

Sie haben den kleinen Joris beerdigt. Noch einen. Noch ein kleiner Sarg. Allein schon bei dem Gedanken wird mir übel. Und niemand ahnt etwas!

Draußen tobt ein furchtbarer Sturm. Man könnte meinen, ein Riese mache sich einen Spaß daraus, die Bäume zu schütteln. Trübsinniges Wetter, man hört das Rauschen der feuchten Blätter. Yvette ist einkaufen gegangen und hat mir eine Literatur-Kassette in den Recorder eingelegt. *Bestie Mensch* von Zola. Ich liebe Zola, aber der Titel ist unter den gegebenen Umständen nicht gerade geschmackvoll. Guillaume hat mir die Kassette neulich abends geschenkt. Ich habe mich wirklich gefreut. Aber ich konnte nicht umhin, mich zu fragen, ob vielleicht er der Mörder ist und die Absicht hatte, mich zu verspotten. Was ist denn nun wieder los? Das Band ist stehengeblieben, mitten im Satz. Ach, das geht mir wirklich auf die Nerven! Ich kann nichts unternehmen und muß warten, bis Yvette zurückkommt. Hm, da kommt ja jemand. Nein, doch nicht. Was ist nun wieder mit dem Kassettenrecorder los? Es knackt mehrmals. So ein blöder Apparat. Ah, es geht weiter.

»Es war kein Vergnügen, keine Freude, es war notwendig, unumgänglich, ich mußte sie töten, ich mußte sie an mich drücken, bis sie sich nicht mehr bewegten, bis sie ihren Frieden hatten…«

Komisch, an diese Passage erinnere ich mich gar nicht…

»…Ausschau halten, um seine Opfer auszuwählen… sich die weiche Haut vorstellen, so weich, sie ans Herz drücken, ihren Schrei hören, exakt den Moment abwarten, in dem das Leben aus ihrem kleinen Körper weicht, in dem sie wie eine Stoffpuppe sind, leblos. Wie ist das nur möglich, wie kann man sterben? Wie kann man in einem Augenblick warm und weich sein und im nächsten kalt und starr? Stirbt man wirklich...?«

Was hat das zu bedeuten?

»...Wie kann man das wissen? Nur, indem man sich in einem ruhigen Vorort unter den braven Bürgern niederläßt, über den Regen und das schöne Wetter plaudert, seinen Clubbeitrag bezahlt, seinen Rasen mäht und sich im Spiegel zulächelt, ein blutbeflecktes Lächeln, und dabei betastet man seine Schätze, meine kostbaren Schätze, die ich meinen kleinen Engeln abgenommen habe... Meinen kleinen Spendern...«

Mein Gott, das ist eine andere Kassette! Und die Stimme ist auch nicht dieselbe. Diese klingt rauh, metallisch, verfälscht, ja, eine elektronisch verfremdete Stimme und was sie erzählt... Das ist doch ganz unmöglich, und doch...

»... Man könnte meinen, daß es Haß oder Sadismus war, aber ich habe sie geliebt. Ich wollte sie liebhaben, sie festhalten, sie an mich drücken, sie küssen, doch sie wollen nicht, sie wehren sich, sie versuchen zu entkommen, sie begreifen nicht, daß ich ihnen nur helfen will, Frieden zu finden...«

Nein! Ich will das nicht hören! Aber wer hat dieses Band in den Recorder gelegt?

»...aber niemand versteht es. Man muß sich verstecken, den Rollstuhl der armen Elise Andrioli schieben und dabei denken, wie köstlich es wäre, ihr mit einem Skalpell den Bauch aufzuschlitzen, mit den Händen in die Wunde zu fahren und zu wissen, daß sie nicht schreien oder sich wehren kann, und ihr, ganz sanft, das Herz herausreißen... zusehen, wie ihr Mund sich mit Blut füllt, wie sie langsam stirbt, und dabei, o welche Ironie, mit ihren blinden Augen auf das Gesicht ihres Mörders starrt... Ich hasse dich, Elise. Die anderen habe ich nicht gehaßt, nein, ich habe sie geliebt, wirklich geliebt, aber dich, dich hasse ich...«

Schaltet dieses Band ab!

Wer hat die Kassette eingelegt? Wer hat sie gegen die Zola-

Kassette ausgewechselt? Plötzlich kommt mir ein grauenvoller Gedanke: *Er ist da, er ist da, hier neben mir* und hört sich mit einem Grinsen reden, ich bin sicher, er hält das Skalpell in seiner Hand, hört sich die Kassette mit an und beobachtet mich dabei.

»... Ja, genau das müßte man mit ihr machen, sie töten, sich dieser unnützen Kreatur entledigen, ihr die schlimmsten Leiden auferlegen, sie bestrafen...«

Aber wofür? Was habe ich denn getan? Die Stimme schweigt. Ich höre nichts mehr, nur noch Atemzüge. Kommen sie vom Band, oder sind sie dicht neben mir im Zimmer? Ich weiß es nicht, ich weiß nichts mehr, ich habe furchtbare Angst... da, es fängt wieder an... wieder diese elektronische Stimme und...

»Hallo – Guten Tag.«

O nein, nicht noch einmal, ich will das nicht noch einmal hören!

»Was machst du hier? – Ich pflücke Brombeeren für meine Mama. – Wenn du willst, helfe ich dir. Weißt du, du bist sehr hübsch... – Ich muß nach Hause... – Warte noch ein wenig... Bleib bei mir... – Nein, ich muß gehen, ich bin schon zu spät... – Komm! Ich habe eine Überraschung für dich. – Nein! – Komm, habe ich gesagt, komm zu mir! – Nein! Ahhh! Ahhh!«

Der Schrei hallt wider. Ich halte das nicht aus, ich halte das nicht mehr aus, aufhören, aufhören! Es bricht ab. Dieses Schwein hat sich aufgenommen! Er hat die Morde aufgenommen und hört sie sich abends zu Hause vom Band an, um zum Orgasmus zu kommen! Man muß ihn töten, das ist ein Monster... und *er ist hier*...

Eine Hand auf meinem Arm. *Warm. Lebendig.* Ich träume nicht. Ich schreie innerlich so laut, daß ich den Eindruck habe, mein Kehlkopf müsse zerspringen. Eine Hand an meiner Gurgel, die zudrückt, und noch etwas, etwas Kaltes, das Skalpell, mein Gott, das Skalpell. Es bohrt sich in mein Fleisch, das tut weh, bitte, so helft mir doch, er drückt noch fester zu, es

brennt, bitte, so helft mir doch, irgend jemand, bitte, bitte!
Nein, du Schwein, du Schwein! Er wird mich lebendig in
Stücke schneiden. Ich bringe dich um, du Schwein! Ich schlag
zu, ich schlag dir mitten ins Gesicht, du Schwein...

»Mademoiselle Andrioli? Sind Sie da?»

Yssart! Schnell! Schnell!

»Ich habe mir erlaubt, hereinzukommen, die Tür war offen,
und ich bekam keine Antwort auf mein...!«

Halt die Klappe und beeil dich! Schnell!

»Ah, da sind Sie... Ich wollte Sie sprechen... Aber was ist
denn passiert?«

Yssart! Er ist hier! Der Irre ist hier! Er hat sich in irgendeiner
Ecke versteckt, Vorsicht, er ist bewaffnet! Verflucht, warum
kann ich nicht sprechen!

»Ich rufe einen Krankenwagen. Alles ist gut.«

Nein, nichts ist gut, er wird erst dich, und dann mich töten.
Mich bei lebendigem Leib zerstückeln, und ich kann nicht einmal schreien. Ja, das wird er tun, genau wie er es mit den Kindern gemacht hat... Ich spüre, wie Tränen der Wut und der
Angst über meine Wangen laufen.

»Weinen Sie nicht, jetzt wird alles gut. Der Krankenwagen
kommt gleich. Wissen Sie, wer es war?«

Kein Zeigefinger. Wie soll ich ihm sagen, daß der Mörder
bestimmt hier ist... außer, er hätte sich hinter der Tür versteckt und wäre hinausgelaufen, während sich Yssart um mich
kümmerte... Wenn ich nur...

Ich spüre, wie etwas Warmes über meinen Arm rinnt.

»Bleiben Sie ganz ruhig. Bewegen Sie nur den Finger. Waren
Sie allein?«

Zeigefinger.

Die Kassette. Er muß sich die Kassette anhören. Trotz der
Schmerzen hebe ich die Hand und versuche, auf den Apparat
zu deuten.

»Vorsichtig. Was wollen sie mir sagen. Der Schrank?«

Ich senke den Arm.

192

»Nein, also nicht der Schrank. Die Wand? Die Vase? Das Bild? Die Stereoanlage?«

Zeigefinger.

»Etwas in der Anlage?«

Zeigefinger.

Er geht hin, und ich höre, wie er sich an dem Apparat zu schaffen macht.

»Da ist nichts, neben dem Apparat liegt nur eine Kassette, *Bestie Mensch.*«

Das Schwein hat die Kassette an sich genommen, ehe Yssart hereingekommen ist! Die Sirene eines Krankenwagens ist zu hören, ich fühle mich schlapp, mir ist kalt. Yssart legt den Arm um meine Schultern. Er riecht nach Rasierwasser:

»Da kommt der Krankenwagen. Alles wird gut, machen Sie sich keine Sorgen . . .«

Warum sollte ich auch? Das fragt man sich wirklich.

Das Geräusch von Schritten, Stimmen, man legt mich auf eine Trage und hebt mich hoch. Mir ist ein wenig schwindelig und so kalt. Ob ich viel Blut verloren habe? Türen knallen, man spricht mit mir, gibt mir eine Spritze. Yssarts ruhige Stimme: »Machen Sie sich keine Sorgen . . .«

Als ich aufwache, liege ich in einem Bett. Alles ist ruhig, nur zu meiner Linken ein Summen. Blumenduft. Eine Sekunde lang kommt mir der grauenvolle Gedanke, daß ich in einem Sarg liege und in der Leichenhalle aufgebahrt bin, dann reiße ich mich zusammen. Ich bin sicher im Krankenhaus. Mein rechter Arm scheint so schwer, er ruht neben meinem Körper auf der Decke, der linke liegt angewinkelt auf meiner Brust. Hoffentlich kann ich ihn noch bewegen . . . Ich versuche, ihn zu heben, es geht, aber es tut saumäßig weh, alles spannt. Die Tür öffnet sich.

»Vorsichtig! Sie sind gerade genäht worden!«

Die Stimme einer Frau, vermutlich um die Vierzig. Sicher eine Krankenschwester.

»Am rechten Arm haben Sie eine zehn Zentimeter lange Wunde, am linken Unterarm einige Schnitte, die Sie sich zugezogen haben müssen, als Sie zum Schlag ausholten.«

Schlag? Ich soll jemanden geschlagen haben?

»Wegen des Oberschenkels machen Sie sich keine Sorgen, die Wunde ist nicht sehr tief. Das gibt keine Narbe.«

Wie hätte ich denn schlagen können? Jemand betritt das Zimmer.

»Sie haben uns einen gehörigen Schrecken eingejagt!«

Inspektor Gassin. Er steht neben mir, ich nehme den Geruch von Leder wahr.

»Nun, was ist geschehen?«

Glaubt er, daß ich ihm etwas vorsingen werde, oder was? Er fährt fort:

»Ihre Yvette ist ohnmächtig geworden, als sie von der Sache gehört hat. Sie kam vom Einkaufen und hat gerade noch den Krankenwagen davonfahren sehen... Aber jetzt geht es ihr besser. Sie wartet draußen. Und Ihre Freunde, die Fanstens, auch. Wir gehen der Sache bereits nach. Die Jungs vom Labor haben Ihr Wohnzimmer genau untersucht, morgen bekommen wir die Ergebnisse. Hat der Typ irgend etwas gesagt?«

Nicht wirklich. Wie soll ich das erklären?

Ich hebe die Hand.

»Hat er gesagt, was er wollte?«

Handheben.

»Wollte er, ich meine... hat er versucht, Sie zu mißbrauchen?«

Kein Handheben. Ich verstehe plötzlich, daß es für ihn ein einfacher Angriff war, der nichts mit den Kindermorden zu tun hat. Vielleicht hat auch Yssart keinen Zusammenhang gesehen. Man wird die Sache als Angriff auf eine alleinstehende Frau werten und das war's. Ich könnte ihnen sowieso nicht die Kassette vorspielen, auf der er aufgenommen hat, wie er... Allein bei dem Gedanken zieht sich mein Magen zusammen. Was? Was redet er da?

»...müssen Sie sich ausruhen... Ich komme morgen wieder.«

Und Yssart? Wo ist Yssart? Mit ihm will ich sprechen, er ist der einzige, der mich versteht!

Natürlich hört Gassin meine stumme Bitte nicht.

»Elise, mein Kleines!«

Yvette! Ich weiß, daß sie weint.

»Oh, mein Gott, ich habe solche Angst ausgestanden! Ich habe geglaubt, Sie wären tot!«

Ich auch, Yvette.

»Es ist meine Schuld, dabei war ich ganz sicher, die Tür abgesperrt zu haben, ich werde langsam alt«, stotterte sie schniefend.

Er wäre trotzdem hereingekommen. Meine arme Yvette! Ich möchte sie in die Arme schließen und trösten.

»Gott sei Dank haben Sie den Arm bewegen können. Wäre er acht Tage früher gekommen, hätte er Sie getötet. Auf dem Boden hat man ein sonderbares Messer gefunden, Sie müssen ihm mitten ins Gesicht geschlagen haben, deshalb hat er es fallen lassen...«

Ein Schlag, davon hat auch schon die Krankenschwester gesprochen. Ja, ich erinnere mich, wie mich der Zorn überwältigt hat, und an dieses Gefühl zuzuschlagen, zuzuschlagen...

»Die Polizei hofft, daß er auch verletzt ist. Sie haben Blutproben genommen und überall ihr Puder ausgestreut, wegen der Fingerabdrücke, wie in *Les Cinq Dernières Minutes*. Paul und Hélène sind auch da, aber die Krankenschwester will sie nicht zu Ihnen lassen. Sie sagt, Sie brauchen Ruhe, durch den Schock ist Ihr Blutdruck abgesackt, Sie waren leichenblaß. Oh, ich bin so froh, daß Ihnen nichts Ernstes passiert ist...«

Sie beugt sich spontan zu mir herab und küßt mich auf beide Wangen, zwei große, schmatzende Küsse. Weine ich? Es wäre möglich, ich spüre etwas Feuchtes auf meinen Wangen.

»Ich komme morgen wieder. Ruhen Sie sich aus«, meint Yvette, ehe sie das Zimmer verläßt.

Ich schnuppere. Die Blumen sind sicher von ihr. Oder von den Fanstens? Oder von Guillaume? Guillaume... Er hat mir die Zola-Kassette gebracht... Sie war vielleicht manipuliert... Nein, falsch, Yssart hat sie gesehen. Das beweist gar nichts, er hat sie ja nicht gehört... Verflucht, jetzt geht das schon wieder los! Schon wieder turnt das Eichhörnchen durch meinen Kopf. Ich habe Schmerzen im Arm. Sie haben das Messer am Boden gefunden, um so besser, ich hoffe, ich habe dem Schwein die Nase eingeschlagen, ich hoffe, ich habe ihm wehgetan, so wie er mir! Oh, wenn ich könnte, ich würde ihn... In jedem Fall ist der Schrecken offenbar ein sehr wirksames therapeutisches Mittel. Wenn ich nach jedem Mordanschlag ein weiteres Gliedmaß bewegen kann, werde ich darum bitten, daß man mich nachts in den verrufensten Vierteln spazierenfährt.

Er hat diese Aufnahme für mich vorbereitet. Ich sollte sie hören. Er wollte, daß ich Angst habe. Diese Grausamkeit und die Vorstellung, daß er die Morde aufgenommen hat... Wie kann ein Mensch so etwas tun? Sicher, die Nazis haben ihre Hinrichtungen in den Konzentrationslagern auch gefilmt... Vielleicht ist man, wenn man eine gewisse Grenze überschritten hat, zu allem fähig... Er muß seine Stimme mit einem jener Apparate verfremdet haben, die man in Versandhauskatalogen findet. Früher habe ich einmal eine Werbung gesehen, in der ein Typ in so einen kleinen Apparat sprach und lachte: »Verblüffen Sie Ihre Freunde mit dem Stimm-Modulator, selbst Ihre eigene Mutter wird Sie nicht wiedererkennen.« Damals habe ich mir gesagt, daß diese Erfindung der Traum eines jeden Erpressers sein muß.

Ich bin müde. Sie haben mir sicher ein Beruhigungsmittel gegeben. Gleich werde ich einschlafen. Ich bin in Sicherheit. Keine Gefahr mehr. Ich bin im Krankenhaus.

»Elise! Wachen Sie auf! Wachen Sie auf!«

Huummm, was ist denn los?

»Hören Sie mir gut zu.«

Mit einem Schlag bin ich völlig wach. Es ist Yssart. Er beugt sich über mich und faßt mich bei den Schultern.

»Ich habe nicht viel Zeit. Die Laboruntersuchung hat nichts ergeben. Die Fingerabdrücke stammen von Yvette, Guillaume und den Fanstens. Keine Fingerabdrücke auf dem Messer, nebenbei bemerkt, ein sehr scharfes Messer, Marke Laguiole. Nur Ihr eigenes Blut. Der Angreifer trug sicherlich Handschuhe.«

Wie Sie. Ich spüre das Leder Ihrer Handschuhe durch mein dünnes Krankenhausnachthemd.

»Wir stecken in einer Sackgasse. Niemand will wahrhaben, daß zwischen dem Angriff auf Sie und den Morden eine Verbindung besteht. Sie wollen bei der Theorie bleiben, daß Stéphane Migoin der Mörder ist. Der wahre Mörder läuft also noch frei herum und kann tun und lassen, was er will. Ich kann die Verfolgung der Angelegenheit in der Öffentlichkeit nicht mehr rechtfertigen. Man würde mich daran hindern. Also hören Sie mir gut zu: Ich werde einen anderen Weg finden, die Sache weiterzuverfolgen, aber machen Sie sich keine Sorgen, ich gebe auf Sie acht, das verspreche ich.«

Aber was erzählt er da? Geht er in den Untergrund oder was?

»Wir beide wissen, daß er sich ganz in Ihrer Nähe befindet. Und in Virginies Nähe. Er ist ganz nah, ich weiß es, ich fühle es, ich folge seiner Spur, ich bin ihm dicht auf den Fersen, darum wird er jetzt auch wild, er hat Angst. Ich kenne den Geruch der Angst.«

Schon wieder einer, der durchdreht... Nicht Sie, Yssart. Logisches Denken zeichnet den Menschen aus!

»Wissen Sie, warum man jedes Rätsel lösen kann? Weil es kein Schloß ohne Schlüssel gibt und keinen Schlüssel ohne Schloß. Um hinter ein Rätsel zu kommen, muß man die Lösung kennen, sie ist der wichtigste Bestandteil des Rätsels. Wenn man das weiß, braucht man keine Angst mehr zu haben.«

Ich verstehe kein Wort von dem, was er da erzählt.

»Kennen Sie die Legende von Isis und Osiris?«

Isis und Osiris? Ägypten und die Pharaonen? Gleich nach dem Aufwachen?

Er erhebt sich:

»Bis bald, Elise.«

Ein Luftzug, dann nichts mehr. Er hat sich in nichts aufgelöst. Hat er sich vielleicht in eine Fledermaus verwandelt, die durch den fahlen Himmel schwebt? Wie spät mag es sein? Alles ist so ruhig.

Die Tür öffnet sich. Schritte. Ich halte den Atem an. Jemand beugt sich über mich und zieht meine Bettdecke zurecht, ich hebe die Hand.

»Ah, Sie sind wach? Sie müssen schlafen, es ist erst drei Uhr. Keine Angst, ich komme jede Stunde vorbei.«

Lautlos verläßt die Krankenschwester das Zimmer.

Drei Uhr morgens. Yssart um drei Uhr morgens in meinem Zimmer! War das eine Halluzination? Er nennt mich Elise und erzählt mir eigenartige Dinge. Nimmt er Drogen? Oder läßt mein fataler Charme alle Männer, denen ich begegne, ausrasten? Isis und Osiris... Soweit ich mich erinnere wurde Osiris getötet und seine Leiche zerstückelt, und Isis versuchte, ihn wieder zusammenzusetzen, sie sammelte all die verstreuten Stücke ein, um ihn wieder zum Leben zu erwecken. Ich sehe keinen Zusammenhang zu den Morden hier in Boissy-les-Colombes im 20. Jahrhundert... Bei Zeus! Die Körperteile! Die Augen, die Haare, die Hände, das Herz... Aber wer soll »rekonstruiert« werden? Renaud? Sollte Paul nach dem Mord an seinem Sohn wahnsinnig geworden sein und versuchen, ihn wieder zusammenzusetzen? Nein, die Mordserie hat schon früher begonnen! Nein, verzettle dich bloß nicht!

Und was habe ich mit der Sache zu tun? Warum werde ich angegriffen? Welche Beziehung besteht zwischen mir und den Kindern? Gibt es vielleicht zwei Mörder? Zwei Verrückte in derselben Stadt?

Schlafen, die Frau hat gut reden! Sie ist schließlich nicht mitten in der Nacht von einem irren Kommissar besucht worden, nachdem sie nachmittags fast umgebracht worden wäre... Sie hätte mir lieber eine Spritze geben sollen, eine gute kleine Spritze, die einen auf die große Weide schickt... wo es keine Angst oder sonstwas gibt... Wenn ich als kleines Kind nicht schlafen konnte, stellte ich mir einen Gummiball vor, der einen Gang entlang oder eine Treppe herunterhüpfte, und ich folgte ihm mit den Augen und folgte ihm... folgte ihm...

Ich habe Kopfschmerzen. Ich liege in meinem Bett, die Krankenschwester hat mich gerade gewaschen, mir die Schüssel untergeschoben und meinen Verband gewechselt. Sie hat mir erzählt, daß es draußen grau und sehr kalt ist. Die Wunden scheinen gut zu verheilen. Dieser elende Mistkerl hat mir den ganzen rechten Arm aufgeschnitten und den rechten Oberschenkel, lange, ein Zentimeter tiefe Schnitte. Der linke Unterarm, den ich ihm ins Gesicht geschleudert habe, wurde beim Ausholen vom Messer gestreift, die Wunden sind nur oberflächlich. Eigentlich habe ich keine Schmerzen, sie haben mir bestimmt ein Schmerzmittel verabreicht.

Warum zum Teufel ist Yssart mitten in der Nacht in mein Zimmer gekommen? Das erinnert mich an Stéphanes Anruf, um mir mitzuteilen, er müsse fliehen. Die Krankenschwester fragt mich, ob sie den Fernseher einschalten soll, ich hebe die Hand. Ablenkung ist immer gut. Sie wechselt von einem Kanal zum anderen, bis sie im dritten Programm eine wissenschaftliche Sendung für Jugendliche gefunden hat. Da kann ich wenigstens noch was lernen. Ich höre eine halbe Stunde aufmerksam zu, dann öffnet sich die Tür.

»Elise? Wie geht es Ihnen?«

Yvette. Ich hebe die Hand. Hinter ihr eine weitere Stimme: »Guten Tag, Elise.«

Hélène.

»Geht es dir jetzt gut?«

199

Virginie.

»Leise, Virginie, Lise ist sehr müde.«

Paul. Sie sind alle drei da. Die drei Chaoten. Warum denke ich das? Ich weiß nicht, einfach so, ganz spontan.

»Sie haben uns einen schönen Schrecken eingejagt!« sagt Hélène.

»Tut es noch sehr weh?« erkundigt sich Virginie.

»Ein ruhiges Zimmer«, stellt Paul fest, und ich stelle mir vor, wie er von einem Bein aufs andere tritt, wie es Männer in Krankenhäusern oft tun.

Ich hebe ganz zufällig die Hand, um zu zeigen, daß alles in Ordnung ist.

»Ich habe Inspektor Gassin gesagt, daß ich ganz sicher war, die Tür abgeschlossen zu haben, doch dann habe ich mich erinnert: Ich wurde von einem herabfallenden Ast abgelenkt, Sie wissen ja, wie mir dieser Wind zusetzt«, sagt Yvette, die Schuldgefühle hat.

»Der Kommissar ist tot«, verkündet Virginie.

»Virginie!« ruft Paul sichtlich verärgert.

Yssart tot?

»Er hat gestern abend gegen neun Uhr in seiner Pariser Wohnung einen Herzinfarkt erlitten«, erklärt Hélène in dem betretenen Schweigen. »Inspektor Gassin hat es uns heute morgen erzählt. Na ja, wir haben ihn eigentlich nicht so oft gesehen, vielleicht zwei-, dreimal...«

Eine eisige Kälte überkommt mich. Wenn Kommissar Yssart gestern abend um neun Uhr zu Hause gestorben ist, *wer* hat dann um drei Uhr nachts hier mit mir gesprochen? Habe ich das nächtliche Treffen nur geträumt?

»Man muß sagen, daß er nicht sonderlich gesund aussah...«, fügt Paul hinzu, »er sah so aus, als würde er gern mal ein Gläschen trinken...«

Yssart? Aber er roch nie nach Alkohol... Was sind das eigentlich für Menschen, die da reden? Sind sie real? Bin ich real? Ich spüre, wie meine Hand krampfhaft die Bettdecke sucht. Die Bettdecke ist real. Meine Hand. Sie schließt sich, sie klammert sich an der Bettdecke fest. Phantastisch.

»Seht mal! Elise kann die Hand schließen«, verkündet Virginie triumphierend.

»Wir müssen Raybaud Bescheid sagen! Schwester!«

Yvette läuft aufgeregt hinaus.

»Das mit dem Kommissar tut mir leid, aber Gassin zufolge wäre der alte Herr sowieso nicht mehr lange im Dienst geblieben. In einigen Monaten sollte er in Rente gehen. Ehrlich gesagt hatte ich den Eindruck, daß Gassin ihn ein wenig kritisierte, er fand ihn zu ›weich‹, wenn Sie verstehen, was ich meine.«

Yssart? Er soll sechzig Jahre alt gewesen sein? Mit der Stimme?

»Ich habe der Schwester gesagt, sie soll Raybaud verständigen. Bei all diesen Geschichten weiß man gar nicht mehr, woran man ist«, bemerkt Yvette bedrückt. »Und jetzt auch noch der Kommissar... Auf dieser Stadt lastet anscheinend wirklich ein Fluch!«

»Nun, nun, es kommen auch wieder bessere Zeiten, zwangsläufig. Irgendwann geht es wieder aufwärts«, meint Paul tröstend. »Außerdem, der Kommissar, in seinem Alter, das ist etwas anderes... Das ist doch nicht so ungewöhnlich, er war sicher überarbeitet.«

»Das stimmt, und seinem gelblichen Schnurrbart nach zu urteilen hat er geraucht wie ein Schlot«, pflichtet Yvette bei.

Aber er roch nie nach Tabak. Das ist ganz unmöglich. Sie sprechen nicht von Yssart.

Ich hebe die Hand.

»Ja, Elise? Sie wollen uns etwas sagen?« erkundigt sich Paul.

Ich balle und öffne die Faust und versuche, seitlich mit dem Arm auszuholen. Ich will einen Stift! Papier und einen Stift! Mein Arm schnellt steif zur Seite und schlägt gegen irgendeinen Gegenstand, der polternd zu Boden fällt.

»Lise, Vorsicht!«

Splitterndes Glas. Flüstern: »Sie ist nervös... besser nicht vom Kommissar sprechen... die Krankenschwester rufen...«

Ja, ja, ruft die Schwester! Verdammt noch mal, ich will doch nur verstehen, was hier vor sich geht!

Die Schwester kommt, sammelt die Scherben ein und gibt mir eine Spritze.

»Sie müssen vorsichtig sein, Sie dürfen sich nicht so aufregen.«

Ich verstehe die unterschwellige Drohung sehr gut: »Sonst bekommen Sie eine höhere Dosis Beruhigungsmittel.«

»Kommen Sie, Sie sollten jetzt gehen, sie braucht Ruhe.«

Sie verlassen schweigend das Zimmer. Mein Arm schmerzt. Ich presse die linke Hand noch ein- oder zweimal zusammen und stelle mir vor, daß ich dem Mistkerl, der an mir herumgesäbelt hat wie ein Metzger, die Kehle zudrücke. Das tut gut. Wenn diese verflixte Hand endlich einen Stift halten kann, werde ich mit den anderen kommunizieren können. Ich fühle mich matt. Sicher die Spritze... matt, so matt...

Ich wache auf, schlafe wieder ein, werde von Alpträumen geplagt, bin schweißgebadet und bekomme wieder ein Beruhigungsmittel verabreicht. Mindestens zwei Tage lang schlage ich mich in meinem Wattekokon, durch den die Außenwelt nur gedämpft zu mir vordringt, allein mit meinen Ängsten herum. Undeutlich nehme ich eine Stimme wahr:

»Für Sie ist ein Päckchen abgegeben worden.«

Ein Päckchen? Kann ich nicht öffnen, zu müde, wie spät ist es? Ist es Tag oder Nacht? Ich friere, ich schwitze. Ich will aufwachen, meine Beine bewegen, mich am Fuß kratzen. Ich will laufen! Ich bin völlig erschöpft. Muß schlafen. Tief und traumlos schlafen. Schlafen.

Heute bin ich viel klarer. Ich bin darauf bedacht, ruhig zu wirken, bewege die Hand nur, wenn man mich etwas fragt, und das scheint Früchte zu tragen. Ich muß viel trinken, man setzt mich, von Kissen gestützt und von einem Gurt gehalten, im Bett hin. Übungen gegen das Wundliegen, das kenne ich ja schon. Ich lasse alles mit mir geschehen, öffne und schließe die Hand, hebe den Arm, wenn man mich dazu auffordert. Man lobt mich für mein Können und läßt mich in Ruhe. Und schon verfalle ich wieder in meine düsteren Gedanken.

Yssart tot. Das ist doch nicht möglich! Er kann nicht tot sein und mit mir sprechen! Oder Virginie hat die Wahrheit gesagt und die Toten laufen herum und beobachten uns. All die toten Kinder mit ihren leeren Augen um mich herum... Und Benoît mit durchgeschnittener Kehle..., der sich zusammen mit ihnen über mich lustig macht... Und Yssart, ein hochgewachsener Toter mit langen Pianistenfingern und sanfter Stimme. Unmöglich. Einen Stift. Wenn ich nur einen Stift hätte...

»Soll ich es öffnen?«

Diese blöde Krankenschwester hat mich vielleicht erschreckt. Ich war ganz in meine Gedanken vertieft. Aber was will sie denn?

»Ich meine das Päckchen, soll ich es öffnen?«

Ach, das habe ich also gar nicht geträumt? Ein Päckchen für mich? Vielleicht hat mein Onkel Süßigkeiten geschickt? Ich hebe die Hand, um ihr zu zeigen, daß sie es öffnen soll.

»Einen Augenblick... Warum die nur immer soviel Klebeband benutzen...«

Das Papier knistert.

»So. Aber... was ist denn das? Ah, eine Herrenbrille mit einem großen Horngestell, ein Paar schwarze Lederhandschuhe, und das... das ist ein falscher gelber Schnurrbart und das, hm, eine weiße Perücke mit einem leicht gelblichen Stich. Sehr eigenartig, aber ich nehme an, Sie wissen, was das zu bedeuten hat...«

Nein, meine Kleine, ich habe keine Ahnung. Normalerweise empfange ich keine Päckchen, die Scherz- und Kostümartikel enthalten. Hat sich irgendein Clown in der Adresse geirrt? Ein Clown. Gelber Schnurrbart. Schwarze Handschuhe. Yssart!

203

Mein Gott, *es war ein falscher Yssart!* Vier Monate lang ist ein falscher Yssart durch die Stadt gelaufen, ohne daß es jemandem aufgefallen wäre! Darum ist er in jener Nacht gekommen, um mir zu sagen, daß er nicht weitermachen könne. Weil der echte Kommissar Yssart gestorben war! Also konnte er mich auch nicht weiter besuchen. Aber... wer ist der falsche Yssart? Und vor allem, woher war er so gut informiert? Und warum wollte er mit mir sprechen?

»Ich muß gehen, bis später.«

Genau, auf Wiedersehen. Plötzlich kommt mir ein unangenehmer Gedanke. Yssart ist in genau dem Augenblick gekommen, als der Typ mit seinem Messer an mir herumschnitt. Ich habe Yssart nicht hereinkommen hören. Und wenn... *er es nun gewesen wäre, wenn er sich all die Wochen einen Spaß gemacht und mit mir Katz und Maus gespielt hätte?*

Und wie soll ich es den anderen sagen? Wie soll ich mich verständlich machen?

Aber wenn Yssart der Mörder ist, warum ist er dann nachts gekommen, um mit mir zu reden? Und warum hat er die Gelegenheit nicht genützt, um mich zu töten?

Schluß mit all diesen Fragen! Ich will Antworten! Ich spüre, wie Tränen der Ohnmacht und der Frustration in mir aufsteigen. Wütend knülle ich das Bettuch in der Hand zusammen.

»Na, Elise? Wie es scheint, machen wir ja jeden Tag Fortschritte?«

Raybaud.

»Das ist sehr gut. Das hätte ich nicht für möglich gehalten...«

Er unterbricht sich und hüstelt.

»Ich habe für nächste Woche einen Termin beim Neurochirurgen ausgemacht. Man darf natürlich nicht zu optimistisch sein, denn eine Stagnation im Genesungsverlauf kann jederzeit eintreten, aber das wäre doch auch schon etwas, nicht wahr?«

Aber natürlich! Ich bin sicher, an meiner Stelle wärst du total begeistert.

»Also, ruhen Sie sich inzwischen schön aus, ich komme morgen wieder vorbei.«

Weg ist er.

»Guten Tag.«

Gassin!

»Ich werde Sie nicht lange stören. Ich nehme an, Sie haben von der Sache mit Kommissar Yssart gehört...«

Ich hebe die Hand. Apropos Kommissar, wenn du wüßtest, mein Junge!

»Erinnern Sie sich an das Messer, das wir gefunden haben, das Laguiole? Es hat einen gelben Schildpattgriff und eine etwa zehn Zentimeter lange Klinge, ein zierliches Modell, fällt Ihnen dazu etwas ein?«

Ich überlege. Nein. Doch, es erinnert mich vage an etwas, aber an was? Mein Onkel besitzt ein Laguiole mit einem dunklen Griff. Aber dies... also keine Hand.

»Schade. Es hätte uns weiterhelfen können, den Besitzer zu finden... Wir nehmen an, der Kerl hat im Garten gelauert, und als er Madame Holzinski hat weggehen sehen, die Gelegenheit genutzt. Er war vermutlich überrascht, als Sie zugeschlagen haben, und hat lieber das Weite gesucht. Aber es gibt einen Punkt, den ich nicht verstehe. Wer hat den Krankenwagen angerufen? Die Sanitäter sagen, bei ihrer Ankunft sei ein Mann bei Ihnen gewesen. Hier die Beschreibung: etwa 1,85 groß, sehr schlank, schwarzes Haar, dunkle Augen.«

Yssart! Der echte Yssart! Ohne seine Verkleidung!

»Der Mann hat ihnen gesagt, er wolle auf die Polizei warten. Aber dann war er spurlos verschwunden. Wissen Sie, wer das war?«

O ja, ich weiß es. Was soll ich tun? Ich hebe die Hand und drehe den Arm zur Seite.

»Ähm, warten Sie, wollen Sie mir etwas zeigen?«

Ich hebe die Hand.

»Gut, aber was? Befindet es sich hier im Zimmer?«

Handheben. Ich drehe wieder den Arm.

205

»Äh... in dem Karton da?«

Handheben. Ich frohlocke. Ich höre, wie er durchs Zimmer geht und den Karton öffnet.

»Verflucht! Was ist denn das? Das sieht ja aus wie... Verdammt noch mal, das ist doch nicht möglich...«

O doch mein Junge, es ist möglich. Ich höre, wie er mit irgend etwas herumhantiert, dann ein Piepsen, anscheinend hat er ein Handy dabei.

»Hallo, hier Gassin. Ja, gib mir Mendoza. Es ist dringend... Wie, auf dem Klo? Gut, ich warte.«

Wir warten schweigend, er trommelt nervös auf dem Bettpfosten herum.

»Mendoza...? Hör mal, das ist mir völlig egal, ich hab' hier vielleicht was Komisches entdeckt...! Ich bin im Krankenhaus bei der Andrioli... Ja genau. Du erinnerst dich, daß man uns gesagt hat, ein Mann habe den Krankenwagen gerufen, ein Unbekannter. Gut, in ihrem Zimmer steht ein Päckchen, zugestellt durch... warte mal... ›Express Kurierdienst, Place Thiers 25, Saint-Amboise‹, und in dem Päckchen befinden sich eine Perücke, ein falscher Schnurrbart und eine Hornbrille. Und weißt du, was? Es ist dieselbe Brille wie die vom Chef! Und derselbe Bart... Aber nein, das ist kein Witz... Schick sofort jemanden zu diesem Express Kurierdienst, verstanden...? Nein, sie hätte es nicht sehen können, sie ist blind... Aber niemand kannte Yssart, Kommissare sind schließlich keine Stars. Er brauchte ihm ja nur in etwa ähnlich zu sehen... Okay, bis gleich!«

Nach einer Weile wendet er sich an mich:

»Entschuldigen Sie, ich habe nur im Büro Bescheid gegeben. Hat Ihnen eine Krankenschwester das gebracht?«

Handheben.

»Das ist doch wirklich unglaublich! Und eine so alberne Geschichte muß ausgerechnet mir passieren! Damit werde ich zum Gespött der ganzen Abteilung, nein, also stellen Sie sich das doch mal vor! Das gibt's doch gar nicht!«

Er beruhigt sich, räuspert sich wütend.

»Gut, ich muß gehen. Das Paket nehme ich mit. Ich werde einen Polizisten als Wache vor Ihrem Zimmer postieren, man weiß ja nie.«

Ah, endlich versteht er, daß das nicht einfach ein Überfall war.

»Ich halte Sie auf dem laufenden.«

Er verläßt das Zimmer, und ich höre ihn auf dem Gang einige knappe Sätze mit der Schwester wechseln.

Könnte der Mann, der sich für Yssart ausgegeben hat, die Kinder getötet haben? Seine Stimme und seine Intonation waren mir sympathisch. Hätte ich es nicht spüren müssen...? O nein, ich werde nicht schon wieder alles gegeneinander abwägen. Ich bin sicher, die Ermittlungen werden jetzt zügig vorangehen.

Groß, dunkelhaarig. In etwa, wie ich ihn mir vorgestellt habe. Vielleicht sind die Gesichter, die ich den Menschen dem Klang ihrer Stimme nach zuordne, doch nicht so falsch.

Seit dem Vormittag war niemand mehr da. Ruhe. Endlich habe ich meine Ruhe. Ich träume vor mich hin. Ich stelle mir vor, ich wäre in der Karibik, läge an einem feinen Sandstrand und spürte die warmen Sonnenstrahlen auf meiner gebräunten Haut. Ich höre das träge Plätschern der Wellen. Draußen auf dem Meer schaukelt ein weißes Segelschiff, es duftet nach gegrillten Langusten... Mhmm, jetzt wäre ein kühler Drink recht. Und schon halte ich einen eisgekühlten Drink in der linken Hand, einen guten Krimi in der rechten, ahh, ist das angenehm... Glühende Hitze, eine kleine Siesta, weit weg von der grauen Vorstadt mit ihren menschlichen Ameisen, die aufgeregt hin- und herhasten, sich mit grauenvollen Fragen und düsteren Antworten quälen... Ich will in der Karibik bleiben!

Das Problem ist nur, daß Träume Schäume sind! Die Sonne wärmt mich nicht, ich höre nicht das Plätschern der Wellen, sondern nur das Surren des Monitors auf dem Nachtkästchen, und der Drink besteht aus drei Tabletten und einem Schluck lauwarmem Wasser alle zwei Stunden.

Unmöglich, ich kann nicht in der Karibik bleiben, denn ich kann nicht aufhören zu grübeln: Hat Jean Guillaume mir eine manipulierte Kassette gebracht? In diesem Fall wäre er der Mörder. Was ich nicht verstehe, ist, warum er mich angegriffen hat. Kommissar Yssart war ein falscher Kommissar. Warum hat sich der echte nie bei mir blicken lassen? Weil ich für seine Ermittlungen völlig uninteressant war. Nur der falsche Yssart hat einen Zusammenhang zwischen mir, Virginie und den Morden gesehen. Das bringt mich auf eine andere Frage: Warum hat er sich als Kommissar ausgegeben? Wer mag dieser Typ sein? Entweder ist er der Mörder oder... wer? Ein Journalist auf der Suche nach einer Sensationsstory? Ein von der Familie eines der Opfer engagierter Privatdetektiv? Auf jeden Fall können nicht Jean Guillaume *und* Yssart der Mörder sein. Wenn sich nur jemand diese verdammte Kassette angehört hätte... Aber wie sollte Inspektor Gassin auf die Idee kommen, daß mit ihr etwas nicht stimmt? Auf alle Fälle verläßt sich der Mörder darauf, daß ich nicht mit meiner Umwelt kommunizieren kann. Und wenn ich plötzlich die Sprache wiederfinden würde? Wenn ich schreiben könnte? Er müßte mich umbringen, denn all die kleinen Einzelheiten, die ich aussagen könnte, würden zu seiner Entlarvung führen. Also höchste Konzentration und ständiges Training der Hand.

13

Die Krankenschwester kämmt mich. Es ziept ein bißchen. Sie sieht nach, ob ich sauber aussehe und meine Jacke ordentlich zugeknöpft ist. Ein nettes Mädchen. Sie heißt Yasmina, das hat sie mir erzählt, als sie meinen Verband wechselte. Ich weiß, daß ihr Vater aus Algerien stammt und ihre Mutter aus dem

Pas-de-Calais. Daß sie ihr Abitur wegen familiärer Schwierigkeiten – ihre Mutter war Alkoholikerin – nicht bestanden hat. So beschloß sie, Krankenschwester zu werden, weil sie sich um andere Menschen kümmern, ihnen helfen wollte, aber hier wird sie schlecht bezahlt, die Gewerkschaft müßte mehr tun. Sie hat dunkle, lange Locken, ihr Freund heißt Ludovic und ist ebenfalls Krankenpfleger. Ich weiß nicht, warum die Leute, sobald sie mit mir allein sind, mir ihr Leben erzählen. Wahrscheinlich haben sie das Gefühl, sie vertrauten sich – wie damals, als sie klein waren – ihrer Puppe an...

»So, Sie sind wirklich bildhübsch«, sagt sie, während sie mich in meinen Rollstuhl setzt. »Es ist zehn Uhr, sie werden bald kommen. Ich hoffe, daß wir Sie hier so bald nicht wiedersehen!«

Das hoffe ich auch. Dabei war dieser kurze Aufenthalt gar nicht mal so unangenehm... Trotz all der Fragen, die mich quälen, habe ich mich ausgeruht, und die Tatsache, daß vor meiner Tür ein Polizist postiert war, hat mich doch sehr beruhigt. Apropos, sie stopfen mich hier ohne Unterlaß mit Beruhigungsmitteln voll, eine widerliche Angewohnheit, ich schlafe fast die ganze Zeit!

Schritte auf dem Gang, die Tür öffnet sich.

»Sie sehen aber gut aus!« ruft Yvette und umarmt mich. »Paul wartet unten. Auf Wiedersehen, Schwester, und vielen Dank!«

»Gern geschehen. Auf Wiedersehen, Elise!«

Ich hebe freundlich die Hand und winkle dreimal hintereinander die Finger an, was »Ciao« bedeuten könnte.

Yvette schiebt den Rollstuhl zum Aufzug und erzählt mir die letzten Neuigkeiten. Ich komme mir vor wie ein Rennfahrer, der sich nach einem kurzen Boxenstop wieder ins Rennen stürzt.

»Sie ahnen ja nicht, was alles passiert ist! Zunächst hat Inspektor Gassin herausgefunden, daß Kommissar Yssart gar kein richtiger Kommissar war, stellen Sie sich das mal vor! Wir hatten es mit einem Hochstapler zu tun! Jean hat alle Schlösser

209

ausgewechselt, und ich habe am Badezimmerfenster einen Riegel anbringen lassen. Heutzutage ist man nirgendwo mehr sicher: ein falscher Kommissar! Man vermutet sogar, daß er Sie überfallen und die armen Kinder umgebracht hat! Inspektor Gassin hat mir gesagt, er habe eine heiße Spur, denn es sieht so aus, als habe er einen Fingerabdruck auf der Kassette hinterlassen... Sie wissen schon, die Literaturkassette, die Jean Ihnen geschenkt hat.«

Der Aufzug hält mit einem kleinen Ruck, und Yvette schiebt mich in die Halle; wir befinden uns nun in einem Meer von Menschen, es riecht nach Krankenhaus, die verschiedenen Telefonapparate klingeln unaufhörlich.

Ein Fingerabdruck. Der falsche Yssart soll einen Fingerabdruck auf der Kassette hinterlassen haben... War er so durcheinander? Oder handelt es sich um einen falschen Abdruck, den irgend jemand absichtlich hinterlassen hat, um ihn zu belasten? Möglich ist alles. Auf alle Fälle scheint mit der Kassette alles in Ordnung zu sein, sonst hätte es Gassin bemerkt.

»Guten Tag, Lise! Sie sehen ja blendend aus!«

Paul. Ich hebe die Hand. Man hievt mich in den Kombi, die Tür schlägt zu. Der Wagen fährt an.

Nach Hause.

Als ich in das Haus komme, ist mir nicht ganz wohl. Es scheint mir nicht mehr sicher und irgendwie besudelt zu sein. Ihm haftet der Geruch von Gefahr und Bosheit an. Yvette schiebt mich ins Wohnzimmer und geht ihrer Arbeit nach. Paul setzt sich neben mich auf die Couch.

»So, ich hoffe, nun wird alles gut.«

Er senkt die Stimme und beugt sich zu mir herüber:

»Wir wissen nicht, was wir tun sollen. Sollen wir der Polizei von Virginies leiblichem Vater erzählen? Hélène hat Ihnen doch gesagt, daß ich nicht der Vater bin, nicht wahr?«

Ich hebe die Hand. Plötzlich wünsche ich mir, er würde gehen, ich weiß nicht warum, aber mit seiner honigsüßen Stimme widert er mich ein wenig an.

210

»Dieser Typ ist ein richtiges Schwein, und vor allem, und das wissen Sie vielleicht nicht, hat mir Hélène gestanden...«

»Möchten Sie etwas trinken, Paul?«

»Nein danke, das ist nett, Yvette, aber ich muß gehen, ich habe einen Termin. Bis später, Elise. Auf Wiedersehen.«

Es ist unglaublich, wie ungeniert sich die Leute mir gegenüber verhalten. Ungebeten knallen sie mir irgendeine Information hin, und ebenso plötzlich unterbrechen sie dann ihren Redeschwall, gerade so, als würden sie Selbstgespräche führen. Es gibt auch Leute, die ihrem Schoßhündchen gegenüber solche Monologe halten. Was könnte Hélène in bezug auf Virginies Vater Paul gestanden haben? In Anbetracht seines Charakters wahrscheinlich nichts Gutes...

Kaum sitze ich eine Stunde im Wohnzimmer und versuche, ein kleines Nickerchen zu halten, läutet es an der Tür. Nun geht es also wieder los: Der Zirkus Andrioli ist Tag und Nacht für groß und klein geöffnet!

»Sie ist im Wohnzimmer!«

»Danke, ich möchte sie unter vier Augen sprechen.«

Entschlossene Schritte.

»Guten Tag. Ich muß mit Ihnen reden, es ist wichtig.«

Gassin. Na, der hat ja in den letzten beiden Tagen an Autorität gewonnen! Ich höre, wie er die Tür zum Flur schließt.

»Erinnern Sie sich an das Päckchen, das Sie im Krankenhaus bekommen haben?«

Um mich daran nicht zu erinnern, müßte ich wohl gehirnamputiert sein, lieber Inspektor. Ich hebe die Hand.

»Gut. Mein Kollege, Inspektor Mendoza, hat bei dem Express-Kurierdienst Erkundigungen eingezogen. Der Absender war ein großer, schlanker, dunkelhaariger Mann. Also derselbe, der den Krankenwagen gerufen hat. Er hat natürlich einen falschen Namen und eine falsche Adresse angegeben: den Namen und die Adresse von Stéphane Migoin.«

Oha, das verstehe ich nicht. Was hat denn der arme Stéphane damit zu tun?

211

»Klar ist also, daß es sich um jemanden handelt, der bestens über die Ereignisse hier informiert ist, und damit ist auch klar, daß es sich bei dem, was Ihnen zugestoßen ist, nicht um einen einfachen Überfall handelte... Glücklicherweise war er ein wenig unvorsichtig: Er hat einen Fingerabdruck auf der Kassette hinterlassen, die neben Ihrer Stereoanlage lag, *Bestie Mensch*. Wir haben Nachforschungen in der Zentralkartei angestellt und sind fündig geworden! Wissen Sie, wer der Mann ist, der sich als Kommissar Yssart ausgegeben hat? Der Mann, der das Päckchen aufgegeben hat? Der Mann, der Sie höchstwahrscheinlich angegriffen hat, ehe er dann selbst den Krankenwagen rief?«

Er läßt mich ein oder zwei Sekunden schmoren, ehe er fortfährt:

»Antoine Mercier, genannt Tony, achtunddreißig Jahre alt, 1988 wegen Mordes verhaftet, für unzurechnungsfähig erklärt und in das psychiatrische Krankenhaus Saint-Charles in Marseille, Départment Bouches-du-Rhône, eingewiesen worden.«

Tony! Yssart war Tony! Also das... Der Mann, der Hélène den Arm gebrochen hat, als Polizist verkleidet! Tony, der wegen Mordes verurteilt wurde!

»Warten Sie, das ist noch nicht alles«, fährt Gassin aufgeregt fort. »Raten Sie mal, wer Tony Mercier ist! Tony Mercier ist Virginies leiblicher Vater, das haben wir soeben erfahren. Er war von 1986 bis zu seiner Verhaftung mit Madame Fansten liiert. Und wissen Sie, warum er verhaftet wurde?«

Er beugt sich zu mir vor und ich rieche Menthol:

»*Wegen Mordes an einem achtjährigen Kind!* Er wurde in einem anonymen Brief beschuldigt. Meine Marseiller Kollegen haben eine Hausdurchsuchung bei ihm vorgenommen und einen ähnlichen Strick gefunden wie der, mit dem das Kind gefesselt worden war, sowie Wollfasern vom Pullover des Opfers.«

Ich spüre, wie mir flau wird. Gassin spricht hastig weiter:

»Tony Mercier war allgemein als sehr labil bekannt und

hatte ein ellenlanges Vorstrafenregister: Autodiebstahl, Einbruch usw. Er war oft in Schlägereien verwickelt. Er stammt aus beklagenswerten familiären Verhältnissen. Den Eltern, die Alkoholiker waren, wurde das Sorgerecht entzogen, er wurde der Fürsorge übergeben, riß wiederholte Male aus, und den Rest erspare ich Ihnen lieber. Zumeist arbeitslos, hat er auf eigene Initiative hin mehrere erfolglose Entziehungskuren unternommen. Es war allgemein bekannt, daß er Hélène schlug und ihr einmal auch den Arm gebrochen hat. Kurz, selbst wenn er unschuldig gewesen wäre, war sein Schicksal besiegelt. Sein Anwalt hat auf nicht schuldig plädiert und darauf hingewiesen, daß irgend jemand anders das belastende Beweismaterial in Merciers Wohnung hätte bringen können, um ihm die Schuld zuzuschieben. Die Sachverständigen haben ihn für unzurechnungsfähig erklärt. Er wurde inhaftiert. Aber das ist noch nicht alles: Seit 1991 hatte Tony Mercier Freigang, und vor zwei Jahren ist er aus dem psychiatrischen Krankenhaus geflohen!«

Gassin ist so aufgeregt, daß er die letzten Worte heftig hervorgestoßen hat. Ich verstehe den Ärmsten ja: Es ist hart zu erfahren, daß ein mordverdächtiger Verrückter sich als sein Chef ausgibt, unbehelligt in der Stadt seine eigenen Ermittlungen durchführt, vor allem, wenn es sich um den Vater des Mädchens handelt, das einiges über die Morde zu wissen scheint, die in der Umgebung eben dieser Stadt verübt wurden ...

Natürlich, ein Typ, der seiner eigenen Frau den Arm bricht, kann mich ebensogut mit Nadeln piesacken oder mich mit einem Messer traktieren ... Offensichtlich steht der Fall kurz vor der Aufklärung. Alles scheint auf Tony-Yssart als Schuldigen hinzudeuten. Das würde auch Virginies Schweigen erklären. Er hat ihr wahrscheinlich gesagt, daß er ihr Vater ist. Dann hat er Migoin getötet, um ihm die Schuld in die Schuhe zu schieben! Aber warum hat Hélène ihn nicht erkannt? Vermutlich weil nicht er, sondern der richtige Yssart bei ihr war! Und ich habe mir die Ausführungen dieses Hochstaplers angehört, der sich köstlich amüsiert und sich gefragt hat, wann er mich umbringen wird... Da bin ich ja gerade noch mal davongekommen...

Gassin ergreift meine beiden Hände:

»Meine Theorie ist, daß Tony Mercier der Kindermörder ist. Er hat sich in der Gegend herumgetrieben, um seine Tochter und diejenige, die er noch immer als seine Frau ansieht, aufzuspüren. Alle Zeugenaussagen belegen, daß er ausnehmend besitzergreifend ist und wiederholt seine Frau bedroht hat. Als er sich hier niedergelassen hatte, konnte er dem Drang zu töten nicht widerstehen. Er hat sich als Kommissar Yssart ausgegeben, um die Ereignisse aus nächster Nähe verfolgen zu können. Er ist ein gefährlicher Geisteskranker, und ich befürchte das Schlimmste für Ihre und Hélène Fanstens Sicherheit. Ich möchte nicht, daß Sie hierbleiben. Fahren Sie zu Ihrem Onkel! Ich habe schon mit Hélènes Mann gesprochen. Er wird alles Notwendige für seine Frau in die Wege leiten. Wie Sie sicher verstehen, habe ich im Augenblick noch keine Beweise. Ich habe ihn ja nicht einmal vernehmen können, aber ich bin mir ganz sicher, daß Sie in Gefahr sind.«

Er erhebt sich. Zu meinem Onkel? Warum eigentlich nicht? Dort bin ich weit weg von all diesen Geschichten. Ich muß nicht die Verhaftung des unglückseligen Tony miterleben, weder Virginies Weinen noch Hélènes wütende Schreie, und erspare mir alle bissigen Kommentare.

»Sind Sie einverstanden?«

Ich hebe die Hand.

»Gut, dann werde ich die Sache mit Madame Holzinski besprechen. Auf Wiedersehen.«

Er geht in die Küche und redet leise mit Yvette. Er hat sich noch immer nicht beruhigt. Die Sache mit dem falschen Kommissar hat ihn anscheinend zutiefst getroffen. Man muß allerdings zugeben, daß... Yvette schließt hinter ihm die Tür und schiebt den Riegel vor. Dann höre ich ihre Schritte hinter meinem Rücken. Ich bin sicher, sie sieht nach, ob das Badezimmerfenster auch richtig zu ist. Was macht sie jetzt? Ah, sie telefoniert. Ich wette zehn zu eins, sie ruft meinen Onkel an. Gewonnen. Blablabla, wir kommen morgen. Sie wählt noch einmal. Bestimmt die Nummer der Fanstens.

»Hallo, guten Abend, hier ist Yvette, entschuldigen Sie die Störung ... Ja, gerade eben ... Das ist entsetzlich, wer hätte das ahnen können ...? Wie furchtbar für Sie, meine Ärmste! Und Virginie? Ich hoffe, sie weiß nichts ... Ja, das ist besser ... Zu ihrer Schwiegermutter ...? Sie haben recht. Ich kann es nicht glauben ... Nein, das wußte ich nicht ... Ich verstehe, ja. Über solche Sachen spricht man nicht gern ... Und Paul ...? Ja, er ist ein zuverlässiger Mensch, Sie haben Glück ... Aja, das ist gut ... Wie bitte? Gut, ich rufe Sie morgen noch einmal an.«
Aufgelegt.

»Ich habe gerade mit Hélène gesprochen. Das ist ja eine furchtbare Sache ... Virginies Vater, stellen Sie sich das nur vor! Ein Geisteskranker, der aus dem Irrenhaus ausgebrochen ist! Das ist nicht zu fassen! Man fragt sich doch wirklich, in was für einer Welt wir leben! Sie wollen Virginie zu ihrer Großmutter schicken. Hélène will nicht wegfahren, sie will bei Paul bleiben, nun, Sie wissen ja, wie nervös sie ist. Naja, jetzt verstehe ich sie besser, wenn der Vater des eigenen Kindes ein Mörder ist, da kann man schon mal die Nerven verlieren ...«

Das glaube ich auch. Es ist gut, daß sie Virginie wegschikken. Ich bin wirklich betroffen. Statt froh darüber zu sein, daß der Fall so gut wie aufgeklärt ist, denn Tony Merciers Verhaftung steht sicher unmittelbar bevor, bin ich ziemlich deprimiert. Eine häßliche Geschichte.

Wie spät ist es? Ich kann nicht schlafen. Wenn ich mich bewegen könnte, würde ich mich im Bett hin- und herwälzen. So begnüge ich mich damit, nervös die Hand zu öffnen und zu schließen. Yvette hat mich gegen 22 Uhr zu Bett gebracht. Doch ich habe den Eindruck, daß es mindestens 2 Uhr morgens ist. Ich kann kein Auge zutun.

Als Tony Mercier hierhergezogen ist, mußte er sich zunächst irgendeine Identität zulegen. Er ist schließlich nicht als Kommissar Yssart verkleidet angereist. Er hat sich vermutlich erst hier niedergelassen, schließlich angefangen zu morden und dann später beschlossen, sich als Yssart auszugeben.

Aber warum hat er Migoin getötet? Warum nicht Paul? Ich habe den Eindruck, wenn ich ein Geistesgestörter wäre, der unter krankhafter Eifersucht leidet, würde ich es so einfädeln, daß man den Mann meiner Ex-Frau des Mordes beschuldigt und nicht einen anständigen Kerl wie Stéphane...

Außer: 1. Stéphane würde mich verdächtigen, oder 2. Stéphane wäre der Liebhaber meiner Ex-Frau gewesen – das heißt Hélènes Liebhaber...

Das eröffnet ganz neue Perspektiven. Man könnte sich sogar eine Kombination beider Hypothesen vorstellen.

Wenn ich bedenke, daß ich sogar so weit gegangen bin, den Ehemann meiner besten Freundin und den Verlobten meiner hingebungsvollen Pflegerin zu verdächtigen! Paul Fansten und Jean Guillaume.

Und Sophie? Was hat Sophies Leiche mit alldem zu tun? Also doch ein richtiger Selbstmord? Einfach wegen des Ehebruchs? Ein Streit mit Manu? Oder hat Tony auch Sophie getötet, um den gegen Stéphane bestehenden Verdacht zu erhärten? Kann ein entlaufener Irrer so skrupellos sein? Antwort: Ja! Sonst wäre er ja nicht darauf gekommen, sich als Kommissar auszugeben.

Andererseits hätte er, wie Gassin ganz richtig bemerkt hat, selbst wenn er unschuldig gewesen wäre, bei seiner Vorgeschichte nicht die geringste Chance gehabt.

Und wenn er nun den Mord in Marseille nicht begangen hat? Warum sollte er dann hierherkommen? Warum sollte er sich als Kommissar ausgeben? Nein, er muß es zwangsläufig gewesen sein, es gibt keine andere logische Erklärung: Ich darf nicht anfangen, völlig unwahrscheinliche Hypothesen aufzustellen.

Aber trotzdem: Warum hat man ihn nicht von Anfang an

verdächtigt? Wenn man weiß, daß die Stiefmutter eines der Opfer mit einem Mörder zusammengelebt hat... Nein, bin ich dumm: Sie wußten es ja nicht. Hélène hat niemandem etwas von Tony erzählt, außerdem konnte sie ja nicht ahnen, daß er aus dem Krankenhaus geflohen war, sie glaubte ihn hinter Schloß und Riegel, also gab es keinen Grund, all den Schmutz wieder aufzuwühlen.

»Das Wetter ist wunderbar!« ruft Yvette und öffnet die Fensterläden. Ich kann mich nicht daran erinnern, eingeschlafen zu sein und habe das Gefühl, die ganze Nacht über gegrübelt zu haben.

Das Ankleide- und Frühstücksritual. Yvette ist heute nicht besonders gesprächig, macht nichts, ich bin sowieso schlecht gelaunt. Sie fährt mich ans Wohnzimmerfenster, damit ich hinter der Scheibe die Sonne genießen kann. Yvette ist sicher dabei, die Koffer für den Aufenthalt bei meinem Onkel zu packen. Ob sie Yssart wohl bald schnappen? Nachdem er sechs Monate unbehelligt gelebt hat, wird er sich jetzt vielleicht auch nicht so leicht in die Enge treiben lassen. Vor allem, da Gassin erst einmal seine Vorgesetzten und den Richter von seiner außergewöhnlichen Theorie überzeugen muß...

Telefon.

Nachdem sie aufgelegt hat, erzählt mir Yvette, daß Hélène und Virginie heute mittag vorbeikommen, um sich von mir zu verabschieden.

Wenn mich Yvette nicht an jenem Maitag in den Schatten eines Baumes auf dem Parkplatz vor dem Supermarkt gestellt hätte, hätte ich Virginie nie kennengelernt, und ich wüßte nicht mehr von der ganzen Geschichte als das, was man im Fernsehen hört. Statt dessen bin ich in den Strudel der Ereignisse, Gefühle und Ängste geraten... Wenn... wenn... Man kann die Zeit nicht zurückdrehen.

Yvette brummt vor sich hin. Aus Angst, etwas zu vergessen, kontrolliert sie die Koffer nun schon zum hundertsten Mal.

Es läutet. Begrüßungen. Zwei kleine Ärmchen schlingen sich um meinen Hals.

»Ich fahre zu Großmama!«

»Man sagt guten Tag, Virginie!«

»Guten Tag, ich fahre zu Großmama!«

Ich hebe die Hand und balle sie zur Faust. Virginie schiebt ihren Finger hinein.

»Super! Sieh mal, Mama, sie kann ihn schon festhalten!«

Wenn ich ihren Finger festhalten kann, warum nicht auch einen Stift? Virginie riecht nach Apfelshampoo, ich stelle mir vor, daß ihr blondes Haar ordentlich frisiert ist und seidig glänzt.

»Wenn Sie wollen, können wir Sie auf dem Weg zu Virginies Großmutter am Flughafen absetzen, das ist kein großer Umweg«, schlägt Hélène vor.

»Oh, wir wollen Ihnen keine Umstände machen«, protestiert Yvette.

»Das war Pauls Idee... Wir könnten Sie gegen fünf Uhr abholen.«

»Wirklich, ich weiß nicht...«

»Sie wollen doch wohl nicht extra ein Taxi nehmen. Das muß ja nicht sein.«

»Wirklich sehr nett von Ihnen. Virginie, möchtest du etwas Apfelkuchen?«

»Jaaa!«

»Ja bitte«, korrigiert Hélène sie müde.

Yvette geht, gefolgt von Hélène, in die Küche, wo ich die beiden flüstern höre. Geheimnisse?

»Jetzt, wo der Kommissar tot ist, werden sie die Bestie der Wälder nie fangen«, raunt mir Virginie zu. »Aber sie wird nicht bei meiner Großmama sein, ich freue mich, daß ich zu ihr fahre. Renaud auch. Er hat Großmama immer gern gehabt. Weißt du, daß es zwei Kommissare gab? Einen echten und einen falschen? Der junge Polizist hat es Mama erzählt. Er ist sehr nett. Er hat mir einen Erdbeerkaugummi geschenkt. Dann wollte er wissen, ob ich den falschen Kommissar kenne. Das war eine dumme Frage. Natürlich kenne ich ihn, er war ja der Kommissar. Er hat mich so viele Sachen über alle Leute gefragt, über meine Eltern, über dich, über Jean Guillaume, Yvette, Stéphane, Sophie und alle Kinder. Ich hatte die Nase voll von ihm. Ich hab' überhaupt nicht verstanden, was er von mir wollte. Als würde ich es ihm sagen! Renaud stand die ganze Zeit hinter ihm und schnitt über seine Schulter hinweg Grimassen, da mußte ich lachen.«

Ich stelle mir den halbverwesten Renaud vor, wie er Grimassen schneidet. Sehr lustig.

»Zum Schluß habe ich dann gesagt, ich bin müde. Er ist böse geworden und hat gemeint, wenn ich etwas verberge, kann ich ins Gefängnis kommen, aber ich verberge nichts, ich habe ja nichts gestohlen. Und die Bestie der Wälder wird sich jetzt ruhig verhalten, da bin ich ganz sicher.«

»So, hier ist ein schönes, großes Stück Kuchen!«

Virginie läuft zu Yvette, die ihr Gedeck auf den Tisch stellt. Warum sollte sich die Bestie der Wälder (was für ein idiotischer Name!) jetzt in Sicherheit wiegen? Weil Tony Mercier demaskiert wurde und sein kleines Spielchen nicht fortsetzen kann. Ja, alles paßt zusammen.

»Nein danke, ich möchte keinen Kuchen«, sagte Hélène. Sie scheint nervös. Plötzlich legt sie mir die Hand auf den Arm und flüstert:

»Wenn ich daran denke, daß dieser Mistkerl die ganze Zeit hier war, ganz in der Nähe! Wenn ich daran denke, daß er uns drei beobachtet, Virginie nachspioniert hat... Das muß für ihn ein Hochgenuß gewesen sein. Ich hoffe, sie werden ihn bald fassen!«

Ihre Stimme klingt so haßerfüllt, daß ich erschaudere. Yvette schwatzt noch ein Weilchen mit den beiden, dann gehen sie. Also bis heute abend, tschüs.

»Die arme Hélène ist wirklich leichenblaß!«

Das Wort ist nicht besonders glücklich gewählt, aber gut...

»Ich weiß, daß es unsinnig ist, aber bisweilen frage ich mich...«

Yvette zögert und fährt dann fort:

»Ich mag mich ja täuschen, aber manchmal habe ich den Eindruck, daß sie dem Bier ein wenig zu sehr zuspricht. Und diese große, schwarze Sonnenbrille... Der Sommer ist doch schon vorbei. Solche dunklen Brillen setzt man auf, um sein schlechtes Aussehen zu verbergen... Ich hatte eine Cousine, die den Alkohol schlecht vertrug, sie fiel immer auf der Treppe hin oder in der Dusche, und setzte dann eine solche Brille auf, damit man ihr blaues Auge nicht bemerkte...«

Der Alkohol oder Pauls lose Hand? Ich habe schon gehört, wie er sie geohrfeigt hat. Und ist es nicht so, daß Kinder, die geschlagen wurden, dasselbe Verhältnis zu ihrem Ehepartner aufbauen? Und ihr erster Mann Tony ist nicht nur ein Mörder, sondern auch ein gewalttätiger Alkoholiker, oder? Ein wahrer Roman von Zola!

O nein, nicht an Zola denken, nicht an seine *Bestie Mensch* oder irgendein Buch in der Art.

Das Warten wird mir unendlich lang. Es ist zugleich langweilig und anstrengend, nervenaufreibend. Vor, zurück, rechts, links, ich male mit meinem Rollstuhl Arabesken auf das Parkett und halte nur von Zeit zu Zeit inne, um den Arm zu heben und die Faust zu ballen. Ich muß aussehen wie eine Befreiungskämpferin im Rollstuhl. »Boissy-les-Colombes: Die hilflose Behinderte war eine gefährliche Terroristin!« Vor, zurück, auf zur *Mazurka der Gelähmten*.

Ich habe das Warten satt. Ich wünsche mir, daß die Zeit schneller vergeht. Daß Gassin läutet und sagt: »So, wir haben ihn.«

Es läutet.

»So! Wir haben ihn!«

Na, so was! Gassin!

»Ich habe einen Haftbefehl gegen Tony Mercier. Überall sind Straßensperren errichtet worden, alle Flughäfen und

Bahnhöfe werden kontrolliert. Er kann uns nicht mehr entkommen!«

Das ist besser als nichts.

»Wissen Sie, ich habe Yssart, dem richtigen, meine ich, oft gesagt, er solle sich mehr um das Mädchen kümmern, um die kleine Virginie Fansten. Aber er wollte nicht auf mich hören. Er hielt das für Unsinn. Nun, heute bin ich sicher, daß er Unrecht hatte; sie hatte etwas mit der Geschichte zu tun, das habe ich immer gespürt, der Beweis ist, daß Mercier Virginies Vater ist. Mein Gott, wenn ich bedenke, daß wir diese Spur nach dem Tod des kleinen Renaud nicht weiter verfolgt haben! Wenn Hélène Fansten uns nur damals von Mercier erzählt hätte! Sie sagt, sie wollte einen Schlußstrich unter ihre Vergangenheit ziehen, sie habe gewußt, daß er inhaftiert war und habe geglaubt, auf ihr laste ein böser Fluch... Also wirklich, können Sie sich das vorstellen?«

Ich habe begriffen, daß die Dinge nie so einfach sind, wie man denkt. Er seufzt.

»Erholen Sie sich gut bei Ihrem Onkel. Wenn Sie zurückkommen, ist alles vorbei.«

Ganz schön optimistisch, der junge Mann. Ich frage mich, warum er gekommen ist, um mir das zu erzählen. Und wenn es ein falscher Gassin ist? Schließlich könnte das Spielchen unendlich lange so weitergehen. Und wenn ich eine falsche Elise wäre, und die richtige gerade über die Wiesen hüpft und Gänseblümchen pflückt...

Es hupt zweimal. Ah, das müssen Hélène und Paul sein.

»Wir kommen!« ruft Yvette aus dem Fenster. »Wo ist nur meine Brille? Und Ihr Wollschal? Ich bin sicher, daß ich ihn dort hingelegt habe.«

Yvette wirbelt um mich herum, läuft hinaus, eilt in die Küche und schiebt mich schließlich nach draußen.

»Entschuldigen Sie, ich bin etwas spät dran«, sagt Hélène, während sie mich auf den Vordersitz hebt. »Wir legen den Rollstuhl in den Kofferraum.«

»Ist Paul nicht da?«

»Er erwartet uns in der Bank.«

»Und Virginie?«

»Sie ist in der Schule, wir holen sie auf dem Weg ab«, erklärt Hélène. Yvette nimmt auf dem Rücksitz Platz, ich höre, wie sie tief seufzt und schwerfällig in die Polster sinkt. Hélène setzt sich ans Steuer, beugt sich zu mir herüber und befestigt meinen Sicherheitsgurt.

Sie fährt an. Der Kies knirscht unter den Rädern. Tiefes Schweigen. Hélène schaltet das Radio ein. Ein ohrenbetäubender Rap, ich verabscheue Rap, ich verstehe nie die Worte, außerdem bekomme ich Lust, mit dem Kopf zu wackeln wie ein Dromedar.

Wir halten. Hélène steigt aus. Ach ja, die Bank. Yvette ist recht schweigsam, ob sie eingeschlafen ist? Die hintere Tür öffnet sich:

»Guten Tag, Lise.« Pauls Stimme übertönt die Musik. Seine Tür schlägt zu, dann die Fahrertür.

»Also, los geht's!« sagt Hélène und fährt an.

Die Fahrt dauert lang. Wo ist denn bloß diese merkwürdige Schule? Es ist sicherlich die neue, die an der D56 liegt. Keiner spricht ein Wort.

»Verdammt!« büllt Hélène plötzlich.

Was ist los?

»Neiiin!«

Mein Herz klopft zum Zerspringen, scharfes Bremsen, der Wagen bricht aus, ich werde nach vorn geschleudert, etwas schlägt gegen meinen Kopf, und mir wird schwarz vor Augen.

Kopfschmerzen. Habe das Gefühl, mein Kopf hat sich ums Doppelte vergrößert. Fürchterlicher Durst. Mein Mund ist völlig ausgetrocknet. Wo bin ich? Anscheinend sitze ich. In meinem Rollstuhl, denn unter meinem Finger spürte ich einen Knopf. Ich höre das Tropfen eines Wasserhahns. Der Unfall. Es scheint nicht sehr schlimm gewesen zu sein, denn ich bin nicht im Krankenhaus, soviel ist sicher, sonst läge ich in einem Bett und es röche nach Desinfektionsmittel. Wo sind die anderen? Ich lausche. Nichts. Meine Kopfschmerzen werden von Sekunde zu Sekunde schlimmer, ich muß eine riesige Beule am Hinterkopf haben, dort, wo ich ein Pulsieren spüre. Wenn mir doch jemand zu trinken geben würde. Oder mit mir sprechen, mir erklären würde, was geschehen ist...

Es riecht nach Holz. Als befände ich mich in einem Holzhaus. In einem Landhäuschen? Aber was zum Teufel hätte ich in einem Landhäuschen verloren? Mein Onkel wohnt in einer modernen Villa. Außerdem würde ich bei ihm Lärm hören.

Gehen wir noch einmal alles durch: Wir waren auf dem Weg, um Virginie abzuholen. Dann hatten wir einen Unfall. Vielleicht haben uns Leute gefunden und mitgenommen. Sehr schweigsame Leute, Stumme zum Beispiel. Oder ich bin die einzige Überlebende. Mist. Das kann nicht sein.

Ich drücke auf den Knopf, der Rollstuhl bewegt sich langsam vorwärts. Das Geräusch kenne ich, ich fahre über Holzboden. Bums, eine Wand. Ich fahre drei Sekunden rückwärts, bums, eine andere Wand. Ein kleiner Raum. Wo man sich nur drei Sekunden lang mit dem Rollstuhl fortbewegen kann, ohne auf eine Wand zu stoßen. Offenbar gibt es hier keine Möbel. Stehe ich in einem Flur?

»Machen Sie sich keine Sorgen, es ist alles in Ordnung!«

Aah! Ein eisiger Schrecken durchzuckt mich, bis ich Yvettes Stimme erkenne.

»Hélène kommt gleich.«

Und Paul? Warum spricht sie nicht von Paul? Warum erklärt sie mir nichts?

Ich spüre etwas an meinen Lippen. Ein Glas. Wasser. Danke, meine gute Yvette. Ich trinke lange. Das Wasser schmeckt eklig, aber es tut mir dennoch gut. Ich bin so müde. Ich möchte, daß Yvette mir erklärt... Und diese Kopfschmerzen, mein Kopf wird immer größer... und größer...

Warum sehe ich nichts? Ich möchte die Augen öffnen. Meine
Lider zittern. Die Augen sind offen, aber es ist dunkel. Durst,
ich habe noch immer furchtbaren Durst. Habe den Eindruck,
dick geschwollene Lippen zu haben. Yvette hat mir etwas zu
trinken gegeben. Yvette. Der Unfall. Ich sehe nichts, weil ich
blind bin. Für einen kurzen Augenblick hatte ich das vergessen, ich fühlte mich ein Jahr zurückversetzt, als ich noch unver-
sehrt war. Ich hebe den Arm. Es scheint niemand da zu sein.
Ich sitze noch immer in meinem Rollstuhl. Mein Nacken
schmerzt, er ist ganz steif. Ich bin wahrscheinlich eingeschlafen. Wie gerne ich mich hinlegen würde. Ich habe Wasser getrunken und bin eingeschlafen. Und die anderen? Ich hebe
noch einmal den Arm. Sie können doch nicht alle verschwunden sein!

»Alles ist gut.«

Schon wieder Yvette, aber ich habe sie gar nicht kommen
hören. Will sie mich zu Tode erschrecken, oder was? Dabei hat
sie doch sonst einen so lauten Gang!

»Ich werde uns einen schönen Kuchen backen.«

Aber ich will deinen blöden Kuchen nicht! Wo sind Paul und
Hélène? Ich will wissen, was geschehen ist!

»Ich habe Ihrem Onkel Bescheid gegeben.«

Sehr gut, aber was hast du ihm gesagt? Und diese verfluchten Kopfschmerzen, je mehr ich mich aufrege, desto schlimmer werden sie, als hätte ich einen Kessel im Gehirn, den ein
verrückter Heizer unbarmherzig vollschaufelt. Ein Unmensch,
hopp, noch eine Schaufel voll Kohle, und hopp, der Schädel
dampft und brodelt; wenn ich nur die Arme bewegen könnte,
ich würde mir Yvette schnappen und sie schütteln, bis sie mir
sagt, wo wir sind.

»Paul hat angerufen.«

Paul? Ist er denn nicht bei uns? Oder meint sie, daß er jemanden angerufen hat? Um Hilfe zu holen? Yvette! Ich hebe
den Arm und balle mehrmals die Faust. Siehst du mein Signal
nicht?!

»Paul hat angerufen.«

Ich weiß, ich bin ja nicht taub. Yvette, um Himmels willen, so streng dich doch etwas an. Mein Gott, sie ist vielleicht verletzt, liegt halbtot zu meinen Füßen am Boden? ... Nein, ihre Stimme klingt unverändert, sie stöhnt nicht, es ist ihre ganz normale Stimme.

Normal, nicht einmal gereizt. Und wenn... nein, unmöglich, doch... *wenn Yvette verrückt geworden wäre?* Diese merkwürdige Art, ganz ruhig kurze Sätze zu sagen... Sie hat vielleicht einen schlimmen Schock erlitten. Eine grauenvolle Vorstellung: Hélène und Paul sind tot oder liegen im Sterben. Yvette hat mich in eine Hütte an der Straße gebracht, aber sie ist durchgedreht. Sie glaubt, wir wären zu Hause, geht ihrer Arbeit nach, und wir werden hier verrecken, ich in meinem Rollstuhl und sie, während sie so tut, als würde sie kochen...

Aber sie geht ihrer Arbeit nicht nach, sie bewegt sich nicht. Wenn sie sich bewegen würde, würde ich ihre Schritte auf dem Holzboden hören.

Frage: Wo ist Yvette?

Ich fahre vorwärts: Wand. Ich fahre rückwärts: Wand. Rechts eine Wand, links eine Wand. Ich fahre seitwärts: wieder Wände.

Yvette? Ich habe sie nicht berührt, habe nicht gehört, daß sie sich bewegt hätte. Ich höre mein Herz, das zum Zerspringen klopft. Beweg dich, Yvette, bitte beweg dich.

»Paul hat angerufen.«

Ein eisiger Schauer rieselt mir über den Rücken. Sie ist verrückt, soviel ist sicher. Aber wo ist sie? Die Stimme kommt von rechts. Ich nähere mich der Stimme.

»Paul hat quiiiiiiick.«

Stille. Was soll dies Gekreische? Ich kenne Yvette jetzt seit dreißig Jahren, aber sie hat noch nie quiiiiick gemacht. Herr des Himmels... das Schweigen, die kurzen Sätze, langsam begreife ich...

Es ist nicht Yvette, es ist ein Tonband.

Das bedeutet, daß ich bei ihm bin, bei der Bestie.

Er hat mich gekidnappt.

Er hat einen Unfall provoziert und mich gekidnappt. Und das heißt, daß Paul, Hélène und Yvette tot sind, sonst hätten sie schon die Polizei angerufen.

Ich fange an zu spinnen. Nein, ich spinne nicht... doch, ich spinne, wo sind sie denn alle, und warum wiederholt Yvette immer dieselben Worte wie eine verkratzte Schallplatte?

Mein Onkel wird sich Sorgen machen, wenn wir nicht kommen. Er wird überall herumtelefonieren, und man wird anfangen, uns zu suchen. Dann wird Hilfe kommen. Es ist nur eine Frage der Zeit. Wie in *Blaubart.*

Warum das Tonband? Warum will er mir vormachen, Yvette sei da? Damit ich ruhig bleibe? Und das Glas Wasser? Danach bin ich eingeschlafen, er hat irgend etwas in das Wasser getan, soviel ist sicher, aber warum? Warum hat er mich nicht gleich getötet? Wenn ich es mir recht überlege, habe ich gar keine Lust, die Antwort auf diese Fragen zu erfahren.

»Elise?«

Hélène! Ich habe mich so erschreckt, daß ich mit dem Arm gegen die Wand geschlagen habe, das tut gemein weh. Hélène!

Die richtige?

»Elise! Sie sind da! Oh, mein Gott, wenn Sie wüßten!«

Es ist die richtige, sie stürzt auf mich zu und umarmt mich.

»Paul... er...«

Sie weint so heftig, daß man es für ein Lachen halten könnte. Ich glaube, ich brauche keine weiteren Einzelheiten.

»Er ist tot.«

Ich versuche, die Hand zu heben.

»Er hat sich das Genick gebrochen«, fährt sie atemlos fort.

Und Yvette! Meine Yvette? Mein Herz rast wie wild.

»Yvette liegt im Koma! Als ich wieder zu mir kam, war alles voller Blut, und Tony zog Sie auf die Straße, er zerrte Sie mit sich, er hatte auch den Rollstuhl genommen, und er brachte Sie weg, ich wußte nicht, was ich tun sollte...«

Sie unterbricht sich, um wieder zu Atem zu kommen, sie soll weiterreden. Yvette im Koma...

»Ich habe gleich gemerkt, daß Paul tot ist... Ich habe ein Auto angehalten und die Insassen gebeten, Hilfe zu holen. Dann bin ich Ihnen nachgelaufen und habe Sie hier, in der Forsthütte, gefunden.«

In der Forsthütte? Aber die liegt doch nicht auf dem Weg zur Schule. Na, auch egal! Die Forsthütte, wo der kleine Michaël getötet wurde?

»Eben hat er die Hütte verlassen, ist in einen weißen Renault 18 gestiegen und weggefahren. Ich habe die Gelegenheit genutzt, um hereinzukommen. Wir müssen sofort von hier verschwinden!«

Tony Mercier war hier? Er hat mich entführt? Plötzlich überkommt mich ein Unwohlsein, ich werde doch wohl jetzt nicht ohnmächtig werden! Ich möchte Hélène sagen, daß es ein großes Risiko war hierherzukommen, möchte ihr danken, aber ich kann nicht. Ich kann nur die Faust ballen. Ich verstehe nicht, wie sie sich von Paul hat losreißen und an mich denken können. Paul tot... Und Yvette...

Draußen höre ich ein Motorengeräusch.

Hélène. Wo ist Hélène? Sie ist sicher nachsehen gegangen...

Der Motor wird abgestellt.

Schritte.

Jemand betritt das Zimmer.

Kommt leise auf mich zu.

Mein Mund ist so trocken, daß mir die Zunge am Gaumen klebt.

Eine Hand legt sich auf meinen Arm:

»Keine Angst, ich bin da!«

Meine Nackenhaare sträuben sich, denn diese Stimme kenne ich: Es ist die von Yssart, dem falschen Yssart; es ist die Stimme von Tony Mercier, die Stimme des Mörders.

»Keine Bewegung!«

Hélènes Stimme, kräftig und doch leicht zitternd.

»Laß sie, Tony. Zurück!«

»Hélène...«

»Zurück, habe ich gesagt!«

Er gehorcht, das höre ich am Knarren des Holzbodens. Hélène muß bewaffnet sein.

»Warum hast du das getan, Tony? Warum bist du zurückgekommen?«

»Das weißt du genau. Ich mußte Virginie sehen.«

»Du bist vollkommen verrückt! Ich werde Ihnen eine Geschichte erzählen, Elise. Es war einmal ein junger Mann, der einen kleinen Sohn hatte. Im Alter von acht Jahren wurde dieser Junge von zwei völlig ausgeflippten Jugendlichen ermordet. Der Vater ist nicht darüber hinweggekommen und durchgedreht, hat seine Frau verlassen. Er konnte keine kleinen Jungen mehr sehen, die seinem ähnelten, ohne nicht den unwiderstehlichen Drang zu verspüren, sie zerstören zu wollen. Seine zweite Frau hat bemerkt, was los war, und wollte gehen. Er hat ihr den Arm gebrochen. Und dann hat er die Tat wirklich begangen. Er wurde verurteilt. Sie ist nach Paris geflohen, um ein neues Leben anzufangen. Aber ihm gelang die Flucht aus dem psychiatrischen Krankenhaus, und er folgte ihr, um seine Mission zu erfüllen: töten, immer wieder, immer wieder.«

»Eine schöne Geschichte. Leider entspricht sie nicht der Wahrheit... Und, Elise, was sagst du dazu?« fragt Tony-Yssart mit müder Stimme.

»Elise? Was Sie nicht wissen, Elise, Sie sehen mir sehr ähnlich: Sie haben dieselbe Größe, dieselbe Figur, dieselbe Haarfarbe, sind derselbe Frauentyp. Er hat sich auf sie gestürzt, weil Sie mich in gewisser Weise verkörpern und weil Sie eine enge Bindung zu Virginie haben, und Virginie Bescheid weiß!«

»Du lügst! Sie weiß nichts!«

»Aber doch, natürlich, sie weiß alles. Was glaubst du denn?« Hélène lacht bitter. »Schließlich ist sie meine Tochter...«

»Hélène, leg die Waffe weg...«

»Nie! Ich werde dich verschwinden lassen, Tony, dich beseitigen wie ein gefährliches Tier, denn genau das bist du ja. Ich werde dich töten.«

Nein! Nein, Hélène, tu das nicht! Dazu haben wir kein Recht! Ich hebe den Arm und öffne und schließe frenetisch die Hand.

»Zu spät, Elise, es gibt keine andere Lösung.«

Doch. Wir müssen die Polizei holen. Selbst wenn Mercier verrückt ist, hat er ein Recht auf einen ordentlichen Prozeß. Ich spüre an ihrer Stimme, daß Hélène bereit ist abzudrücken. Was soll ich tun?

Ich höre, wie der Hahn gespannt wird. Ich möchte »nein« schreien.

»Wenn du abdrückst, wirst du Virginie nie wiedersehen«, ruft Tony.

»Was erzählst du da?«

»Hast du geglaubt, ich würde unvorbereitet hierherkommen? Virginie ist an einem Ort, wo sie nicht entkommen kann. Wenn du mich tötest, wird sie an Hunger, Kälte und Durst sterben. Denn niemand außer mir weiß, wo sie ist. Da sie geknebelt ist, kann sie nicht schreien.«

»Du lügst!« brüllt Hélène.

»Ich habe sie von der Schule abgeholt. Ich habe ihr gesagt, daß ich mit Paul arbeite, und sie hat mir geglaubt. Sie ist mitgegangen. Wenn du mich umbringst, wird sie sterben.«

»Du Schwein! Du wagst es, dein eigenes Kind zu knebeln und zu fesseln!«

»Drück doch ab!« meint Mercier provozierend.

»Wo ist sie?« schreit Hélène.

»An einem kalten Ort, wo sie Angst hat und ganz allein ist. Reicht dir das?«

»Schwein!«

»Wirf die Waffe weg!«

»Niemals!«

Gib nicht nach, Hélène, oder er wird uns beide töten. Und wenn ich mit meinem Rollstuhl auf ihn zufahren würde? Er würde vielleicht stürzen. Ich muß mich konzentrieren, um ihn genau zu lokalisieren.

»Ich werde dich trotzdem töten. Ich glaube, daß du bluffst«, entscheidet Hélène.

»Ruf doch in der Schule an, du wirst ja sehen.«

»Hier gibt es kein Telefon.«

»Da.«

Er wirft ihr etwas zu, vermutlich ein Handy, denn ich höre, wie sie eine Nummer wählt.

»Hallo, hier ist Hélène Fansten, ich werde etwas später kommen, um Virginie abzuholen… Was? Sie haben sie gehen lassen? Aber Sie sind ja total verrückt!«

Ein dumpfes Geräusch, vermutlich hat sie das Telefon zu Boden geworfen.

»Okay, du Schwein, wo ist sie?«

»Wirf die Waffe weg.«

»Ganz bestimmt nicht. Weißt du, was ich machen werde? Ich werde auf deine Beine zielen, dir ein Bein nach dem anderen zerschießen, dann die Arme…«

»Und dann reißt du mir die Augen aus?«

»Hör mir gut zu: Wenn du mir nicht sagst, wo Virginie ist, schieße ich auf Elise, hörst du?«

Was? Also nein, aber…

Ich höre Tony seufzen, dann sagt er müde:

»Bei Benoît Delmare.«

Mein Herz wird bleischwer. *Benoît? Mein Benoît?* Ich werde langsam wahnsinnig. *Was hat Benoît mit der Sache zu tun?*

Jemand ergreift meinen Rollstuhl.

»Danke Tony, und adieu…«

Ein ohrenbetäubender Knall. Ein Geräusch nach Sprengstoff und Pulver. Das dumpfe Geräusch eines Körpers, der zu Boden sinkt, ein schmerzerfülltes Stöhnen. Sie hat geschossen! Sie hat trotzdem geschossen!

Ich werde energisch zur Tür geschoben, eisiger Regen

schlägt mir ins Gesicht, im Eiltempo geht es über einen holprigen Weg. Sie hat geschossen. Ist er tot? Und Benoît? Woher hatte Tony-Yssart die Schlüssel von Benoîts Wohnung?

Eine Autotür wird geöffnet. Aua, sie schmeißt mich auf den Boden. Klapp-klapp, der Rollstuhl, sie wirft ihn neben mich, er erdrückt mich halb. Sie fährt an wie eine Irre, offenbar hat sie Tonys Wagen genommen, und Yvette, mein Gott, hat denn irgend jemand einen Krankenwagen gerufen? Mercier, der auf dem Holzboden der Forsthütte verblutet, Yvette am Straßenrand und Paul blutüberströmt im Wagen, das ist zuviel für mich, ich fühle mich, als hätte man mir Adrenalin gespritzt, mir ist ganz schwindelig.

Und Benoît...

Vollbremsung. Die Tür wird aufgerissen, der Rollstuhl, klapp-klapp. Sie schnappt mich und wirft mich in den Rollstuhl, unglaublich, wieviel Kraft sie hat, ich liege völlig schief in meinem Stuhl, rutsche weg, doch sie bemerkt es nicht einmal. Sie schiebt mich heftig voran und murmelt ohne Unterlaß: »Du Schwein, alles Schweine, Diebe!« Ich klammere mich mit meiner gesunden Hand fest, wir erreichen einen Gang: Der Aufzug, heftiges, ungeduldiges Hämmern gegen die Kabinenwand. Ich mache mich ganz klein. Falls Virginie etwas zugestoßen ist, gibt es ein Drama... Aber kann es noch schlimmer werden, als es jetzt schon ist?

Das Geräusch des sich bewegenden Aufzugs. Ein Gang. Ich erkenne den Geruch des Gangs, der zu Benoîts Wohnung führt. Das hätte ich nie gedacht, daß man den Geruch eines Gangs wiedererkennt. Wie oft bin ich lachend über diesen Gang gelaufen? Ein dicker Kloß in meinem Hals, ich kann kaum mehr atmen. Stoß. Geräusche, die von einem Schlüsselbund kommen. Sie hat die Schlüssel zu Benoîts Wohnung. Aber wo, um Himmels willen, hat sie die her? Die Tür öffnet sich mit dumpfem Quietschen. Es ist kalt. Die Luft riecht muffig.

»Virginie? Bist du da, mein Liebling?«

Keine Antwort. Sie läßt mich mitten im Wohnraum stehen und läuft durch alle Zimmer. Die Wohnung ist nicht groß: ein Schlafzimmer, ein Wohnraum, eine Küche, ein Badezimmer. Ein Schlafzimmer mit einem großen Bett. Ich habe solche Magenschmerzen, daß ich mich übergeben möchte. Es riecht muffig, aber auch nach etwas anderem. Es stinkt. Ein Geruch der Verwesung. Nach verwestem Fleisch.

»Sie ist nicht da, er hat gelogen!«

Was stinkt hier so? Das grauenvolle Bild von Benoîts verwestem Körper auf dem Bett taucht vor meinen Augen auf. Nein, Benoît wurde beerdigt, das hat Yvette mir gesagt. Und wenn... nein, dieser Gedanke ist zu grauenvoll, ich will das nicht denken, aber trotzdem... die Kinder... die entnommenen Organe... wenn der Mörder sie hier versteckt hätte... in dieser leerstehenden Wohnung?

»Er hat gelogen!« brüllt Hélène und schleudert irgend etwas an die Wand.

Zersplitterndes Glas. Ist es das Foto, das Benoît in der Badeanstalt zeigt, wie er lachend aus dem Wasser steigt?

»Ich muß wieder zurück.«

Nein, du mußt die Polizei anrufen! Peng! Träume ich, oder ist die Tür ins Schloß gefallen? Das Geräusch von Absätzen auf dem Gang. Ich fahre vorwärts und stoße gegen etwas Hartes. Ich hebe den Arm, taste eine glatte Fläche ab: das Büffet? Hélène, du kannst mich doch nicht einfach hier stehenlassen, verdammt noch mal!

Totenstille. Sie ist weg. Ich bin allein in Benoîts Wohnung. Mit seinem Geist. Mit dem Geist unserer Liebe. Allein mit dem Geruch nach verwestem Fleisch. Sie wird zu der Forsthütte zurückkehren und diesem armen Irren den Garaus machen, und ich muß hier warten, im Dunkeln, im Staub, mit diesem verwesten, stinkenden Zeug. Dazu hast du kein Recht, Hélène, du hast kein Recht, das zu tun!

Ich kenne die Wohnung in- und auswendig. Warum sollte es mir nicht gelingen, die Tür zu öffnen? Wenn ich mich seitlich drehe und die Klinke herunterdrücken kann... Zuerst muß ich mich orientieren. Ich fahre vorwärts und stoße an den Couchtisch, rückwärts fahre ich gegen das Büffet. Gut, ich muß mich also nach rechts drehen. Da, jetzt fühle ich mit der Hand das Holz der Tür. Ungeschickt strecke ich den Arm aus, fahre blind über die glatte Fläche, ah, die Klinke, ich habe sie, umklammere sie fest mit der Hand. Nichts. ich versuche es noch einmal. Nichts. Das Miststück hat abgeschlossen! Was soll ich jetzt machen? Ich will nicht hierbleiben. Es ist, als hätte man mich in Benoîts eisiges Grab gestoßen.

Ich muß hier raus. Den Rollstuhl so drehen, daß ich die Tür vor mir habe. Ich drücke auf den Knopf und fahre gegen die Tür, immer wieder, immer wieder gegen diese verfluchte Tür, bis das ganze Haus zusammenläuft. Los, kommt alle raus! Bumm! Ich werde die Tür einschlagen.

Sie öffnet sich.

Mein Magen krampft sich zusammen.

Leise schließt sie sich wieder.

Hélène? Ein dumpfes Geräusch, als würde sich jemand hinsetzen. Bewegt sich zu meiner Linken etwas? Ich atme zu laut, so kann ich nichts hören.

Man will mich zum Wahnsinn treiben. Ich wende, fahre im Zimmer herum, wer versteckt sich in der Dunkelheit? Rumms, das war der Tisch. Ich fahre rückwärts, und dann spüre ich es. Beine. Beine in einer Hose. Auf dem Sofa sitzt jemand. Ich schreie innerlich, fahre noch weiter rückwärts. Noch ein Paar Beine, ohne Hose, Beine in Nylonstrümpfen. Das darf nicht wahr sein. Das kann nicht wahr sein. Ich fahre weiter am Sofa entlang zurück und spüre wieder Beine. Dünnere. Kürzere.

Sie sitzen alle drei auf dem Sofa. Und ich weiß sofort, wer es ist, o ja, ich weiß, es sind Paul, Yvette und Virginie. Ich stelle mir vor, wie sie dasitzen, ihre leeren Augen auf mich gerichtet, tote, offene Augen, die ins Nichts starren. Aber wie ist es möglich, daß Hélène sie nicht gesehen hat?

Atemgeräusche. Irgend jemand atmet. Ich nähere mich den

Sitzenden. Es kostet mich übermenschliche Kraft, aber ich hebe den Arm und fasse sie an. Ich berühre sie. Taste über die leblosen Körper. Der erste regt sich nicht. Er ist kalt. Ein klebriges Hemd. Ich streiche über ein Krokodil auf der linken Seite. Paul. Es ist Paul, und er ist tot. Der zweite Körper bewegt sich auch nicht, ist aber noch warm. Ich spüre eine Wolljacke, Yvette. Ohnmächtig. Der dritte Körper ist auch warm. Ich strecke die Hand aus und berühre die Brust. Schallendes Gelächter:

»Bravo, Elise!«

Mir wird schwarz vor Augen.

14

»Elise, du mußt mich losbinden! Schnell!«

Wer spricht da zu mir? Wo bin ich? Ich will nicht aufwachen, will nicht dieses dünne, hohe Stimmchen hören. Ich will nicht hier sein!

»Elise, bind mich los, sonst sind wir gleich alle beide tot. Renaud sagt, daß es eilt!«

Na und? Ich dachte, es sei toll, tot zu sein! Hast du es dir anders überlegt? Bin ich jetzt total verrückt geworden? Das ist wohl nicht der geeignete Zeitpunkt, um mit einem Kind abzurechnen! Vor allem deshalb nicht, weil die arme Kleine neben Pauls Leichnam sitzt und gefesselt ist – wahrscheinlich von ihrem eigenen Vater. Aber warum in Benoîts Wohnung? Diese Frage quält mich wie ein bohrender Schmerz. Keine Zeit, darüber nachzudenken. Ziel Nummer 1: Wir müssen hier raus. Wenn ich es schaffe, Virginie loszubinden, kann sie die Tür öffnen und mich befreien, aber wir müssen schnell machen.

»Ich bin so müde…«

Also, ich nicht.

»Wie willst du mich denn frei bekommen?«

Wenn ich das nur wüßte… Ich nähere mich ihren Beinen, ta-

234

ste sie ab, bis ich die Nylonschnur an ihren Knöcheln spüre. Ich bin nicht geschickt genug, den Knoten zu lösen, er muß ganz klein und ganz eng zusammengezogen sein, und außerdem kann ich meine Finger nicht so bewegen, wie ich es möchte. Ich fahre rückwärts mit meinem Rollstuhl und versuche, nicht gegen den großen Ledersessel zu stoßen, in den Benoît sich so gerne zum Lesen setzte. Wenn ich mich nicht irre, befindet sich die Küche zu meiner Linken und die Tür ungefähr einen halben Meter seitlich vom Sofa. Ich fahre ein Stück vorwärts.

»Elise! Wohin willst du? Ich bin hier!«

Ich hebe beschwichtigend den Arm. Da. Ich müßte mich genau vor der Tür befinden, ich fahre ganz langsam, so ist es gut, noch ein Stück, ich stoße irgendwo an, dem Geräusch nach ist es der Herd. Ich mache mit dem Rollstuhl eine Drehung und fahre an der Geschirrspülmaschine entlang, stop. Ich befinde mich jetzt neben der Arbeitsfläche. Ich hebe den Arm und taste die Fläche ab. Komme ich mit der Hand bis an die Wand? Ja. Eigentlich müßte dort eine Stange sein, an der Benoîts Messer hängen. Da ist sie. Ich spüre einen runden Griff, umschließe ihn mit der Hand und hebe den Arm. Ich hab' es! Das Fleischermesser. Benoîts großes Fleischermesser. Ich packe das Fleischermesser und fahre zurück ins Wohnzimmer. Ich bin schweißgebadet.

»Ich glaub', ich schlaf gleich wieder ein.«

Kommt überhaupt nicht in Frage! Obwohl ich mich am liebsten sehr rasch fortbewegen würde, fahre ich ganz vorsichtig, denn ich will nicht riskieren, Virginie ein dreißig Zentimeter langes Messer in die Beine zu rammen. Der Couchtisch, Pauls Hosenbeine, so, da wären wir. Ich ziehe an ihrem Rock.

»Was hast du vor? Willst du mich in Scheiben schneiden?«

Das Schlimme ist, ich habe den Eindruck, daß sie sich diese Frage ernsthaft stellt. Ich umklammere den Griff und presse den Arm fest gegen die Seite des Rollstuhls, die Messerklinge steht nach oben. Ich hoffe, daß Virginie jetzt versteht, was ich vorhabe. Ich weiß, daß die scharfe Klinge des Messers zur richtigen Seite zeigt, denn der Griff ist geschwungen, da kann man sich nicht irren. Er ist ergonomisch geformt, das stand damals auf der Verpackung. Virginie gähnt ausgiebig:

»Du willst die Schnur durchschneiden?«

Ich hebe die Hand und drücke sie an das Rad des Rollstuhls.

»Aber du kannst doch nichts sehen, du wirst mir in die Beine schneiden!«

Deshalb sollst *du* ja auch deine Beine in die richtige Position zum Messer bringen, Virginie, los, mach schon, denk nach!

Waren da nicht Schritte auf dem Gang? Nein, falscher Alarm. Virginie hat wohl nachgedacht, denn plötzlich spüre ich ihre Schuhsohlen an meinem Arm.

»Ich werde es machen, beweg dich nicht!«

Ich denke nicht daran. Sie rutscht auf dem Sofa soweit herab, bis sich das Messer zwischen ihren Knöcheln befindet. Dann beginnt sie, die Beine vor und zurück zu bewegen. Ich konzentriere mich darauf, das Messer festzuhalten. Es ist ein angenehmes Gefühl, ein Messer zu haben, ich hätte nie gedacht, daß es so beruhigend sein könnte, ein ordentliches Fleischmesser in der Hand zu halten. Die Nylonschnur löst sich.

»Klasse! Und jetzt die Hände.«

Sie steht auf, kniet sich mit dem Rücken zu mir hin und beginnt erneut, sich vor und zurück zu bewegen, wobei sie ununterbrochen gähnt. So, gleich haben wir's geschafft, die Schnur gibt nach. So weit, so gut. Jetzt mußt du uns die Tür aufmachen, Virginie. Mach die Tür auf...

Ich fahre rückwärts bis zur Tür, um ihr klarzumachen, was ich will. Ich höre ihre Schritte.

»Papa... Yvette... Elise, Papa und Yvette sind hier. Sie bewegen sich nicht, ich kann nichts sehen, weil es hier ganz dunkel ist, ich werde die Rolläden hochziehen...«

Nein, auf gar keinen Fall!

»Ich krieg' sie nicht hoch, sie sind blockiert. Papa... Papa, sag doch was! Hör auf, mich anzustarren, sag was!«

Ich spüre, wie ich eine Gänsehaut bekomme, ich bete, daß sie nicht auf seinen Schoß klettert, aber ich weiß, daß sie es tun wird, und dann wird sie schreien und dann... Jemand hat auf den Fahrstuhlkopf gedrückt, ich höre, wie sich der Aufzug in Bewegung setzt. Virginie, ich bitte dich, meine Kleine, rasch!

»Wir müssen einen Arzt holen, Papa ist schwer verletzt und Yvette auch!«

Sie ist jetzt ganz dicht neben mir, ich spüre, wie ihre kleinen, geschickten Finger nach dem Riegel suchen, sie schiebt ihn zurück, gut, aber was macht sie jetzt? Virginie! Ich spüre sie nicht mehr. Virginie, wo bist du? Das ist jetzt wirklich nicht der richtige Augenblick, ein Versteckspiel anzufangen! Nichts, nur ein paar undeutliche Geräusche. Ich atme tief durch und zähle ganz langsam bis zwanzig. Ich höre, daß sie sich rechts von mir bewegt. Ein neues Spiel? Das Schlimmste, wenn man nicht sprechen kann, ist, daß man die Leute nicht anbrüllen, sie nicht anschnauzen, ihnen keine Befehle erteilen, sie nicht beschimpfen kann... Was würde ich darum geben, wenn ich jetzt jemanden beschimpfen könnte. Ein Luftzug zu meiner Rechten, ah, endlich, die Tür öffnete sich und...

»Was machen Sie denn hier?« fragt Jean Guillaume und schiebt mich ins Zimmer zurück.

»Sie hat uns erwartet«, erwidert Hélène und schließt die Tür wieder.

Ihre Hand legt sich auf die Rückenlehne des Rollstuhls, und sie zieht mich langsam zurück. Ich verstehe nicht. Warum hat Hélène Guillaume mitgebracht? Und Virginie? Warum spricht Hélène nicht mit ihr?

»Yvette!« ruft Guillaume plötzlich völlig entsetzt. »Yvette!«

»Sie hört Sie nicht«, erklärte Hélène.

»Sie muß hier raus. Und Paul, mein Gott!«

»Keiner rührt sich von der Stelle«, befiehlt Tony-Yssart mit Grabesstimme.

Ich verstehe überhaupt nichts mehr. Ich glaube, ich werde verrückt. Woher kommt er jetzt? Woher kommen die anderen alle? Was haben sie in Benoîts Wohnung zu suchen? Und Yvette? Wollen sie sie etwa auf dem Sofa krepieren lassen? Mein armer Kopf ist kurz davor zu explodieren.

»Setzen Sie sich.«

Ich höre, wie sich jemand bewegt, sich schwer auf das Sofa fallen läßt, das muß Guillaume sein. Hélène muß sich in einen der Sessel gesetzt haben. Und Virginie? Wieso bemerken sie sie nicht? Sie ist doch schließlich nicht durchsichtig!

Ich habe noch immer das Messer, halte es gegen das Rad des Rollstuhls gedrückt. Stehe ich neben Yssart? Er schwadroniert lauthals:

»Hélène, du hättest dich vorher vergewissern sollen, ob deine Waffe auch mit echten Kugeln geladen ist. Wußtest du nicht, daß Benoît sie durch Platzpatronen ersetzt hat?«

Schon wieder fällt Benoîts Name! Ja, Benoîts Beretta, ich erinnere mich, die hatte er in seinem Nachttisch, wir haben uns deswegen gestritten. Ich mag keine Waffen. Um mich zu beruhigen, erzählte er mir, daß sie nur mit Platzpatronen geladen sei. Darauf erwiderte ich ihm, daß ich nun noch weniger verstünde, warum er eine Waffe im Hause habe... Aber warum hat sie Benoîts Beretta?

»Du sagst ja gar nichts!« fährt Tony in seiner Rolle als »Zeremonienmeister« fort.

Ich stelle mir die Situation vor: Er steht vor uns, elegant, eine Waffe auf uns gerichtet; Guillaume kauert in einer Ecke; Hélène ist vollkommen außer sich; Pauls steifer Leichnam; die ohnmächtige Yvette; ich im Rollstuhl. Ein wahnsinniges Bild.

Die Beretta in dem Nachttisch, auf dem der Radiowecker stand...

»Lassen Sie uns gehen. Yvette braucht dringend Hilfe«, fleht Guillaume.

...und ein Glasschälchen, in das Benoît abends seine Uhr neben...

»Ich habe schon einen Krankenwagen gerufen«, meint Tony. »Fällt Ihnen nicht auf, daß es hier sehr eigenartig riecht?«

...das Laguiole-Messer mit dem gelben Schildpattgriff legte!
»Sie sind widerlich«, murmelt Guillaume. »Sehen Sie denn nicht, daß Paul...

»Ich spreche nicht von Paul. Ich spreche von den Reliquien, die sich in dem Kasten dort befinden.«

»In dem Kasten?«

Guillaumes Stimme klingt gedämpft.

»Ja, in dem Kasten aus Ebenholz, dort auf dem Sideboard.«

Ich erinnere mich, es ist ein länglicher, mit Satin ausgeschlagener Kasten, in dem ein japanischer Säbel liegt. Reliquien? Was meint er damit? Ich habe Angst vor der Wahrheit.

»Hélène, möchtest du ihn nicht aufmachen?«

»Du Idiot.«

»Hélène war noch nie um eine Antwort verlegen. In diesem Kasten, lieber Monsieur Guillaume, befinden sich liebe Erinnerungsstücke an die Morde: die Hände des kleinen Michaël Massenet, das Herz von Mathieu Golbert, der Penis von Joris Cabrol...«

»Joris!«

»Ja, und es war nicht der Zug, der ihn kastriert hat... Ich fahre fort: der Skalp samt Haaren von Renaud Fansten und die dunklen Augen von Charles-Eric Galliano, Augen, auf deren Netzhaut sich vielleicht das fratzenhafte Gesicht des Mörders eingeprägt hat.«

Guillaume überkommt offensichtlich Übelkeit, ich höre, wie er murmelt:

»Seien Sie endlich still!«

»Schweigen nützt nichts«, erwidert Tony, »wenn die Dinge existieren, existieren sie eben, selbst wenn Gott uns wirklich nichts erspart. Ist Ihnen noch nie aufgefallen, daß die meisten Mörder sich ähnlich verhalten wie die Menschen, die sich mit Schwarzer Magie beschäftigen? Sie heben häufig etwas von ihren Opfern auf, ein Stück Fleisch, ein Stück Haut, etwas Blut.«

Hat Benoîts Messer etwa dazu gedient, die Augen des Kleinen herauszuschneiden?

»Das ist nicht wahr, Sie lügen«, protestiert Guillaume schwach. Ich spüre, daß er völlig verwirrt ist.

»O doch, es ist wahr. Öffnen Sie den Kasten und sehen Sie selbst.«

»Sie sind verrückt!«

»Sicher. Machen Sie schon.«

Schweigen. Dann ein Klicken. Schließlich ein erstickter Aufschrei:

»Mein Gott! Es ist grauenhaft! Hélène, es ist wahr, die Sachen sind da... Sie Ungeheuer! Wie konnten Sie das tun? Ich würde Sie am liebsten eigenhändig umbringen!«

»Wir glauben alle ein wenig an Zauberei, oder? Zum Beispiel daran, daß wir, indem wir jemanden zerstören, zu einem neuen Menschen werden könnten, oder daran, daß wir, wenn wir die einzelnen Teile eines Menschen zusammentragen, ein geliebtes Wesen zu neuem Leben erwecken können – wie die Göttin Isis...«

Schon wieder Isis!

»Das ist doch Schwachsinn!« unterbricht ihn Hélène.

»Ach ja? Aber das heißt nicht, daß eine Sache nicht passiert, nur weil sie schwachsinnig ist, oder? Das Ritual zur Auferstehung eines geliebten Wesens wird detailliert im *Satanischen Handbuch* von Lewis F. Gordon beschrieben, ein Werk, das in jeder guten Bibliothek zu finden ist. Ehrlich gesagt hat es, außer ein paar Geistesgestörten, kaum jemand ernst genommen.«

Worauf will er hinaus? Will er sich rechtfertigen?

Das Messer, auf das Benoît so stolz war, bohrt sich in das Fleisch eines kleinen Gesichts mit blauverfärbten Lippen...

»Die Schwarze Magie hat den Vorteil, daß sie häufig von den wahren Motiven der Person, die sich ihrer bedient, ablenkt. So verbirgt sich zum Beispiel hinter dem Wunsch der Frau, die ihren Geliebten verhexen will, um seine Liebe zu erringen, ein zerstörerischer Trieb, ein Streben nach Einswerdung und Kastration. Dieses Ritual ist ganz auf dieses Ziel ausgerichtet.

240

Und da es von rein egoistischen Motiven gelenkt ist, wird das Leid des anderen, dessen man sich als Werkzeug bedient, völlig außer acht gelassen. Das ist typisch für einen Massenmörder, der im Mitmenschen ebenfalls nur ein Objekt sieht.«

Erspar uns deinen Vortrag. Wie kann er hier so ruhig dozieren? Idiotische Frage: Wieso benimmt sich ein Verrückter verrückt? Ich höre weder Guillaume noch Hélène, keiner sagt einen Ton, sie müssen alle mit offenem Mund dasitzen.

»Wer kann schon sagen, wo für einen Massenmörder die Grenze verläuft – zwischen einem einfachen Blutrausch und dem magischen Wunsch, ein verlorenes Universum wiederherzustellen?«

Sprich ruhig weiter, dann kann ich dich besser orten, du stehst dicht neben mir, wenn ich den Arm hebe, dann könnte ich dir das Messer in den Oberschenkel rammen, und dann... ja, dann gerät er aus dem Gleichgewicht, es ist unsere einzige Chance, auch auf die Gefahr hin, daß er abdrückt...

»Ich vertrete die Theorie, daß ein Massenmörder auch immer, ohne es zu wissen, ein Hexenmeister ist, aber das steht hier nicht zur Debatte.«

Ich werde bis drei zählen, und dann werde ich es tun...

Eins, zwei, drei.

Die Klinge bohrt sich in sein Fleisch, als sei es Butter, etwas Warmes spritzt mir ins Gesicht, er stürzt mit einem überraschten Schmerzensschrei zu Boden, ein Schuß löst sich. Lärmendes Durcheinander.

»Keiner rührt sich von der Stelle, ganz ruhig!« ruft Hélène.

Daraus schließe ich, daß sie sich die Waffe geschnappt hat. Gott sei Dank!

»Elise, warum haben Sie das getan?« murmelt Tony dicht neben mir.

Ich stelle mir vor, daß er sich mit schmerzverzerrtem Gesicht den Oberschenkel hält.

Wieso ich das getan habe? Um nicht in diesem Wohnzimmer zu krepieren, wo es nach Tod und Wahnsinn stinkt, darum!

»Jean, fesseln Sie ihm die Hände mit der Krawatte auf den Rücken«, befiehlt Hélène mit ruhiger Stimme.

Guillaume tut, was sie sagt. Ich sitze noch immer mit dem Messer in der Hand da.

»Elise, lassen Sie das Messer los, sonst verletzen Sie womöglich noch jemanden«, sagt Hélène und greift danach.

Ich will es nicht loslassen, ich umklammere den Griff, es ist beruhigend, das Messer in der Hand zu spüren.

»Also wirklich, Elise, das ist doch lächerlich.«

»Lassen Sie es nicht los«, sagt Tony mit schmerzerstickter Stimme.

Soviel steht fest, der Typ ist mehr als verrückt.

Ich zögere. Er flüstert mir zu:

»Elise, erinnern Sie sich daran, was ich Ihnen über Rätsel gesagt habe?«

Aber was will er bloß von mir?

»Virginie wußte nicht, daß ich ihr Vater bin.«

Was ändert das?

Das ändert alles. Virginie hatte nicht den geringsten Grund, jemanden zu schützen, den sie nicht kannte... Ich höre noch ihr zartes Stimmchen: »Papa ist schwer verletzt.« Also lügt Tony nicht, dann... wie konnte ich nur so dumm sein!

Ich hebe ruckartig den Arm, um mich zu schützen, aber es ist zu spät: der Pistolenkolben saust mit aller Wucht auf meinen Schädel nieder, während Hélène mit liebenswürdiger Stimme meint:

»Das hat aber ganz schön lange gedauert, bis Sie es begriffen haben!«

Vom Schlag benommen, lasse ich das Messer los. Ich höre, wie Guillaume nach Luft ringt, als würde er gleich ersticken.

»Stehen Sie nicht einfach so herum, Jean. Setzen Sie sich neben Yvette und strecken Sie die Hände vor... so ist es gut. Ich warne Sie, keine falsche Bewegung, schließlich möchte ich Yvettes schöne Stirn nicht mit einem dritten Auge zieren. Also, haben wir alle beisammen? So, jetzt fehlt nur noch die Kirsche auf unserem Kuchen. Virginie, wo bist du, mein Liebling? Virginie?«

Ich bekomme eine Gänsehaut, als ich diese fröhliche Hausfrauenstimme höre, und mit einem Schlag wird mir klar, wie schrecklich Wahnsinn sein kann.

»Hélène, ich begreife nicht... Was soll das heißen?« fragt Guillaume fassungslos.

»Das heißt, du sollst die Klappe halten und dich nicht von der Stelle rühren, klar?«

»Hélène! Aber das kann nicht wahr sein! Sagen Sie mir, daß das nicht wahr ist!«

»Sie hat sie alle umgebracht!« ruft Tony, der neben dem Rollstuhl am Boden liegt.

»Ist das wahr?« fragt Guillaume ungläubig.

»Sie stellen vielleicht dumme Fragen, mein lieber Guillaume. Wer soll es denn sonst gewesen sein? Ihre geliebte Yvette vielleicht?«

»Und Paul? Was ist mit Paul?«

»Paul war sehr unhöflich zu mir. Ihm hat der Inhalt des Kastens überhaupt nicht gefallen. Er hat den Wert meiner Sammlung nicht verstanden. Er hat mich angeschrien und ganz fürchterliche Dinge über mich gesagt... Ich mag es nicht, wenn man mich anschreit.«

»Und Stéphane? Warum Stéphane?« fragt Tony. »Er hat dir doch gar nichts getan!«

»Stéphane? Er wurde lästig. Er wollte mich ganz für sich allein haben. Armer Stéphane. Als ob ich einem einzigen gehören könnte... Das muß man sich mal vorstellen, Elise, Männer sind so arrogant und dumm! Außerdem bekam er es mit der Angst zu tun. Als er hörte, daß die Polizei nach einem weißen Kombi suchte, kriegte er Schiß, der arme Dummkopf. Er wußte, daß ich mir den Wagen häufig ausleihe. Er hat angefangen, sich Fragen zu stellen. Was er nicht wußte, war, daß ich diejenige gewesen bin, die die Polizei auf seine Spur gebracht

243

hat. Ich war es, die anonym die Polizei verständigt hat, nachdem ich auf einigen alten Kleidungsstücken Blutspuren hinterlassen und die Sachen in der Forsthütte deponiert hatte, der Ort, wo ich mich um den kleinen Michaël gekümmert hatte. Ich mußte einen Schuldigen finden, der Polizei einen Schuldigen liefern, so wie man einem Hund einen Knochen hinwirft, also... bye, bye, Stéphane.«

»Und Sophie? Ist Sophie...?« stammelt Guillaume bestürzt.

»Aber ja, mein lieber Guillaume, das war auch ich. Machen Sie den Mund wieder zu, Sie sehen so schon dumm genug aus! Sophie wußte zuviel. Sie wußte von Benoît.«

Was wußte sie? Ich versteh' überhaupt nichts mehr. Hélène fährt fort: »Sophie hatte eine große Klappe. Sie war eine richtige Klatschbase. Ich konnte doch nicht zulassen, daß sie herumlief und mich und meine Person durch den Schmutz zog.«

Person. Sie bezeichnet sich als Person. Gibt es denn eine echte Hélène?

»Da war doch ein Selbstmord die einfachste Lösung, oder?« erzählt Hélène, von sich begeistert.

»Ich verstehe nicht«, stammelt Guillaume. »Ich glaube, ich verstehe das nicht... Hélène, das kann unmöglich wahr sein... Die Kinder, Stéphane, Sophie, Paul, das sind neun Menschen!«

»Halt die Klappe, verdammter Mistkerl!«

Er stößt einen kurzen Schrei aus, ich nehme an, daß sie ihm mit der Pistole einen Schlag versetzt hat. Ich kann mir gut vorstellen, wie sie ihm ganz beiläufig die Zähne ausschlägt.

Ein Streichholz wird angezündet. Kerzengeruch. Was macht sie jetzt? Warum habe ich bloß das Messer hergegeben?! Blut tropft mir in die Augen, der Schlag mit dem Pistolenkolben muß mich am Kopf verletzt haben. Ich kann mir das Gesicht nicht abwischen, ich spüre, wie das Blut über meine Lippen läuft, nehme seinen typischen Geruch wahr, das widert mich an, alles widert mich an, ich fühle mich weit von der Realität entfernt, nur noch in Angst und Grauen verstrickt.

»Sie hatten nicht das Recht, mir Max wegzunehmen.«
Max. Aber wer ist Max?

»Ich habe ihn so sehr geliebt.« Hélènes Stimme klingt jetzt rachsüchtig. »Er war mein ein und alles. Mit ihm sollte alles wieder gut werden, wollte ich die Schläge vergessen, die Angst, Leid durch Liebe ersetzen.«

»Und du glaubst, wenn du Kinder erwürgst, könntest du damit Leid durch Liebe ersetzen?« fragte Tony spöttisch.

»Wie kannst du nur so vulgär sein! Ich frage mich, wie ich mich zu jemandem wie dir hingezogen fühlen konnte, zu einem armen, schizophrenen Alkoholiker, zu einem Stück Dreck. Was weißt du schon von Liebe? Deine Mutter hat sich nie um dich gekümmert, dein Vater ist ein halber Penner... Liebe, was ist das für dich, Tony? Ein Krankenhausbett? Das künstliche Lächeln einer gestreßten Krankenschwester? Ein Teller Suppe, wenn es draußen kalt ist? Du klammerst dich hartnäckig an das Leben in dem Glauben, daß eines Tages alles wieder gut wird, aber leben heißt leiden. Leben bedeutet Schmerz, immerzu, immerzu. Du sagst, ich habe sie getötet, ich sage, ich habe ihnen Leid erspart, ihnen Frieden gegeben, den süßen Frieden des Todes. Ich verlange auch gar nicht, daß du mich verstehst. Es ist mir egal, ob man mich versteht oder nicht. Ich bin frei. Ich unterliege nicht euren dummen Moralvorstellungen. Wenn es eine Moral gäbe, wäre Max noch da... Mit ihm wäre alles anders geworden. Ich hätte die Gewalt vergessen können, den bitteren Geschmack der Gewalt, die Angst, doch so ist es nicht gekommen, das Rad des Schicksals hat sich in eine andere Richtung gedreht...«

»Aber wer ist Max?« wundert sich Guillaume.

»Ein Engel. Max war ein Engel. Ein Engel der Erlösung. Er ist gestorben, um das Leid der Welt zu sühnen.«

»Eine Art Jesus?« fragt Guillaume, der, so vermute ich, sich bemüht, sie zum Reden zu bringen.

»Wenn Sie es so sehen wollen...«, meint Hélène ironisch. »Genug von Max gesprochen, das Thema ist beendet. Jetzt...«

Sie beendet den Satz nicht, so als überlege sie.

»Und jetzt?« wiederholt Guillaume mit dumpfer Stimme.

»Jetzt muß ich gehen. Es tut mir leid, meine lieben Freunde, aber ich kann euch leider nicht mitnehmen.«

Eine wahnsinnige Hoffnung keimt in mir auf: Sie geht? Geht sie wirklich?

»Aber ich kann euch auch nicht allein zurücklassen... Aber seid unbesorgt, das Feuer der Freundschaft wird stets zwischen uns brennen.«

Das Feuer der Freundschaft? Das Streichholz... die Kerze... oh, verflucht...

»Ich werde den Kasten mitnehmen, dessen Inhalt unser guter Tony so grandios analysiert hat, und dann werde ich gehen. Freut mich, eure Bekanntschaft gemacht zu haben. Elise, ich hoffe, daß Sie schrecklich leiden werden, ich habe Sie immer gehaßt. Und gestatten Sie mir diese Bemerkung: Ihre Frisur ist wirklich grauenhaft.«

Das ist doch grotesk. Das einzige, was ihr einfällt, bevor sie uns alle bei lebendigem Leib verbrennen läßt, ist, daß meine Frisur häßlich ist! Das ist doch wirklich zum Weinen!

»Ich weiß wirklich nicht, was er an Ihnen gefunden hat.«

Er? Wer ist »er«? Sie meint doch nicht etwa...

»Der liebe, gute Benoît... Er wollte Ihnen alles nach dem Urlaub beichten, aber leider, leider hatte er dazu nicht mehr die Gelegenheit, und so haben Sie die letzten Minuten mit ihm verbracht...«

Mir was beichten? Ich will es nicht hören. Benoît wird doch nicht...

»Ein paar Monate, nachdem ich die Seele des kleinen Charles-Eric befreit hatte, habe ich das erste Mal mit ihm geschlafen. Er wollte, daß ich Paul verlasse und wir zusammen weggehen. Aber ich konnte nicht, Renaud wurde acht, er hatte das gleiche Lächeln wie Max, und sein Haar war so weich, so glänzend... Sie verstehen, ich mußte es tun... also konnte ich Benoîts Bitten, mit ihm wegzugehen, nicht nachgeben.«

Ein Sturm tobt in mir. Ein doppelter Sturm. Sie hat Renaud getötet, sie hat den Sohn ihres Mannes getötet. Und Benoît und sie... Benoît hat mich betrogen, Benoît hat mich angelogen, Benoît, mein Benoît mit dieser...

»Hören Sie nicht auf Sie! Benoît hat Sie geliebt, aber Hélène ließ einfach nicht locker, sie klebte an ihm wie Pech«, ruft Tony.

»Sei still!«

Das Geräusch von Schlägen.

»Ich bin froh, daß Sie zusammen mit Tony sterben werden. Ich weiß nicht, wen von euch beiden ich mehr hasse: Tony, den Oberlehrer, oder die ach so reizende Elise...«

»Hélène! Ist dir klar, daß du all diese Kinder getötet hast? Für nichts und wieder nichts! Daß sie tot sind, endgültig tot, daß von ihnen nichts mehr übrig ist außer ein paar Fetzen Fleisch, mit denen du nichts anfangen kannst«, sagt Tony langsam und deutlich. »Stücke von menschlichen Kadavern, die verwesen werden!«

»Tony, Liebling, ich mache mir Sorgen um dich, große Sorgen, du bist immer so rational... Du verstehst nichts, rein gar nichts... (Ihre Stimme überschlägt sich.) Du hast es nie begriffen, sie sind nicht tot, hörst du, sie haben ihren Frieden gefunden, sie sind bei mir, in mir, für immer, und nicht auf dieser schlechten, verkommenen Welt, sie gehören mir!«

»Sie sind tot, Hélène, einfach tot, und sie gehören niemandem mehr...«

Sie holt tief Luft, und ihre Stimme wird gefährlich sanft.

»Mein armer Tony, ich mache mir wirklich Sorgen...«

Sie kommt näher, man hört einen heftigen Schlag, irgend etwas zerbricht und Tony schreit kurz auf, dann noch einmal.

»Tony, Liebling, ich glaube, ich habe dir die Nase gebrochen... Du kriegst aber noch Luft, oder? Egal, bald kannst du sowieso nicht mehr atmen.«

Sie lacht, es ist ein ganz hohes Lachen, das entsetzlichste Lachen, das ich jemals gehört habe.

»Und Sie, Elise, wollen Sie gar nichts sagen? Nichts zu diesem historischen Augenblick beisteuern?«

Benoît hat mich betrogen.

Ich werde bei lebendigem Leib verbrannt.

»Wissen Sie, angeblich ist es so…, daß man erstickt. Denken Sie an Jeanne d'Arc. Eine Nationalheldin. Und es heißt, daß ihr Freund, Gilles de Rais, zum Tod verurteilt wurde, weil er an die fünfzig Kinder gefoltert und ermordet haben soll. Eine amüsante Parallele, finden Sie nicht?«

Ja, zum Totlachen. Elise d'Arc und Hélène de Rais. Ein Monumentalfilm an Originalschauplätzen gedreht. Aber das ist einfach nicht wahr! Ich werde nicht auf diese Art und Weise sterben!

»Virginie! Komm aus deinem Versteck, mein Liebling, Mama muß jetzt gehen.«

Wo ist sie? Sie darf ihr Versteck nicht verlassen. Hélène wird sie irgendwo festbinden und sie mit uns zusammen dem Flammenmeer überlassen, ich spüre am Klang ihrer Stimme, daß sie sich in einer anderen Dimension befindet, in einer Dimension, in der kein Platz mehr ist für menschliche Gefühle. Bleib, wo du bist, Virginie, ich flehe dich an!

»Virginie! Mama wird sehr ärgerlich werden, und du weißt, was für schlimme Dinge passieren, wenn Mama böse wird.«

Ich spüre, wie mir Tränen über die Wangen laufen. Und ich höre noch jemanden, jemanden, der leise weint. Ich denke, es ist Jean Guillaume. Yvette ist nicht wach geworden. Sie wird sterben, ohne etwas zu spüren.

»Na, dann eben nicht, Virginie, Mama geht jetzt. Ach, ich habe meine Kassette vergessen. Haben meine Aufnahmen Sie gut unterhalten, Elise? Es hat viel Spaß gemacht, sie zusammenzutragen, wissen Sie, mit einem dieser kleinen Diktiergeräte… die sich von allein einschalten, sobald jemand spricht.«

Anscheinend bedient sie das Gerät, dann hört man eine Stimme, die sagt: »Es ist schon spät, wir müssen los. Gute Nacht, Yvette, gute Nacht, Elise, gute Nacht, Jean.«

Pauls Stimme. Es ist eigenartig, einen Toten sprechen zu hören. Vor allem, wenn er für uns eine eher belanglose Nachricht hat. Das Band wird vorgespult, jetzt hört man Yvette:

»Schön, daß sie gekommen sind. Rufen Sie an, Hélène.«

»Von wegen!« meint Hélène höhnisch. »Nun, mit dem Feuer werdet ihr alle Sorgen, die das Leben so mit sich bringt, mit einem Schlag los. Elise wird keinen Rollstuhl mehr brauchen, Tony muß nicht mehr in die Irrenanstalt, Jean können seine Cholesterinwerte egal sein... Also dann, auf Wiedersehen... Na, Jean, nun weinen Sie mal nicht! Seien Sie tapfer! Ich muß jetzt gehen, ich habe noch eine Aufgabe zu erfüllen...«

Ein knisterndes Geräusch. Ein unverkennbares Knistern und der Geruch einer Kerze.

»Virginie! Du hast genau zehn Sekunden, um herzukommen!«

»Sie hat den Volant am Sofa in Brand gesetzt«, informiert mich Tony mit seiner wegen des gebrochenen Nasenbeins verzerrt klingenden Stimme.

»Ich hab' gesagt, du sollst das Maul halten, du mieses Schwein!«

Ich spüre, wie ihr Bein mich streift, als sie ihm ins Gesicht tritt. Tonys Kopf prallt gegen die Wand. Er sagt nichts, kann aber ein leises Stöhnen nicht unterdrücken. Das Knistern der Flammen wird immer lauter, ich spüre sie, sie sind real, ich spüre ihre Hitze, wir werden alle sterben, ICH WILL NICHT! Mein Arm schnellt mit geballter Faust vor und trifft auf etwas Weiches, ihren Magen, sie krümmt sich, ich betätige den Knopf, und der Rollstuhl macht einen Satz, fährt frontal gegen ihre Beine, sie taumelt, ich höre, wie sie mit einem spitzen Aufschrei umfällt, das Geräusch des umstürzenden Tisches, ich fahre weiter vorwärts, die Räder holpern über ihre Knöchel und plötzlich stößt sie einen furchtbaren Schrei aus.

»Mein Gott, ihre Haare...«, murmelt Guillaume.

Hélène brüllt. Ein Luftzug, Brandgeruch. Sie läuft um mich herum.

Ihre Haare haben Feuer gefangen.

»Zurück!« brüllt Tony.

Ich fahre rückwärts, der Rollstuhl kracht gegen die Wand. Ein dumpfer Knall. Hélène stößt einen Schrei aus, der an ein wildgewordenes Tier erinnert.

»Ihr Kleid«, sagt Tony, als würde er ein Spiel der Fußballweltmeisterschaft kommentieren. »Ihr Kleid hat Feuer gefangen. Sie hat sich in eine lodernde Fackel verwandelt.«

Ich muß unwillkürlich an religiös motivierte Selbstverbrennungen denken... aber das hier spielt sich unmittelbar neben mir ab, eine Frau, ein Wesen aus Fleisch und Blut brüllt, und wir spüren die Hitze des Feuers und riechen es, riechen das verbrannte Fleisch... Man muß etwas tun. Ich fahre zur Tür und wie verrückt immer wieder dagegen, irgend jemand in diesem verdammten Haus muß uns doch hören! Ich kann diese Schreie nicht länger ertragen!

»Wenn nicht augenblicklich Ruhe bei Ihnen herrscht, rufe ich die Polizei!« hört man jemanden von unten aufgebracht rufen.

Na los, beeil dich! Ruf schon an! Die Hitze breitet sich im Zimmer aus, die Flammen streifen mich, berühren mich, verbrennen mich. Hélène läuft schreiend durch das Zimmer, stößt gegen Möbel, ich spüre sie, ich spüre sie an meinem Arm, es brennt höllisch, ich spüre, wie ihr Fleisch aufquillt, sich Blasen bilden..., und ich spüre ihre Verzweiflung. So hilf ihr doch jemand!

Ich spüre etwas an meinem Bein.

»Elise, das Messer, ich habe es, nehmen Sie es, schnell!« keucht Tony.

Er hat sich halb aufgerichtet und läßt es in meinen Schoß fallen. Meine Hand umklammert den Griff.

»Wir können sie nicht sich selbst überlassen. Halten Sie das Messer senkrecht, ich werde die Krawatte durchtrennen.«

Ja, er hat recht, vielleicht kann er sie ins Badezimmer dirigieren und die Dusche anstellen... Zum zweitenmal innerhalb einer halben Stunde konzentriere ich mich darauf, das Messer festzuhalten, während er versucht, die Krawatte möglichst schnell durchzuschneiden, aber es dauert, und diese Schreie, o mein Gott, *diese SCHREIE!*

Die Krawatte reißt, Tony steht auf, wobei er sich auf die Rükkenlehne meines Rollstuhls stützt, er ruft mit erstickter Stimme:»Hélène«, und ich ahne, daß er versucht, sie zu packen.

»Hélène! Ich kann nicht, das brennt zu stark! Ich muß mein Jackett ausziehen!«

Beeil dich! Hélène hört nicht auf zu schreien, ihre Schreie ändern sich, werden unerträglich schrill, man glaubt nicht, daß diese gellenden Töne von einem menschlichen Wesen stammen, ich habe das Gefühl, daß mir gleich das Trommelfell platzt, ich beiße die Zähne so fest zusammen, wie es nur geht und umklammere mit aller Macht den Griff des Messers, wieviel Zeit ist inzwischen vergangen? Zwei Sekunden? Drei Sekunden? Drei Jahrhunderte? Diese entsetzlichen Schreie lösen bei mir Krämpfe aus, die Flammen kommen näher, ich möchte aufstehen und brüllen, gleich werde auch ich brennen, meine Haare Feuer fangen, ich hebe verzweifelt immer wieder den Arm, um auf mich aufmerksam zu machen, helft mir, so helft mir doch, Hélène läuft im Kreise, sie verbrennt mich, sie verbrennt mich, sie fällt auf mich, ich brenne auch! Ich brenne!

Etwas ist auf meinem Kopf, man stülpt mir etwas über den Kopf, nimmt Hélènes glühendheißen Körper von mir, schlägt mit etwas aus Stoff auf mir herum, Tonys Jackett, er erstickt die Flammen auf meinem Körper, ich bin gerettet, ich bin gerettet...

Das Schreien hat aufgehört. Hélène schreit nicht mehr. Rührt sich nicht mehr.

»Sie ist hineingefallen«, sagt Tony mit kaum hörbarer Stimme. »Dem Himmel sei Dank, sie ist einfach hineingefallen.«

Hineingefallen? Sie ist doch *auf* mich gefallen...

»Und?« erkundigt sich Guillaume.

»Sie ist tot«, antwortet Tony. »Die Klinge hat ihr Herz durchbohrt.«

Die Klinge? Oh, nein... Das Messer, das ich mit senkrecht stehender Klinge fest umklammert hielt. Ich habe Hélène getötet. Ich, Elise Andrioli, habe jemanden umgebracht. Dieses Messer, das ich in meiner Hand hielt, hat sich in die Brust eines menschlichen Wesens gebohrt. Die Klinge ist blutüberströmt, meine Hand ist blutüberströmt... Das wollte ich nicht...

Man hört das lodernde Geräusch der Flammen in der Stille, die plötzlich in diesem Wohnzimmer herrscht.

»Wir müssen machen, daß wir hier herauskommen!« ruft Guillaume.

Tony legt mir etwas in den Schoß und öffnet die Tür zum Gang, genüßlich sauge ich den Zementgeruch, die kühle Luft ein. Tony schiebt mich aus der Wohnung, Jean Guillaume folgt uns, ich spüre Yvettes Beine an meiner Wange, Guillaume läuft zum Fahrstuhl. Die Tür öffnet sich wie von Zauberhand. Hinter uns lodert das Feuer. Plötzlich durchfährt mich ein eisiger Schreck: Virginie! Ist Virginie noch in der Wohnung? Ich hebe hektisch die Hand.

»Sie ist hier, ich halte sie im Arm, sie schläft«, antwortet Tony.

Sie schläft? Wie konnte sie bei den Ereignissen, die sich in der Wohnung abgespielt haben, schlafen?

»Ich habe ihr Hexobarbital gespritzt. Sie wird erst in ein paar Stunden aufwachen. Ich wollte nicht, daß sie etwas mitbekommt. Unglaublich wirksam, dieses Hexobarbital. Sie haben es mir sechs Jahre lang verabreicht. Ich war die Ruhe selbst! Eigentlich hätte sie überhaupt nicht wach werden sollen, aber ich habe es falsch dosiert. Ich war gerade dabei, die Wohnung nach Benoîts Jagdgewehr zu durchsuchen...«

Ach, damit hat Hélène mich am Kopf verletzt...

»...dabei entdeckte ich den Kasten samt Inhalt. Auf einmal wurde sie wach, aber ich konnte nicht einschreiten, denn ich wollte nicht, daß Sie meine Anwesenheit bemerken. Damit

Hélène ein Geständnis ablegte, mußte sie überrumpelt werden. Ich wartete, bis Virginie sich dank Ihrer Hilfe befreien konnte, dann habe ich mich, während sie versuchte, die Tür zu öffnen, angeschlichen und ihr eine zweite Spritze gegeben.«

Jetzt wird mir einiges klar. Und ich dachte, sie spielt Verstecken... Da habe ich mich ganz schön dumm angestellt.

Aber wo war sie? Wie hat er es geschafft, daß niemand sie gesehen hat? Der Typ hat anscheinend wirklich einen sechsten Sinn, denn er antwortet mir, als habe er meine unausgesprochene Frage gehört:

»Als sie das Bewußtsein verlor, habe ich sie hinter dem großen Ledersessel, der an der Wand stand, versteckt. Sie standen mit Ihrem Rollstuhl davor, waren sozusagen der Sichtschutz.«

Alles ganz einfach, da muß man keine großen Worte machen. Und was gibt es Normaleres als eine Wohnung in Flammen, in der zwei Leichen verkohlen?

Ich habe noch nicht einmal bemerkt, daß der Aufzug schon fährt. Guillaume flüstert immer wieder mit gepreßt klingender Stimme Yvettes Namen. Die Fahrstuhltür öffnet sich. Wir sind draußen. Es regnet, ein kalter Nieselregen. Schön kalt. Ich spüre auf einmal die Schmerzen an den Stellen, wo ich mich verbrannt habe. Ich höre Sirenengeheul. Ich sehe uns, wie wir vor dem Haus stehen: Tony mit seiner Tochter im Arm, Guillaume, der Yvette trägt und mich, mit Brandblasen übersät. Und mit dieser Sache, von der ich nicht weiß, was es ist, die Tony auf meinem Schoß deponiert hat.

»Ich verständige die Polizei«, sagt Tony mit dieser merkwürdig dumpf klingenden Stimme. »An der Ecke ist eine Telefonzelle.«

»Die Flammen schlagen aus dem Fenster«, sagt Jean Guillaume, nachdem Tony gegangen ist.

Völlig unzusammenhängend fragt er mich:

»Glauben Sie, sie wird durchkommen?«

Ich vermute, daß er von Yvette spricht. Wie soll ich das wissen, ich kann ja nicht einmal ihre Verletzungen sehen?

253

»Wenn sie das überlebt, heirate ich sie.«

Es ist schön, wenn man Zukunftspläne schmieden kann. Ich dagegen habe das Gefühl, eine gebrechliche alte Frau im Rollstuhl zu sein, die man im Stich gelassen hat. Das einzige, was mir geblieben war, war die Erinnerung an Benoît, und jetzt... habe ich nicht einmal mehr das: Benoît hat mich betrogen, dieser große Teil meines Lebens war eine Lüge. Benoît ist tot, ich bin allein, ich bin um Haaresbreite dem Tod entkommen, meine beste Freundin war eine Kindermörderin, Yvette wird vielleicht sterben... und wir stehen vor einem Haus und hören mit an, wie gerade Benoîts Wohnung abbrennt... Das ist völlig verrückt. Der Krankenwagen ist gleich da, Tony hatte nicht gelogen, er hat ihn tatsächlich gerufen.

»Die Polizei ist schon unterwegs«, berichtet Tony, als er zurückkommt. »Es hatte sie schon jemand alarmiert.«

Sicher der Nachbar aus der unteren Wohnung. Schweigend warten wir, bis der Krankenwagen mit ohrenbetäubendem Lärm eintrifft. Oben in der Wohnung verbrennt gerade Hélènes Leiche... Hätte ich mir jemals träumen lassen, daß Benoîts Wohnung eines Tages als Scheiterhaufen für die Fanstens dienen würde? Er hat Hélène 1993 kennengelernt. Im nachhinein verstehe ich, warum wir uns damals dauernd gestritten haben. Wollte sie Benoît benutzen? Ihn beschuldigen, so wie sie Stéphane beschuldigt hat? Hat sie, weil Benoît tot war, Stéphane zum Sündenbock auserkoren? Benoît. Man hätte meinen Benoît des Mordes beschuldigt! Meinen Benoît, diesen Schuft, diesen Lügner, diesen Ehebrecher. Diesen Dreckskerl!

Der Krankenwagen kommt vor uns zum Stehen. Stimmengewirr. Alle reden durcheinander. Leute rennen aus dem Gebäude, es herrscht das totale Chaos.

»Wir haben lange suchen müssen, die Adresse war nicht korrekt notiert worden.«

»Was ist hier los? Warum steht da ein Krankenwagen?«

»Mein Gott, es brennt! Jacques, es brennt!«

»Wo sind die Verletzten?«

»Verflucht, da oben brennt es! Ruf die Feuerwehr an!«

»Herrschaften, treten Sie bitte zurück...«

»Sind noch Leute in der Wohnung?«

In der Ferne hört man wieder Sirenengeheul.

»Ja, zwei Leichen.«

»Um Gottes willen!«

»Bestimmt haben die das Ganze angerichtet.«

Ich erkenne die bissige Stimme von Monsier Chalier, einem Postbeamten im Ruhestand, der im zweiten Stock wohnt. Aber ich glaube nicht, daß er mich wiedererkennt, o nein.

»Ist die Kleine verletzt?«

»Nein, sie hat Hexobarbital gespritzt bekommen.«

»Okay, kein Problem, wir werden sie mitnehmen. Eine Trage! Und Ihre Nase?«

»Es geht...«

Fahrzeuge bremsen mit quietschenden Reifen, Türenschlagen, laute Stimmen.

»Aber wen haben wir denn da! Mercier, hiermit verhafte ich Sie! Legen Sie sofort das Kind auf den Boden oder ich puste ihnen das Gehirn weg!«

Gassin! Außer sich vor Wut!

»Sie irren sich, Inspektor, er war es nicht«, sagt Guillaume. »Sanitäter, Achtung, ganz vorsichtig, sie ist bewußtlos.«

»Wir wissen schon, was zu tun ist, Monsieur!«

»Er war es nicht? Sie wollen mich wohl auf den Arm nehmen!« tobt Gassin.

»Wirklich, seien Sie bitte ganz vorsichtig, es ist meine Frau... Nein, Inspektor, es war Hélène Fansten, sie hat uns alles gestanden.«

»Hélène Fansten? Hélène Fansten soll die Mörderin gewesen sein? Und warum nicht gleich Aschenputtel? Hast du das gehört, Mendoza? Vielleicht hätten Sie die Güte, etwas deutlicher zu werden!«

»Wo sind Sie verletzt?«

»Sie kann Ihnen nicht antworten, sie ist stumm.«

255

»Sie ist blutüberströmt und mit Brandblasen übersät. Verständige die Zentrale, sag ihnen, wir bringen Brandopfer mit. Was ist das für ein Kasten da in ihrem Schoß?«

Der *Kasten?* Der Mistkerl hat die Frechheit besessen, mir den *Kasten* zu geben?

»Das ist für Inspektor Gassin. Da, Inspektor«, sagt Tony, als würde er ihm Bonbons anbieten, »öffnen Sie den Kasten.«

»Wenn das wieder einer Ihrer dummen Scherze sein sollte, Mercier, ich schwöre Ihnen, dann… Um Gottes willen! Sie mieser… Sie haben genau gewußt, was da drin ist!«

Wenigstens werde ich nie den Inhalt dieses Kastens sehen. Aber gibt es etwas Schlimmeres, als ihn sich vorzustellen? Die kleinen verkrümmten Fingerchen, die glasigen Augen…

»Ich dachte, das würde Sie interessieren«, meint Tony unbekümmert.

»Wo haben Sie das her?« will Gassin wissen, dessen Stimme auf einmal ganz tief klingt.

»Pardon, Inspektor, aber wir müssen sie in die Notaufnahme bringen…«

»Was machen wir wegen der Wohnung, Chef? Da oben liegen zwei Leichen…«

»Haben Sie sich mal seine Nase angesehen? Sie ist gebrochen, Inspektor.«

»Antwortet mir jetzt gefälligst jemand?!« brüllt Gassin.

»In fünf Minuten werde ich Ihnen alles erklären, aber sagen Sie, Sie haben nicht zufällig etwas zu trinken?« erkundigt sich Tony seelenruhig.

15

Wieder im Krankenhaus. Ich weiß nicht, wie spät es ist. Man hat mich untersucht, meine Wunden versorgt und mir ein leichtes Beruhigungsmittel verabreicht. Gassin hat das Messer sichergestellt. Ich konnte es kaum aus der Hand geben. Jetzt geht es mir besser. Anscheinend ist mein Haar teilweise verbrannt. Das muß ja hinreißend aussehen. Eine in Verbände gewickelte Mumie mit einem Haarbüschel oben auf dem Kopf.

Yvette wird noch behandelt. Schädelbruch. Sie wollen eine Computertomographie machen. Wir können nur beten. Guillaume läuft nervös vor dem Operationssaal auf und ab. Virginie schläft noch immer, sie haben sie in einem Einzelzimmer untergebracht, und wir sitzen hier im Warteraum: Gassin, ich, der diensthabende Polizist und Tony. Man hat ihn mit ungefähr zehn Stichen am Oberschenkel nähen müssen und sich um seine gebrochene Nase gekümmert. Er muß einen riesengroßen Verband mitten im Gesicht haben. Dieses Gesicht, das ich nie gesehen habe. Wenn er sich bewegt, höre ich das Klirren der Handschellen. Ihm werden eine ganze Reihe von Dingen zur Last gelegt, nette Lappalien wie zum Beispiel »Aneignung einer falschen Identität«, »Urkundenfälschung und Verwendung gefälschter Dokumente«, »Beleidigung eines Polizeibeamten im Dienst«, »Zurückhalten von Beweismaterial«, ganz zu schweigen davon, daß seine vor sieben Jahren veranlaßte Zwangseinweisung in die Psychiatrie noch immer nicht aufgehoben ist...

»Wie sind Sie dahintergekommen?« will Gassin von ihm wissen und zündet sich eine Zigarette an.

»Aber ich bin eigentlich nicht dahintergekommen«, meint Tony. »Ich habe erst gegen Ende angefangen, das Ganze zu verstehen. Weil, sehen Sie, ich wußte nicht, ob ich nun den Mord begangen hatte, für den ich verurteilt worden war. Ich wußte nicht, ob ich dieses Kind getötet hatte oder nicht.«

»Wieso das?«

»Ich werde Ihnen erklären, wie es dazu kam. Zum fraglichen Zeitpunkt, 1988, trank ich soviel, daß ich, als die Polizei mich verhaftete, mir ehrlich die Frage stellte: Habe ich das Verbrechen begangen? Hélène behauptete, ja, die Polizei behauptete, ja, die psychiatrischen Gutachter behaupteten, ja, und ich? Ich konnte mich an nichts erinnern. Aber ich hatte Angst, daß ich vielleicht völlig außer Kontrolle geraten war und es getan hatte. Ich hatte schon so viele Dinge gemacht, ohne mich daran zu erinnern. Schlägereien. Total verrückte Geschichten. Ich war die Hälfte meiner Jugend in psychiatrischer Behandlung. Ich war sozusagen Stammgast. Und dann, als ich eingesperrt war und meine Entziehungskur hinter mir hatte, fing ich an nachzudenken. Etwas Unbegreifliches war geschehen, und ob ich nun dieses Kind erwürgt hatte oder nicht, es war zu spät, ich konnte die Zeit nicht mehr zurückdrehen. Ich wollte mein Leben nicht in einer Anstalt verbringen. Ich wollte Hélène wiedersehen, ich wollte meine Tochter wiedersehen, ich hatte Angst um meine Tochter. Ich hatte im Laufe der Therapie gelernt, daß Menschen, die in ihrer Kindheit Opfer von Gewaltanwendung waren, häufig dazu neigen, diese Erfahrung andere Menschen büßen zu lassen. Ich habe mein eigenes Leben, und welche Rolle Gewalt darin spielte, überdacht. Auch Hélène hatte eine traumatische Kindheit. Ich wußte, daß sie manchmal zerstörerische Neigungen hatte. Virginie weinte oft grundlos und beruhigte sich erst, wenn ich sie in den Arm nahm...«

Der Polizeibeamte hüstelt. Tony hält inne und fährt dann fort:

»Mehrere Male entdeckte ich blaue Flecken auf ihrem Körper, Hélène sagte, sie sei hingefallen. Als ich eines Tages nach Hause kam, trank Hélène einen Whisky und das Baby brüllte. Sie war völlig apathisch. Ich ging zu Virginie und entdeckte, daß eine der Sicherheitsnadeln, mit denen die Windel zusammengehalten wurde, aufgegangen war und die Kleine piekste. Hélène drehte sich zu mir und sah mich teilnahmslos an. »Etwas tut ihr weh«, das war alles, was sie sagte. Ich habe die Nadel mit zitternden Händen entfernt, das Baby beruhigt und mich wütend zu Hélène umgedreht. Sie warf mir vor, aus einer Mücke einen Elefanten zu machen, und meinte, ich sei ein hysterischer Säufer. Ich war fassungslos. Sie ließ die Kleine leiden und warf mir vor, mir, verantwortungslos zu sein! Da packte mich die Wut. Ich habe sie geschüttelt, sie fing an mich zu beschimpfen, sie erging sich in langen Tiraden, sie war außer sich. Wir haben uns geprügelt. An jenem Abend brach ich ihr den Arm. Später meinte sie zu mir, sie wisse nicht, was in sie gefahren sei, wahrscheinlich ein Anfall von Wahnsinn, und daß sie, seit dem Tod von Max, gelegentlich solche Ausfälle habe. Ab dann kam es nie wieder vor, nie wieder.«

»Max?«

Wer ist Max?

»Ihr Sohn. Den sie mit siebzehn Jahren bekam.«

»Welcher Sohn? Von einem Sohn war bisher nie die Rede!«

»Natürlich, er ist ja auch tot.«

»Schön langsam, ich kann Ihnen nicht mehr folgen«, protestierte Gassin.

»Gut, fangen wir noch mal von vorne an. Als ich Hélène 1986 kennenlernte, machte ich gerade eine Entziehungskur, und sie hatte drei Selbstmordversuche hinter sich. Wir waren in der gleichen Therapiegruppe, und dort erfuhr ich, daß sie mit siebzehn ein Kind bekommen hatte, daß der Vater unbekannt, und der Junge vor zwei Jahren gestorben war. Er muß damals acht Jahre alt gewesen sein. Soweit ich verstanden hatte, war es ein Unfall gewesen. Allem Anschein nach litt sie sehr darunter. Ihrer Meinung nach hätte dieses Kind alles wiedergutmachen, alles Böse, das sie in ihrer Kindheit erlebt hatte, auslöschen können. Und nun war er tot.«

»Das ist doch unglaublich! Diese Information wurde in keiner der Akten festgehalten!« entrüstet sich Gassin.

»Haben Sie sie vielleicht nicht nach ihrem Familienstammbuch gefragt?«

»Sehr witzig! Stellen Sie sich vor, wir haben den Familienstand jeder Person, die in die Mordfälle verwickelt war, überprüft.«

»Also, dann sehe ich nur eine Möglichkeit: Die Geburt des Kindes ist nicht gemeldet worden.«

»Aber wie sollte das...«

»Vielleicht hat sie das Kind ganz allein auf die Welt gebracht und es bei sich behalten, ganz allein für sich. Das wäre typisch für sie.«

»Und die Schule und was es sonst noch gibt?«

Da kommt mir plötzlich eine Erklärung in den Sinn: Wenn Hélène mit siebzehn Jahren aus den verschiedensten Gründen nicht wollte, daß jemand von ihrem Kind erfuhr, dann hätte doch nur ihre Mutter es als ihres ausgeben müssen... Aber ja! Offensichtlich kommt keiner meiner genialen männlichen Begleiter auf diese Idee. Gassin nimmt sein Handy und wählt eine Nummer:

»Ja, hallo, ich bin's. Hol dir doch mal die Akte Siccardi aus dem Archiv... Ja, genau. Die durchforstest du dann nach Hinweisen auf Max Siccardi. Wenn du nicht fündig wirst, ruf in Marseille an, es ist dringend... Ja, ruf mich an, sobald du etwas hast.«

Wütend beendet er das Gespräch.

»Wo waren wir stehengeblieben?«

»Bei meiner Begegnung mit Hélène. Wir fanden uns auf Anhieb sympathisch, denn wir fühlten uns etwas verloren, kamen beide aus einem schwierigen Elternhaus, uns verband sehr viel, und als sich dann Virginie ankündigte, wollte sie das Kind nicht behalten, doch ich habe sie dazu überredet, ich dachte, ein Kind könnte sie über den Verlust hinwegtrösten... Wenn ich es nur hätte vorhersehen können, mein Gott, wenn ich es nur geahnt hätte...«

Gassin hüstelt nervös.

»Fahren Sie fort.«

»Also, Virginie wurde geboren und alles lief ganz gut, bis Hélène Paul traf. Damals arbeitete er in Marseille.«

»Was, er auch?«

»Ich schwöre Ihnen, dafür kann ich nichts. Pauls Frau war an Krebs gestorben, und er zog allein seinen zweijährigen Sohn groß, Renaud. Hélène und er lernten sich in der Bank kennen, er arbeitete dort am Schalter.

Paul, sehr jung, sehr temperamentvoll, verliebte sich in diese junge, verzweifelte, selbstmordgefährdete Frau... Er hoffte, daß sie ihm helfen würde, seinen Sohn aufzuziehen.

...Wenn er gewußt hätte...«

»Und was passierte dann?«

»Na, was glauben Sie? Hélène fühlte sich sofort zu ihm hingezogen. Ein zuverlässiger, normaler Mann, der Geborgenheit ausstrahlt. Sie ließ es sich nicht nehmen, mir von ihrer Affäre zu erzählen. Aber sie konnte sich nicht zwischen uns entscheiden. Also, alles lief weiter wie bisher, abgesehen davon, daß ich trank wie ein Loch, denn ich ertrug es nicht, daß Hélène mit Paul schlief, und manchmal machte sie mir auch angst. Aber ich war verrückt nach ihr. Sie war wie eine Droge für mich: Sie erinnerte mich ständig an die Vergangenheit, an die Schmerzen der Vergangenheit.«

Er spricht schnell und abgehackt, als hätte er mehr Bilder in seinem Kopf als Worte dafür, um sein Leid zu erzählen.

»Sie teilte mit mir das Geheimnis der Schläge, der blauen Flecken, das Gefühl, ein Objekt zu sein, dem alles widerfahren kann, egal, wann: wenn du schläfst, wenn du ißt, jederzeit kannst du geschlagen werden, der Gürtel auf dich herniedersausen, dich peitschen, dir die Haut aufreißen, jederzeit kann sich die Schranktür hinter deiner Angst, deinen bepinkelten Beinen, deinem Hunger schließen... Haben Sie schon mal tagelang nichts zu essen bekommen?«

»Tut mir leid, nein«, sagt Gassin. »Und was passierte dann?«

»Als die Polizei mich verdächtigte, hat sie sich von mir getrennt, ich bat sie, mir zu helfen, ich habe ihr gesagt, daß ich sie liebe, daß es vor ihr in meinem Leben noch nie jemanden gegeben habe, aber sie meinte, es sei vorbei, sie liebe mich nicht mehr...«

Er holt tief Luft:

»Sie willigte ein, Paul zu heiraten, der Virginie als seine Tochter anerkannt hatte, und sie gingen weg. Paul war in eine andere Filiale versetzt worden. An all das mußte ich in meiner

Gummizelle denken. Es ist dumm, aber ich dachte, daß Hélène Virginie weh tun könnte, aber ich war nicht in der Lage, mir vorzustellen, daß sie dieses Kind aus unserem Viertel hätte töten können. Kurz und gut, ich beschloß, auszubrechen und Virginie wiederzufinden. Ich nutzte meine Freigänge, um nach ihnen zu suchen, und ich fand sie, indem ich ganz einfach Telefonbücher durchblätterte. Ich mußte mich durch die Telefonbücher aller Départements wühlen, aber ich habe sie gefunden. Ich bin hierhergekommen, habe mir bei Stéphane Migoin Arbeit auf einer seiner Baustellen besorgt und festgestellt, daß er Hélène gut kannte. Es war merkwürdig, in ihrer Nähe zu wohnen... Manchmal sah ich Virginie im Park, mit Paul Fansten. Sie nannte ihn Papa... Ich wollte mich nicht einmischen, lediglich ein Auge auf sie haben. So kam ich dadurch in gewisser Weise auch zu einer Familie. Doch ich glaube, daß ich völlig hilflos war. Und schrecklich eifersüchtig.«

Ich sehe seine hochgewachsene, traurige Gestalt vor mir, wie er Virginie beobachtet, wie sie mit dem Mann lacht, den sie für ihren Vater hält. Ein Mann auf der Flucht, der nicht weiß, wohin und sich von den Brosamen des Glücks anderer nährt...

»Und dann habe ich erfahren, daß Renaud, Pauls Sohn, ermordet worden war! Stellen Sie sich meine Bestürzung vor! Und das war noch nicht alles: Noch mehr Kinder aus dieser Gegend waren erwürgt worden und *alle seit ich Freigang bekam!* Ich hatte das Gefühl, erneut einen wohlbekannten Alptraum zu durchleben. Aber diese Morde, da war ich mir sicher, die hatte ich nicht begangen! Es sei denn, ich war wirklich und wahrhaftig verrückt. Diese Morde mußte ich klären, ich mußte die Wahrheit herausfinden, um endlich diese ganzen offenen Fragen beantworten zu können.«

Ein Wagen wird leise klirrend vorbeigeschoben, gestreßte Stimmen, das Geräusch der Fahrstuhltüren. Tony fährt fort:

»Ich habe sehr schnell herausgefunden, daß Hélène eine Affäre mit Benoît Delmare, dem Lebensgefährten der Besitzerin des Trianon, hatte.«

Diese nüchternen, klaren Worte treffen mich wie ein heimtückischer Schlag.

»Inspektor Gassin«, sagt eine weibliche Stimme, »Sie werden verlangt.«

»Ich bin gleich wieder zurück«, entschuldigt sich Gassin und steht auf.

Stimmengewirr am Ende des Korridors. Der Wachposten, der die ganze Zeit steht, räuspert sich.

»Sie haben mich übrigens oft im Trianon gesehen, Elise«, flüstert Tony mir zu. »Ich liebe es, ins Kino zu gehen, und außerdem, irgendwie mußte ich ja die Zeit totschlagen. Sie sind mir aufgefallen, weil ich Sie sehr anziehend fand.«

Ob man's glaubt oder nicht, ich werde doch tatsächlich rot. Man steht eine entsetzliche Geschichte durch, und ich werde rot, weil mir ein aus dem Irrenhaus Entflohener sagt, daß ich sein Typ bin. Ich *war* sein Typ, das ist der feine Unterschied.

»Ich weiß nicht, warum sie ein Auge auf Benoît geworfen hatte. Sie hat ihn bei einer Veranstaltung des Lions Club getroffen.«

An jenem Abend? Benoît wollte unbedingt, daß ich mitgehe; er mußte hin, aber ich hatte keine Lust, ich wollte mir lieber einen Film im Fernsehen ansehen. Und deshalb sind sie sich begegnet!

»Kommen wir zu unseren Ermittlungen zurück, lieber Kollege«, witzelt Gassin, als er sich wieder zu uns setzt. »Sie sprachen gerade von Paul und Hélène.«

»Ja, ich hatte beschlossen herauszubekommen, wie sie lebten, wollte sie sozusagen ausspionieren. Ich war wie besessen davon. Hélène war da, direkt vor meiner Nase, ich wußte, daß sie mit Paul lebte, daß sie mein Kind großzogen, in ihrem hübschen kleinen Häuschen... und ich, ich war wegen Mordes verurteilt worden. Ich fing an, Paul zu hassen... Im Grunde genommen wußte ich rein gar nichts über ihn. Er war stets freundlich, zuvorkommend, aalglatt... Ihn konnte ich mir gut als Kindermörder vorstellen. Und nicht nur hier in der Ge-

263

gend... ich war in Marseille vielleicht das Opfer eines abgekarteten Spiels gewesen, das der wahre Mörder inszeniert hatte! Wer konnte mir besser die Schuld zuschieben als jemand, der sich problemlos Zutritt zu meiner Wohnung verschaffen konnte? Jemand, der mich haßte. Wenn man bedenkt, daß ich keine Sekunde lang dachte, Hélène zu verdächtigen! Ich konnte diese Verbrechen nicht mit einer Frau in Zusammenhang bringen.«

»Frauen morden selten, aber wenn sie morden, dann töten sie häufig Kinder«, erläutert Gassin professionell. »Und Virginie, was geschah mit Virginie?«

»Sie schien gut zu essen zu bekommen, wurde ordentlich behandelt, aber sie wirkte immer merkwürdig abwesend. Ein höfliches, ordentlich gekämmtes, immer lächelndes Püppchen. ... Mir kam die Idee, daß, falls Paul etwas mit der Sache zu tun haben sollte, sie möglicherweise etwas über diese Morde wußte. Und dann wurde der kleine Michaël ermordet. Ich kannte ihn vom Sehen. Ich wußte, daß Virginie und er Freunde waren. Und außerdem wußte ich, daß Virginie Elise kennengelernt hatte, der sie womöglich Interessantes anvertrauen würde. Ich mußte einen Weg finden, ihr Fragen stellen zu können, damit ich meine eigene Untersuchung durchführen konnte.«

»Und da beschlossen Sie, sich als Yssart auszugeben?«

»Ja. Das war am praktischsten, und außerdem wußte ich ja, daß Elise die Täuschung nicht bemerken würde.«

Ach ja, die arme Puppe in ihrem Rollstuhl.

»Ich habe mich also als Yssart ausgegeben, weil ich Beweise gegen Paul sammeln wollte. Ich war beinahe sicher, daß er es war – bis ein neuer Verdächtiger auftauchte: Jean Guillaume. Ich hatte Erkundigungen eingezogen und herausgefunden, daß er eine Familie in La Ciotat hatte und dort jedes Jahr, zusammen mit seiner Frau, Urlaub machte. 1988 war er zum Zeitpunkt des Mordes in Marseille... Dieser Zufall machte mich stutzig. Ich hatte einen weiteren Verdächtigen.«

»Und dann?«

»Ich hielt Elise über meine Nachforschungen immer auf dem laufenden...«

Vielen Dank auch.

»Ich sagte mir, daß ich mich möglicherweise zu sehr auf Paul konzentriert hatte und beschloß, systematisch jeden unter die Lupe zu nehmen. Und Stéphane, das muß ich gestehen, war als Verdächtiger sozusagen prädestiniert. Doch etwas störte mich: Warum hatte er Elise in den Teich gestoßen? Aus welchem Grund sollte der gute Paul, Stéphane, Guillaume oder sonst irgendein Verdächtiger, Ihnen etwas antun wollen? Wer könnte es auf Sie abgesehen haben? Oder hatte man es eigentlich auf Stéphane abgesehen, und Sie waren nur indirekt das Opfer eines Überfalls, der ihm gegolten hatte? Ich tappte völlig im dunkeln. Ich hatte sogar überlegt, daß Guillaume das Ganze inszeniert hatte, um sich als Retter hervortun zu können... Und dann gab es natürlich auch noch die gar nicht so abwegige Hypothese, daß es womöglich Hélène war. Hélène, die eifersüchtig war auf Sie und Benoît. Hélène, die Sie bestimmt gehaßt hat... Aber daß Hélène Sie haßte und Ihnen sogar nach dem Leben trachtete bedeutete doch nicht, daß sie die Kinder umgebracht hatte. Sprechen wir es ruhig offen aus, ich wollte diese Möglichkeit nicht wahrhaben, die mir immer wieder durch den Kopf schoß, und die ich als abwegig und dumm abtat.«

»Ich will Sie ja nicht drängen, aber könnten Sie das Ganze etwas schneller erzählen? Nur in groben Zügen?« schlug Gassin in einem nicht sehr freundlichen Ton vor.

»Entschuldigen Sie, ich verliere mich in Einzelheiten. Es ist schon verrückt, wie sehr man sich für sein eigenes Leben interessieren kann...«

»Wann kam Ihnen der Gedanke, daß Hélène die Täterin war?«

»Als Elise mit dem Messer attackiert wurde. Ich kam zufällig vorbei, sie war blutüberströmt und hatte panische Angst. Das

Messer lag am Boden, ein Laguiole-Messer mit gelbem Schild-pattgriff. Im ersten Augenblick dachte ich nur daran, einen Krankenwagen zu rufen. Sobald die Sanitäter da waren, paßte ich einen günstigen Moment ab und verschwand unauffällig. Es nieselte und ich ging im Regen spazieren, bis ich auf einmal am Teich stand. Das Messer ließ mir keine Ruhe. Die Form der Klinge, ihre Größe, all das stimmte mit den Ergebnissen der einzelnen Autopsien überein. Das bedeutete, daß die Person, die Elise angegriffen hatte, identisch sein mußte mit dem Kindermörder. In beiden Fällen handelte es sich um ein- und dieselbe Person. Und somit konnte es nur Hélène gewesen sein.«

Gassin seufzt. Er scheint sich zu sagen, daß er auf die gleichen Schlußfolgerungen hätte kommen können.

»Es war, als hätte man mir plötzlich einen Eimer mit eiskaltem Wasser ins Gesicht geschüttet«, fährt Tony fort, »als wäre ich nach einem zwanzigjährigen Vollrausch mit einem Schlag nüchtern geworden. Mir fiel Max wieder ein, sein Foto, das Hélène stets bei sich trug, Max, nach dessen Tod sie fast verrückt geworden wäre. Mir fiel ihr leerer Blick wieder ein, mit dem sie Virginie und mich manchmal betrachtet hatte, ihren ›Nachtblick‹, wie ich es nannte, weil ihre Augen alles nur schwarz zu sehen schienen. All das fiel mir wieder ein, und damals kam mir zum erstenmal in den Sinn, daß tatsächlich sie die Mörderin gewesen sein könnte.

Ein entsetzlicher Verdacht, denn wenn er sich bewahrheiten sollte, würde das bedeuten, daß sie mich wissentlich in Marseille beschuldigt hatte, und daß sie möglicherweise nicht nur eine Mörderin, sondern auch ein perverses und machthungriges Wesen war. Um endgültig Gewißheit zu erlangen, brauchte ich Beweise.«

»Ich verstehe Sie nicht«, wundert sich Gassin. »Mit an Sicherheit grenzender Wahrscheinlichkeit ist ihre Ex-Frau eine Mörderin und Sie alarmieren nicht die Polizei? Sie halten sich im Hintergrund und warten darauf, daß sie noch mehr Kinder umbringt?«

»Und was hätte ich Ihrer Meinung nach tun sollen? Wenn ich zur Polizei gegangen wäre, hätte man mich doch auf der Stelle wieder in die psychiatrische Klinik eingewiesen und versucht, mir die Morde anzuhängen. Ein gefährlicher Krimineller entflieht, und man schnappt ihn zufällig dort, wo in der letzten Zeit mehrere Kindermorde begangen wurden! Sie glauben doch nicht im Ernst, daß meine Aussage auf offene Ohren gestoßen wäre, oder? Daß man mir auch nur ein Wort geglaubt hätte, wenn ich es gewagt hätte, die ehrenwerte Madame Fansten zu beschuldigen? Und außerdem wollte ich ja nicht, daß sie es war. In meinem tiefsten Innern klammerte ich mich an die Hoffnung, daß sie unschuldig sei... Immerhin ist sie die Mutter meiner Tochter, verstehen Sie?«

»Fahren Sie fort«, seufzt Gassin.

»Die Vorstellung, daß sie die Täterin sein könnte, machte mich wahnsinnig, aber gleichzeitig spürte ich, daß sie es tatsächlich war.«

»Hatten Sie keine Angst, daß sie Virginie etwas antun würde?«

»Nein, nicht in dieser Hinsicht. Die Opfer waren alle männlichen Geschlechts gewesen. Wer auch immer der Mörder war, er war offensichtlich auf kleine, ungefähr acht Jahre alte Jungen fixiert. Ich sagte mir, wenn es Hélène sein sollte, tötete sie vielleicht Kinder, die Max ähnelten. Aber Max hatte braunes Haar und dunkle Augen, Charles-Eric und Renaud waren braunhaarig, Michaël aber blond und Mathieu hatte kastanienfarbenes Haar und so weiter, und sie hatten auch alle unterschiedliche Augenfarben. Mir gelang es nicht, hinter die Logik, die dahintersteckte, zu kommen. Ich war blind.«

»Welche Logik?«

»Renauds braune Haare, Charles-Erics dunkle Augen, Michaëls Hände, Mathieus Herz, Joris' Genitalien...«

»Ein neuer kleiner Junge...«, murmelte Gassin.

»Genau. Das Bild eines kleinen Jungen, das einer kranken Phantasie entsprungen ist.«

Fein säuberlich aufbewahrt in einem Kasten... die kleinen zusammengekrümmten Hände, das kleine Herz, die auf Samt gebetteten Augen, die so groß wirken, weil sie nicht mehr in ihren Höhlen stecken. Und die seidigen braunen Haarsträhnen... Danke, lieber Gott, daß du dafür gesorgt hast, daß mir dieser Anblick erspart blieb!

»Und dann?« fragte Gassin ungeduldig.

»Dann? Nach und nach ergaben die Einzelheiten des Puzzles ein Gesamtbild. Ich war verzweifelt, wünschte mir, weit weg zu sein, aber ich fühlte mich verpflichtet, hierzubleiben und dabei zu helfen, dieser Frau das Handwerk zu legen, die ich so sehr geliebt hatte und die offensichtlich verrückt war...«

»Und welche Rolle spielte Migoin dabei?« erkundigte sich Gassin leicht gereizt.

»Stéphane Migoin vermutete, daß Hélène Paul betrog. Er war mißtrauisch geworden. Er glaubte, daß sie sich deshalb so häufig seinen Kombi lieh. Um die Wahrheit zu sagen, sie schlief auch mit Stéphane. Mit Männern zu schlafen war ihre Methode, sie zu beherrschen. Wenn ich es mir recht überlege, ist sie mit allen Kerlen aus unserem Viertel ins Bett gegangen. Doch ich glaube, sie war frigide. Wissen Sie, ihr Vater hat sie jahrelang mißbraucht. Im übrigen bin ich davon überzeugt, daß er der Vater von Max ist.«

Wie bitte? Gassin scheinen diese Neuigkeiten genauso zu verblüffen wie mich, denn er sagt kein einziges Wort. Ich höre ihn aber schlucken. Aber natürlich, so muß es gewesen sein! Ihr Vater hat sie geschwängert, und um einen Skandal zu vermeiden hat die Familie dafür gesorgt, daß jeder annahm, Madame Siccardi sei die Mutter... Ich bin sicher, daß meine Theorie stimmt.

»Wo war ich stehengeblieben?« fährt Tony fort. »Ah ja, Stéphane. Sie hat uns gestanden, daß sie alles so arrangiert hat, daß die Schuld auf Stéphane fiel. Sicher hat sie Stéphane im Park bewußtlos geschlagen und Sie in den Teich befördert, Elise. Sie hat Sie gehaßt, wegen Benoît, weil Benoît Sie ihr vorgezogen hat. Er hatte sich von ihr getrennt. Ich weiß das, weil er es mir gesagt hat.«

Er hat es ihm *gesagt?*

»Ja, ich kannte Delmare. Eines Tages waren wir zu Renovierungsarbeiten in dem Haus, in dem er wohnte. Die Gänge und Fahrstuhltüren sollten gestrichen werden. Benoît sah uns und fragte mich, ob ich nicht auch seine Wohnung streichen könne, gegen Bezahlung versteht sich. Ich willigte ein. Ich sah Ihr Foto auf seinem Nachttisch und habe ihn auf Sie angesprochen, wir fanden uns sympathisch, er bot mir ein Bier an und hat mir sein Leben erzählt – ein Gespräch unter Männern. Er konnte ja mit niemandem über diese Dinge reden... stellen Sie sich vor, man hätte erfahren, daß er eine Affäre mit Hélène Fansten hatte!«

Das war die Woche, in der Benoît bei mir übernachtete, weil es in seiner Wohnung nach Farbe roch, ja, ich erinnere mich, er hat von dem Maler gesprochen, sagte, daß er »ein netter Kerl, gar nicht dumm« sei. Habe ich diesen Maler jemals zu Gesicht bekommen? Nein, ich glaube nicht.

Also, Benoît hatte mit Hélène Schluß gemacht. Es ist schon merkwürdig, wenn man quasi zur gleichen Zeit erfährt, daß dein Freund dich betrogen und daß er mit deiner Nebenbuhlerin Schluß gemacht hat. Doch was nützt uns das jetzt noch... Welch bittere Ironie des Schicksals: In dem Augenblick, wo er sich für mich entschieden hat, stirbt er.

»Versuchen Sie sich vorzustellen, was Hélène empfunden haben muß, als sie Sie durch Paul kennenlernte und wiedererkannte. Ihren Haß und Ihren Triumph! Sie, ihre Nebenbuhlerin, waren ihr schutzlos ausgeliefert! Welchen Spaß muß es ihr gemacht haben, Sie hinters Licht zu führen.«

Spaß gemacht? So würde ich das nicht bezeichnen. Hat es ihr Spaß gemacht, mir weh zu tun, mir Angst einzujagen, hat es ihr Vergnügen bereitet, die Kinder zu töten? Ich glaube nicht. Ich glaube, daß es ihr sehr schlecht ging. Ich muß an ihre Klagen, ihre unberechenbaren Stimmungswechsel, ihre Ängste denken... War ihr klar, was sie tat? Selbst dessen bin ich mir nicht sicher. Ich bin mir allerdings sicher, daß es Momente gab, in denen sie überzeugt war, eine ganz normale Hausfrau zu sein, die vom Pech verfolgt wurde. Sie schien mir nicht zu triumphieren, nein, sondern eher furchtbar unglücklich zu sein. Sogar kurz vor ihrem Tod, als sie uns alle umbringen wollte, war aus ihrer Stimme diese innere Zerrissenheit zu hören... Was sagt Tony da?

»Ich glaube nicht, daß sie wirklich wußte, was sie tat. Ihr Trieb war stärker als sie. Wenn sie ein Kind sah, das sie an Max erinnerte, mußte sie es zerstören, es so heftig an sich drücken, daß...«

»Haben Sie einen oder mehrere Morde beobachtet?« erkundigt sich Gassin mit dumpfer Stimme.

»Wenn dem so gewesen wäre, hätte ich doch keinen Zweifel an ihrer Schuld haben müssen, oder?« entgegnet ihm Tony.

Ich höre, wie Gassin ziemlich heftig ein paar Seiten umblättert.

»Sie hat Ihnen gestanden, Stéphane Migoin umgebracht zu haben...«

»So ist es. Ich weiß nicht, ob das zu ihrem Plan gehörte, aber sie hat es sich zunütze gemacht, daß Stéphane geflohen war...«

Dieser letzte Anruf von Stéphane... Er glaubte an eine Verschwörung. Wenn er doch nur mit der Polizei gesprochen hätte!

»Was Sophie Migoin angeht... ich habe ihr Geheimnis gelüftet«, erklärte Gassin zufrieden. »Sie traf sich regelmäßig mit Manuel Quinson.«

Und das ist das Geheimnis?

»Aber nicht, weshalb Sie denken, nein«, fuhr er fort. »Er versorgte sie mit Koks!«

Manu, ein Dealer? Sophie mit vollgekokstem Näschen? Warum nicht? Ich wundere mich über gar nichts mehr, ich habe meinen Vorrat an Verwunderung aufgebraucht, ich glaube, wenn mir jetzt jemand sagen würde, es gäbe gleich eine

270

Atomexplosion, ich würde nicht mal mit der Wimper zuk-
ken...

»Ach, deshalb war sie immer so überdreht«, murmelte Tony.

»Und Paul Fansten? Welche Rolle spielt er bei der ganzen
Sache?«

»Die Rolle des Ehemannes«, antwortete ihm Tony. »Sie wissen schon, was ich meine: Er gab ihr Sicherheit, Ansehen, ein
sorgenfreies Leben.«

»Hätte er ihr Komplize sein können?«

»Würden Sie eine Frau decken, von der Sie annehmen, sie
habe ihren eigenen Sohn umgebracht?«

Gassin brummt irgend etwas Unverständliches vor sich hin.

Paul wußte mehr, als du denkst, Kommissar Yssart, selbst
wenn er nicht wußte, daß er es wußte! Ich erinnere mich an die
Gesprächsfetzen, die ich aufgeschnappt hatte. Mir fallen Pauls
Wutanfälle, sein Verhalten ihr gegenüber ein. Er konnte Hélènes Gegenwart nicht mehr ertragen, weil er in seinem tiefsten
Innern von den entsetzlichen Geschehnissen wußte..., aber er
belog sich selbst. Wie Sie, mein lieber Tony.

Ein Stuhl knarrt, die Handschellen klirren leise, das Jackett
des Wachpostens riecht nach feuchter Wolle.

»Hatten Sie nie Angst, daß Hélène Sie bemerken und erkennen könnte?«

»Wissen Sie, als sie mich das letzte Mal sah, wog ich zehn
Kilo mehr, mein Körper war aufgedunsen, ich trug einen Bart
und hatte lange, braune Haare. Ich habe mir eine Brille mit ge-
tönten Gläsern gekauft, mir die Haare ganz kurz schneiden
und schwarz färben lassen, und ich habe aufgepaßt, daß ich ihr
nicht über den Weg lief.«

»Ein gefährliches Spiel.«

»Auch nicht gefährlicher, als sich als Yssart verkleidet in der
Stadt aufzuhalten. Wenn man Monat für Monat eingesperrt
ist, ohne die Hoffnung, eines Tages wieder freizukommen und
gezwungen wird, Medikamente zu schlucken, die einen zerstören, ganz zu schweigen von der Zwangsjacke, der Elektro-

schockbehandlung und Hunderten von Therapiestunden, die man wegen eines Verbrechens absitzt, das jemand anderes begangen hat, wird der Begriff Gefahr zu etwas sehr Relativem.«

Hüsteln. Man könnte meinen, wir wären in einem Sanatorium für Lungenkranke.

»Ich verstehe noch immer nicht, warum sie Elise zum Flughafen bringen wollte.«

»Meine Tarnung war aufgeflogen. Man hielt mich für den Täter, das war gut, aber ich war ihr auf der Spur, und das war schlecht. Sie mußte verschwinden. Ich glaube, sie hatte beschlossen, sich aller Belastungszeugen zu entledigen – vor allem mußte sie Paul loswerden – und anschließend woanders ein neues Leben anzufangen, wie sie es ja schon einmal gemacht hatte. Meiner Ansicht nach handelte sie nicht mehr nach einem für sie logischen Plan, sondern wurde nur von einem übermächtigen Wunsch nach Zerstörung gelenkt.«

Das Knistern eines Streichholzes.

»Haben Sie den Unfall beobachtet?«

»Unglücklicherweise nicht. Am Nachmittag bin ich bei Elise vorbeigefahren. Das Haus war verschlossen. Ich fuhr zu den Fanstens, auch hier sah das Haus verwaist aus, und das Auto war nicht da. Also bin ich planlos durch die Straßen gefahren, in der Hoffnung, ihnen irgendwo zu begegnen. Und bei der Kurve hinter Véligny entdeckte ich das Auto. Es war die Böschung hinuntergerollt und gegen einen Baum geprallt. Es war leer.«

»Leer?« ruft Gassin ungläubig.

»Leer. Auf dem Rücksitz entdeckte ich Blut, und im Gras Radspuren: Ich dachte sofort an Elises Rollstuhl. Ich folgte den Spuren und kam zu der Forsthütte. Durch das Fenster sah ich Elise. Sie schien panische Angst zu haben und fuhr mit dem Rollstuhl kreuz und quer durch die Hütte. Hélène stand in der Türöffnung und beobachtete sie mit einem Lächeln…, daß es mir kalt den Rücken hinunterlief. Dann ging sie auf Elise zu und gab ihr ein Glas Wasser zu trinken. Elise trank und schlief ein. Ich sah, daß ihr Brustkorb sich hob und senkte, ich wußte also, daß sie nicht tot war. Ich wußte nicht, was ich tun sollte. Hineingehen? Aber was hätte das genützt?«

»Sie hätten möglicherweise Mademoiselle Andrioli das Leben retten können«, kritisiert Gassin ihn scharf.

»Ja, aber damit hätte ich Hélène nicht aufgehalten. Sie mußte ihre Taten gestehen, vor Zeugen, denn mir hätte doch niemand geglaubt. Plötzlich fiel mir Virginie ein. Es war 16.45 Uhr. Ich sagte mir, wenn Hélène sich die Mühe gemacht hatte, Ihnen, Elise, ein Schlafmittel zu verabreichen, dann hatte sie wohl nicht vor, Sie auf der Stelle umzubringen.«

Diese Einschätzung der Lage hätte böse ausgehen können, nicht wahr, Tony?

»Ich raste zur Schule und fing Virginie ab. Ich erzählte ihr, ich wäre ein Arbeitskollege von Paul und ihre Eltern hätten mich angerufen, weil sie mit dem Wagen eine Panne gehabt hatten. Doch sie wollten noch heute zur Großmutter fahren, und deshalb sollte ich sie jetzt abholen. Die Lehrerin wußte über die Reise zur Großmutter Bescheid und vertraute mir, weil ich so gut informiert war. Virginie stieg in mein Auto. Ich wollte nicht, daß sie etwas von den kommenden Ereignissen mitbekam. Ich habe immer eine Spritze und etwas Hexobarbital bei mir. Als ich aus der Klinik floh, habe ich mehrere Schachteln mit Ampullen mitgehen lassen, für den Fall, daß es mir mal wieder schlecht gehen sollte... Kurz und gut, ich verabreichte Virginie überraschend eine Spritze, fesselte sie und versteckte sie im Kofferraum. Ich fuhr zur Forsthütte zurück, wo ich Hélène und Elise vorfand. Ich weiß nicht, was Hélène ausgeheckt hatte, vielleicht hatte sie sich ein paar nette Spielchen für Elise überlegt.«

»Aber wo waren Paul und Yvette?«

»Ich nehme an, schon in Benoîts Wohnung.«

»Das ist alles völlig verworren.«

Ich muß schlucken: Hélène hat mich in der Forsthütte betäubt, um mit meinem Rollstuhl Paul und Yvette in Benoîts

273

Wohnung schaffen zu können. Nein, man hätte sie gesehen... Allerdings, die Kurve hinter Véligny ist keine dreihundert Meter von Benoîts Wohnung entfernt... Ja! Man muß nur den Waldweg entlanggehen, der am Golfplatz vorbeiführt. Aber trotzdem erscheint es mir unmöglich, diese Strecke zweimal hintereinander zurückzulegen, ohne einem Spaziergänger zu begegnen.

Mir kommt eine Idee! Eine etwas an den Haaren herbeigezogene Idee, aber sie würde erklären, warum niemand den Unfall beobachtet hat. Es hat gar keinen Unfall gegeben!

Als sie uns abholte, war sie allein. Sie war allein, weil Paul bereits tot war! Seine Leiche lag schon in Benoîts Wohnung! Daß wir vor der Bank gehalten haben? Ein Trick. Alles, was ich gehört habe, war das Schlagen der Türen und Pauls Stimme. Seine Stimme, die sie irgendwann mal mit dem Diktiergerät aufgezeichnet hatte.

Ja, ich bin sicher, so ist es gewesen. Unter irgendeinem Vorwand hat sie Paul zu Benoît gelockt und ihn getötet. Dann hat sie uns, Yvette und mich, abgeholt! Mist, Yvette! Yvette hätte ja gesehen, daß Paul gar nicht einsteigt... Ach, ich bin vielleicht blöd: Sie hat Yvette, kurz bevor wir abfuhren, niedergeschlagen. Das Geräusch, das ich gehört habe, als Yvette sich setzte, und dann der Seufzer, das war Hélène, die auf sie einschlug. Daher das Blut auf dem Rücksitz. Sie tat so, als würde Paul einsteigen, simulierte den Unfall und betäubte mich. Und damit war die Sache geritzt. Nachdem sie mich in die Hütte gebracht hat, schafft sie Yvette mit meinem Rollstuhl in Benoîts Wohnung, kommt zurück, um mich ein bißchen zu quälen, und dann taucht glücklicherweise Tony Mercier auf. Da sagt sie sich: »Was soll's, so kann ich zwei Fliegen mit einer Klappe schlagen, ich werde auch Tony verschwinden lassen«, und schießt ihn nieder. Dann bringt sie mich zu Benoît, um sich auf die Suche nach Jean Guillaume zu machen. Warum?

»Sie ist außer Lebensgefahr«, höre ich in diesem Augenblick Guillaume mit zitternder Stimme rufen.

Yvette ist gerettet!

»Wenigstens eine gute Nachricht«, meint Tony. »Kommen Sie, setzen Sie sich, mein Lieber, Sie sind ganz weiß im Gesicht.«

»Ich möchte lieber zu ihr. Hoffentlich wird Sie keine bleibenden Gehirnschäden haben...«

Um Gottes willen, nein, ein Mehlsack in der Familie reicht! Guillaume läßt sich schwer auf einen der (mit Sicherheit orangefarbenen) Plastikstühle fallen, die unter seiner Last ächzen.

»Können Sie mir ein paar Fragen beantworten?« erkundigt sich Gassin, der die Sache gerne zum Abschluß bringen möchte.

»Ja, wenn Sie darauf bestehen...«

»Warum sind Sie Hélène Fansten in Benoît Delmares Wohnung gefolgt?«

»Aber ich bin ihr nicht gefolgt! Ich bin Klempner, Inspektor, ich war dort, um ein paar defekte Toiletten zu reparieren. Als ich ankam, sah ich sie aus dem Wagen steigen, sie wirkte sehr nervös, ich grüßte sie und wunderte mich, was sie dort zu suchen hatte, noch dazu, weil sie nicht mit ihrem Wagen, sondern mit einem grauen Honda Civic unterwegs war...«

»Das ist mein Auto«, erklärt Tony.

»Sie sah aus, als würde sie gleich zu weinen anfangen, sie kam auf mich zugerannt und meinte, ich solle mit ihr kommen, es sei sehr dringend, Paul sei sehr unwohl gewesen, und nun befürchte sie, daß er tot sei... Im ersten Augenblick dachte ich, daß sie hier Freunde besuchen würde oder so, sie rannte los, ich hinterher, wir nahmen den Aufzug, sie öffnete die Wohnungstür, und schon stolperte ich über Elise in ihrem Rollstuhl. Ich kapierte rein gar nichts, ich ging in die Wohnung, und Hélène schloß hinter uns die Tür. Es war sehr dunkel in dem Zimmer, und auf einmal sah ich Paul und Yvette. Er war offensichtlich tot, denn seine Augen waren weit aufgerissen und sein Körper blutüberströmt. Yvettes Augen waren geschlossen, sie atmete nur noch schwach, und Blut lief ihr aus der Nase und den Ohren . . . ich wurde ohnmächtig . . . den Rest der Geschichte kennen Sie ja . . .«

»Rekapitulieren wir noch einmal«, flüstert Gassin und blättert in seinem Notizblock. »Sagen Sie, Mercier, wie kamen Sie so schnell ohne Auto in Benoît Delmares Wohnung?«

»Zu Fuß, über den Waldweg, der am Golfplatz entlangführt, dann sind es nur zirka dreihundert Meter. Ich stellte mich solange tot, bis ich das Auto wegfahren hörte, dann stand ich auf und rannte los. Mir war aufgefallen, daß die Spuren von Elises Rollstuhl zweimal zu sehen waren. Doch Elise war von Hélène in meinem Auto mitgenommen worden. Daraus schloß ich, daß Hélène sich schon einmal des Rollstuhls bedient haben mußte. Doch wen hatte sie damit transportiert? Zweifellos die Person, deren Blutspuren ich im Auto entdeckt hatte.«

Meine Theorie stimmt also! Schade, daß ich ihnen nicht auf die Sprünge helfen konnte!

»Hatten Sie die Schlüssel zu Delmares Wohnung?«

»Ich hatte mir Nachschlüssel machen lassen, als ich die Wohnung strich. Ich sagte mir, wer weiß, schaden kann es nicht! Vielleicht brauchst du sie ja mal . . .«

»Na, Sie sind ja wirklich sehr vorausschauend«, meint Gassin und blättert ein paar Seiten um.

»Ich hatte beschlossen, es zu sein, ich wollte nicht noch einmal in eine Falle tappen.«

»Und können Sie mir erklären, warum Sie behauptet haben, Virginie sei bei Delmare, wo sie doch im Kofferraum Ihres Wagens lag?«

»Ich habe geblufft. Ich hab' irgendwas erfunden, was halbwegs plausibel klang. Auf diese Weise wußte ich, wohin Hélène mit Elise fahren würde. Was Hélène nicht wußte, war, daß Virginie sich im Kofferraum des Wagens befand, mit dem sie gerade losgefahren war!«

Deshalb also hat Hélène Virginie nicht bei Benoît gefunden . . . Dort saßen nur Paul und Yvette auf dem Sofa . . . Mein Gott, was für ein Durcheinander!

»Wie spät ist es?« erkundigt sich Guillaume, dem das Verhör völlig egal ist.

»22 Uhr«, sagt eine rauhe Stimme, die offensichtlich dem Wachposten gehört.

»Also, wenn ich Sie recht verstanden habe, Mercier, sind Sie so schnell wie möglich in Delmares Wohnung gegangen«, fährt Gassin leicht gereizt fort.

»So ist es. Ich habe den Honda auf dem Parkplatz gesehen, es goß in Strömen und weit und breit war niemand zu sehen. Ich öffnete den Kofferraum, dessen Schlüssel ich bei mir hatte, und nahm Virginie. Ich hatte gerade noch Zeit, mich hinter den Mülltonnen zu verstecken, da stürmte Hélène auch schon aus dem Haus und brauste mit dem Wagen davon ...«

»Was geschah dann?«

»Also, ich wußte noch immer nicht, was ich tun sollte. Ich beschloß, mich in Benoâ–ts Wohnung umzusehen und öffnete behutsam die Tür. Und da sah ich es.«

»Was?«

»Es war sehr dunkel, aber ich konnte erkennen, daß auf dem Sofa regungslose Gestalten saßen. Ich näherte mich ihnen, und als meine Augen sich an das Halbdunkel gewöhnt hatten, er- kannte ich Paul, der offensichtlich tot war, und Yvette, die zwar lebte, aber nicht bei Bewußtsein war. Und dann sah ich Elise in ihrem Rollstuhl. Ich setzte Virginie auf das Sofa neben Yvette und beschloß, auf Hélènes Rückkehr zu warten. Dies- mal hatte ich sie!«

»Und das Mädchen? Fanden Sie es richtig, daß Virginie, Ihre Tochter, all das miterleben würde?«

»Nein, deshalb das Hexobarbital ... Doch sie wachte auf ... ich will das jetzt nicht in allen Einzelheiten erzählen, nur so- viel, es gelang mir, sie wieder zu betäuben. Ich versteckte sie hinter dem großen Ledersessel und mich hinter der Tür.«

»Eine richtige Räuberpistole, fehlt nur noch Fantômas ... Und in diesem Augenblick sind Sie, Guillaume, mit Madame Fansten zur Tür hereingekommen?«

»Ja, so ist es«, bestätigte Guillaume. »Ich würde gern einen Kaffee trinken.«

»Merkwürdig, nicht wahr, daß Sie immer dort auftauchen, wo man es nicht erwartet...? Mal in Marseille, mal am Ufer des Teichs und zufällig müssen Sie ausgerechnet jetzt etwas in dem Haus reparieren, in dem Delmares Wohnung ist! Wer hat Sie angerufen?«

»Mich hat eine Madame Delmare angerufen, die meinte, ich solle sofort kommen, es handele sich um einen Notfall.«

»Machen Sie sich jetzt auch über mich lustig, oder was? Ist das hier eine Verschwörung?«

»Ganz und gar nicht. Und im übrigen wußte ich überhaupt nicht, daß Elises Verlobter Delmare mit Nachnamen hieß.«

»Ich weiß wirklich nicht, warum Madame Fansten wollte, daß Sie auch kommen«, wundert sich Gassin.

»Nun, ich war es, der Guillaume angerufen hat«, mischt sich Tony mit sanfter Stimme ein.

»Sie?« rufen Gassin und Guillaume gleichzeitig.

»Bevor ich in Benoîts Wohnung hinaufging, führte ich zwei Gespräche von einer öffentlichen Telefonzelle aus«, erklärt Tony. »Zuerst habe ich einen Krankenwagen gerufen, denn ich hatte gute Gründe anzunehmen, daß dort oben jemand verletzt war. Dann meldete ich mich bei Jean Guillaume. Ich benötigte einen Zeugen, den man nicht ablehnen würde, denn ich fürchtete, daß Elises Zeugenaussage, nun ja..., nicht besonders leicht zu verstehen sein würde«, schließt er taktvoll.

»Ich hätte sterben können!« entrüstet sich Guillaume.

»Eigentlich hätte alles problemlos über die Bühne gehen müssen. Ich war bewaffnet und wußte, daß Hélène es nicht war. Ich konnte natürlich Elises Eingreifen nicht vorhersehen.«

Wie idiotisch von mir, also wirklich, wie idiotisch von mir, ihm dieses Messer in den Schenkel zu rammen! Ich hätte ja auch eine Arterie treffen können, dann wäre ich jetzt schuld, wenn wir alle gestorben wären... Von nun an, Elise Andrioli, hörst du gefälligst auf, dich für Rintintin zu halten.

278

»Schwester, hätten Sie vielleicht ein Aspirin?« erkundigt sich Gassin.

Bevor sie ihm antworten kann, stürzt jemand mit hastigen Schritten auf uns zu.

»Gibt es etwas Neues?« fragt Gassin mit krächzender Stimme, weil er zuviel geraucht hat.

»Die Leichen der Fanstens sind gerade im Leichenschauhaus eingetroffen. Kein hübscher Anblick... Haben Sie schon mal Würstchen gesehen, die man zu lange auf dem Grill gelassen hat?« erzählt jemand mit einer höchst eigenartigen Vorstellung von Humor.

»Ersparen Sie uns die Einzelheiten, ich habe Kopfschmerzen. Wann kommen die Ergebnisse der Laboruntersuchung?«

»Morgen früh. Was machen wir mit diesem Dreckskerl, mit Mercier?«

»Ruhig Blut, Mendoza, man beschimpft keine Zeugen. Mercier wird uns begleiten.«

»Warum macht Ihr Kollege Mercier für alles verantwortlich?« will Guillaume wissen.

»Er ist aufgebracht. Mendoza... he, Mendoza! Er mag es nicht, wenn man ihn für dumm verkauft. Wissen Sie, wieso Mercier über alle Einzelheiten der Ermittlungen auf dem laufenden war? Durch seinen Freund Mendoza.«

»So, jetzt reicht's mir aber, verdammter Mist!« brüllt Mendoza. »Ich geh' einen Kaffee trinken.«

»Sie haben sich jeden Morgen in einer kleinen Bar getroffen und über Sport unterhalten... was Fußball angeht, dürften Sie mittlerweile ein Experte sein, Mercier, oder?« feixt Gassin.

»Als ich herausgekriegt habe, daß Mendoza Polizist und mit den Ermittlungen beauftragt ist, habe ich alles getan, um ihn kennenzulernen. Das war nicht weiter schwierig. Man mußte ihm nur etwas um den Bart gehen.«

»Lassen Sie ihn das bloß nicht hören«, rät ihm Gassin. »Es ist schon spät, gehen wir.«

Eine Tür öffnet sich.

»Ihre Tochter ist aufgewacht, Monsieur.«

»Was werden Sie ihr sagen?« fragt Guillaume bewegt.

»Ich weiß nicht. Daß ich ihr richtiger Vater bin. Und daß Paul und Hélène bei einem Brand ums Leben gekommen sind.«

»Aber sie wußte, daß es Hélène war, da bin ich mir ganz sicher!« meint Gassin, als er aufsteht.

»Und? Wollen Sie sie anzeigen?«

Er geht auf das Zimmer zu, in dem Virginie liegt und begreifen muß, was geschehen ist. Ich möchte nicht an ihrer Stelle sein. Sie wird sicher noch lange behandelt werden müssen. Sie kann das alles nicht ohne Schaden überstanden haben.

Mendoza, der zurückgekommen ist, meint:

»Und sie?«

Bei seinem Tonfall hat man den Eindruck, er spreche von einem Hund, aber er meint mich.

»Ich habe ihren Onkel benachrichtigt. Sie werden hierbleiben, bis er kommt oder uns sagt, was wir in Ihrem Fall tun sollen, Mademoiselle.«

Ja, ja, schon gut. Ob ich hier liege oder woanders, ist mir egal. Ich hab' genug gehört und erlebt, um jahrelang meditieren zu können. Die Tür schließt sich hinter Tony. Eine Krankenschwester will mich in mein Zimmer bringen. Hinter mir piepst das Handy von Inspektor Gassin.

»Ich höre ... Was? Mist, das kann ich mir vorstellen ... Okay. Ciao.«

»Neuigkeiten?« fragt Guillaume, der auf der Stelle kehrt macht.

»Nein, eigentlich nicht, nur ein Telex aus Marseille. Es geht um Max Siccardi ... geboren am 3. Juli 1976, Kind von: René Siccardi, achtundvierzig Jahre und Josette Siccardi, neununddreißig Jahre!«

Bravo, Elise, du hattest also recht!

»Was?« brummt Guillaume, der überhaupt nichts mehr versteht.

»Hélène hatte einen Sohn, der im Familienstammbuch als

Kind ihrer Eltern eingetragen wurde. Man vermutet, daß Hélène von ihrem Vater René schwanger war.«

»Aber das ist ja ungeheuerlich!« ruft Guillaume.

»Wie Sie sagen... Aber das ist noch nicht alles: Wissen Sie, woran ihr Sohn gestorben ist? Er wurde von zwei Jugendlichen, die unter Drogen standen, in einem Keller zu Tode gequält... In was für einer Welt leben wir bloß...?! Wen wundert es da noch, daß sie nach diesem Erlebnis durchgeknallt ist!«

Ich verstehe ihn nur noch undeutlich, als die Krankenschwester mich in einen anderen Korridor schiebt. Ich bin müde. So unsäglich müde. So...

EPILOG

Es hört nicht auf zu regnen. Dicke Tropfen prasseln gegen die Fensterscheiben. Ich sitze in meinem schönen weißen Bett. Morgen um acht Uhr wird Professor Combré die alles entscheidende Operation wagen. Mein Onkel hat sich darum gekümmert. Das einzige, was mir zu tun bleibt, ist zu hoffen. Aber selbst wenn die Operation nicht erfolgreich verlaufen sollte, weiß ich, daß es mir von da an nur noch besser gehen kann.

Die Autopsie hat ergeben, daß Paul Fansten den Verletzungen erlegen ist, die von rund zwanzig Messerstichen mit einer feinen Klinge herrühren.

Hélène und er sind letzte Woche beerdigt worden, und zwar auf der Familiengrabstätte, die Paul gekauft hatte, als sein Sohn Renaud bestattet wurde.

Alle fanden es paradox, daß die Frau, die ihn und seinen Sohn getötet hat, neben ihnen beigesetzt wurde, aber vor dem Gesetz waren sie verheiratet, und bis zu jenem Tag lag kein Urteil vor, das besagte, daß Hélène schuldig sei. Außerdem, und das besänftigte die Leute wieder, verringerten sich dadurch die Kosten für die Beerdigung erheblich. Eines dieser lästigen Details, die man gerne vergißt, die einen aber zwingen, sich wieder dem Alltag mit all seinen kleinen Sorgen und großen Freuden (oder war es umgekehrt?) zuzuwenden.

Jean Guillaume hat um Yvettes Hand angehalten, sobald sie ein Auge aufgemacht hatte. Sie nahm seinen Antrag an und schlief sofort wieder ein.

Virginie ist zur Beobachtung auf der Kinderstation. Offensichtlich verhält sie sich ganz und gar normal für ein Kind, das etwas Derartiges durchgemacht hat. Etwas zu normal, nach Meinung des Psychiaters.

»Das ist das erste Mal, daß jemand aus meiner Familie normal ist«, war Tonys Kommentar dazu.

Apropos Tony... Inspektor Mendoza erwartete ihn, als er nach der Unterredung mit dem Untersuchungsrichter – dank Jean Guillaumes Aussage – als freier Mann das Gerichtsgebäude verließ, um ihm eine Abreibung zu verpassen. Sie prügelten sich auf den Stufen zum Gericht. Es scheint, daß Mendoza aufgeplatzte Lippen und Tony ein schönes Veilchen davongetragen hat.

Er macht Witze darüber, wenn er im Krankenhaus an meinem Bett sitzt und meine Hand drückt.

Seine große Hand auf meiner, meine Finger mit seinen verschränkt.

Aber wohin soll das nur führen, auf was lasse ich mich mit diesem Verrückten da nur ein?

Ich weiß es nicht, aber darüber zerbreche ich mir auch nicht den Kopf. Mein altes Leben rückt in immer weitere Ferne, und damit auch Benoît, dessen Umrisse von Tag zu Tag schwächer werden.

Ich bin am Leben.

Lebendig.

Und morgen früh werde ich wissen, ob die Operation erfolgreich verlaufen ist.

Pernille Rygg

Die Psychologin Igi Heitmann steht vor einem Rätsel: Ihr Vater, ein zeitlebens erfolgloser Privatdetektiv, ist unter mysteriösen Umständen ums Leben gekommen. Sie wird den Verdacht nicht los, dass es Mord war und beginnt, auf eigene Faust zu ermitteln ...
"Umwerfend ist gar kein Ausdruck, so gut ist dieses Buch!"
Mail on Sunday

Pernille Rygg
Der Schmetterlings-
effekt
Roman
btb 72486

Pernille Rygg
Der Liebesentzug
Roman
btb 72601

Pernille Rygg
Der goldene Schnitt
Roman
btb 72815